마이 디어

My Dear

: 우리 결혼합니다

마이 디어
: 우리 결혼합니다

초판 1쇄 인쇄일 2016년 10월 24일
초판 1쇄 발행일 2016년 10월 27일

지은이 | 박혜윤
펴낸이 | 김기선
편집장 | 김은지

펴낸곳 | 와이엠북스(YMBOOKS)
출판등록 | 2012년 7월 17일 (제382-2012-000021호)
주소 | 서울시 도봉구 노해로 379, 1005호(창동, 대성빌딩)
전화 | 02)906-7768 / **팩스** | 02)906-7769
E-mail | ymbooks@nate.com

ISBN 979-11-322-3922-2 03810

값 9,000원

My Dear
마이 디어

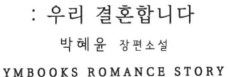

: 우리 결혼합니다

박혜윤 장편소설

YMBOOKS ROMANCE STORY

차 례

프롤로그

뚜벅뚜벅. 까만 구두가 움직였다.

남자의 눈꼬리만큼이나 뾰족하고 날렵한 모서리가 오후 햇살에 반짝이며 수려하게 장식된 화단을 지났다.

그가 문을 열고 들어간 곳은 서울 어딘가에 위치한 호텔 커피숍. 무게가 실린 걸음은 사람들이 듬성듬성 앉아 있는 테이블 사이를 걸었다.

"송이나 씨?"

테이블 위에 올려진 차 스푼을 요리조리 돌려 살피던 손길이 멈추었다.

'송이나 씨?' 하고 물어오는 낯선 남자의 등장에 이나는 자리에서 벌떡 일어났다. '앉으시죠' 하며 의자를 가리키는 손길에 다시 다소곳하게 앉았다.

"안녕하세요. 김우진입니다."

자신의 이름을 알리며 의자로 앉던 남자가 테이블 위에 올려져 있는 찻잔에 눈을 깜빡였다.

"제 커피는 먼저 시켰어요. 아무것도 없이 앉아 있긴 뭐해서요."

우진이 알아들었다는 듯 고개를 끄덕이고는 다가온 직원에게 '같은 걸로 주세요'라고 조용히 말했다.

"……."

잠깐 동안 이어진 침묵에 이나는 우진을 살폈다. 앞머리를 위로 올려 훤히 드러낸 이마, 날카로운 콧대, 얇지도 도톰하지도 않은 입술. 그가 주문한 커피를 기다리는 시간은 길지 않았지만 처음 만난 남자의 인상을 차근히 살펴보기에는 충분했다.

등 뒤에서부터 흘러나오는 음악 소리를 들으며 마카롱을 한 입 베어 무는데, 마침 커피가 테이블 위로 올려졌다.

"다시 인사드리죠. 제 이름은 김우진입니다."

"네, 반갑습니다."

"김우진이요."

"네."

이나는 눈빛으로 왜 그러냐며 되물었다. 만난 지 5분도 안 되었는데 이름을 연거푸 읊어대며 마치 뭔가를 알아달라는 듯 채근하는 눈빛이 신경 쓰였다. 아는 척이라도 해야 할까. 근데 뭘 알아야 아는 척을 하지.

"오늘 저 만나는 거 알고 나오셨나요?"

그가 자신에 대해 어디까지 알고 왔느냐며 물어왔다.

"소개팅으로 알고 나왔는데, 아닌가요?"

우진의 입꼬리가 살짝 위로 올랐다. 그가 손에 들고 온 작은 가방 안에서 무언가를 부스럭대며 꺼내더니 두 사람 사이를 가르고 있는 테이블 위로 올렸다.

"이게 뭐예요?"

아이들이 소꿉놀이를 할 때나 가지고 놀 법한 장난감 냄비. 동그란 테이블 위에 자리한 장난감을 보며 이나의 눈이 동그래졌다.

열어볼 생각이 없느냐고 물어오는 남자의 목소리에 손을 뻗어야 할지 말지 망설여졌다. 하지만 이상한 장난을 치는 걸 좋아하지 않는 그녀는 조용히 고개를 가로저었다.

"안에 뭐가 들어 있는데요?"

"뭐가 있는지 궁금하고, 호기심이 생기고 그러지 않아요? 아니면 별로 안 궁금한가 봐요."

"……."

"이거 뭔지 정말 몰라요?"

"장난감이요."

"그게 답니까?"

남자의 눈빛이 원하는 답을 내놓으라며 재촉하듯 쪼아댔다. 하지만 이나는 답을 주고 싶어도 줄 수 있는 답이 없었다.

"내키지 않으면 열어보지 않아도 됩니다. 모른다면 의미 없는 물건이니까."

다시 잠깐의 침묵이 이어졌다. 어색해진 분위기를 느낀 이나가 조용히 찻잔을 집어 들었다. 그래도 예의상 뭐라도 말해야 할 것 같아 곰곰이 생각하다 입술을 뗐다.

"나이가 어떻게 되세요?"

"서른입니다."

"나이 차이가 좀 나네요. 저는 스물셋입니다."

"다른 궁금한 점은 없어요?"

"음……."

무얼 더 질문할까 고민하는 사이 남자가 다시 치고 들어왔다.

"이나 씨가 딱히 궁금한 게 없다면 내 이야기부터 할게요. 오늘 이렇게 만난 이유는 알아야 하지 않겠습니까?"

그녀는 이유 모를 표정으로 자신을 빤히 바라보는 남자보다 우선은 제 앞에 놓인 커피 잔에서 올라오는 헤이즐넛 향기가 더 좋았다. 홀짝홀짝. 혀끝에 도는 달고 쓴맛에 집중하려 했다.

"우리 결혼합니다."

컥. 목 안으로 들어가던 커피가 용솟음치며 거꾸로 돌아왔다. 기침과 함께 입가로 흘러나온 커피 한 방울이 하얀 치마 위로 똑 떨어졌다. 재빨리 입을 가렸지만 중력에 의해 떨어지는 방울까지 잡지는 못했다.

마르기 전에 닦아야 한다는 생각에 냅킨을 집어 들려고 했다. 하지만 이나보다 더 빨리 움직인 남자의 손이 냅킨을 들고 컵에 담겨 있던 물을 적셔 재빨리 건넸다. 놀라 빤히 바라보는 그녀에게 얼른 받으라며 재촉하는 눈길이 불쾌함보단 즐거움을 담고 있었다.

"내가 직접 닦아주고 싶지만 그건 실례가 되겠죠."

물을 먹어 반투명해진 냅킨덩어리를 본 이나가 '고마워요' 조곤거리며 받아 들고 닦았지만 얼룩은 남았다. 하얀 치마 위에 떨어진 커피 방울이 영영 지워지지 않을 것처럼 짙은 얼룩을 남겼다.

"이런 모습 보여드려 죄송합니다. 근데 방금 뭐라 하셨어요?"

"우리 결혼합니다."

다시 들어도 방금 들었던 말이 분명하다. 그가 말한 결혼이라는 게 자신이 알고 있는 의미와는 다른 것일까.

"결혼이 어느 한쪽에서 일방적으로 정하는 건지는 몰랐네요."

눈썹 사이를 찡그렸다 펴는 이나의 모습에 우진이 부드럽게 웃어 보였다.

"무례했다면 사과할게요. 너무 내 욕심만 앞세운 것 같네요."

통보성 발언으로 느껴졌다면 미안하다며 입가에 미소를 머금었다.

"이나 씨에게도 승낙할 기회를 드려야겠죠. 고민할 시간도 조금은 드려야 하고. 그러니 다시 말씀드리죠."

꿀꺽. 남자의 눈매가 가늘어지고 점차 진지해지는 표정에 이나는 어떡해야 할지 알 수 없었다. 긴장한 그녀가 마른침을 삼켰다.

"송이나 씨, 우리 결혼할까요?"

1. 결혼의 조건

흐읍. 이나가 숨을 들이켰다.

테이블 위에 놓인 장난감 때문에 아직도 황당함이 가시질 않는데, 그 위로 다가와 웃고 있는 남자의 얼굴이 어찌할 바를 모르게 만들었다. 애써 침착하게 마음을 가라앉힌 그녀가 제 손끼리 꼭 쥐었다.

"죄송하지만 저는 아닌 것 같습니다."

고개를 숙이고 다음 말을 찾고 있는 사이 우진이 테이블을 향해 몸을 좀 더 당겨 앉았다.

"내 어떤 점이 마음에 안 듭니까?"

"그런 게 아니라, 처음 만난 분이랑 결혼할 수는 없는 거 아닐까요. 상식적으로나 이성적으로나 말이에요."

"생각할 시간을 드릴게요. 하지만 우리, 결혼할 겁니다."

또다시 결혼을 통보하듯이 말하고는 반드시 하겠다는 이 남자.

이나는 더 이상 이어갈 말을 찾지 못하고 묵묵히 찻잔에 얼굴을 박고 있었다. 그의 진지한 표정이 점차 무서워진다. 희미하게나마 웃고 있는데도 장난은 아닌 거 같아 등에서 땀이 삐질삐질 솟았다.

호텔 커피숍답게 무릎이 서늘할 만큼 에어컨이 뿜어져 나오는데도 괜한 긴장감에 손바닥에서도 자꾸만 땀이 느껴졌다. 그래서 망설이다 어렵게 다시 입술을 떼었다.

"김우진 씨는 저에 대해 얼마나 알고 그런 말씀을 하시는 건가요?"

나는 당신에 대해 아는 게 없는데.

"잘 알죠."

이름과 나이 말고는 정말 아는 게 없는데. 갑자기 결혼하자며 말을 건네는 사람이 낯설다.

"우진 씨를 불쾌하게 할 의도는 아니지만, 정말 실례지만 저도 이상형이라는 게 있습니다. 이렇게 막 밀어붙이시면."

"이나 씨는 어떤 타입을 좋아하는데요?"

"저는 다정하고 유머러스하고, 적어도 이런 이야기를 꺼낼 거라면 꽃이라도 안겨주는 사람을……."

"요즘 말로 여자 벗겨먹는 타입이라고 하죠."

"네?"

꿈꿔온 이상형을 단박에 부정당하자 이나의 눈썹이 꿈틀거렸다.

여자 벗겨먹는 타입이라니. 솔직한 건지 적나라한 건지 모르겠다. 그리고 일순 그게 굉장히 무례하게 느껴졌다. 얼굴은 반듯하고 수려해서 눈길 가게 생겼는데, 입술은 무례했다.

"조금 불쾌하네요."

"그랬다면 다시 사과드리죠."

마치 자신을 잘 알고 있다는 듯 꿰뚫어 보는 눈빛이 자꾸만 그녀의 몸을 긴장하게 만들었다.

"김우진 씨, 혹시 우리 예전에 만난 적 있나요?"

"글쎄요. 우리 만난 적 있습니까?"

오히려 되물어오는 모습에 말문이 막혀 이나가 조가비처럼 입을 다물었다.

"생각할 시간은 충분히 드릴게요. 여기로 연락 주시면 됩니다."

그가 네모난 명함을 꺼내어 테이블 위에 올리고 이나를 향해 쓰윽 밀었다. 조용히 받아 든 그녀는 가방 안에 넣고는 죄송하지만 먼저 일어나보겠다며 꾸벅 고개를 숙였다.

종종걸음으로 커피숍을 빠져나오다 멈춰 힐끔 뒤돌아보았다. 마찬가지로 자신을 보고 있는 남자를 보고는 재빨리 주차장에 두었던 차로 걸어가 시동을 걸고 곧장 집으로 달렸다.

"엄마!"

두꺼운 문을 열고 들어가는 걸음에 짜증과 흥분이 묻어났다.

"이게 무슨 말이에요? 소개팅이라면서 만난 남자가…… 어라, 아빠도 있었네요."

"만나고 왔어? 어때, 맘에 들어?"

"맘에 들기는요. 이상한 사람 같은데. 나보고 결혼할 거래요."

"그래, 그럴 생각이다."

부모님이 앉아 있는 소파 옆을 지나가던 이나의 걸음이 우뚝 멈추었다.

"그게 무슨…… 딸래미 시집보내고 싶으면 언니랑 결혼을 시키든가, 왜 저예요?"

"너랑 결혼할 사람이야."

"아빠, 진심이에요?"

다른 것도 아닌 결혼이다. 무려 인륜대사라 불리는 결혼인데, 소개팅이라며 밀어내어 나간 자리에서 결혼을 통보받았다. 어처구니가 없어 집으로 돌아오니 고상한 자세로 찻잔을 들고 있던 이나의 아빠 송 회장까지 그럴 거라며 확인을 시켜준다.

"그러니까 어땠는지 말해봐. 마음에 들어?"

"별로요. 어떤 사람인지도 잘 모르겠고."

"……."

"근데 생각할수록 이상하네. 분명히 엄마가 소개팅이라 그랬잖아요. 지인이 부탁한 거니까 부담 가질 필요 없이 만나기만 하고 오면 된다더니."

"그 지인이 나다."

"네?"

"내가 네 엄마한테 부탁한 거라고."

잠깐만. 이게 무슨 상황이지. 이나가 눈을 깜박이며 서둘러 생각을 정리하려 했다. 그러면 애초에 부모님은 알고 있었던 사람이라는 거고 일부러 자신을 보냈다는 말인데. 아마도 맞선이라 하면 자신이 부담을 느끼고 나가지 않으려 할까 봐 계략을 세우신 모양이었다.

"어우. 아빠는 왜 이런 일을 만드시고. 근데 혹시…… 혹시 말인데요. 그래도 제 마음에 안 들면 이 결혼은 진행 안 되는 거죠?"

이나가 이 상황이 조금이라도 바뀔 가능성이 있느냐며 물어보지만 돌아오는 건 좌우로 저어지는 고개뿐.

"정말 결혼시킬 생각이에요? 저 이제 23살이라고요."

어쩌면 이 결혼은 자신만 모른 채 몇 달 전부터 준비되어왔던 건 아닐까. 너무도 자연스럽게 '결혼해야지' 하는 말에 이나는 머리가 혼란스러워졌다.

"모르는 남자 아니야. 예전부터 너 결혼시킬 생각이었어."

달그락. 테이블 위로 찻잔을 내려놓은 송 회장이 그녀에게 선택권이 없음을 알려주는 듯 단호한 표정으로 고개를 끄덕였다.

"어우. 어떻게 내 의견도 안 물어보고 이런 걸 정할 수 있어요? 결혼하는 당사자가 저예요."

"이나야, 아빠가 여태껏 네 말이라면 다 들어줬다. 이번만큼은 네가 엄마랑 아빠 말 들을 차례야. 김우진 사장이라 했지, 그 사람이랑 결혼하는 게 어떠냐?"

이나가 누군지도 모르고 마음이 내키지 않는 사람과는 안 하겠다며 도리질을 쳐댔다.

"……그래, 결정은 네가 하는 거다. 하지만 이것 하나만 알아둬라. 이 결혼 성사 안 되면 모든 게 끝이다."

"네?"

"이제부터는 학교도 못 가고 용돈도 없어."

"그게 무슨 말이에요?"

"집에서 쫓아내지는 않겠지만 아무것도 못한다."

여태껏 부족함 없이 살아왔지만 아직 학생이라, 이나에게 따로 모아둔 돈은 없었다. 고로 당장에 자립할 여건은 못 되었다. 만약 학교도 안 보내주고 카드도 다 끊어진다면 정말이지 생활이 불가능해질 것이다.

"이번만큼은 말 들어. 이 아빠가 보장하는데, 좋은 남자다. 사람도 뚝배기처럼 무게 있고, 우리 집안에도 큰 도움이 될 거야."

"……엄마는 왜 말이 없어요?"

평소 이나가 한마디 하면 두 마디씩 붙이던 엄마도 오늘은 묵묵히 찻잔만 들고 홀짝였다.

"저는 싫어요."

"이나야. 아빠와 엄마, 그리고 우리 집안을 위해 꼭 필요한 결혼이다."

"그럼 언니랑 결혼시키면 되잖아요."

"무엇보다 너한테 꼭 필요한 사람이야."

"그래도 갑자기 이러는 경우가 어디 있어요? 저한테는 미리 말씀도 안 해주시고, 너무해요."

이나는 이대로 물러날 수는 없다며 일어섰다. 완고한 고집이 담긴 발걸음이 쿵쿵 소리 내며 2층에 있는 제 방으로 걸었다.

말도 안 되는 이야기라며 침대 위에 엎드려 누워 있다 이내 벌떡 일어났다. 그리고 여행용 보스턴백에 급한 대로 몇 가지 옷을 구겨 넣기 시작했다. 아직 학생이지만 그래도 어엿한 23살이다. 어떻게 해서든 며칠 동안 혼자 못 지내겠냐며 가방을 챙겼다.

끼익. 이나가 조심스럽게 방문을 열고 걸어 나왔다. 어느덧 11시가 넘었으니 모두 자고 있을 것이다. 뒤꿈치를 들고 1층으로 내려오니 예상대로 집안은 깜깜했다. 짧은 폭으로 걸어가는 걸음이 더욱 빨라진다.

분명 하루만 지나면 너 뜻대로 하라며 연락이 오겠지. 대체 어디 있느냐며 불이 나도록 전화가 걸려오겠지. 길어도 이틀이 지나면 자신을 찾을 것이다.

이나가 거실을 지나 현관문을 열고 정원 위에 소복하게 나열되어 있는 바닥돌 위를 사뿐 걸었다. 높디높은 대문을 열고 빠져나가 밖으로 향했다.

택시를 타고 친구 집으로 가는 와중에도 이나는 믿었다. 평소 저를 얼마나 아끼는 부모님인데, 자신이 이 정도로 나오면 분명 딸의 뜻을 알아채고 마음을 바꿔줄 거라 철석같이 믿었다.

하지만 예상과 달리 며칠이 지나도 그들은 이나를 찾지 않았다. 지갑에 있던 5만 원 남짓한 돈은 이미 몇 번의 음식 주문과 교통비로 소진되었고 카드는 정말로 죄다 막혀 있었다.

갈 곳이 없어 급한 대로 알고 지내던 친구에게 잠깐만 머물자며 부탁했다. 친구도 처음에는 반기더니 시간이 지나자 점차 불편해하는 기색을 보였다.

"엄마는 아직 연락 없으셔?"

"어? 어……."

"그럼 너 청소라도 좀 도와줄래?"

이나가 건네주는 청소기를 잡고 마지못해 바닥을 밀었다. 일을 도와주는 건 문제가 아니었지만 점점 눈치 보이는 생활이 불편해졌다.

가장 친한 친구는 방학이라며 미국으로 여행을 가 있어서 같이 지내자며 연락할 처지가 못 되었고. 어쩔 수 없이 이곳으로 왔지만 몇 번 밥을 샀다 해도 계속 얹혀 지내려니 미안했다. 이나는 시원한 음료라도 사와야겠다 싶어 밖으로 나섰다.

어둑해진 골목길, 초여름의 시작을 알리는 바람은 후덥지근한데 그래도 해가 지니 짧은 반바지를 입기에는 조금 서늘했다.

이나가 편의점에 들러 물건을 고르고 다시 돌아와 현관문 초인종을 누르려 했다. 마침 안에서 큰 목소리가 흘러나왔다. 잠깐 자리를 비운 사이 친구가 전화 통화를 하고 있는 모양이었다.

"내 말이. 쟤는 불쌍하게 하루만 있게 해달라더니 며칠이나 있어도 안 나가. 설거지도 제대로 할 줄 모르는 거 같고, 처음에는 좀 밥이라도 사더니 이제는 계속 얻어먹기만 해."

"아……."

살짝 깨물고 있던 입술이 벌어지며 한숨이 흘러나왔다. 별다른 말이 없어 아직은 괜찮을 거라 생각했는데 그것도 끝에 다다랐나 보다.

이나는 잠시 현관문 앞 계단에 쪼그리고 앉아 있다 초인종을 누르고 들어갔다. 곧장 짐을 챙겨 들고는 집에 돌아오라는 연락이 왔다고 거짓말을 하며 밖으로 나왔다. 하지만 여전히 갈 곳은 없었다.

결국 근처 버스 정류장을 맴돌다 빈 의자를 발견하곤 어깨를 축 늘어뜨린 채 앉았다. 휴대폰 액정을 확인하고, 닫고 다시 확인해도 연락 온 곳은 아무 데도 없었다. 이대로 계속 있어봤자 부모님 생각은 바뀌지 않을 것 같았다.

이렇게까지 단호한 결정을 내렸다는 것이 그녀로서는 이해하기가 어려웠다. 그래도 우선은 집으로 돌아가고 싶다는 생각만 들었다. 뽀득뽀득 깨끗이 씻고 편한 옷으로 갈아입은 뒤 포근한 제 방 침대에 마음 편히 눕고 싶었다.

"집에 가고 싶다."

조그마한 분홍 입술을 깨물었다. 잘근거리다 아파오는 통증에 멈추고 망설임 끝에 집으로 전화를 걸었다.

곧장 사람을 보내준다는 말에 '알았어요' 대답하고는 들고 있던 가방을 옆으로 내렸다. 어쩐지 허탈한 마음에 무표정한 얼굴을 하고 깜깜한 하늘을 올려다보는데, 순간 앞이 뿌옇게 흐려지며 눈물이 핑 돌았다.

"뭐 이래."

소매로 쓱쓱 닦아보아도 자꾸만 눈가로 새어 나온다. 불과 며칠 사이 이런 비현실적인 상황과 마주하게 된 자신이 당혹스럽기도 하고 결국 받아들이겠다고 마음먹었다는 사실조차 아직은 믿고 싶지가 않았다.

한껏 촉촉해진 눈가를 겨우 정리한 이나가 여전히 한 손에는 휴대폰을 꼭 쥔 채 멍한 얼굴로 편편한 바닥만 뚫어져라 보았다.

그때였다. 끼익. 처음 보는 차가 그녀 앞에 나타나 멈추었다.

"송이나 씨?"

낯선 남자의 목소리에 이나가 벌떡 고개를 들었다.

"나 때문에 가출까지 할 줄이야. 이나 씨 새로 봤어요."

며칠 전 보았던 까만 구두의 남자가 그녀를 다시 찾아왔다.

"여긴 어떻게 알고?"

분명 기사 아저씨가 올 줄 알았다. 그게 아니라면 부모님이 직접 오실 줄 알았다. 그런데 가출의 원인이 된 남자가 그녀를 찾아왔다.

"이 시간에 왜 여기까지 왔겠어요? 데리러 왔죠."

"그러니까 왜 우진 씨가?"

"어머님께 연락받았습니다."

"아……."

순간 쌀랑한 바람이 둘 사이로 스쳐 갔다. 태풍이 온다는 예고도 없었는데 마구 불어오는 바람에 이나가 남자의 흩날리는 머릿결을 쳐다보다 어깨에 이는 추위에 몸을 움츠렸다.

눈을 가늘게 뜬 우진이 말없이 다가왔다. 그가 바지 양쪽 주머니에 넣고 있던 손을 빼내어 몸을 이리저리 틀더니 입고 있던 재킷을 벗어 그녀의 어깨에 둘러주었다.

"괜찮아요."

"이나 씨 보고 있으려니 내가 안 괜찮아서 그래요."

정말로 괜찮다며 어깨에 둘러진 재킷을 걷어 돌려주려는데, 우진이 단호하게 막아섰다.

"추워 보이는데 입고 있어요. 그래도 우리 결혼할 사이 아닙니까?"

이나는 곧바로 무어라 대답하는 대신 그를 가만히 올려다보았다. 만난 지 얼마 되지도 않은 자신에게 왜 이런 호의를 베푸는 걸까? 정말 속내를 알 수 없는 남자다. 하지만 직접 물어보기에는 뭣해서 결국 그녀가 먼저 고개를 돌렸다.

"집으로 갈 거죠?"

끄덕. 땅만 쳐다보고 있는 얼굴이 두어 번 끄덕여졌다.

"데려다줄게요. 얼른 타요."

우진의 목소리에 이나가 차로 다가갔다. 한 발자국씩 걸어갈수록 여행용 가방을 쥐고 있던 손가락에 힘이 들어갔다.

지금 차에 오른다면 더 이상 '결혼'이라는 선택에서 도망칠 기회는 없을 것이다. 이나가 숨을 크게 들이켰다. 어깨와 가슴이 오르내리고, 결심을 굳힌 그녀가 한 발을 내밀었다.

달칵. 그가 뒷좌석 문을 열었다. 가까이 다가가려던 이나에게 순간 빨간 불덩이 같은 게 가슴팍으로 안겨들었다.

"마음에 안 듭니까? 이런 거 좋아한다면서요."

그녀의 품 안에 들어온 건 빨간 장미꽃다발. 투명한 포장지에 하얀 리본으로 묶여 있는 꽃송이였다.

'어라.'

그가 며칠 전 자신이 지나가며 했던 말을 또렷이 기억하고 있었다. 여러 감정이 뒤섞여 복잡하던 마음이 순식간에 느슨해진다. 분명 방금 전까지도 화가 났는데, 서글펐는데. 아주 조금이나마 짜증이 누그러드는 것 같았다.

"……고마워요."

이나가 작은 목소리로 웅얼거리자 우진이 별일 아니라며 어깨를 으쓱거렸다. '이제 가야죠' 하는 말에 커다란 차에 올라 그와 함께 뒷좌석에 앉았다.

어두워진 길을 달리는 차 안에서 이나는 조용히 창밖만 바라보았다. 품 안에 가득히 들어오는 꽃다발이 은근한 무게감을 자랑했지만 나쁘지 않았다. 오히려 간간히 느껴지는 장미 향에 코를 가까이 대었다.

'예쁘다.'

그러다 고개를 돌려 어둠 속에서도 한눈에 들어오는 남자의 얼굴과 마주했다. 보면 볼수록 수려한 생김새였다.

"우진 씨는 왜 저랑 결혼하려고 하세요? 만약 집안과 집안을 묶기 위한 정략결혼이라면 저보다 훨씬 예쁘고 똑똑한 제 언니도 있는데."

"내가 원하는 건 그쪽이니까요."

질문의 난이도가 어렵지 않다는 듯 우진이 슬쩍 웃어 보였다.

"그럼 그쪽의 장점이라도 말해봐요."

위로 올라가던 남자의 입매가 움직임을 멈추고 이나를 향해 올곧은 시선을 보냈다.

"나한테 어필해보라고요. 내가 우진 씨와의 결혼에 동의할 수 있도록."

"좋아요. 그게 이나 씨한테 잘 보이는 방법 중의 하나라면 해보죠."

우진이 이나를 향해 몸을 돌려 앉았다.

"이나 씨는 언젠가 누군가와 정략결혼을 하게 될 겁니다. 현실적으로 봤을 때 그런 집안에서 살면서 아무나 만나 연애하고 결혼할 거라고 꿈꾸진 않았죠?"

이나는 곧장 대답할 수가 없었다. 딱 하나 있는 언니는 일찍부터 학교를 핑계로 나가서 살고 있었기에 엄마는 언니를 반쯤 포기한 상태였다.

그래서 누구든 결혼을 하게 된다면 분명 자신만큼은 명문가에 보내기 위해 애쓸 거라 예상하고 있었지만 그런 순간이 이렇게 빨리 올 줄은 몰랐다.

"다른 남자보다는 내가 나을 거예요. 그건 보장할 수 있어요."

"……."

"그래도 굳이 장점을 꼽으라면, 딱 봐도 외모와 신체적 조건 우수하고."

그건 인정한다. 첫 만남에서도 그는 호텔 커피숍 안, 수많은 사람들의 시선을 끌 만큼 단연 돋보이는 존재였다.

"알다시피 나 성하그룹 사장이잖아요. 돈 잘 벌겠고, 장래성도 있고."

"……."

"제일 중요한 건, 나는 그쪽만 보며 살 자신 있어요. 그러니까 어차피 정략결혼을 해야 한다면 나보다 나은 남자는 없을 겁니다."

확신에 찬 목소리가 이나의 귓가를 윙윙 울렸다. 그 목소리가 참 단단하게 들려왔다.

"그래도 내가 마음에 들지 않는다면 이렇게 하죠. 1년이 지나도 나에 대한 생각이 조금도 바뀌지 않는다면 헤어져줄게요. 그러니까 이나 씨도 나한테 바라는 게 있다면 지금 말해요."

성격이 맞질 않으면 무려 헤어져주겠다니. 이나의 눈가가 좁혀졌다 다시 커졌다.

짧은 시간, 생각에 빠져 있던 그녀가 이내 고개를 끄덕였다. 어차피 이렇게 된 거라면, 결코 결혼을 피할 수 없는 상황이라면 차라리 그녀 나름대로 자신을 지킬 수 있는 방법을 만들어두는 게 나을 것 같았다.

"좋아요. 우진 씨가 말한 청혼 받아들일게요. 단 거기에 내 조건도 들어준다면 지금 당장 받아들일 수 있어요."

슈트에 싸인 어깨가 말해보라며 또 으쓱거렸다.

"첫째. 그쪽 말대로 우리, 1년만 같이 살아요. 살아보고 미래를 결정해요. 그런 의미에서 혼인신고는 하지 말았으면 해요. 우진 씨 재산가라면서요. 그게 나중에 정리하기에도 쉬울 거예요."

불투명한 미래 앞에서 혼인신고라는 서류로 평생을 약속하기에는 일렀다.

"둘째. 스킨십은 허락 없이 안 돼요. 부부라고는 하지만 그 점은 분명히 해주세요. 우리가 오랫동안 연애를 한 사이도 아니고, 나한테 당장 스킨십까지는 무리예요."

으흠. 고민하는 우진의 표정이 이어졌다. 자신을 말려 죽일 셈인지는 모르겠지만 그렇게까지 원한다니 알았다며 고개를 끄덕였다.

"마지막으로 학교는 계속 다닐 거예요. 당분간 결혼은 비밀로 할 거구요. 사람들에게서 필요 이상으로 언급되고 싶지 않거든요. 그러니 남자 친구로만 소개해도 될까요?"

날렵해지는 눈매가, 부드럽게 올라가는 한쪽 입꼬리가 좋다는 의미를 알려왔다.

"그거면 되겠어요?"

"네."

"다른 건 아무것도 바라는 거 없습니까?"

"이것들만 다 지켜주신다면 충분해요."

"그래요. 그럼 우리 결혼합시다."

어라. 김우진 씨. 내 말 제대로 이해한 거 맞아요?

이나가 눈을 깜빡였다. 손가락조차 마음대로 닿지 못하게 하겠다는데도 그는 개의치 않는 듯 싱긋 웃었다.

"어쩌면 이나 씨 걱정대로 우리가 안 맞을 수도 있고 치열하게 싸우며 지낼 수도 있겠죠."

물론 알콩달콩하면 더 좋겠지만.

"그래도 일단 한번 살아봅시다."

그리고 기왕이면 잘 살아봅시다.

"나한테 절대로 실망하지 않게 해줄게요."

결코 내가 먼저 돌아서는 일도 없을 것이고.

"그러니 나랑 결혼합시다."

2. 한지붕 아래

"혼자 들어갈 수 있겠어요?"

"네."

창문이 아래로 내려감과 동시에 밖으로 고개를 내미는 남자의 얼굴이 보였다.

"어른들께 혼날 수도 있는데 정말 괜찮겠습니까?"

"괜찮아요. 알아서 잘 이야기할게요."

"그럼 또 연락 줘요."

이나는 자신을 집 앞까지 데려다주고 떠나는 우진을 보며 얕은 한숨을 뱉었다.

기묘한 남자. 심지어 잘 모르겠는 사람. 전혀 생각지도 못했던 결혼이라는 단어가 며칠 사이 어깨를 짓누르기 시작한다.

그녀가 복잡해진 마음을 안고 집으로 들어서자 부모님은 '잘 생각했다'는 한마디 외에는 딱히 하지 않았다. 그저 좋은 사람이라며 너도 같이 지낼수록 마음에 들 거라는 근거 없는 이야기만 할 뿐이었다.

며칠 만에 돌아온 방은 여전히 따뜻하고 포근했다. 자신에게 있어 가장 편안한 공간인 이곳도 이제는 얼마 뒤면 머무르지 못하겠지, 하는 생각에 순간 서러움이 복받쳤다.

하지만 두 눈 질끈 감고 떨어지는 눈물을 멈추었다. 느릿한 걸음으로 침대 가까이 다가가 피곤한 몸을 기댔다.

'내가 잘할 수 있을까?'

다리를 쭉 뻗고 누우며 부드러운 이불에 얼굴을 비볐다.

'무슨 드라마도 아니고, 이런 경우가 어디 있어?'

다가올 내일에 대한 두려움과 무게가 자꾸만 머릿속을 복잡하게 만들었다.

"……."

하지만 얼마 못 가 긴장이 풀리며 이내 잠이 들었다.

그녀의 결정과 동시에 결혼은 빠르게 진행되었다. 상견례를 하고 예식을 치를 날짜를 잡고 순식간에 다가온 웨딩 촬영은 아직도 현실이 아닌 꿈을 꾸는 것 같았다.

동그란 어깨가 모두 드러나도록 깊게 파인 드레스, 섬세하게 세공된 아름다운 보석들. 이나가 직원의 도움을 받아 준비를 마쳤다. 우진이 있는 스튜디오로 걸어가는 움직임에 순백의 새틴 드레스 자락이 우아하게 펄럭였다.

찰칵.

언젠가 그런 생각을 한 적이 있었다. 웨딩드레스를 입게 될 때엔, 사랑하는 사람과 손잡고 있을 거라고. 아마도 행복한 미소를 감추지 못할 거라 생각했는데, 지금은 얼떨떨하기만 했다.

이나가 연달아 들리는 카메라 셔터 소리에 어렵게 포즈를 잡았다. 유명 작가가 찍어준 사진은 고급스럽고 예뻤지만, 이게 과연 우리에게 필요나 할까.

"괜찮아요?"

"네. 괜찮아요."

순간 얼굴에 드리운 그림자를 눈치챘는지 우진이 다가와 물었다. 잠깐 소파에 앉아 쉬고 있던 이나는 괜찮다며 고개를 끄덕였지만 시간이 지날수록 발은 아파오고 허리가 쫄려 숨도 쉬기 힘들었다. 여러모로 괴로웠지만 가장 어려운 건 세상에서 가장 행복한 신부의 미소를 짓고 있는 일이었다.

"억지로 웃을 필요 없어요."

"네?"

"이 상황이 불편하다면 날 위해서 억지로 웃으라고 강요하진 않을 겁니다."

"그런 건 아니지만."

……실은 아주 조금 그래요.

하지만 자신 때문에 웨딩 사진을 망칠 수는 없었다. 괜찮다며 희미하게 웃어 보인 이나가 자리에서 일어서려 했다.

동시에 우진이 어깨를 잡아 다시 제자리에 앉혔다. 남자의 손아귀 힘은 생각보다도 훨씬 강해서, 이나는 저절로 의자에 주저앉을 수밖에 없었다.

성큼 다가온 그가 갸름한 얼굴을 뚫어질듯 쳐다보았다. 반듯한 눈썹, 부드러운 콧날, 핑크빛 입술, 그리고 윤기가 흐르는 검은 머릿결까지. 그녀의 모든 것에 대해 알아내겠다는 듯 훑어 내리더니 얼굴 가까이로 느릿하게 다가왔다.

귓가로 내려온 입술이 뭐라고 뻐끔거렸다. 순간 우진의 숨결이 볼에 와 닿는 느낌에 이나는 어깨를 저절로 움츠릴 뻔했다.

"송이나 씨, 내 말 들어요."

"괜찮은…… 데요."

"그래도 들어요. 나는 당신한테 좋은 남편이 되고 싶으니까."

말할 때마다 목덜미에 닿는 속삭임이 이상하리만큼 야릇하다.

"그러니까 조금 더 쉬다 와요. 내가 먼저 하고 있을게요."

할 말을 마치고 유유히 멀어지는 발걸음을 지켜보던 이나가 마음을 추스르고 자리에서 일어났다. 힘들어도 해야 할 일은 해야 끝이 나는 법. 서둘러 우진의 옆으로 향했다.

촬영을 끝내고 집으로 돌아가는 길, 우진은 이나를 힐끗 보고는 손에 들고 있던 태블릿으로 시선을 돌렸다.

"많이 피곤하죠?"

"괜찮아요. 할 만했어요."

"잘해내줘서 고마워요. 나도 이나 씨 덕분에 잘 마쳤으니까."

시선은 태블릿에 고정되어 있는데 들려오는 목소리는 자신을 향한 것이 분명하다.

"……많이 바쁘신가 봐요?"

그가 움직이던 손길을 멈추고 그녀를 똑바로 응시했다.

“결혼식 하려면 미리 일해둬야 하니까요.”

“성하그룹 사장이라고 하셨죠? 호텔이랑 마트를 가지고 있다는. 맞나요?”

“그걸 지금 묻는 겁니까?”

일순 우진의 눈매가 크게 꿈틀거렸다. 이나는 순간이나마 자신을 바라보는 남자의 눈빛에 압도당하는 것 같았다. 혹시 기분 나쁜 질문을 한 걸까. 아니면 여태껏 그가 무슨 일을 하는지 정확히 모르고 있던 자신이 무심해 보였을까.

“아! 다른 뜻은 없어요. 그냥 굉장히 바빠 보여서.”

“……”

“그래도 결혼할 사이라는데 어떤 일을 하는지 제대로 알아야 할 거 같아서요.”

이나의 말에 그제야 우진의 입꼬리가 부드러운 움직임을 가지고 길어졌다.

“오히려 나한테 관심 가져줘서 고마운걸요. 일은 늘 바쁘죠. 나 하나에 수많은 사람들의 미래가 달려 있으니까.”

그렇게 바쁜 사람이 왜 지금 결혼하려는 걸까. 나이도 서른이면 아직 젊은데.

“무슨 생각 해요?”

“그냥 이런저런…… 알고 보니 김우진 씨 되게 대단한 사람이라는 거?”

그가 정말 그래 보이냐는 듯 눈썹을 위아래로 움직였다. 그 새까만 눈썹의 모습이, 마치 그녀에게 장난을 걸어오는 것처럼 보였다.

“그나저나 신혼여행은 어디로 가고 싶습니까?”

"그건 저 겨울방학 되면 가기로 했잖아요."

"아직 시간은 많이 남았지만 미리 생각해두라고요. 이나 씨 마음에 쏙 드는 곳으로 가야 하니까."

알겠다며 끄덕이던 이나는 차가 멈추는 느낌에 창밖으로 시선을 돌렸다. 어느새 도착한 집 앞에서 차문을 열고 내리며 꾸벅 고개 숙였다. 부부끼리 하는 인사라 하기에는 뭣하지만 아직 이 남자를 가까운 친구처럼 대하는 건 역부족이었다.

"그런 인사 말고 좀 신나는 걸로 어때요?"

"어떤 거요?"

"이렇게 손을 흔들어준다든가."

열린 창문을 통해 다가온 얼굴이 씩 웃으며 손을 흔들어 보였다. 이나가 자신보다 크고 두꺼워 보이는 손을 보며 '안녕히 가세요' 조곤거리고 돌아섰다.

아직도 잘 모르겠다. 결혼하겠다며 말한 그날 이후, 몇 번 더 만나 식사를 하고 차를 마시고 이야기를 나누었지만 그는 여전히 알쏭달쏭한 사람이었다.

이나가 멀어지는 차를 향해 길게 시선을 두었다.

흔들리는 마음과 상관없이 결혼식은 다가왔다. 이나는 수많은 손님들이 모인 자리에서 다소곳한 자세로 앉아 있었고 사람들의 홍수 속에서 어찌할 바를 몰라 했다.

유명 커피 프랜차이즈 회장의 딸과 장래가 기대되는 성하그룹 사장의 결혼. 그 타이틀 하나만으로도 조금의 친분이라도 있던 사람들은 모두 모여들었고, 식장이 복잡한 만큼 이나의 마음도 복잡해질 뿐이었다.

"이나야, 너무 예쁘다!"

밀리는 차에 늦지 않아 다행이라며 소연이 신부대기실로 황급히 들어왔다. 학교 친구인 소연은 이나에게 둘도 없는 친구였고 집을 나갔을 때도 제일 먼저 연락하고 싶었던 친구인 만큼 둘은 가까웠다.

"왔어?"

"너 오늘 진짜 예쁘다."

"안 이상해? 괜찮아?"

"최고! 완전 예뻐."

소연이 다가와 목소리를 높였다. 어쩌면 조금 크다고 느껴질 수도 있는 목소리였지만 잘 모르는 사람들의 시선에 둘러싸여 움츠려 있던 이나에게는 너무도 반가웠다.

"뭐 좀 먹기는 했어? 많이 떨리지는 않고?"

"완전 떨려. 나 어떡하지?"

며칠 만에 만난 친구에게 아직도 기분이 이상하다며 이렇게 떨려서 잘할 수 있을지 모르겠다며 재잘거렸다. 그러다 예식이 시작된다는 말에 이나가 곧바로 자리에서 일어나 직원의 안내에 따라 움직였다.

식장 입구에서부터 곧게 뻗어 있는 버진로드. 출발점에 도착한 그녀가 붉은 꽃잎이 듬성듬성 뿌려져 있는 길을 따라 천천히 시선을 옮겼다. 그 끝에 우진이 서 있었다.

꿀꺽. 저도 모르게 긴장감에 침이 삼켜졌다. 부케를 든 손에 바짝 힘이 들어갔다. 이나가 양손 모아 잡고 있는 건 살구빛 줄리엣

로즈 부케. '사랑의 맹세'라는 고귀한 뜻이 무색하리만큼 그녀는 잔뜩 긴장해 있었다.

지금 이 길을 걷고 나면 다시는 돌이킬 수 없을 것이다. 어디 그뿐인가. 앞으로 그와 함께 지내게 된다면 자신은 어떤 모습으로 살아가게 될지, 또한 어떠한 결혼생활을 겪게 될지 조금도 확신할 수 없었다.

그래도 여기까지 온 이상 한발 내디뎌보기로 했다. 자세를 바로잡아 허리를 꼿꼿하게 펴고 표정을 가다듬은 그녀가 아빠인 송 회장의 손을 잡고 걸음을 떼었다.

들려오는 피아노 소리에 맞춰 꽃잎 사이를 걸었다. 우진의 시선이 멀리서부터 그녀에게 고정되었다.

"이나 씨, 나한테 와요."

이나는 그가 내미는 손을 잡았다. 강건하고도 부드러운 손길에 이끌려 한걸음에 계단 위로 올랐다. 모두가 보는 앞에서 허리 숙여 인사하고, 혼인서약을 하고 돌아 나오는 순간까지도 여전히 결혼이라는 단어는 실감나지 않았다. 그것이 직접 피부로 와 닿은 건 예식을 마치고 우진과 함께 도착한 신혼집에서였다.

낯선 집 구조에 고개를 기웃거리며 미끄러운 대리석 바닥의 거실을 지나 안방으로 들어섰다. 화장대 위에 클러치백을 내려놓는 순간부터 그와 한 지붕 아래서 살게 되었다는 현실이 급속도로 다가왔다.

"나 정말 결혼했구나."

여전히 믿기지 않는다는 듯 늦게나마 작게 감탄을 쏟아낸 이나가 다시 방 안을 둘러보고 옷장과 액세서리 정리함이 있는 방으로 걸어갔다. 곧장 홈웨어를 챙겨 들고 욕실로 들어갔다. 집 구경은 뒤로 미루고, 우선은 머리를 고정시키느라 엄청나게 뿌려댔던 스프레이 찌꺼기들을 씻어내고 싶었다.

한 번으로 안 되어 두 번이나 샴푸로 감고 마른 타월로 물기를 털었다. 밖으로 나와 드라이기로 머리를 말리고 있자 우진 역시 샤워 가운을 걸치고 방에 들어왔다.

"다 씻었어요?"

"네. 우진 씨도 벌써 옷 갈아입었네요."

"남자들은 원래 금방 씻어요."

우진이 커다란 침대 위로 걸터앉았다. 팔을 뒤로 쭉 뻗고 다리를 슬쩍 꼬아 앉은 그가 이나를 빤히 쳐다보았다.

"그럼 송이나 씨. 우리 집에 온 걸 환영하며, 지금부터 뭐 할래요. 집 구경시켜줄까요?"

"미안하지만 그건 내일 하면 안 될까요? 너무 졸려서."

"자러 갈까요?"

꿀꺽. 순간 목 뒤로 침을 삼킨 이나가 작게 고개를 끄덕였다. '자러 갈까요?' 한마디가 왜 이렇게 사람을 긴장하게 만드는지.

"걱정 말아요. 약속은 지킬 테니까."

양쪽 입꼬리를 올려 싱긋 웃는 남자의 모습이 이나의 눈동자에 맺혔다. 이렇게 웃는 얼굴은 또 처음이라 낯설다. 그런데 미묘하게 짓궂은 얼굴이었다.

딸깍. 얼마 지나지 않아 방에 불이 꺼졌다. 결혼식을 치르느라 피곤한 탓에 조금 일찍 누웠더니 창밖 어딘가의 불빛들이 미미하게 흘러 들어왔다. 한 침대에 나란히 누워 있는 이 순간, 네모난 침대는 왜 이렇게 좁게만 느껴지는지. 조용한 분위기 속에서 공기도 마찬가지로 무거워지는 것 같은 느낌에 무슨 말이라도 꺼내야 할 것 같았다.

그래서 이불을 눈 밑까지 끌어당겨 덮어버렸다. 가만히 눈을 깜박이다 몸을 옆으로 틀어 누워 있는 우진을 보았다. 지그시 감고 있는 눈매의 끝이 일자가 아니라 매서워 보인다. 그런데 길게 뻗은 속눈썹은 너무도 고와 보였다.

'신기하다.'

일부러 훔쳐볼 생각은 아니었지만 가까이 있는 얼굴이 너무도 반듯하고 선명해 보여 자꾸만 눈길이 갔다.

'김우진 씨, 잘생겼네. 코도 뾰족하고, 입술도…….'

연한 오렌지색 입술을 보고 있자니 괜히 가슴이 저릿해졌다. 곰곰이 생각해보면 그를 이만큼 가까이서 본 적은 없었는데. 지금은 한 뼘이라는 간격을 두고 얼굴을 마주하고 있다는 사실에 어쩐지 손끝이 간질간질했다.

이나가 어둠 속에서 눈을 동그랗게 떴다. 분명 눈꺼풀은 졸리는데, 몰래 구경하는 일이 생각보다 재밌었다. 그렇게 그녀는 한참이나 더 우진을 살펴보다 스르륵 잠이 들었다.

다음 날 아침, 이나가 눈을 뜨고 주변을 둘러보았지만 그는 방 안에 없었다. 밖으로 나가자 '일어나셨어요?' 하며 물어오는 가사 도우미 아주머니가 싱긋 인사를 건넨다.

"사장님은 벌써 출근하셨어요."

"그래요?"

"사모님은 깨우지 말라 하시며 나가셨고요."

아무 일도 없었던 첫날밤이 지나갔다. 약속했던 대로 그와는 손가락조차 닿지 않았다. 지켜만 준다면야 편하기는 한데, 그래도 여자로서는 도통 매력이 없다 느꼈는지 정말 조용히 옆에 누워만 있다 나간 것 같았다. 하지만 이나는 대수롭지 않게 여기고는 하루의 일과를 시작했다.

그날 저녁, 우진은 10시가 넘도록 들어오지 않았다. 새벽 1시가 되어서야 열리는 문 소리에 이나가 잠깐 눈을 떴지만 이내 다시 자라며 다가온 손길에 잠이 들었다.

그러다 다시 부스럭대는 소리에 눈을 뜨자 방문을 열고 나가는 그가 보였다. 손을 뻗어 열어본 휴대폰 안에 적힌 시간은 새벽 6시였다.

'우진 씨, 벌써 일어나요?'

일어나 물어보려고 입술이 벌어지다 말았다. 평소 잠이 많은 그녀에게 이렇게 일찍 일어나는 건 불가능한 일. 그래서 다시 눈을 감고 잠에 빠져들었다.

나중에 일어나 아주머니께 물어보니 그는 운동을 다녀오는 게 틀림없다 했다. 새벽이면 늘 조깅을 나간다며 '사모님도 함께 가보시는 게 어때요?' 했지만 그녀에겐 내키지 않는 일이었다.

황금 같은 여름방학의 아침, 늦게까지 자는 게 얼마나 큰 즐거움인데. 일찍 일어난다는 건 생각도 할 수 없었다. 이후로도 우진은 무척 바쁜지 집에 들어오는 시간은 늘 늦었고 나가는 시간은 늘 빨랐다.

'뭐 나도 혼자가 더 편하니까.'

상관없겠지…… 볼을 긁적인 이나가 다시 포근한 이불에 얼굴을 문질렀다.

돌아온 첫 주말, 며칠 만에 우진과 함께 식탁에 앉았다. 이나는 밥을 먹다 말고 그의 젓가락을 따라 시선을 움직였다. 나물과 샐러드를 깨작거리는 자신과 달리 그는 밥도 속도감 있게 먹는다.

"왜 그렇게 봐?"

……너 눈 동그랗게 뜨고 보면 내가 놀라잖아.

"그냥요. 내가 좋아하는 반찬이랑 우진 씨가 좋아하는 거랑 많이 다른 거 같아서요."

식사 때 보면, 그와는 식습관이나 선호하는 반찬조차도 자신과 다르다. 어디 그뿐인가. 가사도우미 아주머니께 슬쩍 들은 이야기에 의하면 자는 습관, 생활 습관, 심지어 취미 생활까지, 자신과는 맞는 게 하나도 없었다.

이나가 인터넷 서핑을 하느라 정신이 빠져 있을 때면 그는 서재에서 조용히 책을 읽고, 그녀가 침대나 소파에 누워 편히 쉬고 있을 때면 그는 꼭 운동을 한다거나 몸을 움직이며 활동을 멈추지 않았다.

모든 면에서 달라도 너무 다르게 느껴졌다. 그렇다고 딱히 대화를 할 시간이 많은 것도 아니었다. 하루에 얼굴을 보는 시간은 고작 30분 남짓. 그것도 그가 출근할 때쯤 어쩌다 그녀가 일어나면 가능한 일이었다.

차라리 모르는 사람이라면 말을 하지 않아도 어색하지는 않겠는데 이건 가만히 있기도 그렇고, 참 머쓱했다. 하긴 날짜로만 따져본다면 알게 된 지 한 달 만에 결혼을 했으니 어쩌면 당연한 건지도 모른다.

"무슨 생각 하는데 그렇게 쳐다봅니까?"

설마 밥 먹는 모습에 관심이 있는 건 아닐 테고. 우진이 고개를 갸우뚱거렸다.

"아니에요."

이나가 별일 아니라며 다시 젓가락질을 시작했다. 우진은 딴생각에 빠진 이나를 바라보다 자리에서 일어나 방으로 들어갔다.

무언가 부스럭대는 소리가 들리는가 싶더니 이내 그가 네모난 서류 봉투를 들고 나와 불쑥 내밀었다.

"이게 뭐예요?"

이나가 봉투를 건네받아 옆으로 내렸다. 나중에 확인해보라는 말에 빈 의자에 두었다가 다시 제 앞으로 가져와 열어보았다. 무엇이 들어 있는지 궁금했다. 조심스레 뜯어 내용물을 살펴보자 다름 아닌 혼인신고서 양식이 들어 있었다.

"내 이름에는 도장 찍었어."

"그러네요."

"우리 1년만 같이 살아보자고 했었지? 혼인신고도 하지 말고."

"맞아요. 그랬죠."

"그래도 혹시나 해서 만들었어. 정 싫으면 버려. 하지만 나랑 사는 게 행복하다고 느껴지는 순간이 온다면 당신이 완성해서 제출해주라."

"……그럴게요."

하얀 종이 위에 적혀 있는 이름은 두 개인데, 도장은 하나만 찍혀 있었다. 나머지 하나는 자신의 몫이다. 그와 사는 게 만족스럽다고 느껴진다면 그때는 자신의 손으로 도장을 찍어 혼인신고를 하면 된다.

하지만 우리 1년은 살아보고 미래를 결정하자 했으니까.

성급하게 내린 결정이 나중에 불투명한 미래와 맞닥뜨렸을 때 문제가 될지도 모르기에 당장 그럴 일은 없을 것이다.

이나가 종이를 빤히 쳐다보다 옆으로 내렸다. 자신이 원하는 대로 해준다니, 욕심이 없는 남자인가. 아니면 이미 혼인신고서까지 완성해둔 걸 보면 철두철미한 남자인가. 그녀는 갑자기 건네받은 서류가 조금 당혹스러웠지만 그가 자신을 배려해주고 있다는 생각에 나쁘지는 않았다.

두 사람은 다시 조용히 밥을 먹기 시작했다. 그런 이나를 보는 우진의 표정이 바뀌었다. 눈 끝이 좁혀지며 차근히 얼굴을 살피는 것 같더니 이내 고기 한 점을 집어 올려주었다.

툭. 밥 위로 날아온 도톰한 고기에 이나가 눈을 깜박였다.

"뭐예요?"

이런. 순간 뾰족해진 입술을 보고 다가갈 뻔했다.

……너 그러면 너무 귀엽잖아!

"이것도 먹어보라고."

계속 샐러드만 먹고 있으면 기운도 안 날 것 같은데 열심히도 먹는다.

"물 더 줄까?"

"고마워요."

우진은 며칠 일이 많아 늦게 들어오느라 그녀를 살필 틈이 없었다. 그런데 그사이 얼굴이 좀 핼쑥해진 것 같았다.

이나가 그에게서 받은 고기를 입 안으로 넣었다. 조물조물 씹다가 삼키더니 갑자기 무언가 생각났는지 고개를 들어 우진을 올려다보았다.

"근데 우진 씨, 왜 말이 짧아져요?"

"응?"

"그러고 보니 오늘 아침부터 말끝이 짧아진 것 같은데."

이런. 알아채는 게 좀 늦다. 우진이 한쪽 눈을 깜박이며 맞다는 걸 확인시켜주었다.

"우리 결혼했잖아. 나는 내 사람에게는 높임말 안 써. 정 없어 보여서."

내 사람이라니. 며칠 만에야 제대로 얼굴 봤으면서, 말이 짧아지고 핑계로 내 여자라 말한다.

흥. 이나가 입술을 삐죽 내밀었다.

"그럼 나도 말 놓을래요."

"좋을 대로 해."

마음대로 하라며 돌아온 답변은 하지 말라는 것보다 더 어려웠다.

"진짜, 말 놓을 거예요."

"얼마든지."

"나중에 후회하기 없다…… 요."

우진이 좋을 대로 하라며 어깨를 으쓱거렸다.

"……됐어요. 얼른 식사나 마저 해요."

이나가 뾰족 튀어나온 입술을 집어넣고 다시 샐러드를 집었다. 우진이 얼른 김치전을 집어 밥 위에 올려주었다.

"이거 왜 자꾸 올려주는 거예요?"

"먹어보라고."

처음에는 그냥 그런가 했다. 깨작깨작 밥 먹는 자신의 모습이 답답해서 반찬 하나를 올려주는가 싶었는데 또 이런다.

'김우진 씨, 나한테 왜 이래요?'

깜박깜박. 눈을 깜박이던 이나가 고개를 들어 우진의 표정을 살폈다. 그의 눈빛이 평소보다 반짝이는 느낌에 이 남자는 그냥 이런 걸 좋아하나 보다 싶어 별말 없이 삼켰다.

"어때?"

"맛있어요."

우진의 입가에 슬쩍 미소가 걸렸다. 저렇게 조막만 한 얼굴을 하고, 동그랗게 눈을 뜨고 있으면 가만히 있어도 예쁜 것 같은데, 자신이 준 반찬을 먹고 있는 모습은 더욱 예뻤다.

이나가 다시 오물오물 삼키기 시작했다. 우진은 이런 모습을 며칠이나 제대로 볼 수 없어 애가 탔다. 일찍 집에 돌아오고 싶었지만 결혼 준비에 신경 쓰는 사이 일은 쌓여만 갔고, 더는 미룰 수가 없는 중요한 안건들이라 며칠 내내 거기에만 몰두해 있었다.

보고 싶은 얼굴을 참아가며 겨우 일을 끝내고 집으로 허겁지겁 달려와 도착하면, 그녀는 늘 침대 위에서 한쪽으로 몸을 돌려 누운 채 잠이 들어 있었다.

그럴 때마다 우진은 곤히 잠든 모습에 그녀를 깨우는 대신 가만히 지켜보곤 했다.

아주머니께 물어볼 때면 밥은 잘 먹는다 하던데. 하지만 오늘 보니 풀만 깨작거리고 있고, 얼굴은 더 작아진 것 같다.

우진이 손에 들고 있던 젓가락을 놓고 양손을 모아 식탁 위로 올려 깍지를 꼈다. 그녀를 바라보는 눈빛이 가라앉았다 들떴다를 반복하며 일렁인다.

'꼬마 아가씨.'

원하는 대로 결혼까지 했으니 더 잘해주고 싶은데. 늦은 시각 돌아와서는 해줄 수 있는 게 잠든 모습을 지켜보다 옆에서 같이 잠이 드는 것, 그것뿐이었다.

급한 일을 정리하려면 그래도 며칠은 더 걸릴 것 같다. 미안한 마음에 꼭 안아주고 싶은데, 스킨십을 하지 않겠다는 약속에 미친 듯이 참고 있는 중이다. 그러니 이 마음을 당장 알아주지는 않더라도 언젠가는 받아들여주면 좋겠다.

남자의 눈동자에 간절한 열망이 담겨들었다.

"감자는 먼저 채칼로 깎아주세요."

꼬물거리는 손이 주먹만 한 감자 두 개를 들고 요리조리 돌려보았다.

조금 전 이나는 가사도우미 아주머니가 식사 준비하는 것을 구경하다 같이 하겠다며 나섰다. 이유는 오늘 아침 일찍부터 걸려온 엄마의 전화 때문이었다.

'이나야, 잘 지내고 있어?'

'응. 그럭저럭 지내요.'

'우리 딸, 거기서도 새침하게 있지만 말고 김 사장한테 살갑게 대해줘.'

'알았어요.'

'당장은 못 느끼겠지만 부부는 정이 쌓이면 또 달라. 예쁘게 잘 살아야지.'

하지만 정이 쌓일 게 없는데. 하루 종일 얼굴을 보고 지내는 것도 아니고, 함께 밤을 보내 정이 두터워질 일도 없는 상태였다.

만약 자신이 혼인신고도, 스킨십도 하지 않기로 했다는 걸 알면 엄마는 뭐라고 할까. 아마 노발대발 난리가 날 게 분명했다. 남편 속 타게 만들려고 작정했지, 하며 들볶을지도 모르는 일이었다.

'아 참! 내가 듣기로는 김 사장이 감자볶음을 좋아한다더라. 네가 좀 해주고 그래.'

굳이 먼저 나서서 해주고 싶지는 않지만 그래도 한 번쯤 해주면 좋아하겠지 싶어 아주머니께 말씀드리고 같이 일을 시작한 것이다.

동글동글한 감자의 껍질을 깎아내고 깨끗하게 씻어 도마 위에 올렸다. 일정한 속도를 유지하며 앞뒤로 움직이는 칼날에 삐뚤삐뚤하지만 길쭉한 감자채가 만들어졌다. 프라이팬에 양파와 피망까지 함께 넣어 볶으니 감자가 맛있는 냄새를 풍기며 노랗게 익어갔다.

이나는 준비를 끝내고 그가 오기를 기다렸다. 하지만 오늘 일찍 퇴근할 수 있을지도 모르겠다던 우진은 8시가 넘도록 오지 않았다. 결국 식어버린 감자볶음을 혼자 집어먹으며 깨작거렸다.

"맛없다."

혼자 먹어서 그런 건지 식어버려 그런지, 푸석해진 감자볶음이 맛이 없다. 그래서 몇 젓가락 집어 먹고는 식탁을 치웠다.

후다닥. 엘리베이터를 향해 달려가는 남자의 걸음이 빨라졌다.

젠장. 짧게 읊조린 우진이 급히 집으로 달려간다. 어느덧 시간이 막 10시를 넘어가고 있었다.

늦은 오후부터 시작된 회의가 도무지 끝나질 않아 미치는 줄 알 았다. 신혼인 걸 알면 적당히 마칠 줄 아는 센스라도 있어야지, 이 사회인지 뭔지는 끝을 몰랐다.

현관문을 열고 안으로 들어간 우진이 침대 위에서 잠이 든 이나 를 발견했다. 그녀는 제법 피곤한 하루를 보냈는지 일찍 잠이 들어 있었다.

그가 발꿈치를 들고 소리 없이 다가갔다. 곤히 잠들어 있는 모 습을 보고 있으면 자꾸만 닿지 않겠다는 약속을 어기고 싶게 만든 다.

꼭 감고 있는 눈도 예쁘고, 특히 조그만 입술은 더욱 예쁘다. 가 만히 보고 있으면 순간이나마 저 분홍 입술이 '오빠 왔어요?' 하며 말을 건넬 것 같았지만 주인과 함께 곤히 잠이 든 입술은 움직일 줄을 몰랐다.

"……미안해. 꼬마 아가씨."

이렇게 늦을 줄 알았다면 미리 전화라도 해줄걸. 우진이 미안하 다며 다가가 이마에 조심스레 입 맞추었다. 그녀가 깨지 않도록 아 주 살짝만 입술을 대었다. 스킨십을 하지 않겠다고 약속했지만 지금 이 순간, 이것만큼은 양보할 수가 없었다.

"좋은 꿈 꿔."

잠결에 발차기를 했는지 침대 밖으로 반쯤 떨어진 이불도 당겨 덮어주고, 뺨에 붙어 있는 머리카락까지 옆으로 넘겨주고 나서야 그는 떨어지지 않는 걸음을 겨우 떼어 욕실로 향했다.

눈가를 콕콕 찌르는 이물감에 이나가 잠에서 깨어났다. 눈을 뜨고 일어나 옆을 살펴보니 우진은 없었다.

가사도우미 아주머니께 물어보니 아침 일찍 나갔다 한다. 그녀가 시큰둥해진 표정을 안고 학교 갈 준비를 서둘렀다.

아침부터 눈을 자극했던 빛은 역시나 보통이 아니었다. 높은 하늘에서부터 내려와 팔에 내리쬐는 햇볕이 따끔하다. 이나는 괜히 가을답지 않은 날씨라며 입을 뾰족거리곤 계단을 올랐다.

어느새 무더운 여름이 끝나고 다가온 가을은 새 학기의 시작을 모두에게 알렸다. 이나는 오랜만에 들른 학교에서 친구들과 인사를 하고 소연이와 같이 수업을 듣고 학생식당에 밥을 먹으러 갔다가 주호를 마주쳤다.

"이나야, 오랜만이네."

"오빠, 잘 지냈어요?"

종종거리는 이나의 걸음이 엄마 뒤를 졸졸 따라가는 아이 같았다. 방학이 끝나고 간만에 본 주호는 얼굴이 까매져 있었다.

"방학 때 뭘 했는데 그렇게 새까매졌어요?"

"봉사활동 하고 놀러 다녔지. 그러는 너는 뭐 하고 지냈어?"

"집에서 뒹굴거리고 놀았어요. 그게 내 특기잖아요."

이제는 알 때도 되지 않았냐며 웃음 짓는 그녀를 보고 주호 역시 고개를 끄덕였다.

"넌 어릴 때부터 그랬잖아. 별명이 잠꾸러기였다고."

"그 버릇 어디 가겠어요?"

킥킥. 조그만 입술이 움직이며 작은 미소가 그려졌다. 주호 선배와 이야기를 나눌 때면 늘 재밌다. 유머 있고, 배려심 깊고, 웃는 얼굴이 참 좋은 선배였다. 어릴 때 잠시 알고 지내다가 대학교에서 다시 재회하게 되었는데, 이후 오빠가 있었으면 좋겠다는 이나의 말에 선배 대신 '오빠'라는 호칭을 부르게 했다.

"오늘 개강파티 갈 거지?"

"가야죠. 소연이랑 같이 갈 거예요."

"그래, 거기서 보자."

개강파티만큼은 빠질 수 없다며 입을 모은 이나와 주호가 나중에 보자며 헤어지고, 이나는 곧바로 도서관으로 향했다. 그곳에서 소연이와 이야기를 나누다 장소가 결정되었다는 메시지를 받고 학교 근처 술집으로 자리를 옮겼다.

우글우글 모인 학생들로 인해 내부는 벌써부터 시끌벅적했다. 이나 역시 중앙을 조금 비켜난 곳에 자리를 잡고 만나는 사람들과 잘 지냈느냐며 인사하고 목 뒤로 꼴깍꼴깍 술을 넘겼다.

한 잔, 두 잔 넘어가는 시원한 맥주에 얼굴이 빨갛게 달아올랐다. 아까 전보다 훨씬 어둑해진 창밖을 보고 손목에 매고 있던 시계를 확인하니 시간은 10시를 막 넘기고 있었다. 아직 많이 늦은 시간은 아니었지만 더 늦어지면 교통편이 마땅치 않을 것 같아 이만 가봐야겠다며 인사하고 일어났다.

가게 밖으로 나온 이나가 지하철역을 향해 걸었다. 다행히 지하철역은 학교에서 5분 거리밖에 되지 않아 얼마 걷지 않고도 금방 지하철을 탈 수 있었다.

집으로 가는 사이 얼굴의 붉은 기운이 좀 내려가면 좋으련만, 답답한 공간에 있어서 그런지 열이 오히려 점차 위로 올라왔다.

"술 냄새 나려나."

킁킁. 옷에 냄새가 배어든 건 아닌지. 혹시라도 가방에 뭔가 묻은 건 없는지 요리조리 살폈다.

"이 정도면 괜찮겠지?"

다행히 냄새가 많이 나는 것 같진 않았다. 현관문 앞까지 도착해서도 고민하던 이나가 망설임을 접고 문을 열고 들어갔다. 다행히 안에는 아무도 없었다.

팔에 매고 있던 가방을 바닥에 아무렇게나 내려두고 주섬주섬 셔츠 단추를 풀었다. 블라우스 단추를 모두 풀고 팔을 빼내기 위해 어깨 아래로 내리려던 순간이었다.

"이제 왔어?"

"꺅!"

얇은 옷감에서 빼고 있던 팔을 도로 집어넣었다. 본능적으로 양쪽을 잡고 앞을 가렸다.

"우진 씨?"

분명 현관문을 열고 들어왔을 때 거실의 등이 꺼져 있어 아무도 없는 줄 알았다. 술기운이 가시지 않아 붉은 얼굴이 더욱 새빨개졌다.

"미안. 일부러 본 거 아니다. 오해하지 마."

우진이 뒤로 돌아서며 멋쩍다는 듯 어설프게 웃어 보였다.

"언제 왔어요?"

"방금 전에. 나도 이제 막 샤워하고 나왔고."

이나가 놀란 자세 그대로 어쩌지도 못하고 무어라 웅얼거렸다. 얼굴이 빨개지는가 싶더니 드러난 목과 어깨도 덩달아 빨개졌다.

"마저 갈아입고 나와."

우진이 슬쩍 돌아보고는 머리를 끄덕이며 방을 나섰다. 달칵. 무심한 얼굴을 하고 방문을 닫았다. 그러곤 곧장 거실을 향해 방향을 틀었다. 몇 걸음 성큼성큼 걸어가던 우진이 갑자기 이마를 찡그리며 뒤돌아 안방을 향해 날카로운 시선을 던졌다. 그러다 이내 다시 정면을 바라보곤 옆에 있는 벽을 꽉 힘주어 잡았다.

……그리고 점차 얼굴이 붉어졌다.

이런. 손아귀에 힘이 실렸다. 순간 당황했다. 겁먹은 다람쥐인 양 표정이 경직된 그녀를 보고 자신의 옷으로 어깨라도 덮어주었어야 했는데. 이럴 때 다정한 모습이라도 보여주어 점수라도 얻어야 했는데. 자신도 덩달아 놀라 멈칫하고 말았다.

"미치겠다."

왜 이리 예뻐. 동그래진 눈, 발그레한 뺨에 순간 턱, 말문이 막혔다. 우진이 벽을 잡고 있던 손을 놓았다. 여전히 얼굴에는 열기가 감돌았다.

으흠. 헛기침을 해보아도 들떠버린 마음이 가라앉질 않는다. 연한 분홍빛으로 변한 목과 어깨를 껴안고, 입 맞추고, 깨물어주고 싶었다.

그런데 분명 방금 전 그녀에게서 희미하게나마 술 냄새가 풍겼다. 오늘부터 개학이라 학교에 간다 했으니 당연히 술자리가 있었겠지만 발그레한 저 모습을 다른 남자들이 봤을 거라 생각하니 순식간에 머리가 뜨거워졌다. 우진의 눈매가 성큼 매서워졌다.

그때였다. 마침 잠옷으로 갈아입은 이나가 문을 열고 배꼼이 고개를 내밀며 나왔다. 곧바로 그와 얼굴을 마주하려니 어쩐지 부끄러웠지만 그렇다고 방 안에서 계속 있을 수도 없는 노릇이었다.

"먼저 와 있을 줄 몰랐어요."

인사를 건네며 다가오는 이나 앞에서 우진은 양손을 주머니에 넣은 채 가만히 보고 있었다.

"혹시 술 마셨어?"

누구랑 마셨나. 설마 나 아닌 남자랑 마신…….

"오늘 우리 과 개강파티 했거든요."

"아, 그랬군."

그나마 다행이었다.

"나한테서 술 냄새 많이 나요?"

사실 약하게 남은 술 냄새보다 빨개져 있는 얼굴이 더 신경 쓰이는 우진이었다.

"별로 안 나."

킁킁. 이나가 다시 한 번 제 몸에 배인 술 냄새를 확인하려 했다.

"거의 다 빠진 거 같은데, 괜찮죠?"

"알았으니 얼른 가서 자. 너 되게 피곤해 보여."

우진이 먼저 자라며 말하곤 서재로 가려 했다. 이나는 순간이나마 그의 표정이 편해 보이질 않는 게 신경 쓰여 뭐라고 말을 꺼내려 했다.

하지만 그는 돌아서 방으로 들어갔다. 왠지 술을 마시고 늦게 온 자신을 바라보는 눈빛이 곱지 않은 듯 보였으나 평소 늦게 오던 그를 생각하곤 별일이라며 새침한 눈빛을 하고 입술을 삐죽였다.

다음 날, 눈을 뜨니 우진은 이미 출근하고 없었다. 뭉그적거리며 일어난 이나가 씻고 학교 갈 준비를 서둘렀다.

따르릉.

부엉이가 그려진 흰색 티셔츠를 입고 나갈 준비를 하는데, 집으로 걸려오는 전화벨 소리가 들렸다.

"제가 받을게요."

아주머니께 직접 받겠다 하고는 수화기를 집어 들었다.

"여보세요?"

-실례지만 김우진 사장님 댁 아닌가요?

"네. 그런데요."

-아침부터 죄송하지만 급히 말씀드릴 게 있어서요. 사장님 계시나요?

"그 사람은 이미 출근했어요. 그런데 누구시죠?"

-아. 알겠습니다.

툭. 전화가 끊겼다. 맑고 똑 부러지는 여자 목소리.

'누구지?'

전화가 끊어진 후에도 수화기를 들고 빤히 바라보던 이나가 모르겠다며 이내 툭 내려놓았다.

"아, 늦겠다."

집을 나서는 걸음이 성급해졌다. 누군지는 모르겠지만 회사 사람이겠지, 하며 혼자 정리해버리곤 학교로 향했다.

오늘따라 상쾌한 공기에 달리는 걸음이 가볍다. 사실 이나는 집에만 있는 것보다 학교 생활이 더 즐거웠다. 넓은 집에 혼자 있으면 조금 외로웠다.

우진은 거의 매일을 늦게 들어왔고, 아직 낯선 집은 자신이 주인이 아니라며 밀어내듯 멀게만 느껴졌다. 그래서 집에 있는 것보다는 학교에서 만난 친구들과 어울리는 게 좋았다.

그러다 문득 어젯밤에 보았던 우진의 찡그린 표정을 떠올린 이나가 자신도 덩달아 이마를 찌푸렸다. 도대체 왜 그렇게 쳐다봤을까. 꼭 어디 있다가 왔느냐고 다그치듯 물어오던 눈빛이 썩 유쾌하지는 않았다.

'신경 쓰지 말아야지.'

고개를 붕붕 저은 이나가 얼굴을 펴고 서둘러 강의실로 향했다.

똑딱. 시곗바늘이 한 바퀴를 돌아 수업이 끝났다. 이나는 곧장 밖으로 나왔다.

쏴아. 늦여름의 소나기가 마구 쏟아지고 있었다.

'비가 온다는 말은 없었는데.'

아침에 날씨를 확인했을 때 비가 내린다는 소식은 없어 우산을 가져오지 않았다. 어쩔 수 없이 편의점에 가서 비닐우산이라도 사야겠다고 생각한 이나가 뛰어가려고 자세를 잡을 때였다. 클랙슨 소리와 함께 주호가 이나를 불렀다.

"이나야, 우산 없어? 내가 태워줄게."

"괜찮아요. 편의점 가서 우산 사면 돼요."

"그러지 말고 타. 가는 길에 집까지 태워줄게."

잠깐 망설이던 이나는 차로 달려가 문을 열고 앉았다. 빗속을 뛰어 편의점까지 달려가는 것보다 주호의 차를 얻어 타고 가는 편이 나을 것 같았다.

그는 이나가 알려준 주소로 차를 몰았다. 여전히 내리고 있는 빗물이 창문에 부딪혀왔다. 이나가 멀뚱히 창밖을 구경하고 있는데 주호가 라디오를 틀었다. 비 오는 날은 노래가 최고라며 튼 라디오에서 평소 자주 듣던 노래가 흘러나왔다.

"어? 나 이거 아는데."

"너도 이 노래 알아?"

"그럼요. 얼마나 좋아하는데요."

선호하는 취향이 비슷하다며 재잘거리다 어느덧 집 앞에 도착했다. 고급빌라 입구에 가까이 주차하려고 애쓰던 주호가 고개를 두리번거리다 이나의 손가락에서 반지를 발견했다.

"어? 그거 커플링이야?"

"아…… 네."

"이나 남자 친구 생겼어?"

"놀랐죠?"

"여태껏 남자 친구 있다는 말 한 적 없었잖아. 의외인데?"

이나는 자신도 그렇게 느낀다며 작게 웃고 말았다.

"태워줘서 고마워요."

덕분에 편히 왔다고 잘 가라며 손을 흔들고 돌아서 빌라 안으로 들어갔다.

가방 끝에 맺힌 물방울을 털어내고 엘리베이터 버튼을 누르기 위해 손을 뻗으려는데, 누군가 팔을 강하게 잡아채었다.

"우진 씨?"

빗물이 방울방울 튄 머리가 빗속을 달려왔음을 말해주었다. 동시에 평소보다 선명해지고 날카로워진 밤색 눈동자가 못마땅한 듯 꿈틀거렸다. 맹렬해진 눈빛이 먹이를 노리는 사냥꾼처럼 날카로웠다. 그에게 바짝 당겨진 이나가 벗어나려고 바동거렸다.

"이거 좀 놓아줘요. 아파요."

"누구야? 저 남자 누구냐고."

"주호 오빠요? 우리 학교 선배예요."

"선배인데 왜 우리 집까지 같이 와?"

"내가 우산이 없어서 곤란해하는데 도와줬거든요."

땡. 엘리베이터가 열리며 타고 있던 사람이 내렸다. 우진은 이나를 데리고 엘리베이터에 탔다.

올라가는 시간 동안 두 사람은 말이 없었다. 그리고 7층에 도착하자 이나를 이끈 우진이 그대로 집으로 데리고 들어갔다.

"송이나. 너, 잘 모르는 사람 차 타는 거 아니라고 안 배웠어?"

"모른다니요. 어릴 때부터 알고 지낸 오빠예요. 엄마랑 아빠도 다 아는 오빠라고요."

그래도 우진은 못마땅했다. 부모님들까지 알고 지낼 정도로 가까운 사이라 해도 다른 남자의 차에서 내리는 게 불쾌했다. 심지어 잘 가라며 흔들어주는 고운 손길이 자신이 아닌 타인을 향한다는 게 너무도 짜증스러웠다.

반면 이나 또한 어쩐지 혼내는 듯한 그의 말투가 묘하게 거슬렸다. 발끈한 두 주먹을 쥐고 우진을 똑바로 보았다.

"수업 끝나고 밖으로 나오니 하늘에서 비는 쏟아지고, 우산은 없고. 그래서 편의점에 사러 가려는데 마침 오빠가 차 태워준다기에 같이 온 거예요."

"차라리 나한테 전화하지 그랬어."

"바쁜 사람한테 고작 비가 온다고 연락할까요?"

"전화했으면 내가 데리러 갔어."

한마디만 했으면 당장 달려갔을 텐데.

"집에 올 시간이 없어 매일 늦게 오는 사람이 전화 한 통으로 여기까지 올 수 있을 리가 없잖아요."

"그래도 데리러 갔을 거라고."

네가 찾는다면 무조건 달려갔을 것이다.

"……."

이나는 이마에 힘줄이 도드라진 우진을 보고 크게 숨을 뱉었다. 도무지 그가 왜 이렇게 짜증을 내는지 모를 노릇이었다. 주호 선배라면 부모님끼리도 알고 지낼 만큼 오래 보았던 믿을 만한 사람이었다. 하지만 짜증이 잔뜩 묻어난 우진의 표정은 이나가 이해하기 어려울 만큼 서슬이 퍼랬다.

"남자들 함부로 믿는 거 아니야."

세상 모든 남자들 중에서 건전한 늑대는 나뿐이라고. 왜 모르나?

"김우진 씨, 나는 딱 한 번 차를 얻어 탄 것뿐이에요. 나한테 왜 이렇게까지 화내는지 모르겠어요."

애초에 1년이 지나면 헤어질지도 모른다고 예견하고 시작했던 관계였다. 앞으로 우리 사이가 어떻게 될지는 모른다 해도 시작부터 큰 기대감을 가지고 있진 않았다. 그런데 이나는 지금 이 상황이 자꾸만 답답하게 느껴졌다.

"나는 우진 씨에게 부끄럽거나 문제가 될 만한 행동은 하지 않았어요. 그리고 바쁜 사람을 불러야겠다고 생각할 만큼 염치없는 사람은 못 돼요."

"이럴 때 써먹으면 되잖아. 너는 왜 남편이 있으면서 조금도 기대질 않는데?"

"바쁘잖아요. 늘 바쁘다 했잖아요."

"……."

"그러니 연락해봐야겠다는 생각조차 한 적 없어요. 그저께도 일찍 온다고 해놓고 늦게 왔잖아요. 만약 내가 오늘 연락했다고 해도 나, 우진 씨가 언제 올지, 언제까지 기다려야 할지 몰랐을 거예요."

이나는 무언가 솟구쳐 오르는 감정을 억누르며 우진을 지나쳐 방으로 들어갔다. 곧바로 침대로 걸어가 풀썩 앉고 무릎을 당겨 끌어안으며 머리를 기대었다.

우리 관계는 어딘가 이상하다. 마치 묘하게 어긋나 있는 톱니바퀴 같았다.

째깍. 시간이 지나도 밖은 조용했다. 한참이나 무릎에 머리를 기대어 있던 이나가 일어서려고 다리를 펴는데, 방문이 열리는 소리가 들렸다. 우진이 얼굴에 표정을 지우고 들어와 말없이 옆에 앉았다. 순간 이나의 손목이 붙들리며 끌어당겨졌다.

바짝 끌려간 손목과 함께 이나의 얼굴이 우진에게로 가까워졌다. 그녀가 당황한 얼굴로 올려다보자 그가 조금 전보다 누그러진 눈빛으로 가느다란 손목을 살펴보고 있었다.

"많이 아팠어?"

"……괜찮아요."

아까 전 그에게 잡혔던 팔이 조금 빨개지긴 했었지만 이제는 그 색깔마저도 흐릿해져 원래대로 돌아왔다. 우진이 손에 힘을 풀어 손목을 가볍게 쥔 채로 옆으로 흔들었다.

"나는 당신과 잘 지내고 싶어."

그토록 원해서 이루어낸 결혼이었지만 그녀에게 기쁨보다 상처를 주고 말았다.

"우리도 이렇게 인사하면서 지내면 좋겠는데."

"……."

"안녕, 이나야. 화내서 미안해."

처음 들어보는 호칭이 순간이나마 가슴을 아리게 때리고 지나쳤다. 한층 수그러든 목소리는 정말로 괜찮으냐며 물어오고 저도 모르게 얼굴이 빨개진 이나는 옆으로 고개를 돌렸다.

"괜찮아요. 이제 안 아파요."

이나가 고개를 끄덕임으로 의견을 표시했다. 우진이 알았다며 손목을 놓아주었다. 남자의 밤색 눈동자가 아까 전에 보았을 땐 연인을 향한 질투를 담아 선명해져 있었다면 지금은 미안함에 한층 깊어져 있었다.

"며칠 전에 늦게 온 건 미안했어. 갑자기 급한 회의가 생겨서 도저히 올 수가 없었거든."

"알았어요. 어쩔 수 없었다는 거 이해해요."

"잠깐만. 이건 분명히 들어줘."

우진이 자리에서 일어나 옆으로 지나치려는 이나를 붙잡았다.

"앞으로 일찍 온다고 약속하면 무슨 일이 있어도 지켜볼게. 그러니까 너도 어려운 상황이 생기면 나 불러. 언제든지 무슨 일 생기면 나 부르라고. 지금 이 순간만큼은 내가 네 남편이라는 거 잊지 마."

"……그럴게요."

우진이 말을 이어가다 멈추고 이나를 빤히 쳐다보았다. 시선이 얽히는가 싶더니 머리를 숙여 그녀의 등에 툭툭 이마를 문질렀다. 그게 꼭 진심인 걸 알아달라고 조르는 아이 같았다.

이나는 알았다며 고개를 끄덕였다. 그래도 진심 어린 그의 마음에 답답했던 자신의 마음도 금세 풀어졌다. 그녀가 다시 거실로 나가려는데 우진이 따라 일어서더니 갑자기 앞을 가로막았다.

"우리 저녁 먹으러 나가자."

"집에 밥 있는데요?"

냉장고에 먹을 게 충분하다며 그의 오른쪽으로 지나쳐 가려 했다. 그러자 우진이 주머니에 양손을 넣은 채 바짝 다가왔다.

'응?'

다시 앞이 가로막혔다. 이나가 왜 그러냐며 반대쪽으로 가려고 몸을 돌리면, 이번에는 왼쪽으로 또 따라 움직였다.

"왜 자꾸 막아서요?"

이 남자가 정말, 왜 이럽니까!

"그러지 말고 나랑 데이트할까, 부인?"

뭐라고요, 부…… 부인?

"화해의 의미로 나랑 데이트할 생각 없어? 우리 결혼하고 단둘이 외식하러 간 적 없잖아."

"……그건 그러네요."

그러고 보니 결혼한 지 두 주가 넘었는데 한 번도 단둘이 나가 밥을 먹은 적이 없었다.

"좋아요. 나가요."

이나가 잠깐만 기다려달라며 말하고 옷장으로 달려가 블라우스를 꺼내었다. 그래도 첫 외출인데 깔끔한 모습으로 나가고 싶어 바지도 스커트로 갈아입고 화장대에서 립스틱도 꺼내어 입술에 도톰하게 발랐다. 그리고 현관문 입구에서 자신을 기다리고 있던 우진을 따라 집을 나섰다.

두 사람은 빌라 근처에 세워두었던 차로 향했다. 이나는 우진의 옆자리에 앉아 이따금 그가 운전하는 모습을 구경하거나 어둑해진 창밖을 보고는 했다.

도로를 쭉 달려 그들이 이동한 곳은 성하호텔 스카이라운지에 있는 레스토랑. 이곳은 우진이 사장으로 있는 성하그룹이 운영하는 호텔이었다. 그와 맞선을 봤던 곳이자 결혼식을 올렸던 곳이기도 했다.

그가 레스토랑 입구에 들어서며 방해받고 싶지 않다는 뜻을 내

보이자 직원이 가장 안쪽에 있는 룸으로 안내했다.

"안심 코스요리."

"저는 까르보나라 주세요."

깔끔한 주문에 직원이 꾸벅 인사를 하고 나갔다.

얼마 되지 않아 순서대로 음식이 나왔다.

당근스프와 샐러드로 시작한 이나가 이어 나온 까르보나라를 바라보았다. 김이 모락모락 올라오는 접시에서 고소한 냄새가 풍겨와 식욕을 자극했다. 한 손에는 포크를, 또 다른 손에는 스푼을 들고 돌돌 말아 먹기 시작했다.

"어때? 입맛에 안 맞으면 다른 거 시켜줄까?"

"아뇨, 맛있어요."

쫄깃한 면에 담백하고 고소한 크림소스가 맛을 더해주었다. 조금도 느끼하지 않고 입에 착 감기는 맛에 이나의 손이 바빠졌다.

"자주 먹으러 오자."

네가 좋아하는 거라면 언제든지, 얼마든지, 원하는 만큼 내어줄 수 있으니까.

"그래요. 여기 되게 맛있어요."

이나가 만족스럽다는 듯 작게 웃어 보였다.

이어진 디저트에서 그녀는 아이스크림을 주문했다. 커피잔을 우아하게 그러쥔 우진이 디저트를 먹는 이나를 바라보며 입매를 부드럽게 올렸다.

"아이스크림 좋아하나 봐?"

"네. 좋아해요."

"엄청 맛있게 먹네."

이나가 그렇다며 대답하고 다시 아이스크림을 입 안에 넣었다. 우진은 다 마신 커피잔을 테이블 위로 내리고 앉아 있던 의자를 움직여 옆으로 다가갔다.

동시에 그녀의 손에 있던 아이스크림과 스푼을 빼앗아버렸다. 그가 기다란 손가락으로 스푼을 만지작거리는가 싶더니 그녀의 입에 들어갈 만큼 한 스푼을 푹 떠서 분홍빛 입술 앞에 내밀었다.

"뭐 하는 거예요? 내가 먹을래요."

이나가 다시 스푼을 뺏으려 하자 우진이 몸을 뒤로 눕혀 피했다.

"사과하는 거야. 이것도 미안하다는 뜻의 연장선이라 생각하고 받아."

"사과는 한 번 했으면 됐어요. 두 번 했으면 충분하고요. 아이도 아니고, 이게 무슨…… 읍."

말이 이어지는 사이 입술 안을 파고든 숟가락이 달콤한 아이스크림을 한 입 내려주고 되돌아 나갔다.

"조금씩 가까워지자."

"……"

"그동안 신경 못 써줘서 미안. 또 말하려니 변명 같지만…… 회사가 중요한 투자를 앞두고 있어 너무 바빴어."

우진은 이나에게 미처 해주지 못했던 것들을, 더 빨리 알아주지 못했던 것들을 차근히 알아가고 싶다.

"이봐, 송이나 씨. 넌 평소에 뭘 좋아해? 어떤 걸 잘 먹고, 학교에서는 주로 뭘 해?"

아이스크림을 담은 숟가락이 입술 안으로 밀고 들어오는 순간부터 이나는 가슴이 이상 증세를 보였다. 찌릿하기도 하고 뭔가 툭 떨어지는 느낌이 들기도 하고. 특히 '송이나 씨' 하며 다정하게 불러주는 목소리가 괜히 기분을 들뜨게 만들었다.

"아이스크림 좋아해요. 음식은 웬만한 건 다 잘 먹고요."

거짓말. 며칠 전에 봤을 때만 해도 풀만 깨작거리고 있었으면서.

"그래도 굳이 꼽으라면 한정식을 좋아해요."

"학교에서는 뭐 하면서 시간 보내고?"

"거의 수업 듣고, 친구랑 놀고. 그러는 우진 씨는 뭘 좋아해요? 좋아하는 음식은 또 뭐예요?"

"난 조깅하는 거 좋아해. 운동을 하면 힘이 막 솟구치거든. 먹는 거는 스테이크 좋아하고. 그래서 회사에서도 이런 거 자주 먹으러 다녀."

"우린 공통점이라고는 없네요."

'그런가' 하며 우진은 피식 웃었지만, 신경 쓰지 않는다는 듯 어깨를 으쓱거렸다.

"뭐 어때. 아직은 모르는 거지. 찾아내지 못한 공통점이 있을 줄 누가 알아?"

'정말 그럴까요?' 하며 쳐다보는 이나의 눈빛이 은은한 조명을 받아 짧게 반짝였다. 우진이 다리를 꼬아 앉으며 몸을 그녀 쪽으로 쭉 밀었다.

그녀는 얼핏 보면 참 순진해 보이는데, 가끔 보이는 동그란 눈망울 안엔 고집이 담겨 있는 것 같다. 그런데 그게 또 자신을 미치게 만든다.

한참을 빤히 쳐다보던 우진이 이만 가자며 일어서는 이나를 따라 자리에서 일어났다.

곧장 엘리베이터를 타고 호텔 밖으로 빠져나오던 그가 이쪽으로 가야 한다며 끌어당기다 손을 잡았다.

'어라. 우리 스킨십은 하지 않기로 했잖아요.'

이나가 말을 꺼내려다 멈추었다. 손잡는 것 정도는 모른 척해야 할까 싶기도 하고, 망설이다 보니 타이밍을 놓쳤다.

"이 정도는 괜찮잖아?"

흠칫 놀라는 어깨를 보고 우진이 피식 웃으며 가까이 잡아당겼다. 아마도 그 생각을 하고 있을 거라 예상하고 있었지만 화들짝 놀라는 모습에서 다 드러났다.

반 발자국 뒤에서 종종 따라 걸어오던 이나가 그에게 당겨져 옆으로 걸었다. 그리고 우진은 주차장에 세워둔 차를 탈 때까지 손을 놓지 않았다.

집으로 돌아온 이나가 세수를 하고 침대에 누웠다. 먼저 씻고 누워 있던 우진이 옆에서 천천히 몸을 누이는 그녀의 손을 붙잡았다.

"왜…… 또 손잡아요?"

"글쎄. 왜 잡을까?"

이 남자 뭐지. 자신이 먼저 물었는데 똑같이 되물어온다.

"이제 놔줘요. 나 잘 거란 말이에요."

우진이 알았다며 물러나는가 싶더니 이내 손가락 사이를 얽으며 끌어당겼다. 동시에 그의 입매가 성큼 위로 올랐다.

"까꿍. 또 놀랐나?"

동그래진 눈의 주인이 우진에게 왜 그러냐며 물어왔다. 그가 이유를 맞춰보라며 씩 웃어 보였다.

고작 이만한 일로 놀라면 곤란한데. 이래서야 앞으로 키스 시도는 어떻게 하라고.

"이것도 사과하는 거야. 연장선이라 생각해."

아니, 사과의 연장선은 어디까지란 말인지. 이나가 무슨 소리냐며 손을 놓고 편하게 자고 싶다 했지만 그는 못 들은 척 눈을 감았다.

"그러지 말고 손 놓아……."

"나 이미 잠들었어."

그러니까 너도 그만 좋알대고 누워. 우진이 눈을 질끈 감고 자는 체를 했다.

"안 자는 거 알아요."

"……."

더 이상 들려오는 말이 없었다. 그러자 이나가 슬그머니 손을 빼내려 했다.

"난 잠들었다고. 누가 그러던데, 나는 한 번 잠들면 아침까지는 못 움직인대."

저기요, 김우진 씨!

이나가 눈을 감고 누워 있는 그의 앞에서 손바닥을 펼쳐 흔들어 보았다. 예상대로 미동도 없었다.

결국 마지못해 포기하고 나란히 옆에 누웠다. 마주 잡은 손바닥

사이로 온기도 지나가는 것 같고. 무언가 콩닥거리는 기분도 느껴지는 것 같았다.

스르륵. 감기는 눈이 그녀를 금방 꿈속으로 안내했다. 일순 반짝 눈을 뜬 우진이 잠든 이나를 바라본 뒤 다시 눈을 감았다.

3. 악처가 되는 법

하늘이 점차 어두워졌다. 혼자 텔레비전을 보고 있던 이나가 소파에서 일어나 거실의 전등을 켰다.

여전히 코믹한 장면이 흘러나오는 화면을 보며 킥킥 웃고 있는데, 갑자기 걸려온 엄마의 전화를 받았다. 안부를 묻는 말에 '잘 지내요' 하며 금방 끊었지만 오랜만에 부모님이 보고 싶어져 잠깐 집에 다녀오기로 마음먹었다.

오늘은 조금 늦을 거라던 우진에게 전화를 걸었다. 바빠서인지 신호가 여러 번 울리고 끊어질 때까지도 그는 전화를 받지 않았다.

중요한 회의라도 있는 걸까. 그래도 돌아와서 아무도 없으면 자신을 찾을 것 같아 사무실로 전화를 걸었다.

-죄송합니다, 사모님. 지금은 중요한 손님 때문에 어려울 것 같습니다.

머뭇거리는 윤 실장의 목소리에 알았다며 답했다. 주변에 사람이 있는지 수화기 너머로 어렴풋이 말소리가 들려왔다. 그래서 손님이 가면 전해달라며 짧은 메시지만 남겼다.

'8시인데 그 손님은 퇴근도 안 하나?'

며칠 사이 부쩍 쌀쌀해진 날씨에 트렌치코트를 걸치고 목에 머플러를 감았다. 얼마 전 엄마에게서 돌려받은 차 키를 들고 집을 나서기 위해 걸어가던 도중 서재를 지나가다 문득 발걸음을 멈추었다.

이나에게는 한 번도 제대로 살펴본 적 없는 공간. 그는 주말에도 이곳에서 틈틈이 일을 하곤 했지만 혹시라도 방해될까 봐 들어와보려 한 적은 없었다.

그녀가 가방과 차 키를 옆에 내려두고 끼익, 문을 열고 들어갔다. 제 몸의 몇 배는 될 정도의 커다란 책상을 보고 앞에 섰다.

왜인지 이곳을 살펴보고 싶어졌다. 책장에 빽빽하게 꽂혀 있는 수많은 책들과 책상 위의 물건들 중 어느 하나라도 자신과 관련된 물건이 있을까? 무엇보다 그는 평소에 어떤 일을 하며 어떤 것에 관심 있어하는지 조금이나마 답을 얻고 싶었다. 사실 이나는 며칠 전부터 우진에 대해 궁금증이 늘어가고 있었다.

"으흠. 어디서부터 열어볼까?"

이나가 책상 오른쪽 모서리에 위치한 첫 번째 서랍부터 열었다. 경영에 관한 두꺼운 책 몇 권과 볼펜 몇 자루가 담겨져 있는 것을 보고는 곧장 닫았다.

"재미없는 책들뿐이고."

드르륵. 두 번째를 지나 세 번째 서랍을 열었다. 안에는 고급스러워 보이는 조그만 상자가 들어 있었다.

자신도 모르게 손이 상자를 꺼내었다. 묶여 있거나 포장되어 있지 않아 조심히 뚜껑을 열어보니 안에는 여자 향수가 들어 있었다.

꽤 고급브랜드의 향수였다. 아니, 아주 고급 브랜드의 물건이었다. 그리고 위에는 네모난 카드가 놓여 있었다.

<사랑해. 마이 디어 YL.>

소중히 아끼는 누군가를 향한 마음이 묻어나는 손글씨. 우진의 글씨로 보였다. 그런데 YL이라면 대체 누굴까.

자신의 이름이 YL은 아니었다. 다시 한 번 떠올려보아도, '송이나'라는 세 글자를 어떻게 해보아도 'YL'이라는 스펠링은 이름에 들어가지 않았다.

"……뭐야."

갑자기 가슴이 욱신거렸다. 명치끝에 억센 힘이 가해진 듯 눌려 뻐근하게 느껴졌다. 손끝이 덜덜 떨려왔다.

불현듯 며칠 전 집으로 전화 걸었던 여자의 목소리가, 회사에 전화해서 통화하고 싶다 해도 지금은 곤란하다 했던 윤 실장의 목소리가 연달아 떠올랐다.

"설마, 여자가 있었어?"

어디서부터 올라온 건지 모를 열기에 손끝이 찌릿했다. 동시에 머릿속은 하얘지고, 입 안에는 쓴맛이 도는 것 같고, 심장의 두근거림이 빨라졌다.

아직은 사랑까지는 아니어도 그에 대한 얕은 애정은 쌓여가고 있었는데. 그래도 조금은 가까워지고 있다고 생각해왔는데. 순간 배신감이 몰아쳐오는 것 같았다.

허탈한 웃음이 흘러나왔다. 다른 여자가 있는데 자신과 결혼을 한 걸까. 그럴 거면 왜 결혼하자고 조른 건지. 도무지 이해가 되질 않았다.

발끝에서부터 피가 빠져나가듯 힘이 빠져나갔다. 그에게 조금이나마 향하던 마음이 돌아서 문을 닫고 꼭꼭 숨고 싶어졌다.

"하아."

이나는 향수를 제자리에 넣어두고 서재를 빠져나왔다. 그녀는 조금 전까지 자신이 집에 다녀오려던 참이었다는 것도 잊어버리고 답답해진 속이 풀리기만을 바라며 둥글게 만 주먹으로 가슴을 툭툭 내리쳤다.

'그쪽 하나만 보고 살 자신 있어요.'

자신의 장점이라며 당당하게 내세우던 말이 머릿속에서 먼지처럼 사라져간다. 가슴이 연기로 꽉 찬 듯 답답하고 머리가 핑 돌았다.

이나는 부엌으로 걸어가 찬 물을 벌컥 들이켰다. 식탁 의자에 쓰러지듯 앉은 이나가 입술을 깨물었다. 향수가 있던 서재방 입구를 다시 돌아보았다.

그에게 달려가 누구냐며 따져 물을 용기도, 자신도 없었지만 조금이라도 의심이 든 이상, 그와 이대로 관계를 유지하고 싶지 않았다. 다른 여자를 마음에 둔 남자와 살아야 할 만큼 결혼 생활에 각별한 애정은 없었다.

"세상에…… 여자라니."

자신을 미친 듯이 사랑하진 않더라도 다른 여자를 품은 남자는 용납할 수 없었다.

"마이 디어라……."

지금 이 순간, 입술을 잘근 깨물며 떠올린 생각은 하나였다. 차라리 빨리 헤어져야겠다. 이 결혼을 1년이라는 시간까지 유지할 필요도 없었다.

그리고 헤어질 시기를 앞당기기 위해 지금 필요한 건 자신이 그에게서 돌아서고 그가 자신에게서 완전히 돌아서는 일이었다.

"그래. 차라리 여기서 끝내자."

어떻게 하면 우리 사이를 빨리 정리할 수 있을까 생각하던 이나는 그를 멀리 떼어내기 위해서 차라리 그에게 미움 받는 쪽을 택하기로 했다.

"악처가 되자."

못된 짓을 일삼는 악처가 되어 헤어져야겠다는, 그가 자연스럽게 자신을 싫어하게 만들어야겠다는 생각이 머릿속을 부유했다.

가느다란 손가락을 둥글게 말아 주먹을 쥐었다. 이제부터 진정한 악처가 되어주리라. 다시금 다짐하는 이나의 눈빛이 원망을 담고 있었다. 설핏 눈가가 반짝였다.

보글보글. 끓어오르는 냄비 위에서 덜그럭 춤을 추는 뚜껑을 바라보았다.

이나는 오늘따라 바빠 보이는 아주머니를 보고 도와야겠다 싶어 옆으로 다가갔다.

아주머니는 저녁 반찬으로 쇠고기장조림을 만든다며 잘 삶아진 고기를 꺼내었다. 모락모락 김이 나는 것을 식힌 후 잘게 찢어 다시 간장과 설탕을 넣고 졸이기 시작했다. 이나가 옆에서 빤히 보고 있자 이번에는 고춧가루를 꺼내 들며 말했다.

"사장님께서는 매콤하게 졸인 장조림을 좋아하세요."

"그래요?"

시큰둥한 말이 흘러나오던 입술이 멈칫했다.

아주머니가 도마에 야채를 썰기 위해 잠깐 자리를 뜨고 지글지글 졸여지는 장조림을 쳐다보는 이나의 머릿속에 좋아한다는 단어보다 그에 대한 미운 감정이 먼저 떠올랐다.

그래서 고춧가루 통을 들고 툭툭 뿌려댔다. 매콤한 맛을 좋아하는 사장님이라니, 어디 한번 불나게 매콤한 맛을 느껴보라며 팍팍 뿌려댔다.

우진이 일찍 집으로 돌아왔다. 그는 어제부터 7시만 되면 퇴근하기 시작했다. 하지만 그가 아무리 최대한 일찍 오겠다던 약속을 지켜도, 이제 이나에게는 의미가 없었다.

사실 여태까지 회사에서 늦게까지 일을 한 게 맞는지 아닌지도 모르겠다. '마이디어 YL'라 이름 붙여져 있던 향수의 주인과 같이 있었을지도 모르는 일. 이나는 더 이상 알고 싶지도 듣고 싶지도 않았다.

두 사람이 마주 앉은 상 위로 뻘겋게 졸여진 쇠고기장조림이 올랐다. 왠지 평소보다 유독 진한 색깔에 우진이 갸우뚱하더니 젓가락으로 한 점 집어 입에 넣었다.

곧바로 이마가 찌푸려졌다. 매콤하고 알싸한 맛에 눈썹을 잔뜩 찌푸리더니 미처 다 씹지도 못하고 급히 삼켜버리는 듯 보였다.

'그렇게 맵나?'

이나는 그의 표정을 보고 자신도 젓가락으로 집어 한입 먹어보았다. 조금 과하게 뿌린 것 같긴 하지만 그래도 평소 매운 걸 잘 먹는 사람이라 하니 대수롭지 않게 여겼다.

컥. 목 뒤로 넘어간 매운맛이 다시 역류해 입 안과 목을 얼얼하게 만들었다. 혀끝이 따갑고 얼얼했다. 순간 얼굴이 시뻘게진 이나가 급히 물을 마시고 티슈로 입가를 닦았다.

"등 두드려줄까?"

콜록거리는 모습에 우진이 자리에서 일어나려고 했다.

"아뇨, 그게 아니라."

"너한테도 많이 맵지?"

"우리 이건 먹지 말죠."

매운맛이나 느껴보라며 팍팍 뿌린 고춧가루였지만 매워도 너무 매웠다. 스스로도 당황스러워 눈앞에서 치워야겠다는 생각이 먼저 들 정도였다.

"아주머니께 신경 써서 하시라고 한마디 해야겠군."

"내가…… 내가 한 거예요. 한다고 했는데 고춧가루를 너무 많이 부었나 봐요."

"당신이 했다고?"

"아무튼 먹지 말아요."

이나가 황급히 접시를 집어 구석으로 치워버렸다. 자신이 한 나쁜 장난에 아주머니가 피해를 보게 만들 순 없었다.

조용히 바라보던 우진의 입가가 묘하게 올라가는 것 같더니 다시 식사가 이어졌다. 하지만 이나는 몇 숟가락 더 먹고는 멈추었다. 그리고 먼저 방으로 돌아가 걸음을 서성였다.

'아직도 맵다.'

평소 매운 걸 전혀 먹지 못하는 그녀였다. 지나치게 매운맛이 입 안을 쓸고 지나가자 혀끝이 따갑고 목이 쓰리게 느껴졌다.

"미쳤다, 송이나. 미쳤어!"

어떻게 저런 걸 만들었을까. 분명 자신이 한 건 맞지만 놀라 기침이 토해져 나올 정도였다. 그래서 우진이 더 이상 먹지 못하도록 빼앗아버렸다.

그를 생각해서 그런 것은 아니었다. 자신도 먹기 싫고 혹시라도 아주머니께 정말로 불똥이 튈까 봐 치웠다.

끼익. 그때 문을 열고 들어온 우진이 침대 위에 앉아 빨개진 얼굴을 식히고 있는 이나를 보고 손을 내밀었다. 그녀의 눈앞에 불쑥 다가온 투명한 유리잔이 무언가를 담아 일렁이고 있었다.

"이거라도 좀 마셔봐. 매운 거 가시는 데 좋으니까."

그건 다름 아닌 따뜻하게 데운 우유. 이나는 그와 철저히 멀어지겠다고 생각했지만 우선 따가운 속을 식히려 컵을 받아 들었다.

한 모금, 두 모금 넘기다 반 컵 정도 마셨을 때야 비로소 조금 나아지는 느낌이 들었다. 그리고 이 상황이 머쓱해졌다. 그가 미워서 마음 놓고 뿌린 고춧가루였는데, 이 남자는 오히려 놀란 자신을 다독여주고 있었다.

"잘 마셨어요."

이나가 조곤거리며 일어서려고 했다. 그녀가 우유를 마시는 동안 옆에서 묵묵히 서 있던 우진이 이나의 어깨를 잡고 도로 앉혔다.

곧장 따갑게 내리쬐는 그의 시선이 느껴졌다. 그 시선이 적응되지 않아 그를 보려다 다시 고개를 돌렸다. 무언가 콕 찔리는 것 같았다.

짧은 침묵이 이어지다 우진이 눈을 깜빡였다.

"우리 사이가 50센티라 하면 너무 멀지 않나?"

그게 무슨 뜻일까. 고민하는 사이 우진이 옆에 앉더니 엉덩이를 움직여 가까이 다가왔다. 슬금슬금 움직이다가 자리를 잡고, 이제 멈추는가 싶더니 다시 움직였다. 더 이상 옆으로 갈 곳도 없는데. 이나는 어깨에 힘을 준 채 그의 움직임만 주시하고 있었다. 그는 불과 10센티를 남겨놓고 멈추었다.

"이 정도는 되어야지."

가까이 다가와 더욱 빤히 쳐다보는 시선에 이나의 볼이 달아올랐다.

'왜 그렇게 보는 건데요?'

따가운 건 목인데 어쩐지 뺨으로 피가 쏠리는 기분에 그녀가 양손을 볼에 살짝 가져다 대었다.

그러고 보면 그는 그렇게 매운 걸 먹고도 정말 괜찮은 걸까. 순간이나마 미안한 마음이 불쑥 올라왔지만 곧이어 며칠 전 보았던 향수 생각이 떠오르면서 저절로 이마가 찌푸려졌다.

그걸 우진이 눈여겨보고 있었다. 그는 대답 대신 이나의 머리를 쓱쓱 문지르고는 쉬라며 방에서 나갔다.

시간이 지나자 속은 한결 편해졌다. 이나는 책상에 앉아 과제를 하다 팔을 쭉 뻗어 기지개를 켰다. 이제 좀 살 것 같다. 그리고 동시에 마음이 불편해졌다. 자신 못지않게 매운맛에 놀랐을 우진인데도 그는 한마디도 하지 않고 조용히 서재로 가버렸다.

고개를 붕붕 저은 이나가 다시 노트북 화면에 집중하려 했다. 그깟 배려 한 번에 마음을 돌려서는 안 된다. 그는 자신과 공통점이라고는 하나도 없고, 잘 맞지 않는 사람이었다. 심지어 어쩌면 다른 여자를 마음에 두고 자신과 결혼하자 했던 남자다.

이나가 얼른 과제를 끝내고 잠이나 자야겠다며 서둘렀다. 키보드를 두드리는 손가락이 점차 빨라지고 모니터에 보이는 공백이 까만 글씨로 채워졌다.

그렇게 한 시간쯤 지났을까. 과제를 마친 이나가 거실로 걸어 나왔다. 다행히도 오늘 목표로 한 양을 대강 끝내었다. 그런데 테이블 위에 개어놓은 빨래가 있었다.

"어라?"

아주머니는 이미 퇴근하셨을 시간인데. 서두르다 깜빡하고 빨래를 두고 가신 것 같았다.

"사람이 실수할 수도 있지, 뭐."

이나는 포근해 보이는 아주머니가 좋았다. 그래서 놓여 있는 빨래를 자신이 제자리에 가져다두어야겠다 생각하고 옷장으로 가져가 넣으려 했다.

커다란 옷장 문을 열고 함께 섞여 있는 우진의 빨래도 하나씩 넣으며 정리하던 중 조그만 구멍이 있는 양말 한 짝을 발견했다. 왜인지 그 구멍이 마치 자신의 마음에 나버린 것과 비슷해 보였다. 비어 있는 느낌. 멀어졌다는 기분. 그래서 저도 모르게 검지 손톱으로 작은 구멍을 쥐어 파며 헤집었다.

"바보. 나쁜 놈."

그러다 문득 정신을 차리고 고개를 아래로 내렸는데, 조그마하던 구멍이 어느새 손가락 한마디가 들어갈 만큼 크게 벌어져있었다.

큰일났다. 이걸 어떡하지? 놀란 마음에 눈을 마구 깜박였다. 우진의 양말인데 제 마음대로 버리자니 그건 아닌 것 같고. 그렇다고 이대로 두기에도 그렇고.

이나는 어떡할까 고민하다 문득 자신의 처지가 떠올랐다. 그러고 보면 어느 악처가 남편의 양말을 기워주나! 결국 그냥 서랍에 넣고 말았다.

다음 날, 이나는 학교에서 모임이 있어 조금 늦게 돌아왔다. 집에 도착해 주위를 두리번거리자 서재에 있는 큰 의자에 앉아 서류를 넘겨보고 있는 우진이 있었다.

그때였다. 이나의 시야에 엄청난 존재감의 무언가가 들어오기 시작했다. 멀리서도 그녀의 시선을 단번에 사로잡은 건, 그가 신고 있는 양말에 난 구멍. 바로 어젯밤 자신이 만들어놓은 것이었다.

이나가 화들짝 놀라 종종 걸음으로 걸어갔다. 저걸 신고 회사에 갔던 건가? 다들 비웃었을 텐데.

나지막이 울리는 발자국 소리에 그녀를 발견한 우진이 이제 오냐며 쓰고 있던 안경을 벗고 그녀와 시선을 맞추어왔다. 동그란 안경테가 벗겨짐과 동시에 날렵한 눈매가 그에게 다가가는 그녀를 훑어 내렸다.

"우진 씨, 이거 말인데요."

"어?"

"여기 양말에 구멍 났어요."

까딱까딱. 이나의 말에 오른쪽 발가락이 움직였다.

"어. 그렇더라고. 회사에서 발견했는데, 그냥 뒀어."

"왜요?"

"재밌잖아."

뭐가 재미있다는 건지. 이나가 다소 어이없다는 표정을 짓고 있자 우진의 눈매가 길쭉하게 휘어지며 그녀 가까이로 발을 척 내밀었다.

"뭐가 재밌는지 알려줘?"

구멍 사이로 살짝 삐져나온 엄지발가락을 움직였다. 까딱까딱 고갯짓하는 발가락의 움직임에 구멍이 더욱 커지며 발가락이 쏙 빠져나왔다.

순간 킥, 웃음이 튀어나왔다. 춤을 추듯 흐느적거리며 움직이는 발가락에 이나는 저도 모르게 소리 냈다가 얼른 손으로 입을 막으며 다시 표정을 가다듬었다.

"구멍 났잖아요. 이런 거 신지 말고 버려요."

"왜. 귀엽지 않나?"

우진이 왼쪽 다리도 접어 제게로 발을 당기더니 손에 들고 있던 볼펜으로 양말에 구멍을 냈다. 작게 끙끙대는 소리가 들려오는가 싶더니 이내 오른쪽과 똑같이 왼쪽 엄지발가락마저 쏙 빠져나왔다.

끄덕끄덕. 인사하듯 동시에 꿈틀거리는 발가락에 이나는 또 웃음이 튀어나왔다. 발가락 두 개가 꼬물거리는 모습에 이러면 안 되는데, 참아야 하는데, 하며 다짐해보아도 한번 터진 웃음은 봇물

터지듯 흘러나와 멈출 줄 몰랐다.

"이게 그렇게 즐거워?"

"아뇨. 그런 건 아니지만…… 아무튼 구멍 난 거 신지 마요. 보기에 안 좋으니까."

이나가 아니라며 손을 들어 내젓고 뒤돌아 서재를 빠져나가려 했다.

"좋아하는 거라면 또 해줄게."

"됐어요."

이제 정말 나가보겠다며 돌아섰다.

"그러니까 계속 웃어주면 안 돼?"

걸어가던 걸음이 멈칫했다.

"혹시 나한테 하고 싶은 말 없어?"

이나의 의지와는 상관없이 어깨가 흠칫 떨리며 두 다리가 완전히 굳어버렸다. 뒤돌아보지 않아도 자신을 향해 있을 시선이 느껴졌다. 얼마나 뜨겁게 쏘아대고 있는지, 등이 따끔거리며 얼굴에 열이 올랐다.

사실 궁금한 건 많다. 서재에 있는 향수의 주인이 누군지. 자신에게 왜 결혼하자 했는지. 지금 우리 관계에 대해 어떻게 생각하고 있는지.

하지만 이나는 씻어야겠다며 조용히 서재를 빠져나가 화장실로 들어갔다. 찬물에 씻어도 벌에 쏘인 듯 따끔하고 빨개진 얼굴은 원래대로 돌아오지 않았다.

그가 마치 자신의 생각을 꿰뚫고 있는 것 같아서, 훤히 들여다보고 있는 것 같아서 등허리가 서늘해졌다. 다시 찬물에 얼굴을 문질렀다. 빨갛게 달아오른 열이 내려가도록 가장 차가운 물로 한참이나 문질렀다.

새까만 구름 사이로 물줄기가 쏟아져 내렸다.

강의실 밖을 바라보던 이나가 손에 쥐고 있던 휴대폰과 창문을 번갈아보았다. 비가 세차게 내리고 있었다.

소나기라 말하기에는 너무 길어진 비가 점심시간을 지난 이후부터 막 내리기 시작해 아직까지 멈추지 않았다.

지이잉. 마침 울리는 진동 소리에 그녀가 액정으로 시선을 돌렸다. 우진이었다.

[밖에 비 온다.]

짧은 한마디였다. 하지만 여러 의미가 들어 있는 것 같았다.

[알아요.]

이나는 간결한 답변으로 그 의미들을 모른 척하고 싶었다.

[데리러 갈까?]

[혼자 갈게요.]

[우산은 있어?]

[편의점에서 사면 돼요.]

더 이상 돌아오는 답은 없었다. 이나는 한참을 빤히 들여다보다 수업을 마치겠다는 교수님의 목소리에 가방을 챙겨 강의실 밖으로 나갔다.

'데리러갈까?' 한마디에 순간 끌리긴 했다. 차를 타고 간다면 훨씬 편하겠지. 하지만 이 결혼 생활을 끝내겠다고 마음먹은 그녀에게는 별로 도움이 되지 않을 상황이었다.

"차를 가져올 걸 그랬다."

이나는 어딘가를 가야 할 때 종종 차를 몰고 다녔지만 학교에 올 때만큼은 가져오지 않았다. 사람들이 자신을 평범한 학생으로만 봐주기를 바라서, 아빠가 유명 프랜차이즈 회장이라는 사실을 굳이 알리고 싶지 않아서 학교에 올 때만큼은 지하철이나 버스를 타고 조용히 다녔다.

든든하고 경제력이 뛰어난 아버지가 있어 좋은 점도 많았지만 무서운 일을 겪었던 적도 있어 마냥 좋은 건 아니었다.

이런저런 생각을 하다 건물 입구까지 걸어 나온 이나가 하늘에서 후드득 떨어져 내리는 비를 올려다보았다. 무서우리만큼 세차게 떨어지는 빗소리에 순간 어깨가 떨릴 정도였다.

"어떡하지? 비 많이 오는데."

"이나야, 너도 우산 없어?"

옆에서 가방을 뒤적이던 소연이 곤란한 표정을 지었다. 하필이면 오늘따라 두 사람 모두 우산이 없었다.

"응. 이대로는 집까지 못 갈 거 같은데, 사러 갈까?"

"그럼 편의점까지 뛰자."

이나가 소연이와 함께 빗속으로 뛰어들 준비를 하는데 마침 '빵빵'. 검정 차 한 대가 그녀를 향해 가까이 다가오며 클랙슨을 울렸다.

어라. 예전에도 비슷한 상황을 겪은 적이 있었다. 설마 하며 눈을 가늘게 뜨고 차를 바라보는데 뒷문이 열렸다. 그와 동시에 까만 구두가 보였다. 우진이 머리카락을 이마 위로 바짝 올리며 진청색 트렌치코트를 입은 채 걸어 나왔다.

"내가 이럴 줄 알았지. 이렇게 비가 쏟아지는데 어딜 뛰어가겠다고?"

그가 한 손에 우산을 들고 이나를 향해 다가왔다. 당황한 표정을 짓고 있는 그녀와 달리 그는 여유로운 걸음으로 웃음을 지어 보였다.

이나는 갑자기 나타난 우진보다 그가 들고 있던 우산에 흠칫 놀랐다. 오늘 아침, 일찍 학교에 가겠다며 준비를 서두르다 그와 마주쳤었다. 우산을 골라달라는 말에 일부러 제일 못생기고 휘어진 것으로 집어주었다. 어차피 차를 타니까 비 맞을 일도 없을 거라 생각하고는 삐뚤어진 제 마음만큼이나 굽어진 우산을 주었다.

그런데 그 우산을 들고 바로 이곳에 나타났다. 마침 이나와 함께 있던 소연이 그를 보고는 얼른 그에게 가라며 그녀의 등을 떠밀었다. 이나가 순간 비틀대며 우산 속으로 들어갔다.

"남자 친구라면 이 정도는 괜찮지?"

또독. 펼쳐진 우산 위로 떨어지는 빗소리를 들으며 이나가 우진과 함께 차로 걸음을 옮겼다. 그런데 마침 빗방울 하나가 뚝. 그녀의 왼쪽 어깨로 떨어졌다.

"앗, 차가워."

자신도 모르게 놀란 목소리가 튀어나왔다. 제법 굽어진 우산은 휘어진 장대 사이로 틈이 생겼는지 물이 스며 들어와 어깨로 떨어졌다.

"잠깐만 실례."

우진이 이나의 왼쪽 어깨 위로 손을 올렸다. 뚝뚝 떨어지던 물이 그녀의 어깨 대신 그의 손등 위로 떨어져 바닥으로 흘렀다.

"우리 좀 빨리 걸어야겠는데."

벌어진 틈새의 크기가 넓혀지는지 한두 방울 떨어지던 물이 후드득 떨어지기 시작했다. 빗방울이 그의 손등에 조그맣게 무리 지어 고이고 입고 있던 트렌치코트의 소매까지 적셔버렸다.

"젠장. 우산은 바꿔야겠군."

단조로운 한마디가 가슴을 파고들었다. 속상했다. 아침에 건네줄 때는 아무 생각이 없었는데, 그의 소매가 젖어가는 걸 보고 마음이 불편해졌다. 그리고 그 와중에도 어떻게든 이나의 어깨가 비에 젖지 않도록 하려고 애쓰는 우진의 모습이 보였다.

"……미안해요."

"응?"

후드득. 우산의 굽고 찢어진 틈 사이로 흘러내리는 물의 양이 더욱 많아졌다.

"이 우산, 내가 골라줬잖아요. 그러니 미안하다고요."

"……."

"얼른 가요."

이나가 걸음을 빠르게 하려던 순간 우진이 그녀의 어깨를 힘주어 잡으며 움직임을 제지했다.

"그러니까 그만 밀어내."

짧은 한마디에 온몸에서 털끝이 일어서는 것 같았다. 정말로 자신의 마음을 훤히 들여다보고 있는 걸까. 심장이 격하게 뛰기 시작했다.

너만 괜찮으면 나는 이깟 소매 따위는 아무런 상관이 없다는 듯 깊어진 눈매로 부딪혀오는 눈동자에 이나는 숨이 막혀왔다. 무언가 꼭꼭 숨겨놓았던 비밀을 들켜버린 것 같았다.

"우진 씨, 비에 다 젖겠어요. 빨리 가요."

이나는 못 들은 척 차에 올랐다.

집으로 돌아오는 시간 동안 차 안은 조용했지만 끓어오르는 이마와 얼굴은 숨길 수가 없었다.

집 앞에 도착한 그녀가 아무 일도 없는 척, 모르는 척 자연스러운 행동을 하며 차에서 내렸다. 우진은 다시 회사로 가봐야겠다며 곧바로 떠났고, 이나는 집으로 돌아왔지만 우진이 떠나고서도 떨려오는 마음을 멈출 수가 없었다.

머리가 아파왔다. 피곤해진 몸을 그대로 침대에 뉘었다. 저녁밥이며 과제며 아무것도 보는 것도, 하는 것도 싫었다. 그래서 베개에 머리를 누이고 이상하게 죄어오는 마음을 숨죽이며 잠을 청했다.

끼익. 오늘도 늦은 시간이 되어서야 방문 열리는 소리가 들렸다. 이나는 눈을 감은 채 직감적으로 우진이 들어오는 것이라는 걸 느꼈다.

몸을 일으켜 인사를 할까 생각했지만 그대로 눈을 꼭 감은 채 자는 척을 이어갔다. '그만 밀어내' 계속해서 머릿속에 울리는 그 한마디를 그가 다시 꺼낼까 봐, 대답하기 어려운 순간을 차라리 피하고 싶어 눈을 감고 있었다.

"꼬마 아가씨, 자고 있었네."

그게 무슨? 자신 말고 이 침대에 누워 있는 사람은 없었다.

"좋은 꿈꿔."

이마로 뜨거운 숨결이 느껴졌다. 말랑한 무언가가 닿았다 금방 떨어져나갔다.

그게 무엇인지는 눈을 감은 상태로도 알 수 있었다. 입술. 한 번도 제대로 닿아본 적 없는 그의 입술이었다. 이상하다. 모든 것이 혼란스러워진다.

'나한테 왜 이러는 거야?'

꼬마 아가씨는 뭐고, 왜 자신을 연인처럼 대하는 걸까. 마치 소중한 연인이라도 보살피고 다루듯 그는 낮은 목소리로 다가와 금방 떨어졌다.

이나는 잠이 완전히 깨어남과 동시에 답을 찾을 수 없는 의문이 들었다. 저 남자는 자신에 대해 어떤 생각을 하고 있는 걸까. 그건 분명 연인에게나 할 법한 입맞춤이었다. 다정한 목소리가 동반된 명백한 애정 표현이었다.

수많은 질문이 머릿속을 떠돌았지만 이나는 끝까지 눈을 뜰 수가 없었다. 너무 많은 질문들이 뒤섞여 어지러웠던 것이다. 그리고 결국 새벽이 되어서야 어렵게 잠이 들었다.

찰방찰방. 이나가 얕은 물에 발을 담가 휘저었다.

이제는 시원하기보다 한기가 먼저 들 만큼 차가워진 물에 혀끝을 쏙 내밀었다 넣고 물의 온도에 서서히 적응하고 있을 때였다.

"이나야, 여기 있었네."

"네. 오빠."

"우리 맥주가 모자라서 사러 가야 할 것 같은데, 같이 갈래?"

"갈래요."

이나가 고개를 끄덕이며 물 밖으로 나왔다. 물기가 채 가시지 않은 다리로 종종거리며 주호를 따라 나선다.

오늘 그녀는 친구들과 함께 바다로 가을 여행을 왔다. 함께 온 무리는 커다란 돗자리에 모여 앉았고, 그들 사이에선 말소리와 웃음소리가 이따금씩 흘러나왔다.

이나는 예쁜 돌을 줍겠다며 바닷물 근처를 기웃거리다 주호와 함께 근처 슈퍼에 가기로 했다.

"이 날씨에 물에 들어갔어? 차갑지 않아?"

바지 끝자락이 뽀얀 종아리 위로 밀려올라가 있는 모습에 주호가 '아직 젊은데' 하며 우스갯소리를 했다. 이나가 고개를 끄덕이며 웃어 보였다.

"근데 왜 오빠가 맥주 사러 가요? 젊고 힘 좋은 후배들 시키면 되잖아요."

"나도 어린 후배님들 보내려고 했지. 근데 누가 사러 갈지 정하는 벌칙 게임을 했는데 하필 소연이가 걸렸거든. 여자애가 그걸 어떻게 들어? 그래서 내가 간다고 했지."

"그럼 나는 왜 데려가요?"

"너한테도 무거운 거 들라고 안 시킬 거야. 그냥 혼자 가려니 심심해서."

"그럼 소연이 데려가면 되죠."

이리저리 말을 피하는 기분에 이나가 슬쩍 고개를 비틀어 가까이 들이댔다.

"그게, 소연이랑 같이 가면 조금 긴장되어서."

"왜요? 혹시 둘이 무슨 일 있었어요? 아니면 싸웠어요?"

"아니, 그냥 내가 좀……."

어라. 설마 하는 마음에 이나가 눈을 동그랗게 뜨고 되물었다.

"혹시 오빠 소연이한테 관심 있어요?"

"아니, 그러니까…… 이나야, 비밀이다."

평소 이런 모습을 보여준 적도, 한 번도 속마음을 표현한 적 없던 주호였다. 이나가 의외라며 '오빠가 소연이를?' 하면서 몇 번이나 되뇌었다.

"미안, 너한테 이런 이야기 해서. 그렇다고 중간에서 어떻게 해 달라는 그런 뜻은 아니니까 걱정 말고."

"괜찮아요."

"그러는 넌 남자 친구랑 잘 만나고 있어?"

"네, 그럭저럭. 나를 무척 좋아해주는 남자 친구거든요."

……는 무슨. 악처 흉내 내기도 어렵다.

이것도 마음이 모질고 독해야 가능한 건지, 나쁜 장난이라며 못되게 굴었다가도 금세 마음이 풀어져버렸다. 그다지 자신의 적성에 맞지도 않고, 생각보다 힘든 일이었다.

그는 왜 자신과 결혼했을까. 왜 며칠 전 빗속에서 어깨가 으스러질 듯 꼭 잡아줬을까. 빗물이 마구잡이로 튀어 옷자락이 다 젖어가는 와중에도 무엇 때문에 그렇게 꼭 안아줬던 걸까.

실은 우진이 지나가는 말로 그만 밀어내라고 했던 날 이후로 마음속에서는 계속 저울질이 일어나고 있었다. 그래서 머릿속이 너무 혼란스러웠다. 복잡하다 못해 이제는 스스로의 마음이 어느 쪽을 향해 있는지도 헷갈릴 만큼 어지러웠다.

그날 이후 우진을 마주하기가 껄끄러워 여행을 가자는 친구의 말에 좋다며 동참했는데, 이나는 어째서인지 이곳에 와서도 계속 그를 생각하는 것 같았다. 그녀가 머리를 도리도리 흔들곤 다시 여행에 집중하려 했다.

그사이 근처 편의점에 도착한 이나와 주호가 맥주 캔과 안줏거리 몇 가지를 집어 들어 계산하고 나왔다. 다시 바닷가로 돌아와 맥주를 건네주고 예쁜 돌을 마저 줍겠다며 소연이와 함께 걸었다.

쏜살같이 몰려오는 바닷물이 모래와 만나는 경계선을 따라 걸으며 별 모양, 소라 모양의 돌을 줍던 손길이 이내 멈추었다.

'정말로, 왜 밀어내지 말라 했을까?'

그때였다. 툭. 누군가의 발에 맞고 굴러온 공이 이나 옆을 지나 바닷물로 첨벙 빠졌다.

"이나야, 공 좀 던져줘!"

근처에서 족구를 하던 남자 선배와 후배들 무리에서 떨어져 굴러온 공이었다. 이나가 옆을 돌아보자 발끝에서 조금 떨어진 물 위에 공이 떠다니고 있었다.

'왜 나한테 그랬을까. 대체 이마에 뽀뽀는 왜.'

우진에 대한 생각으로 머리가 복잡해진 그녀가 멍하니 공을 주워 그들을 향해 힘껏 던졌다.

팔에 잔뜩 힘을 실어 던지고 다시 바닷물을 향해 돌아서려던 순간이었다. 첨벙. 몸을 뒤로 젖히며 뒤돌아서려던 이나가 미끄러짐과 동시에 바닷물에 풍덩 빠졌다.

"으악. 차가워!"

급히 일어섰지만 허리까지 차오른 물에 옷이 폭삭 젖었다. 순식간에 온몸에 한기가 돌며 으슬으슬 떨려왔다.

괜찮으냐며 물어오는 소연과 함께 숙소로 돌아가기로 했다. 괜히 우진에 대해 고민하다 풍덩 빠진 것 같아 순간 짜증이 났다.

숙소로 돌아간 이나는 따뜻한 물에 샤워를 하고 새 옷으로 갈아입었다. 그사이에도 우진에 대한 생각은 멈추질 않았다. 빨개질 만큼 잘근거리던 입술을 문지르고 소연이와 함께 다시 바닷가로 돌아갔다.

1박 2일 여행을 마치고 집으로 돌아온 이나가 손에 들고 있던 가방을 바닥에 떨어뜨렸다. 가사도우미 아주머니도 퇴근하셨고 조용한 실내에서 양말도 벗지 않은 채 침대로 누웠다.

여행을 다녀와서 몸이 피곤한 것도 문제였지만 어제 바다에 빠진 이후로 감기가 오려는지 아침 일찍부터 목이 따끔따끔했다. 한숨 자고 나면 괜찮겠지 싶어 우선은 따뜻한 물에 씻은 후 편한 옷을 입고 다시 침대로 누웠다.

따끔따끔. 손바닥으로 더듬어본 이마와 볼에서 열기가 느껴졌다. 동시에 어깨가 떨리며 앞이 컴컴해진다. 몸을 웅크리고 이불을 어깨까지 끌어당겨 덮었다. 딱 30분만 누워 있어야겠다며 눈을 감았다.

달칵. 방문을 열고 들어온 우진이 이나를 보고 가까이 다가갔다. 어제, 오늘 여행을 간다기에 보내줬는데, 돌아왔다는 연락도 없이 침대 위에 누워 있었다.

'많이 피곤한가?'

조금 더 가까이 다가가 얼굴을 살피자 유독 뺨이 붉어 보였다.

조심스레 손등을 대어보자 따끈한 열기가 느껴졌다. 우진이 옆으로 누운 이나를 바로 눕히고 이마에 손을 얹었다. 온몸이 불덩이였다.

"송이나."

식은땀을 흘리며 잠이 든 이나는 미동이 없었다.

"눈 좀 떠봐."

얼굴은 빨갛게 달아올라 있었고 등은 땀에 폭삭 젖어 축축했다. 우진이 어딘가로 급히 전화를 걸었다.

이내 수화기 너머의 누군가에게 알았다며 대답하곤 목에 매고 있던 넥타이를 흔들어 풀었다. 슈트 재킷도 벗어 아무렇게나 벗어 던지곤 이나에게로 다가갔다.

그녀를 요리조리 살피는가 싶더니 티셔츠의 끝부분을 잡아 단숨에 위로 올려 벗겨냈다. 순식간에 뽀얀 어깨와 잘록한 허리, 매끈한 가슴골이 드러났다. 우진이 꼭 껴안아 어깨에 살짝 입 맞추었다.

"넌 왜 아픈데 말을 안 해?"

애처로운 눈빛을 가득 하고선 땀에 젖어 볼에 붙어 있는 이나의 머리카락을 옆으로 넘겨주었다. 그녀를 다시 침대에 눕히고 이불을 덮었다. 물수건을 가지고 와야겠다는 생각에 날렵하게 일어섰다.

창문 사이로 희미하게 들어오는 빛에 이나가 눈을 떴다. 잠깐만 누워 있을 생각이었는데 푹 잠이 들어버렸다.

그녀가 눈을 뜨자마자 제일 먼저 발견한 것은 자신의 옆에 잠들어 있는 우진이었다. 그리고 다음으로 보인 건 팔에 꽂혀 있는 주 삿바늘이었다.

"어?"

시선을 위로 올리자 링거액이 보였다. 정말 깊이 잠들었는지 바늘이 들어가고 링거를 놓는 와중에도 정신이 없어 몰랐다. 왼쪽 팔에 꽂혀 있는 링거를 보고 다시 몸을 돌려 우진을 바라보았다.

언제 돌아왔는지, 집인데도 그는 옷도 갈아입지 않고 있었다. 넥타이는 어디로 가고 없고 하얀 셔츠를 입은 채 옆에 잠들어 있었다.

"불편하지도 않나?"

이나의 시선이 잠든 우진의 얼굴을 훑어 내렸다. 반듯하게 자리 잡은 이마를 시작으로 점차 아래로 내려갔다. 그는 자는 와중에도 긴 속눈썹을 움찔대며 움직임을 보였다.

"이상한 사람."

이나가 손을 뻗어 우진의 뺨을 쓸어내렸다.

"우진 씨는 왜 나랑 결혼했어요?"

까칠한 수염을 따라 턱까지 내려온 손길이 다시 올라간다.

"꼬마 아가씨는 누구예요?"

'마이 디어'는 또 무엇이냐고 깨워서 묻고 싶었지만 그럴 용기는 없었다.

"그리고 날 어떻게 생각해요?"

그녀가 말이 없는 뺨을 만지던 손길을 거두려 할 때였다.

"그게 궁금해?"

갑자기 남자의 입술이 움직였다. 꽈악. 우진의 손이 멀어지려는 이나를 붙잡았다.

"……!"

화들짝 놀란 그녀가 잡힌 손을 빼내려고 꼼지락댔지만 그는 절대 놓아주지 않았다. 남자의 손아귀는 생각했던 것보다 힘이 세서, 정말이지 꼼짝도 할 수가 없었다.

"우, 우진 씨? 언제부터 일어나 있었어요?"

"이제 막 깼어."

당황한 이나의 뺨이 붉어지려 했다. 발그레 물들어가는 뺨을 보고 우진이 그녀의 이마를 짚어보았다. 다행히 열은 많이 내린 듯했다.

그가 이제는 괜찮은 것 같다며 아침 일찍 주치의가 다시 올 테니 조금만 더 이러고 있자며 시선을 맞춰왔다.

"링거, 많이 불편하지?"

이나가 괜찮다며 손을 빼고 이불을 당겨와 눈 바로 아래까지 덮었다. 왠지 그와 시선을 마주하는 게 이상했다. 입 밖으로 꺼낸 자신의 생각을 들킨 게 부끄럽기도 하고, 그를 마주 보고 있기가 뭐했다.

우진이 먼저 침대에서 일어났다. 방문을 열고 나가 컵에 물을 담아 들고 돌아와 이나의 옆에 앉았다. 어젯밤부터 앉아 있었던 걸까. 침대 옆자리에 의자 하나가 놓여 있었다. 자신도 일어나 앉아야겠다고 생각한 이나가 몸을 일으켰다.

동시에 이불이 허리 아래로 떨어져 내렸다. 헐렁한 셔츠가 흘러내리며 뽀얀 어깨가 드러났다.

어라. 어제 집에 돌아오자마자 편한 옷으로 갈아입고 누웠던 것 같은데. 그런데 지금 입고 있는 건 자신의 티셔츠가 아니었다. 얼른 손으로 잡아당겨 어깨를 가린 이나가 주변을 두리번거리다 마땅히 걸칠 만한 게 없자 우선은 이불 속으로 숨었다.

"이, 이거 옷 말인데요."

"미안. 어제 땀을 너무 많이 흘려서 갈아입혔어."

네에?

"설마 이거 우진 씨 옷은 아니죠?"

"마땅한 게 없어서 내 옷으로 입혔는데."

이나가 얼굴만 겨우 내미는가 싶더니 다시 이불을 위로 올려 눈만 내밀고 눈동자를 데구르르 굴려댔다.

"왜 그렇게 놀라. 내가 옷 갈아입혀서?"

"봤죠?"

우진이 의자에서 일어나 이나의 가까이로 다가가 앉았다.

"나, 봤죠?"

자신을 쳐다보며 요리조리 굴러가는 눈동자와 시선을 마주했다.

"그럼 누가 갈아입혀? 모르는 사람이 와서 그러는 것보다 낫잖아."

"그건 그렇지만……."

그래도 부끄러웠다. 이나가 마른 입술을 살짝 깨물었다. 눈을 살포시 감았다 뜨고 그를 올려다보았다.

설마 밤새 간호라도 해준 걸까. 오늘따라 눈은 조금 들어간 것 같고 피부는 부쩍 꺼칠해 보였다. 평소 늦은 시간에 퇴근하고 돌아와도 늘 건강해 보이는 피부였는데. 심지어 오늘은 턱 아래 거뭇하게 솟아난 수염까지 몹시 꺼칠해 보였다.

"김우진 씨."

"어?"

"나 지금 보기 싫죠?"

"왜?"

"우진 씨는 나 때문에 잠도 못 잔 거 같고……지금 바쁠 텐데 출근도 못하고 있고."

"아니. 넌 아파도 예쁜 것 같은데?"

그래도 자신의 눈에는 제일 예쁘다.

"거짓말. 그냥 밉다고 해줘요."

"내가 왜 그래야 하는데?"

"나 싫다고 해줘요."

정말이지 싫은 점이 요만큼도 없는데 어떡하면 좋을까.

"송이나, 나한테 말을 해봐. 궁금한 걸 물어보라고."

우진이 말을 꺼내보라며 재촉했다. 실은 며칠 전부터 이나의 얼굴이 좋지 않은 걸 알고 있었다. 아이스크림으로 사과한 이후 조금은 마음을 여는가 싶었는데 다시 제자리로 돌아간 듯해 신경 쓰이던 참이었다.

겨우 말을 이어가던 이나가 이불을 목까지 내리고 올곧은 시선으로 그를 바라보았다.

"왜 자꾸 나한테 잘해줘요?"

아직 조금 남아 있는 열 탓인지 머리가 몽롱한 게, 말이 술술 나왔다. 그의 앞에서 평소 하지 못했던 묻고 싶었던 말들이 엿가락처럼 늘어지며 끊이지 않고 흘러나왔다.

"우진 씨는 날 어떻게 생각해요?"

"……."

"실은 그런 생각을 했어요. 우리는 잘 맞지 않는 거 같다고."

왜? 우진이 눈썹을 위로 올렸다 내렸다. 시선은 여전히 말이 흘러나오고 있는 도톰한 입술에 고정되었다.

"그리고…… 우진 씨 좋아하는 사람, 있는 거 아니었어요?"

이나가 드디어 어려운 말을 꺼냈다.

"나 말고 다른 여자 있는 거 아니었냐고요."

겨우 이어가는 이야기에 우진은 대체 무슨 말을 하는지 이해하지 못하겠다는 얼굴을 하고 오히려 자신에게 하는 이야기가 아닌가 하며 주변을 둘러볼 따름이었다.

"나 말고 다른 여자 있는 거 같아서, 항상 늦는 것도 정말 일 때문인 게 맞는지 모르겠고. 그래서 나는 당신이랑 빨리 헤어지는 게 낫지 않을까 생각했어요."

"그게 무슨 뜻이야?"

우진이 말도 안 되는 이야기를 들었다며 미간을 찌푸렸다. 세로로 깊게 패인 두 줄이 순식간에 이나를 긴장되게 만들었다.

"솔직히 나는 우진 씨에게 도움이 될 것도 없는데 왜 나랑 결혼하려고 했는지 이해가 안 돼요."

커피 프랜차이즈 회장 딸과 성하그룹 사장의 결혼. 세상 사람들이 바라보는 시선과 마찬가지로 이나 자신이 이해관계를 따져보아도 그에게 득이 될 만한 일은 하나도 없었다.

"그리고 며칠 전에 서재에 들어갔다 향수를 발견했어요. 일부러 뒤져볼 생각은 아니었는데 그냥 어떤 책을 읽나, 뭐가 있나 궁금해서 들어갔다가 발견했어요."

"……하아."

무슨 말인가 했더니, 설마 향수를 본 것인가 싶어 우진의 웃는 입술은 황당함을 담고 있었다.

"허락 없이 본 건 미안해요. 하지만 그 편지와 향수, 날 위한 거 아니잖아요?"

'그렇죠?' 하며 다시 물어오는 입술에 우진은 살짝 고개를 떨어뜨려 바닥을 내려다보았다. 한 손으로 이마를 짚어 머리를 아래로 내린 그가 흘러내리는 앞머리를 쓸어 넘기며 고개를 들었다.

"이런 오해를 받게 될 줄은 몰랐는데."

궁금한 게 있으면 진작 나한테 물어봤어야지. 정말이지, 꼬마 아가씨, 아니 귀여운 부인.

"송이나, 제대로 말해줄게. 그러니까 잘 들어봐."

"……."

"먼저 한동안 퇴근이 늦었던 이유는 결혼 준비하느라 밀렸던 일을 처리한다고 그런 거였고, 어느 정도 따라잡은 후에는 돌아오는 방학 때 신혼여행 가려고 미리 해두느라 그런 거였어."

그런데 잠깐 일에 몰두해 있는 사이 그녀의 작은 머리는 다른 생각을 담고 있었다. 무려 이별이라는.

"그리고 향수는, 당신 거라고는 생각해본 적 없어?"

이나는 잘 이해가 되지 않는다는 표정을 지었다.

"우리, 사랑한다는 말 할 사이는 아니잖아요."

동그래진 눈이 확인을 갈구하듯 우진을 바라보았다.

"그럼 내가 아내가 아닌 다른 여자한테 관심 가질 사람으로 보였나?"

"그건 아니지만…… 아니, 솔직히 잘 모르겠어요. 나는 우진 씨에 대해서 아직도 잘 모르겠어요."

"뭘 모르겠어? 이 기회에 다 물어보라고."

이나에게로 바짝 다가간 우진이 그녀의 귓가에 속삭였다. 남자의 오렌지빛 입술에서 토해져 나오는 따뜻한 숨결이 가녀린 목을 간질인다.

"나에 대해 알아가는 시간을 가져봐. 내가 어떤 사람인지, 어떤 남자인지, 당신은 조금도 궁금하지 않아?"

정말로 제대로 알아볼 생각이 없느냐고. 그녀의 이마에 땀과 함께 붙어 있는 머리를 옆으로 넘겨주며 답을 재촉했다.

"그럼 하나 더…… 또 궁금한 건, 실은 얼마 전에 누가 집으로 전화를 했어요. 우진 씨 찾는 전화였는데, 여자였어요. 그리고 당신 회사로 전화할 때면 통화할 수 없다는 말도 듣고, 향수도 발견했었고 그러니까 오해할 만한…… 아야!"

우진이 우물쭈물 말을 이어가던 이나의 볼을 살짝 꼬집어 당겼다. 겉으로는 아무 감정도 안 내보이려 했으면서 머릿속으로는 온갖 고민으로 자신을 밀어내려 하고 있었나 보다.

"전화 왔다는 거 지난 화요일이지? 우리 집으로 전화했던 여자는 어머니를 돌봐드리고 있는 간호사였어."

"어머님이 편찮으셨어요?"

"예전에 큰 병을 앓으셨는데 지금은 괜찮아. 다행히 거의 완치되셨고 이제는 건강하시지만 그래도 걱정이 돼서 집에 상주하는 간호사를 뒀거든. 마침 그날 나한테 전화한 거고."

맙소사. 그걸 자신은 숨겨둔 여자라고 오해하다니. 우진에게 직접 물어봤으면 금방 풀릴 궁금증이었다.

"아마 내가 회의하느라 휴대폰을 받지 못해서 집으로 전화했던 거 같군. 어머니가 숨이 차다 해서 긴급 상황으로 생각하고 연락했었다고 전달받았는데, 다행히 큰일은 아니었어."

"정말 괜찮으신 거 맞죠?"

"그날따라 정원 일을 너무 하셔서 피곤하셨던 거 같더라고."

이나가 꼬물거리며 이불 속에서 빠져나와 몸을 일으켜 앉았다. 우진은 자신을 빤히 쳐다보는 시선을 피하지 않았다. 오히려 담담하게 자신을 바라보고 있는 시선이 좀 더 자신으로 인하여 어서 빨리 애가 타고 끓어올랐으면 하고 바랄 뿐이었다.

"왜 나한테 어머님 이야기는 안 해줬어요?"

"나랑 갑자기 결혼해서 적응도 힘들었을 네가 그런 걱정까지 하지는 않았으면 했으니까."

"난 그것도 모르고."

오해했잖아요. 머쓱해진 이나가 시선을 피하며 깜박이던 눈을 밑으로 내리깔았다.

"향수는…… 며칠 있으면 너 생일이잖아."

"내 생일 언제인지 알아요?"

당연한 말을. 우진이 그게 뭐냐며 한쪽 입꼬리를 올려 피식 웃었다.

"그래서 미리 주문해둔 거였어. 한정판이라 일찍 구해두지 않으면 안 되는 물건이었거든. 그래도 부담스럽다면 카드는 빼고 주지."

그런 뜻은 아니었지만 '사랑해'라는 세 글자가 처음에는 타인을 향해 있다는 생각에 분노와 배신으로 느껴졌었다.

비록 우리 사이가 정략결혼으로 시작되긴 했었지만 조금이나마 그에게 호감이란 게 생겼었으니까. 차라리 아무 감정이 없었다면 쉽게 돌아섰을 텐데, 그러지 못하고 조금은 아쉬워하고 슬퍼지는, 복잡한 감정에 이나 역시 당황스러웠다.

하지만 그 모든 것들이 자신을 가리키는 것이었다고 생각하니 갑자기 긴장이 풀려 몸이 나른해지며 기분이 묘했다.

"마지막으로 회사로 전화했는데 통화를 못 했다는 건…… 너 이번에 결혼하고 처음 맞는 생일이잖아. 생일파티 열어줄까 의논 중이었다 보니 아무래도 윤 실장은 너한테 절대로 말할 수가 없었겠지."

고지식하고 점잖은 윤 실장의 성격이라면 재빨리 둘러대기도 쉽지 않았을 것이다.

"생일파티요?"

화들짝 놀란 이나가 정말이냐며 되물었다.

"우진 씨는 내가 생각했던 것보다 나를 좋게 보고 있었나 봐요. 그런 것까지 챙겨줄 생각을 하고 있었다니."

"내가 당연히 해야 할 일이라고 생각하는데, 넌 안 그래?"

거기에는 답할 수가 없었다. 자신은 지금까지도 그의 생일을 정확히 모르고 있는데.

갑자기 미안함이 물밀듯 밀려오기 시작했다. 여태껏 그에게 무신경했던 날들이 조금은 부끄럽게 느껴졌다.

"그리고…… 우진 씨. 마지막으로 한 가지만 더요."

숨이 차오를 만큼 연달아 질문을 쏟아내었지만 그래도 꼭 물어 봐야 할 게 한 가지 더 남았다.

"혹시 말인데요."

이나가 주먹을 말아 꼭 쥐었다.

"우리 예전에 만난 적 있어요?"

꼴깍. 질문을 뱉어내는 목 뒤로 마른침이 삼켜졌다.

"······글쎄."

하지만 남자의 느릿한 입술은.

"안 가르쳐줄래."

아직은 답을 주지 않으려 했다.

이게 무슨. 이나가 생각지도 못한 대답에 허탈하다는 듯 눈가를 찌푸렸다. 자신은 잔뜩 긴장한 목소리로 떨리는 마음을 겨우 다잡고 물어본 건데 돌아오는 답변은 '글쎄'라니.

다시금 머리가 혼란스러워졌다. 그녀가 고개를 좌우로 갸우뚱 움직이며 제게로 쏟아지는 우진의 시선을 살폈다.

자신은 그를 보고 있으면 무언가 답답하고 가슴이 콕 찔리는 것 같기도 하고, 어떻게 표현해야 할지를 모르겠는데, 남자의 눈빛은 무한한 애정을 담고 있는 것처럼 보였다.

"아무튼 오해한 건 미안해요. 하지만 나는 우리가 안 맞다면 조금이라도 빨리 헤어지는 게 낫지 않을까, 그게 서로에게 좋은 게 아닐까 하고 생각했어요."

"그래서 나하고 이대로 그만두려고 했어?"

정말 그럴 생각이었느냐고 물어오는 우진의 입술에서 한숨처럼 힘 빠진 목소리가 흘러나왔다.

사실 그는 이나와 결혼 후, 조금씩 다가가면 될 거라고, 그렇게만 생각해왔다. 그래서 우선은 누가 채가기 전에 내 여자로 만들어두자 싶어 결혼부터 서둘렀던 것이다.

"어쩌면 우리, 서로에 대한 노력이 부족해서 이렇게 된 거겠지."

"……."

"혹은 내가 당신한테 신뢰를 주지 못했거나. 그게 이유겠지."

그래서 이렇게 된 거라며 씁쓸한 기색을 감추지 못하는 우진은 억지로나마 희미한 웃음을 지으려 했지만 이나는 어쩐지 그가 스스로를 자책하는 것 같아 마음이 편하지 않았다.

오히려 자신의 어긋난 행동이 그의 가슴을 할퀴고 지나간 건 아닌지 걱정되기 시작하더니 자꾸만 알 수 없는 감정이 혈관을 타고 온몸을 흘러 다니며 그에게 미안한 마음만 일깨우고 있었다. 이나가 뭐라고 입술을 떼야 할지 몰라 망설이는데 그가 다시 대화를 치고 들어왔다.

"그래도 나, 이만하면 괜찮은 남편 아닌가?"

몸을 기울여 그녀에게 바짝 다가간 우진이 얼굴을 평행으로 마주하며 시선을 부딪쳤다.

이나는 순간 밀착되어오는 시선이 버겁다 느껴져 몸을 뒤로 눕히려 했다. 하지만 그럴수록 우진의 얼굴은 더욱 가까이 다가왔다.

이봐요, 부인. 내 말 잘 들어봐요.

"다른 남자들하고 여행 다녀와서 감기 걸린 와이프 챙겨주는 남자, 나 말고 또 있대?"

자신이 아니면 어디서 찾아볼 수 있겠느냐며 물어오는 가라앉은 목소리에 쿵. 이나의 심장이 뜨끔해지며 뛰어 올랐다.

할 말을 끝낸 우진이 다시 이나에게서 멀어졌다. 이나가 그를 놓치지 않겠다는 듯 엉덩이를 꼼지락대며 침대 바깥쪽으로 움직였다. 그리고 천천히 손을 뻗었다. '미안해요' 부드러운 손길이 남자의 뺨을 스치고 지나갔다.

우진이 미끄러지는 손을 잡아 다시 제 볼에 올렸다. 자신에게서 조금도 멀어지지 말라는 듯 꼭 붙잡았다.

이렇게 마주하고 있으면 그저 바라만 봐도 좋다는 감정이 무엇인지 다시금 깨닫게 된다. 그러면서도 동시에 자꾸만 깊은 곳에서부터 솟구치는 욕심을 참지 못하고 보여주고 싶다. 가끔 그 욕심이 커지는 날도 있었지만 그래도 지금까지는 억누르며 참고 있었다.

얼마 전 이나가 다른 남자 차를 얻어 타고 집으로 왔던 날도, 정말이지 화가 나 미칠 것 같았다. 하지만 그것조차도 필요 이상의 질투로 그녀를 힘들게 할까 봐 참고 또 참으려 했다.

"우진 씨. 정말로 왜 나랑 결혼했어요? 나보다 예쁘고 똑똑한 부잣집 딸도 많아요. 가까이는 우리 언니도 있고, 주변을 둘러봐도 너무도 많아요."

"어쩌면 그럴지도 모르지."

"커피 프랜차이즈는 호텔 사업에 직접적인 도움이 되는 것도 아닌데."

"송이나. 맞춰봐. 네가 알아내보라고."

그때도 지금도 무슨 생각하는지 모르겠는 애어른 같은 꼬마 아가씨. 너무 예쁘게 잘 자라 욕심나고, 누구에게도 보여주기 싫다.

"마이 디어 YL의 의미, 정말로 나한테 말 안 해줄 거예요?"

"스스로 알아내봐. 그것도 재밌을 것 같은데."

"그래요. 내가 생각해볼게요. 그게 나를 향하는 게 맞다면."

"너, 맞아."

분명 너를 의미하는 단어라며 말하는 입술이 의심은 용서치 않겠다는 듯 희미하게 웃어 보였다.

"그래도 못 믿겠다면 어떻게 확신시켜줄까?"

"⋯⋯."

"휴대폰이라도 보여주면 믿어볼래?"

"⋯⋯."

"아니면 사람을 시켜서 내 머리부터 발끝까지 털어볼 생각이라도 있어?"

자신의 진심에 대해 어디까지 알고 싶으냐며 물어오는 입술은 한껏 진지했다.

"아뇨."

하지만 이나는 그러고 싶지 않다며 고개를 옆으로 저었다. 의심은 오늘까지로 충분했다.

"⋯⋯앞으로 우리 사이는 어떻게 되는 걸까요?"

이제 무엇을 목표로 달려가야 할까.

고개를 푹 숙인 이나를 보고 우진이 몸을 움직여 옆으로 바짝 붙었다. 가뜩이나 헌칠하고 커다란 키가 다가와 한쪽 무릎을 굽히며 가까이로 앉았다. 그러곤 순식간에 그녀의 머리를 마구 흩뜨렸다. 왜 그러느냐고 물어오는 듯한 투명한 시선에 그가 피식 웃었다.

"뭘 어떻게 해? 나랑 계속 살아야지."

왜 쓸데없는 고민을 하나?

"한 가지만 절대로 잊지 마. 우리 결혼했다는 거."

"······."

"그 말은 네가 나 책임져야한다는 뜻도 포함되어 있어."

"그게 무슨 말이에요?"

남자의 눈꼬리가 슬쩍 좁혀지는가 싶더니 이내 돌아오며 부드러운 인상으로 바뀌었다.

"우리 한 침대에서 잤는데."

반대로 이나의 눈이 동그랗게 뜨였다.

"나랑 같이 잤으면 책임져야지. 안 그래?"

우진이 까만 눈을 깜박거리는 이나의 얼굴을 잡아 제 쪽으로 당겼다. 순식간에 이마로 다가온 입술에 그녀가 흠칫 놀랐다.

"참고로 이건 스킨십 아니야. 친구들끼리도 하는, 친밀감을 나타내는 표현이라고."

어느 친구가요. 뾰족 튀어나오려던 입술이 다시 제자리로 들어갔다. 이나는 밀어내는 대신 우진의 어깨에 천천히 머리를 기대었다. 미안하다는 의미. 그리고 이제부터라도 잘해보겠다는 다짐을 꾹꾹 담았다.

우진과 약속한 1년의 결혼 생활. 처음 그에게 가졌던 마음이 어떠했든 함께하는 지금, 만약 이대로 노력조차 하지 않고 돌아선다면 시간이 흘렀을 때 자신도 조금은 후회하지 않을까. 그런 생각이 들었다.

이 순간부터는 오해로 시작된 악처 노릇도 안녕이다. 정말이지, 하면서도 마음 편하지 않고 조마조마했었다. 들키면 어떡할까 하는 마음보다 밀어내려고 할수록 돌아와 더 깊이 자리하려는 남자 때문에, 자신을 바라보는 애정 어린 눈빛 때문에 힘들었다.

차라리 일찍 물어볼걸. 자신이 했던 나쁜 장난과 실수에 허탈한 듯 부끄러운 듯 이나가 그에게 기댄 머리를 좌우로 움직이며 비벼 댔다. 하지만 이내 행동을 멈추고 천천히 고개를 들어 우진을 바라보았다. 빤히 바라보는 까만 눈동자에 그가 담겼다.

"우진 씨, 미안해요."

여태껏 당신에 대해 조금도 알려고 한 적이 없어서, 밀어내려고만 해서.

"그리고 고마워요. 또 내가 많이 느린 사람이어서 어쩌면 이미 늦었을지도 모르겠지만, 내가 망쳐버렸는지도 모르겠지만…… 그래도 아직 기회, 있어요?"

우진은 말간 시선으로 자신을 올려다보는 눈망울과 마주했다. 곧바로 무어라 대답하는 대신 그녀의 팔을 잡고 단번에 자신의 품으로 깊이 끌어당겼다.

"기회는 무한대로 줄 거야."

"……!"

"그러니까 다른 생각 말고 나랑 살자."

순식간에 눈가가 따가워졌다. 이나는 눈물 방울이 떨어지지 않도록 주먹을 꼭 쥐었다.

"그리고 하나씩 맞춰보자. 당신이 바라는 거, 내가 바라는 거, 조금씩 맞춰보자고."

"……."

"우선 학교 가는 날에는 바라지 않을 테니까 주말에는 나랑 같이 있어."

근교에서 하는 산책도 좋고, 때로는 멀리 여행도 가면 좋겠고. 무엇보다 그녀와 함께 시간을 보내고 싶은 마음이 가득했다.

"좋아요. 하지만 평일에는 늦게 들어오는 날이 있더라도 이해해 줘요. 학교생활 하려면 가끔은 친구들이랑 같이 밥 먹고 술도 마시고 해야 어울릴 수 있으니까."

"알았어. 대신 연락은 미리 해주고."

"노력해볼게요."

우진이 제 품에 안겨 속삭이듯 조곤거리는 이나를 바라보았다. 오해가 풀린 얼굴은 확실히 아까 전보다 부드러워져 있었다.

그가 손을 뻗어 이나의 둥근 등을 쓸어내렸다. 일순간 놀라는 기색이 보였지만 그녀는 아무 말도 하지 않았다. 천천히, 또 천천히. 완만한 곡선을 몇 번이나 애잔하게 쓰다듬던 손이 어깨를 잡으며 그녀를 침대로 눕혔다.

"조금 더 자."

다독이는 손길에 이나가 고개를 끄덕였다. 하지만 이미 깨어난 눈은 말똥말똥 움직일 뿐 쉽게 잠들지 않았다.

우진이 피식 웃으며 휴대폰을 가져와 이어폰을 조그마한 양쪽 귀에 꽂아주었다. 자신이 씻고 올 동안 잠깐이라도 눈 붙이라며 잔잔한 곡을 틀어주고 일어서려 했다.

"아, 잠깐만요."

이나가 일어서려는 우진의 팔을 황급히 잡았다. 귀에 꽂힌 이어폰을 빼고 그를 올려다보았다.

"아까 한 질문에 아직 대답 안 해줬잖아요. 우리, 예전에 만난 적 있죠? 아니면 힌트라도 주면 안 돼요?"

침대 끝에 앉아 있다 일어서려던 우진이 다시 앉았다.

"그게 궁금해?"

"당연히 궁금하죠. 말해주기 전까지는 못 가요."

우진이 못 이기겠다는 듯 피식 웃으며 다가왔다.

"쉿……. 이건 비밀인데, 어떻게 알았냐면."

나지막하게 이어지는 목소리가 귓가로 들려왔다. 동시에 남자의 오렌지빛 입술이 목 근처 어디쯤까지 다가와 뜨겁게 속삭였다.

"그냥 동네 오빠."

어…… 뭐라고요? 누워 있던 이나가 발딱 고개를 들었다.

"동네 오빠요?"

"어. 몇 번 본 적 있는 동네 불량 오빠. 이제 해결됐지?"

"아뇨."

이나가 그것만으로는 부족하다며 더 많은 답을 재촉하는 눈빛을 쏘아 보냈다.

"우리 예전에 같은 동네 살았어요?"

위아래로 고개를 끄덕인 우진이 이제는 정말로 그만 물어보고 자라며 그녀의 귀에 다시 이어폰을 꽂아주었다.

딸깍. 방문 닫히는 소리가 들렸다. 이나는 마지못해 눈을 감고 들려오는 노랫소리에 귀 기울였다. 곡명도 모르겠고 누구의 것인지도 모르겠지만 잔잔하게 울려 퍼지는 멜로디에 우진에 대한 궁금증도 어느덧 멀어지며 점차 의식이 흐려져갔다.

다시 눈을 뜬 건 그로부터 두 시간 후였다. 따끔한 느낌에 정신이 들어 눈을 깜박이자 누군가 주삿바늘을 뽑으며 우진과 이야기를 나누고 있었다.

처음 보는 중년의 남자는 이제 괜찮을 거라며 점잖게 웃어 보였고 이나는 우진의 손길에 이끌려 침대에서 일어났다.

"이게 무슨 냄새예요?"

목이 말라 부엌으로 갈 생각에 방문을 열자 고소한 냄새가 콧속으로 밀려 들어왔다. 침이 꼴깍 넘어가게 만드는 냄새가 꼬르륵, 소리 나는 배를 움켜쥐게 만들었다.

이나가 눈도 다 뜨지 못한 채 냄새를 쫓고 있자 우진이 손을 잡아 식탁으로 이끌었다.

"먹어봐. 아까부터 식혀둔 거라 안 뜨거워."

밤새 아무것도 못 먹어서 배가 고플 거라며 죽을 끓였다 했다. 우진이 시키는 대로 식탁 의자에 앉자 아주머니가 물김치와 반찬 몇 가지를 꺼내왔다.

"이것도 아주머니가 하신 거예요?"

"아뇨. 죽은 사장님께서 직접 끓이셨어요."

두 사람은 어쩜 그렇게 항상 애정이 넘치느냐며 부럽다는 듯 바라보는 눈길에 이나는 뭐라고 대답해야 할지 몰랐다.

……우리 어제까지 냉전이었는걸요.

악처가 되겠다며 그렇게 고군분투했건만, 어쩐지 자신 혼자만의 냉전이었나 보다. 머쓱해진 그녀가 슬쩍 고개를 돌려 우진을 힐끔 쳐다보았다. 그는 막 현관문을 나서는 의사와 여전히 이야기 중이었다.

이나가 다시 자세를 바로 하고 자신의 앞에 놓여 있는 그릇을 보고 푹 한 숟갈 떴다. 숟가락 끝에 뭉치는 죽을 보고 혀를 내밀어 살짝 맛보자 하나도 뜨겁지 않았다. 마저 삼킨 그녀가 푹푹 떠서 먹기 시작했다.

어제 낮, 친구들과 점심밥을 먹은 이후로 아무것도 먹질 않아서 배가 허전했다. 따뜻한 죽이 한 숟갈, 두 숟갈 들어가자 기분 좋은 포만감이 생기며 온몸에 따뜻한 기운이 가득 차는 느낌이었다.

"먹을 만해?"

아침 일찍부터 와준 의사를 배웅하고 어느덧 옆에 앉은 우진이 맛이 어떤지, 간이 어떤지 꼼꼼히 물어왔다. 이나가 고개를 끄덕거리며 나름의 맛있다는 표현을 했다.

"우진 씨도 같이 먹어요. 아침 먹어야죠."

"난 됐어."

조금 있다가 먹겠다는 그는 이나가 죽을 먹는 동안 가만히 지켜보았다.

"이거 말인데요. 우진 씨가 직접 했다면서요?"

"나 죽 끓이는 거 잘해. 의외지? 보기보다 가정적인 남자라니까."

피식 웃으며 의자를 움직여 다가온 우진이 갑자기 이나의 손에 들려 있던 숟가락을 가져갔다. '뭐예요?' 까만 눈이 왜 그러냐며 멀뚱히 깜빡였다.

"친밀감의 표현."

우진이 숟가락으로 죽을 떠 그녀의 입가로 가져왔다.

"내가 먹을 수 있어요. 무슨 어린애도 아니고."

틈만 나면 이상한 핑계를 대어가며 숟가락을 뺏는다. 이나가 돌려달라며 다시 빼앗으려 하자 우진이 몸을 뒤로 젖히며 피했다.

이어지는 재촉에 조가비처럼 닫혀 있던 이나의 입술이 마지못해 열렸다.

"음. 우진 씨는 겉보기에 요리를 막 능숙하게 할 타입은 아닌 것 같은데. 어떻게 이런 맛을 냈어요?"

"나쁘지 않지?"

오물거리며 잘 받아 먹는 모습에 그가 만족스러운 웃음을 지었다.

"내가 어릴 때…… 아프면 이렇게 죽을 끓여서 챙겨주는 사람이 어머니밖에 없었거든. 그런데 어느 날부터 사정상 떨어져 지내야 했어."

이미 한참이나 지나버린 예전 기억이지만 아플 때 혼자인 것만큼 슬프고 힘든 일도 없었다.

"감기 때문에 열도 나고 아프고, 너무 괴로운데 챙겨줄 사람이 없으니 되게 서럽더라고. 그래서 죽이라도 내가 직접 끓이기 시작했지."

이나가 먹던 행동을 멈추고 우진을 빤히 바라보았다. 그러자 괜히 칙칙한 이야기를 꺼냈다며 '미안' 하고는 그녀를 욕실로 데려다주었다.

"얼굴만 씻고 나와."

이내 꾹 닫히는 욕실 문을 이나가 말없이 쳐다보았다. 조금 전 그가 아플 때 누구도 자신을 돌봐줄 사람이 없었다며 쓸쓸한 표정을 짓던 얼굴이 애처로워 보였다.

무슨 사정이었는지 물어볼 수는 없었지만 얼마나 외로웠을까. 만약 자신도 어젯밤과 오늘 아침, 혼자 침대에 누워 앓고만 있었다면 눈물 나도록 서러웠을 것이다.

굳게 닫힌 문을 쳐다보던 이나가 다시금 정신을 차리고 서둘러 얼굴을 씻고 밖으로 나갔다.

조금만 더 누워 있을 생각에 곧장 침대로 가 이불을 어깨까지 덮고 누웠다. 하지만 늦게까지 잤기에 더 이상 잠은 오지 않았다. 마침 살짝 열려 있는 방문 틈으로 텔레비전 소리가 들려왔다. 그녀가 침대에서 일어나 베개를 들고 밖으로 나갔다.

"잠이 안 와서요."

방 안에만 있으니 답답하다며 걸어 나온 이나가 거실 소파에 앉아 텔레비전을 보고 있던 우진의 옆으로 앉았다. 서너 뼘 정도 거리를 두고 앉은 그녀가 문득 며칠 전 그와 했던 대화를 떠올렸다.

'우리 사이가 이 정도는 되어야지.'

으흠. 작은 머리를 갸웃거린 그녀가 엉덩이를 들어 조금씩 옆으로 옮겼다. 조금 더 가까이 다가가 몸을 기울이며 어떻게 누워볼까 하며 고민하는가 싶더니 우진의 무릎에 머리를 대고 가져온 베개를 꼭 끌어안았다.

"여기, 잠시만 빌릴게요."

뭐? 남자의 눈동자가 미세하게 흔들렸다. 하지만 곧 얼굴빛이 묘하게 밝아졌다.

너 정말. 갑자기 이렇게 다가오면 내 심장 다 내려앉는데.

우진이 자꾸만 올라가려는 입꼬리를 겨우 잡아 내리고 마침 옆을 지나가던 아주머니께 뭐라고 말을 꺼냈다. 곧 그녀가 이불을 가져다주었다.

"한숨 더 자."

자신의 다리에 머리를 대고 누워 있는 이나의 주변으로 이불을 덮어주었다. 그녀는 제게로 온 이불로 온몸을 두르더니 바짝 고개를 들어 그를 쳐다보았다.

"근데 내 머리 많이 무거워요?"

한참을 뜸들이다 뱉은 말이 고작 무거워요? 라니. 우진이 신경 쓰지 말라며 동그란 머리를 쓰다듬었다.

이나가 무릎에 누운 채 조용히 텔레비전을 보는가 싶더니 어느새 잠이 들었다. 그가 리모컨을 들어 텔레비전 소리를 낮추었다.

두 사람만이 있는 공간에 소리 없는 시간이 이어졌다. 무릎에 잠들어 있는 이나의 표정은 제법 편안해 보였다. 잠든 그녀를 바라보는 우진의 표정에 안도감이 깃들었다.

4. 우리, 친해져볼까요?

조금씩 가까워져보자며 먼저 다가가겠다고 한 말은 거짓이 아니었다. 우진은 주말이면 가급적 이나와 함께 시간을 보내려 했다.

"이걸 다 우진 씨가 찾았어요? 믿을 수가 없는데."

그의 취향은 아닐 것 같은 달콤한 디저트를 파는 알록달록한 가게와 차가 없으면 찾아가기 힘든 숨어 있는 맛집까지, 어디선가 알아오는 그가 신기했다.

"우진 씨는 사장님이잖아요. 바쁘다면서 언제 찾은 거예요?"

"윤 실장이 찾아줬지. 직접 찾으면 좋겠지만 내가 이런 거 알아볼 시간까지는 안 되어서."

비서실장인 윤 실장이 찾아줬다며 내민 종이에는 가게 이름과 주소, 유명하다는 추천 메뉴들이 빼곡하게 적혀 있었다.

"어떡하죠? 실장님이 나 이런 거 찾아다니는 까다로운 식성이라 하겠는 걸요."

"걔는 그런 말 안 해."

오히려 맛집 종이를 건네는 윤 실장의 얼굴은 두 사람의 관계가 예전과는 달라졌다는 걸 감지하곤 흥미롭다는 모양새였다.

이나가 눈망울을 반짝이며 차근히 읽어 내려가던 종이를 네모난 모양으로 접었다.

"이거 꼭 보물지도 같아요."

아끼는 물건을 다루듯 모서리를 맞추어 예쁘게 접어서는 서랍 안에 살포시 넣었다.

'다음번에는 거기도 가봐야지' 하며 다짐하는 그녀가 생각이 마무리되기도 전에 곧바로 냉장고로 향했다. 그리고 안에서 플라스틱으로 만들어진 상자를 꺼내왔다. 어제 우진이 가져온 선물이었다.

식탁 위에 올려 반투명색의 뚜껑을 열자 안에 들어 있던 케이크가 달콤한 자태를 드러냈다. 새하얀 크림 위에 지그재그 모양으로 장식된 과일을 보고 입맛을 다신 이나가 수납장에서 꺼내온 접시에 케이크를 조각내어 담았다. 먼저 우진의 앞에 내어주자 그가 곧장 포크를 들고 뭔가를 툭툭 빼내기 시작했다.

그건 다름 아닌 키위. 그걸 본 이나의 입술이 장난기 가득 담긴 목소리로 재잘거렸다.

"그거, 왜 안 먹어요?"

"난 원래 키위 안 먹어."

"정말요?"

"응."

신 과일을 못 먹어 키위를 빼낸다는 말에 이나가 능청스러운 표정을 하고 눈을 깜박였다.

"어떡하지? 편식하는 남자는 매력 없어요."

예전에 샐러드를 좋아하는 자신에게는 풀만 먹는다고 그랬으면서, 자기는 과일을 골라낸다. 그러고는 당당한 얼굴로 앉아 있는 조금은 뻔뻔한 남자. 이나는 어쩐지 그 모습이 아이 같아 저도 모르게 웃음이 났다.

하지만 우진은 '매력 없어요'에서 이미 눈썹을 꿈틀거리기 시작했다. 킥킥 웃던 이나가 자신도 한 조각 덜어먹을 생각에 뒤돌아 수납장을 열고 접시를 하나 더 꺼내려 했다.

그런데 남은 접시들이 다들 높은 위치에 있어 팔을 뻗어도 닿을 듯 말 듯 애만 태웠다. 그녀가 발끝을 들어 손가락을 힘껏 뻗자 접시 끝부분이 흔들리며 움직였다. 한 번만 더 시도하면 꺼낼 수 있을 것 같은 아쉬움에 다시 발끝을 들어 올려 크게 팔을 뻗자 접시가 나올 듯 움직이다 갑자기 되레 앞으로 쏟아지려 했다.

"어어?"

잡아야 하는데, 마음과 달리 급속도로 눈이 질끈 감겼다. 하지만 시간이 지나도 둔탁하게 부딪히는 소리가 나지 않았다.

"이것 봐. 큰일날 뻔했잖아."

어느 틈에 그녀 뒤로 다가온 우진이 팔을 뻗어 떨어지려던 접시를 잡았다.

"이래도 내가 매력이 없어?"

잘생겼지, 자상하지, 총알 같은 속도의 순발력까지 갖추고 있는데. 어딜 봐서 매력이 없어? 완전 철철 넘치고만!

"……."

"송이나는 의외로 덤벙대는 구석이 있네."

"……."

도와준 건 고마웠지만 이나는 장난으로 한마디 했다가 되로 주고 말로 돌려받았다.

"흥. 안 도와줘도 되는데."

괜히 새치름하게 눈을 흘긴 그녀가 우진이 건네는 접시를 받아 들었다.

"미안하네요. 난 김우진 씨처럼 차분하고 냉철하지 못해서."

"근데 그게 또 귀엽다고."

네? 이 남자가 느닷없이 칭찬 공격을 한다. 그러더니 등 뒤에서 떨어지기는커녕 가까이 다가와 그녀 어깨에 턱을 걸쳤다.

"왜, 왜 그래요?"

"그냥. 여기가 편해 보여서."

자신의 어깨가 편해 보인다니. 이나가 무슨 말이냐며 그를 향해 고개를 돌리려는데, 일순 남자의 입술이 가까워지며 숨결이 뺨에 와 닿았다. 이나가 더 이상 움직이지 못하고 행동을 멈추었다. 들이쉬고 내쉬는 남자의 숨이 피부를 간질일 때마다 귀 끝이 저절로 빨개지려 했다.

이런. 우진이 피식 웃더니 이나의 굳어 있는 뺨을 쿡 찔렀다. 우리 부인, 고작 이만한 일로 이렇게 긴장하면 어떡하지? 앞으로 나랑 해야 할 게 너무 많은데.

눈썹을 위로 올렸다 내린 우진이 그녀 뒤에서 천천히 물러나 다시 식탁으로 가 앉았다.

'이거 놀리는 거 맞지?'

근데 또 그게 다는 아닌 거 같고. 이나가 어깨에 들어가 있던 힘을 빼고 고개를 갸웃거리다 표정을 가다듬었다. 의자로 돌아가 우진과 마주 앉아 자신도 접시에 케이크를 담았다. 드디어 한 입 맛을 보는데, 이번에는 우진이 또 빤히 쳐다보았다.

"왜 쳐다봐요?"

혹시 입가에 뭐라도 묻었나. 그래서 또 놀리려고 그러는 걸까.

"먹는 모습이 너무 예뻐서."

"예쁘다고요? 혹시 그거 이상하다는 거 돌려 말하는 건가요?"

"무슨 소리야? 말 그대로 예쁘다고."

남자의 눈에는 옹알거리며 먹는 작은 입술도, 입가 주변에 묻는 생크림 자국도 사랑스러운데. 그녀는 말 그대로의 뜻을 잘 받아들이지 못하는지 되물었다.

"우와. 김우진 씨한테 이런 넉살 좋은 면이 있는 줄은 몰랐어요."

"여태껏 날 어떻게 본 거야? 학교 공부만 하지 말고 남편의 좋은 점에 대해서도 알아봐줘."

이나가 그건 생각해봐야겠다며 작게 미소 지었다. 하지만 입가로는 자꾸만 소리 섞인 웃음이 새어 나왔다. 어쩐지 주고받는 대화가 오늘따라 유독 간지러워, 눈매가 자꾸만 반달 모양으로 접혀만 갔다.

데구르르. 분홍 잠옷으로 갈아입고 잘 준비를 마친 이나가 이불을 펴고 침대 위로 누웠다.

자는 시간을 비슷하게 맞추어보자는 그녀의 제안에 요즘 들어 부쩍 일찍 퇴근하는 우진이 읽던 책을 옆으로 치우고 나란히 누웠다.

깜깜해진 공간, 눈을 감고 깊은 잠을 청하는 이나의 손이 갑자기 방해를 받았다.

'뭐가 있나?'

무언가 자꾸만 그녀의 손바닥 위를 자극했다.

간지러운 느낌에 지그시 눈을 뜨고 내려다보자 우진이 꼼지락대며 그녀의 손바닥 가운데를 간질이듯 만지고 있었다.

"우진 씨, 뭐 해요?"

어둠 속에서 시선이 엉켜들었다. 그런데 이 남자, 조금 수상하다. 오늘따라 눈꼬리는 내려가고 입술은 다물어져 짓궂은 표정이 한껏 드러나 있었다.

이봐요, 부인, 지금부터 건전한 늑대가 불건전해지는 시간을 가져볼까 하는데 말이야.

"송이나, 이게 뭐냐면."

"또 사과의 연장선이라 하면 화낼 거예요. 무슨 사과를 아직도 해요?"

어두운 공간 속에서 이나의 눈이 새치름하게 가늘어졌다.

"미안한데 틀렸어. 이건 사과하는 거 아니야."

"그럼 뭔데요?"

"친해지자고 말하는 거."

"……."

"사랑을 청하는 거라고."

순식간에 가슴 언저리가 떨려왔다. 아직 익숙하지 않은 두 글자에 이나의 얼굴이 점차 빨갛게 달아올랐다.

이미 결혼한 부부 사이니 육체적인 관계는 아니어도 '사랑'이라는 두 글자에 어색해할 필요는 없는데, 괜히 부끄러워 못 들은 척 눈을 감았다.

그런 이나의 모습을 말없이 살펴보던 우진이 손가락을 움직였다. 뚜벅뚜벅 걸어가는 두 다리처럼 손가락을 교차해 움직이며 그녀의 손끝에서부터 팔을 타고 입술까지 올랐다. 그가 부드러운 살갗을 콕콕 찔렀다. 호기심을 품은 손짓으로 연신 문지르다가 다시 멀어졌다.

"송이나가 안 놀아줘서 자야겠다."

우진이 어쩔 수 없이 자야겠다며 옆으로 누웠다. 동시에 이나가 눈을 반짝 떴다. 몸을 오른쪽으로 천천히 오른쪽으로 틀어 눈을 감고 있는 남자를 관찰하듯 바라보았다.

기분이 이상하다. 어디선가 그녀에게 바람이 불어왔다. 간지러운 바람이 불어와 너도 다가가 보라며 자꾸만 등을 밀어왔다. 이나가 조심스레 손을 뻗어 그의 뺨을 쓰다듬었다. 꼼지락대는 손길로 더듬더듬, 더 올라가 귀도 만져보았다.

'조그맣다.'

헌칠한 그와 어울리지 않는 작은 귀가 신기해 만지던 순간이었다. 갑자기 팔에 뻐근한 힘이 가해지더니 강력한 힘이 그녀를 남자의 가슴팍 위로 끌어당겼다.

"왜 몰래 만져?"

앞으로 기울어진 상태로 철퍼덕 쓰러진 이나가 동그래진 눈을 하고 퍼뜩 고개를 들었다. 아주 짧은 찰나에 자신의 몸이 우진의 위로 올라와 있었다.

"이게 무슨……."

곧바로 남자의 가슴과 얼굴이 코앞에 닿았다. 두근두근. 놀란 심장이 당장이라도 밖으로 튀어나올 듯 요동치기 시작했다.

"난 이렇게 적극적인 사람이 좋더라."

우진이 이나의 손을 잡아 제 뺨 위로 올렸다. 원한다면 얼마든지 만져보라고. 하지만 이나는 따가운 시선이 어색해 손길을 거두어 등 뒤로 숨겼다. 그리고 자신이 올라와 있는 위치가 어디쯤인지 확실히 깨닫고는 얼굴에 홧홧 열이 올랐다.

분명 장난처럼 벌어진 일이었다. 하지만 어쩐지 남자의 가슴과 허리 위에 엎드려 있는 자신의 모습이 야릇하게 느껴져 곧바로 내려가려 했다. 그때 우진이 다시금 그녀의 손목을 붙들어 제게로 당겼다.

"이렇게 다가와."

어서 빨리 나한테 와라.

"내 머리 꼭대기까지 와서, 이렇게 앉으라고."

이제는 그래볼 생각이 없느냐며 그가 씩 웃어 보였다. 그 담백한 웃음이 이나에게는 묘한 떨림을 일으켰다.

처음으로 이 남자에게 진심으로 끌린다는 느낌. 그래서 가슴이 또 이상 증세를 보였다. 심장박동이 더욱 빨라져갔다.

지금이라면 자신도 그에게 마음을 열고 다가갈 수 있을 것 같았다. 아니, 이제는 더 이상 이 남자를 밀어내야 할 이유가 남아 있지 않았다. 한동안 그 마음을 부정하기 위해 걸어두었던 빗장이 푸스스 먼지처럼 사라져간다.

"방금 한 말 후회하게 될걸요."

"후회하게 만들어봐. 기다리고 있을 테니까."

세상에 나 같은 남자 또 없어.

"정말 괜찮겠어요? 내가 머리 꼭대기까지 올라가도."

"얼마든지 와라."

너라면 언제든 좋으니까.

"좋아요. 해볼게요. 좀 느릿느릿 하겠지만, 지켜봐요."

무엇이 달라지는지, 어떻게 바뀌어가는지. 무딘 감정의 틀에서 벗어나 자신이 얼마만큼 변화하는지 지켜봐달라며 속삭이는 목소리는 미세하게 떨리고 있었다.

"그리고 단단히 각오해요."

김우진 씨가 놀랄 만큼 쫓아가볼 테니까.

이나가 희미하게 미소 지었다. 그러자 우진은 만족스러운 답변을 들었다는 듯 고개를 끄덕이며 잡고 있던 손목을 풀어주었다.

이나가 다시 침대로 내려왔다. 잠깐 닿았는데도 얼굴이 화끈거린다. 남자의 몸이 그렇게 탄탄하고 뜨거운 존재라는 걸 새삼 실감한 것이다. 작게 헛기침을 하며 애서 아무렇지 않은 척, 이나가 이제는 정말로 자야겠다며 천장을 보고 반듯하게 누웠다.

"흠흠. 좋은 꿈꿔요."

잘 자라며 건네는 한마디가 왜 이렇게 어색한지. 그녀가 마른 입술을 침으로 축였다.

"당신도 좋은 꿈꿔."

돌아온 답변은 자못 달콤했다. 이나는 '당신'이라는 호칭이 너무도 간질간질하게 느껴져 목덜미가 화끈 달아올랐다. 그녀가 대답 대신 혼자 고개를 끄덕이며 잠을 청했다.

콩닥콩닥. 눈을 질끈 감고 있어도 콩콩 뛰어오르기 시작한 가슴 때문에 쉽사리 잠이 들지 않았다. 한쪽 눈만 슬그머니 뜬 이나가 우진을 살폈다. 그는 피곤했는지 금세 잠들어 있었다.

"……우진 씨도 진짜 좋은 꿈꿔요."

그녀가 다시 눈을 감으며 애써 잠을 청했다. 때마침 남자의 입술이 부드럽게 올라가며 호를 그렸다.

고요한 아침, 이나는 방문이 열리는 소리에 눈을 떴다. 벽에 걸린 시계를 통해 확인한 시각은 새벽 6시 반. 아침 조깅을 가려고 일어나는 우진을 보고 그녀도 몸을 일으켰다.

"나 때문에 깼어?"

자신을 따라 밖으로 나오는 이나를 본 우진이 더 자라며 방으로 들여보내려 했다. 이나가 그게 아니라며 고개를 가로저었다.

"나도 같이 갈 거예요."

그녀는 오늘 처음으로 그를 따라가볼 생각이었다. 자신도 함께 가보고 싶다며 잠옷 차림으로 눈을 비비고 있자 우진이 의외라는 듯 눈썹을 꿈틀거렸다. 하지만 이내 입꼬리가 부드러운 움직임을 보이며 이나가 준비하는 시간을 기다려주었다.

그렇게 이른 아침부터 강 주변을 따라 한 바퀴 걷는 운동은 힘들었지만 여태껏 몰라온 즐거움도 있었다. 땀을 실컷 흘리고 나니 상쾌한 기분조차 들었다.

"이 맛에 다들 운동을 하는구나."

이나가 그런 것이었다며 잠깐 서서 물을 마시고 여전히 몸을 풀고 있는 우진을 쳐다보았다.

하루 종일 회사에서 일을 하고 아침에 잠깐 시간 내어 운동까지. 분명 쉽지 않은 일임에도 그는 열심히 하는 것 같았다.

왼쪽으로 허리를 숙이는 우진을 따라 고개를 왼쪽으로 기울였다. 그가 반대로 몸을 움직이면 그녀 역시 고개를 오른쪽으로 삐뚜름히 기울여보았다. 호기심 가득한 시선이 잠시도 떨어질 줄을 모르고 온통 그를 쫓아다녔다. 그러다 순간 크게 움직이는 우진의 어깨와 몸짓이 이른 아침 햇살에 반사되어 반짝이는 것처럼 보였다. 고개를 바로잡은 이나의 시선이 우진에게 향했다.

"생각보다 꽤 힘들지?"

"아뇨. 할 만한 거 같아요."

괜찮다며 다가가서는 조용히 우진의 한쪽 팔을 잡았다. 조물조물. 자신과 다르게 단단하고 볼록볼록한 살이 신기했다.

"남자들은 왜 이렇게 근육을 만들어요?"

대체 어디에다 쓰려고 이렇게 울퉁불퉁하게 만드는 거냐며 물어오는 눈빛이 초롱초롱 빛났다.

"너 지키려고요."

어때, 이 정도면 100점짜리 남편 아닌가?

"에이."

이나가 괜한 말을 한다며 대충 듣고 넘기려 했다. 오히려 그녀는 이번엔 이곳에 더 관심이 있다는 얼굴을 하고서 덥석, 널따란 어깨를 잡았다.

조물조물. 찔러보고 눌러보던 손길이 상체로 내려가 가슴과 배에 다다르자 우진의 눈빛이 변하기 시작했다.

"여기는 어떻게 만드는……."

조금 전까지 평온해 보이던 눈빛이 열기를 담고 있었다. 한층 까매진 눈동자가 이글거리며 눈매를 위로 추켜세웠다.

"아! 기분 나빴다면 미안해요. 이렇게 관리하는 게 신기해서."

이나가 황급히 손을 떼어내려 했다. 곧바로 우진이 붙잡았다. 손목을 잡아당기는 남자의 힘은 가공할 만큼 강해 흠칫 놀랐다.

"기분 나쁜 거 아니야."

"그럼요?"

쫑긋 세워진 귀 가까이로 내려온 입술이 굉장한 비밀이라도 알려주려는 듯 소곤거렸다.

"더 만져줘."

"……."

"아니면, 혹시 안이 궁금한 거면 옷 벗어줄까?"

그게 무슨. 장난기가 가득 담긴 한마디에 이나의 얼굴이 순식간에 분홍빛으로 변해버렸다. 이 남자, 첫 만남부터 그래왔지만 은근 저돌적이다.

"김우진 씨, 미쳤어요?"

"왜? 재밌잖아. 여기가 막 궁금하고 그러지 않나?"

정말로 궁금하지 않느냐며 물어오는 눈길을 피해 이나가 홱 고개를 돌렸다. 우진의 입가엔 설핏 웃음이 번졌다.

"부끄러워하지 말고 만져봐. 이거 다 네 거야."

여전히 손목을 잡고 있던 그가 제 가슴팍으로 이나의 손을 가져가 붙였다.

"언제든지 원하면 볼 수 있는 거라고."

이 남자가 정말 왜 이럽니까.

이나가 달아오르는 얼굴을 숨기려 호흡을 가다듬었다. 무슨 뜻인지 알겠으니 우선은 집으로 돌아가자고, 더 늑장 부리면 회사에 늦을 거라며 재촉했다. 그 조그만 입술에 우진이 마지못해 그녀의 뒤를 따랐다.

"진짜 안 궁금해? 원한다면 집에 가서 벗어줄 수도 있는……읍!"

먼저 걸어가던 이나가 쏜살같이 달려와 손바닥을 펼쳐 우진의 입을 막았다.

"여기서 이러면 나 다시는 안 따라올 거예요."

쓰읍. 그건 좀 곤란한데.

"그러니까 내가 하자는 대로 해요. 우리 조용히 손만 잡고 가는 거예요. 알겠죠?"

알았다며 요리조리 눈을 굴리는 우진을 보고 이나가 손을 떼었다. 그가 피식 웃으며 곧바로 그녀의 손을 잡고 손가락 사이에 자신의 손가락을 넣어 그물처럼 얽었다.

나란히 걸어가는 두 사람의 뒤로 선선한 바람이 스쳤다. 머리 위로 내리쬐는 햇살이 따뜻했다.

[조금 전에 지하철 탔어요. 10분 후면 내려요.]

톡톡. 휴대폰 위를 움직이는 손길이 바빠졌다. 이나는 집에서 혼자 기다리고 있을 우진에게 메시지를 보냈다.

오늘은 친구들과 저녁을 먹고 이제 막 집으로 돌아가고 있었다.

그가 데리러 갈까 하며 물어왔지만 쉬고 있는 사람에게 오라 하기 싫어 지하철을 타고 가겠다며 바득바득 우겼다.

따르릉.

한참 달리고 있는 지하철 안에서 전화가 걸려왔다. 발신자를 확인하니 언니 한나였다. 오랜만에 걸려온 전화에 이나가 반갑게 받았다. 매일같이 메신저로 연락하지만 서로가 바빠 자주 통화하지는 못했다.

-잘 지내고 있어?

"응. 언니도 잘 지냈어? 요즘도 정신없이 바쁘지?"

-레지가 다 그렇지, 뭐. 그래도 작년보다는 나아.

한나는 한국대병원에서 레지던트 과정을 진행 중인 의사였다. 그래서 이나는 멋진 언니 덕에 처음 우진과의 소개팅 자리가 자신에게 잘못 들어온 게 분명하다고 생각했었다.

단정하게 생긴 자신보다는 이목구비가 뚜렷하고 인기가 많았으며 나이로 보나 무엇으로 보나 당연히 언니가 먼저 결혼할 거라 믿어왔기 때문이었다.

"그래서 또 혼났어?"

-난 분명히 똑바로 했는데 내 방식이 마음에 안 들었나 봐.

이나가 집 근처 역에 도착해 밖으로 빠져나왔다. 며칠 사이 부쩍 쌀쌀해진 날씨에 가방에서 머플러를 꺼내어 목에 둘렀다.

집까지 걸어가는 데 걸리는 시간은 고작 10분이지만 머리칼 사이를 스치는 부쩍 차가워진 바람에 입술 모양으로만 '으아' 외치며 걸음을 서둘렀다.

"언니 성격 좀 죽여. 그러다 결혼도 못해."

-됐어. 안 하면 되지. 넌 어떻게 지내. 김우진 사장이 잘해줘?

"응. 잘해주는 거 같아."

-그래, 잘 지내고 있어. 언니가 조만간 얼굴 보러 갈게.

이나가 알았다며 대답하고 전화를 끊었다. 바빠서 자주 보지는 못하지만 그녀에게는 늘 다정한 언니였다.

다시 집으로 가는 걸음에 속도를 높인다. 우진이 기다리고 있을 거라는 생각에 저도 모르게 빨라졌다. 언제부터인지 집으로 돌아 가는 시간이 오래 걸린다고 느껴질 만큼 성급해졌다.

마침 멀리서 보이는 빌라 입구에 누군가 앉아 있었다. 이나가 눈가를 좁혔다 뜨며 살펴보니 우진이었다.

"너도 송이나 알아?"

"야옹, 야옹."

"여기 7층에 사는 내 여자 아느냐고."

"야옹."

우진의 주변을 서성이던 고양이가 자리 잡고 앉았다. 바닥에 무릎을 쪼그려 앉은 그가 하얀 고양이와 무언가 이야기를 주고받는 듯 보였다.

"우리 꼬마 아가씨가 어떤 사람이냐면."

예쁘고, 착하고, 좋은데, 겉으로는 새침한 척 못된 척하다가 나한테 딱 걸렸거든. 그래서…….

"우진 씨, 뭐 해요?"

그가 달려오는 이나를 보고 퍼뜩 고개를 들었다. '왔어?' 하며 바라보는 눈빛에 반가움이 깃들었다.

"설마 우진 씨, 고양이랑 이야기하고 그런 거 아니죠? 내가 모르는 비밀이 있다든가."

"안타깝게도 내가 그런 초능력자는 못 되는데."

'그래서 실망했어?' 하며 우진이 장난스럽게 웃어 보였다. 이나가 아니라며 얼른 들어가자고 이끌었다.

"왜 밖에 나와 있었어요?"

날씨가 제법 쌀쌀해졌는데 얇은 티셔츠 차림으로 나와 있는 그가 신경 쓰였다.

"심심해서. 송이나 언제 오나 하고 그랬지."

"다음부터 그러지 마요. 감기라도 걸리면……."

"그럼 당신이 돌봐주면 되잖아."

그러지 말라며 쏘아붙이는 눈빛에 우진이 씩 웃었다. 가끔 저렇게 눈썹을 내리깔고 노려보는 이나의 표정을 보고 있으면 우진은 입술이 근질거려 미칠 것 같았다.

모르는 척, 미친 척 다가가 확 잡아먹어버릴까 하다가도 그놈의 스킨십을 하지 않겠다는 약속 때문에 참고 있었다.

'내가 미쳤지. 왜 그런 약속을 해서…….'

지키지도 못할 약속은 하는 게 아닌데. 뽀뽀와 안는 것까지는 친근감의 표현이라고 바득바득 우겨보겠지만 키스는 그 의미가 달랐다. 우진이 안타깝다는 표정을 지으며 이나의 뒤를 따랐다.

이나는 집으로 들어가자마자 씻고 잘 준비를 서둘렀다. 어느덧 시계가 11시를 넘어가고 있었다. 먼저 준비를 마친 우진이 침대에 등을 대고 앉았다. 그사이 세수를 하고 양치를 하고 뽀득뽀득 씻은 이나가 방 안으로 들어왔다.

우진은 그녀가 오는 모습을 보고 침대 옆 스탠드 조명을 은은하게 밝혔다. 이나는 피곤한지 들어오자마자 누워 이불을 목까지 덮었다.

그가 이불 안에서 몸을 꿈틀거렸다. 소리 없이 다가가 벽을 보고 누워 있는 낭창한 허리에 팔을 둘렀다.

순간 가느다란 등허리가 흠칫 놀라더니 뒤로 슬쩍 고개를 돌렸다. 우진인 걸 확인한 이나가 다시 옆을 보며 누운 채 가만히 있었다.

"송이나."

"피곤할 텐데 왜 안 자요?"

어두워진 공간에서 가라앉은 목소리가 그녀를 찾았다. 마음의 무게를 담은 진득한 음성이 또 가슴을 울린다.

"오늘은 이만큼만 더 욕심내도 될까?"

그가 허락을 구하는 듯싶더니 곧바로 옆을 보고 누워 있던 이나의 몸을 돌렸다.

가느다란 몸이 홱 뒤집어지며 우진에게로 향했다. 마주 엉키는 시선이 뜨거워지는 순간이었다. 단단한 팔이 허리를 감싸며 여린 몸을 남자에게로 끌어당겼다. 순식간에 다리와 다리가 엉켜들었다.

"이렇게 있고 싶은데."

남자의 간지러운 숨결이 귓가를 스쳤다.

"허락해줘."

입술이 움직일 때마다 새하얀 목덜미에 뜨거운 기운이 닿았다.

"……나도 좋아요."

이나가 느릿하게 고개를 끄덕였다. 미세하게 떨려오는 남자의 음성이 듣기 좋았다. 포근한 기운이 제게로 몰려온다.

참 신기하게도, 요즘 들어 그가 친밀감의 표현이라며 안아도 싫지 않았다. 오히려 어느 순간부터 커다란 품이 안정감을 주는 것 같아 그녀 역시 팔을 뻗어 안겨들었다.

우진이 허리를 잡고 있던 팔을 풀었다. 위로 올려 등을 쓰다듬었다. 얇은 레이스 옷감 너머로 부드럽게 움직이는 손길이 느껴지자 이나는 저도 모르게 얼굴이 붉어졌다.

"나도 안아줘."

숨도 못 쉴 만큼 안아줘.

"으스러질 만큼 힘 줘도 돼."

그래도 흔들림 없는 나무처럼 있을 것이다.

"그러니까 너도 욕심내봐. 나, 그만한 가치 있는 남자라고."

이나가 대답 대신 우진의 어깨에 뺨을 기댔다. 꼭 맞닿은 가슴 사이로 느껴본 적 없던 감정이 흘렀다.

이런 게 설렘인가 보다. 이래서 연애라는 걸 하는가 보다. 가슴이 콩콩 뛰어오름을 느낀 이나가 자신도 팔을 뻗어 우진의 등을 감싸 안았다. 말없는 시간이 이어졌다.

그사이에도 우진의 손길은 멈추지 않았다. 마치 자신에게 오는 길을 안내해주고 북돋아주려는 듯, 끊임없이 등을 쓰다듬었다.

보드라운 체취가 제게로 흘러 들어왔다. 이렇게 너에게 한 걸음 더 가까워진다. 그러다 어느 순간부터 제 어깨에 기대어 있는 이나의 숨소리가 가늘어졌다.

"송이나."

"……."

설마 지금 잠든 건가.

"송이나."

이건 아니잖아요, 부인.

쌕쌕거리는 숨소리가 또렷이 들려왔다. 우진이 이나를 슬며시 품에서 떼어내자 맥없이 늘어졌다.

지금 나 말려 죽이려는 게 틀림없는 거지.

이 정도면 남편 조련하는 것도 수준급이다. 우진의 입술에서 한숨에 가까운 숨이 토해져 나왔다. 샐쭉하게 가늘어진 눈이 눈썹과 동시에 꿈틀거렸다. 하지만 단단한 팔은 이내 그녀를 바로 눕히고 이불을 덮어주었다.

다음 날 아침, 회사로 출근한 우진은 윤 실장으로부터 하루 일정에 대한 세부 사항을 보고받았다.

"한 시에는 가구 업체 이사님과 호텔 라운지에서 점심 약속이 있습니다."

"오늘은 그거 하나야?"

"그럴 리가요."

윤 실장이 그럴 리가 있겠느냐며, 우리가 언제 그렇게 한가한 적이 있었냐는 듯 일정표를 내밀어 보였다. 역시나 오늘도 빡빡하다. 우진의 고개가 소파 뒤로 젖혀지며 긴 숨이 흘러나왔다.

아버지가 돌아가시고 물려준 이 자리는 남들이 보는 것만큼 쉽지 않았다. 작은 일 하나하나까지도 직접 살피겠다는 우진의 경영 방침에 우진이 사인해야 할 서류는 산더미처럼 쌓이기가 일쑤였다.

하지만 아직 새파란 30대가 혼자 하기에는 벅차다 못해 불가능에 가까웠다. 그래서 고민 끝에 전문적으로 경영을 도와줄 사람도 들였다. 그럼에도 여전히 일은 끝이 없었다.

"이후 3시에는 면세점 추진 관련 회의가 있습니다. 중요 이사진들이 다 모이는 자리라 빨리 끝날 것 같지는 않습니다."

"마라톤 회의가 되겠군."

종종 끝을 모르고 길어지는 회의에 틈틈이 손님 미팅까지, 만만치 않은 스케줄에 일하는 시간 동안은 거기에만 정신없이 빠져있는 날이 많았다. 그러다 가끔 지방에 있는 호텔에 예고 없이 시찰이라도 가는 날에는 제 시간에 퇴근하기도 쉽지 않았다.

"빨리 해야지."

우진이 자리에서 일어났다. 그래야 조금이라도 일찍 그녀에게 돌아갈 수 있다.

예상대로 정신없는 하루를 보냈다. 우진이 퇴근하기 직전 윤 실장으로부터 내일의 일정에 대해 간단히 들으며 가방을 챙겼다.

얼른 집에 가서 봐야 할 얼굴이 있는데, 윤 실장의 말이 줄줄 길게 이어졌다. 그때였다. 막내 비서가 손님이 오셨다며 알려오더니 누군가 문을 열고 들어왔다.

"형은 그사이 얼굴이 폈네요. 결혼하고 좋은가 봐요."

한 달 동안 여행을 마치고 돌아온 민욱이 잘 지냈느냐며 씩 웃었다.

"왔어? 어제 온다더니 오늘 왔나 봐."

작은 캐리어를 돌돌돌 끌고 들어온 민욱이 고개를 끄덕이며 소파로 앉았다.

"정식 출근은 다음 주부터 아니야?"

"맞아요. 그래도 왔다고 보고는 해야 할 것 같아서. 그동안 별일은 없었는지 궁금하기도 하고. 여기 가방 안에 들어 있는 거, 전부 다 일거리라 미리 사무실에 던져두고 갈 생각에 겸사겸사 왔죠."

트레이닝복 차림으로 어기적거리며 들어온 그가 찡긋 웃어 보였다. 민욱은 성하그룹 소속 변호사로, 얼마 전 한 달간의 무급휴가를 받고 여행을 다녀왔다.

"인마. 빈손으로 오면 어떡해. 형수님 선물이라도 사왔어야지."

"사왔는데 아직 짐 가방을 안 열었거든요. 다음 주 출근할 때 가져올게요."

"재밌게 놀다 왔어?"

"그럼요."

검은색에 금색 줄이 그려진 트레이닝복을 입은 민욱이 엄지를 척 들어 올리더니 이만 가봐야겠다며 일어섰다. 그가 다음 주에 보자며 나가려던 참이었다.

똑똑. 또 다른 손님이 우진을 찾아왔다.

"오랜만이네요. 김우진 사장님."

결혼식 이후 처음 보는 얼굴이었다.

"이제는 제부라고 불러야 되나요?"

"그러게요. 저도 이제 처형이라고 불러야 할까요?"

열린 문틈 사이로 이목구비가 또렷한 얼굴이 고개를 내밀었다.

이나의 언니인 한나가 문을 열고 들어왔다. 예고도 없이 찾아온 손님에 우진이 자리에서 일어나 머리를 살짝 끄덕이며 환영의 뜻을 보였다. 우선 앉으라며 넓게 이어진 소파를 가리켰다.

한나가 가볍게 고개를 끄덕이며 소파에 앉으려는데, 마침 우진의 옆에 있던 민욱과 시선이 닿았다. 그는 회사와는 어울리지 않는 차림이긴 했지만 우진과 아는 사이인 것 같아 살짝 인사를 건넸다.

얼떨결에 인사를 받은 민욱이 자신도 정중하게 머리를 끄덕이곤 먼저 가보겠다며 밖으로 향했다. 그가 나가는 모습을 지켜본 우진이 한나와 마주 보고 앉았다.

"바쁘실 텐데 어쩐 일로 여기까지 오셨어요?"

"나 일하는 병원이 성하 호텔 근처잖아요. 이나한테 가져다줬으면 하는 게 있어서 가지고 왔는데, 부탁해도 되죠?"

"그럼요 이왕 오셨으니 차 한잔하고 가시죠."

"그러고 싶지만 다시 병원에 가봐야 해서요."

한나가 가볍게 감사의 인사를 표하며 우진에게 조그만 상자를 건넸다. 안에는 알록달록한 물체가 들어 있었다.

"어제 잠깐 친구 만나러 갔다가 사 온 거예요. 이나가 이 가게 디저트 되게 좋아하거든요."

투명한 케이스 안에 들어 있는 건 색색깔의 마카롱.

"제가 직접 갖다주면 좋겠지만 그럴 시간이 없어서요. 병원에서 먹고 자는 게 일상이 되고 있거든요. 오늘도 몰골이 엉망이죠?"

"아닙니다. 많이 바쁘다고 이나에게 들었습니다."

"그나마 병원이랑 회사가 가까워서 다행이네요. 전달해주신다니 믿고 맡길게요. 고마워요."

"별말씀을요."

"그리고 한 가지만 더, 내 동생 잘 챙겨주세요. 아직 어린 나이라 모르는 것도 많고 또 원래 성격이 좀 무덤덤하긴 하지만 그래도 마음씨는 착해요."

"알고 있습니다. 오히려 제가 잡혀 삽니다."

그러니 조금도 걱정 말라는 우진의 말에 한나가 까르르 웃었다. 그녀가 말도 안 된다며 콧잔등에 주름이 생기도록 즐거운 표정을 지었다.

"우리 이나가 그렇게 좋아요?"

"네. 당연한 말씀을요."

"음……. 그럼 제가 비밀 하나 알려드릴까요?"

이어지는 한나의 설명에 의하면 방금 전달한 마카롱은 평소 이나가 보는 순간 반한다는 비장의 무기라 했다. 그러니 꼭 직접 전해주라는 말에 '오호' 우진의 눈가가 길게 가늘어졌다. 그 표정이 사뭇 진지해 한나는 또 웃음이 나오려 했다.

"그럼 부탁할게요."

시원한 미소로 대화를 마무리한 그녀가 시계를 보고는 이제 정말 가봐야겠다며 일어났다. 우진이 사장실 밖으로 나가는 한나를 짧게 배웅하고 자신도 퇴근할 준비를 서둘렀다.

갑자기 찾아온 손님에 사장실을 나오게 된 민욱은 자신의 사무실로 가 짐 가방을 내려두었다. 어차피 다음 주부터 출근하면 깊게 파고들 서류들이라 지금은 대충 훑어본 것으로 하고 곧바로 집에 가야겠다며 엘리베이터를 타고 지하 주차장으로 내려갔다. 자신이 아끼는 SUV를 몰아 밖으로 나가려는데, 마침 주차장 한가운데서 차를 세우고 골똘히 생각 중인 누군가가 보였다. 그녀는 다름 아닌 방금 전 사장실에서 마주쳤던 한나였다.

민욱이 모른 척 지나치려다 차를 세우고 내렸다. 딸깍. 문 닫히는 소리에 돌아본 한나가 멈칫했다.

"누구…… 아! 조금 전에 봤던 분이시죠? 이제 퇴근하시나 봐요."

"뭐 퇴근 비슷한 건 맞는데요. 왜 여기…… 어라, 차 바퀴에 펑크 났네요."

"네. 그래서 서비스를 부르려는데 하필이면 휴대폰 배터리가 없어서요."

"그럼 제가 도와드릴까요?"

그에 한나가 곧바로 반갑다는 얼굴을 하고 끄덕였다.

"언제부터 이랬어요?"

"여기로 오는 길에도 뭔가 이상하긴 했는데 지금 보니 확실히 터졌네요."

"일단 제 휴대폰 쓰세요."

한나가 살짝 고개 숙이며 휴대폰을 건네받고 어딘가로 전화를 걸었다. 몇 마디 말을 주고받던 그녀가 알았다며 이내 끊었다.

"고맙습니다. 다행히 금방 온다 하네요."

"그럼 그때까지만 기다려드릴게요."

"퇴근하셔야 되는데 괜찮으시겠어요? 먼저 가셔도 되는데."

"이렇게 어두운 데 혼자 있을 수 있겠어요?"

가뜩이나 전등 빛이 미미해 어두운 지하주차장인 데다가 퇴근 시간을 지나 차도 몇 대 남아 있지 않았다.

"제가 숙녀분에게 마음이 약해서 특별히 도와드리는 거예요. 이래 보여도 비싼 몸인데, 정말 큰맘 먹고 도와드리는 겁니다."

"먼저 가셔도 되는데요."

급하면 먼저 가도 된다며 쳐다보는 눈빛에 민욱이 눈을 깜박였다.

"그래도 깜깜한 주차장에 혼자 두고 가기는 그렇잖아요. 흔치 않은 요즘 남자의 매너랍니다."

바퀴 근처로 다가간 민욱이 이래 보여도 매너는 만 점짜리 남자라며 수리기사가 올 때까지 기다려주겠다며 제 차에 기대어 섰다. '그럼 그러세요' 조곤거린 한나가 민욱의 옆으로 가 나란히 섰다.

"아직 자면 안 되는데."

달려가는 까만 구두의 움직임이 자꾸만 빨라졌다. 손목에 매인 시계를 힐끗 내려다본 우진이 황급히 차에서 내려 걸었다.

그가 빌라 안으로 들어가기 위해 비밀번호를 입력하려던 순간이었다. 며칠 전에 보았던 어린 고양이와 또 눈이 마주쳤다.

"야옹."

지난번 보았을 때 송이나를 알고 있느냐며 물었는데 종종거리며 주변만 돌다 간 고양이었다.

"너랑 닮은 애가 우리 집에도 사는데."

"야옹, 야옹."

"나를 살고 싶게 만든 유일한 여자인데, 알아?"

그러니 다음에 보면 인사라도 하라며 손짓하고는 엘리베이터를 타고 위로 올라갔다.

우진이 문을 열고 들어가자 이나는 거실에 앉아 노트북으로 과제를 하고 있었다. 며칠 전부터 이어지는 과제에 푹 빠져 있는 모양이었다.

흠흠. 작은 기침 소리에 이나가 고개를 발딱 들었다. 왜 이제 왔느냐며 칭얼거리듯 길게 늘어진 발걸음이 그를 향해 달려왔다.

"우진 씨 왔어요?"

입가에 살짝 미소 지으며 물어오는 입술이 예뻤다. 우진이 안으로 들어가자마자 가방 뒤에 숨겨두었던 마카롱 박스를 꺼냈다. 한나가 와서 주고 갔다며 말하자 곧바로 입이 귀에 걸렸다.

이나가 마카롱 박스에 묶인 끈을 풀었다. 눈을 반짝이며 입맛을 다시고 있자 우진이 넥타이를 풀어 옆으로 던지며 그녀 뒤로 다가갔다.

우진이 막 상자를 열어보려던 이나의 손을 제지하고 자신이 박스를 열었다. 그리고 그 안에 담겨 있던 마카롱을 하나 꺼내어 입에 물었다.

딱 절반을 물어 그녀에게 고개를 내민 것이다. 무슨 뜻인지 알아챈 이나가 웃었다.

"됐어요. 나는 다른 거 먹어야지."

"그럼 한 개도 못 먹을 텐데."

우진이 재빨리 마카롱 박스를 등 뒤로 숨겼다.

"송이나, 나는 너한테 손 안 대. 약속했으니까."

"그런데요?"

"너는 나한테 그래도 된다고."

그러니까 다가오렴. 마음껏 만져주렴.

"용기 내봐. 나한테 한발 더 다가올 생각 없어?"

"……"

"가져보라고. 나, 그만한 가치 있다니까."

이나가 등 뒤로 감춘 제 손끼리 꼭 쥐었다. 이러는 건 처음이라 망설여진다. 하지만 한발 더 내딛어보고 싶었다. 요즘 들어 두근거리는 이 마음을 자신도 확인해보고 싶었다.

그녀가 살며시 발뒤꿈치를 들고 얼굴을 내밀어 마카롱 끝을 살짝 베어 물었다. 우진이 물고 있는 입술 근처에도 못 갈 만큼, 아주 조금만 베어 먹었다.

"정말 거기까지만 오려고?"

재촉하는 남자의 눈빛에 이나가 눈가를 좁혔다가 이내 씩 웃었다. 느릿하게 한 발 더 다가가 마카롱을 물었다.

조금씩 베어 물고 씹으며 다가가다 어느 순간 입술이 닿았다. 찌릿하고 짜릿했다. 가만히 닿아 있는 것만으로도 기분이 이상했다.

"잘했어."

우진이 천천히 입술을 떼어냈다. 그가 이제야 만족스럽다는 듯 미소 지으며 제 입가에 묻은 크림을 혀를 내밀어 마저 삼켰다.

이나가 보기에도 그 모습은 몹시 관능적이었다. 날렵한 눈길이 그녀를 내려다보고 입술 밖으로 나온 혀가 다시 다가오라며 유혹하는 듯 보였다.

이번에는 이나가 입술에 마카롱을 물고 우진에게 다가갔다.

"그럼 우진 씨도 용기 내봐요."

"내가 용기 내면 많이 위험할 텐데."

"한 번쯤은 내가 정한 선을 넘어보고 싶다는 생각, 해본 적 없어요?"

왜 없을까. 매일 그 선을 넘어보고 싶어 환장하겠는데.

"내 마카롱 맛있어 보이지 않아요? 나도 적극적인 남자가 좋은데."

"그럼 나는 이거 말고 다른 거."

이나가 고개를 갸우뚱하며 입술에서 마카롱을 빼고 무슨 뜻이냐고 물으려는 순간이었다. 우진의 입술이 더 빨랐다. 순식간에 다가온 그가 그녀의 입술에 물려 있던 마카롱을 빼내어 바닥으로 던졌다.

부스러기를 흩날리며 조각난 마카롱이 데구르르 굴렀다. 하지만 그런 건 상관치 않는다는 듯 우진의 입술이 곧바로 이나의 입술을 물었다.

달콤한 맛과 동시에 처음 느끼는 맛이 입 안에 맴돌았다. 이나가 다가오는 힘에 눌려 우진의 셔츠 자락을 움켜쥐었다. 우진이 그걸 알아채고는 그녀의 동그란 뒷머리를 잡아 제게로 당겼다.

"이것도 달지?"

입술이 잠깐 떨어진 사이에 그렇지 않느냐며 물어오던 그가 이내 다시 입술을 부딪쳤다. 말랑한 혀가 입천장을 쓸고 입술이 입술을 간질였다.

이나는 그런 우진을 조금도 밀어내지 않았다. 대신 몰려오는 거친 힘에 그의 셔츠와 팔을 꼭 잡고 받아들이다 목에 팔을 둘러 안았다.

달콤한 맛을 찾아 시작된 키스는 길게 이어졌다. 숨을 참던 이나가 어느 순간 가쁜 숨을 참지 못하고 뱉어내자 우진이 멈추었다. 그녀가 숨을 몰아쉬며 가슴을 들썩이자 남자의 눈꼬리가 매서워졌다.

"어떡하지?"

"뭐가요?"

우진의 입술이 뻐금거리며 귓가로 내려왔다. 중요한 비밀이라도 알려주려는 듯 가까이 다가온 그가 분명한 어투로 속삭였다.

"난 지금부터 시작인데."

"……!"

다시 찾아든 입술은 조금 전보다 훨씬 맹렬하고 뜨거웠다. 이나가 우진을 끌어안으며 매달리듯 그의 옷을 잡아당겼다.

단단하고 넓은 등을 감싸고 있던 셔츠가 이리저리 구겨졌다. 쉼없이 이어진 입맞춤에 머리가 어지러웠다. 마음을 주고받는 간지러운 행위가 싫지 않았지만 지속될수록 숨이 가쁘고 다리에 힘이 풀렸다.

누가 키스를 하면 종소리가 들린다 했을까. 그저 시야가 까마득해지며 빨려 들어가는 것 같았다.

"잠깐…… 잠깐만요."

다소 버거워하는 이나의 모습에 우진이 행동을 멈추었다.

"미안, 힘들었어?"

빨개진 얼굴로 끄덕이는 모습에 팔을 잡고 있던 손을 풀어 두 뺨을 감싸 잡았다.

"오늘은 여기까지만."

"……."

"이건 마무리."

우진이 뽀얀 이마에 제 이마를 대어 슬쩍 비비고 떨어졌다. 여태껏 기다린 시간을 생각하면 여기서 멈추기에는 무척 아쉬웠지만 그래도 겨우 멈췄다.

그가 여전히 양쪽 뺨에 홍조를 띠고 있는 이나를 보며 머리를 헝클어뜨렸다. 갑자기 무릎 밑에 팔을 쑥 넣고는 그녀를 들어 올렸다.

"우진 씨, 뭐 해요?"

"이제 자러 가야지."

이대로 날 샐 때까지 껴안고 있어보려고. 그건 괜찮잖아?

"잠깐만, 나 아직 레포트 쓰는 거 덜 끝났어요. 내려줘요."

이나가 바둥거리자 그가 혀 차는 소리를 내며 고민하는 표정을 지었다. 고작 레포트한테 지면 자존심 상하는데.

"내일까지라 빨리 해야 돼요. 시험 대체로 내는 거라 제대로 안 해내면 큰일 난단 말이에요. 그러니까 내려줘요."

……싫지만, 그래도 어쩔 수 없었다. 중간고사 대체로 쓰는 레포트라 무척 중요하다는 말에 우진이 마지못해 바닥으로 내려주었다. 그녀에게 중요한 일은 자신에게도 중요한 일이 되고 마니까. 대신 그가 씻고 올 동안 끝내놓으라며 투정 섞인 어투로 말하고 화장실로 들어갔다.

이나가 아직 열이 가시지 않은 뺨을 손으로 눌렀다. 상대적으로 차가운 온도를 가진 손바닥으로도 얼굴의 열기를 가라앉히는 건 무리였다.

그래도 이럴 때가 아니라며 다시 노트북 앞으로 달려가 집중하려 했다. 고개를 도리도리 흔들며 키보드를 두드리는 속도를 높이고 얼른 끝내려 했다. 하지만 남은 양이 꽤 많아 쉽지 않아 보였다.

어느덧 샤워를 마친 우진이 이나의 등 뒤로 다가와 앉았다. 공부하는 데 방해되지 않게 거리를 두고 앉았건만 정작 이나는 올곧은 시선에 등이 따끈따끈해지는 걸 느꼈다.

고개를 들어 벽에 걸린 시계를 보니 벌써 11시였다. 서둘러야 하는데 마음만큼 손가락이 따라 움직여주질 않았다.

"천천히 해. 난 책 읽으면서 송이나 구경하면 되니까."

"그래도 내가 빨리 끝내야 우진 씨랑 했던 약속 지키잖아요."

"뭐?"

"자는 시간은 똑같이 맞추기로 한 약속, 지키고 싶어서 그래요."

빠르게 움직여주지 않는 손가락이 야속한지 이나가 입술을 뾰족 내밀었다.

너 그런 말 하면 진짜. 우진이 순간 다가가려다 들썩이는 엉덩이를 내려놓았다. 사람 마음 흔드는 이나의 기술이 나날이 발전하는 기분이다.

"기다리고 있을 거니까 마음 놓고 해. 나 잠 안 와."

실은 눈이 감기려고 하지만 그래도 이 정도는 버틸 수 있을 것 같았다.

"회사 다녀와서 피곤하잖아요. 먼저 쉬어요."

"나 신경 쓰지 말고 해. 여기 앉아서 뚫어져라 보다가 당신 잠온다 하면 내가 깨워주고 그러려고."

"깨워주려고요? 나 잠이 많아서 졸기 시작하면 잘 안 깨는데."

"그럼 아까 거 한 번 더 할래? 무조건 확 깰 텐데."

그게 무슨, 그러다 방금 전 그와 했던 입맞춤이 떠올라 다시 얼굴과 목에 열기가 돌았다. 뒷목이 새빨갛게 달아올랐다.

"됐어요. 먼저 자러 가요."

이나가 빨개진 귀를 감추려 얼른 돌아섰다. 정말 이러고 있을 때가 아니다 싶어 흐트러진 마음을 다잡고 다시 집중하려 했다.

우진은 재촉하는 대신 뒤에 앉아 자신도 책을 꺼내 들었다. 하지만 시선은 여전히 책이 아닌 이나를 향해 있었다.

5. 남편입니다

치이익. 눈앞에서 현란하게 펼쳐지는 기술에 이나의 시선이 그것을 쫓았다. 그녀는 며칠 만에 본 친구들과 중간고사가 끝난 것을 축하하기 위해 함께 저녁을 먹기로 했다.

그런 이유로 수업을 마치고 달려간 곳은 학교 앞 유명한 철판볶음밥집. 네모난 스테인리스 주걱이 날아다니고 공중돌기를 하듯 바닥에서 튀어 오르는 밥알은 몇 번이나 보아도 신기하게만 보였다.

함께 간 소연이 재빠르게 수저를 놓았다. 옆에 있던 주호가 더 빠르게 컵에 물을 담았다. 뭐지, 저 두 사람은. 주호가 벌써 고백이라도 했을 리 없고, 딱히 진전이 있어 보이지도 않는데. 이나가 주호를 흘깃 쳐다보았지만 그는 아무 일도 없다는 듯 평소의 온화한 표정 그대로 앉아 있었다.

"이제 드시면 됩니다. 맛있게 드세요."

볶음밥이 완성되자 모두들 숟가락을 들고 나섰다. 아무리 먹어도 질리지 않는 맛이라며 엄지를 척 들어주고 몇 숟갈씩 뜨기 시작하자 철판은 어느새 바닥을 보이려 했다.

띠링. 마침 이나의 휴대폰에서 메시지 소리가 들렸다.

[지금 가고 있어.]

데리러 올 거라더니, 우진은 벌써 근처까지 온 모양이었다.

[남편 앉을 자리 비워둬.]

무려 앉을 생각까지 하고 있다니.

[거기 남자는 없지?]

어라, 두 명이나 있는데.

"누가 우리 이나를 이렇게 찾아?"

연이어 울리는 알림 소리에 주호가 대체 누구냐고 이름 좀 보자며 휴대폰 액정 가까이로 다가왔다. 그때였다.

"여기 있었네."

"어? 우진 씨. 한 번에 찾아왔네요."

가게 안으로 들어오는 우진을 보며 이나가 작게 손 흔들었다. 오늘따라 더 반듯하게 이마 위로 올린 머리와 반짝이는 까만 구두가 사람들의 이목을 집중시켰다.

회사에서 온 사람답게 차콜그레이 슈트를 입고 걸어오던 그는 재킷 버튼을 열어젖히며 이나를 향해 씩 웃었다.

"누구세요?"

테이블에 앉아 있던 소연과 주호, 다른 친구들의 시선이 단번에 우진에게로 모아졌다. 이나가 뭐라 대답하려는데, 그가 더 빨랐다.

"안녕하세요. 송이나 씨 남편입니다."

이게 무슨. 김우진 씨, 약속한 거랑 다르잖아요!

이나가 흠칫 놀라며 그를 올려다보았다.

"……는 아니고, 실은 남편이 되고 싶은 남자 친구입니다. 처음 뵙겠습니다."

우진의 눈썹 끝이 짓궂게 올라갔다 내려온다.

"대박!"

"이나 남자 친구 있었어?"

처음 본 사람들에게서 탄성이 터져 나왔다. 우진을 위아래로 훑어본 친구들의 입술이 쩍 벌어졌다. 이미 결혼한 사실을 알고 있던 소연만이 혼자 조용히 웃고 있었고, 이나는 순간 당황해 말이 나오지 않았다. 다행히 남자 친구라고 금방 정정해주어 결혼한 사실을 숨길 수는 있었지만 이상하게 가슴이 조여드는 느낌이었다.

남편이라 말했다가도 다시 남자 친구라며 소개하는 모습을 보니 그에게 해서는 안 될 짓을 한 것처럼 가슴 한쪽 구석이 불편해졌다.

"와아, 멋있다."

"진짜 이나 남자 친구예요?"

"네. 이나 데리러 왔습니다."

"저기, 그러지 말고 잠깐 앉으시겠어요? 저희 다 먹어가는데."

"그래도 될까요?"

주호가 잠깐이라도 앉으라며 권유했다. 우진은 그런 주호의 손짓에 당연하다는 듯 이나의 옆으로 향했다. 주호와 이나 사이에 옆 테이블 의자를 가져와 비집고 들어가려 했다.

"거기 자리가 좁은데. 이쪽으로 앉으시죠."

주호가 제 옆 자리가 어떠냐며 비어 있던 공간을 가리켰다. 우진이 그를 힐끗 쳐다보았다. 그리고 지난번 이나를 집까지 데려다주었던 남자라는 걸 알아차렸다.

"그럴 수가 있나요. 제 여자 친구 옆에 앉아야죠. 떨어지면 불안해서요."

두 사람 사이로 의자를 밀고 들어간 우진이 제대로 공간을 만들어 앉으며 보란 듯이 이나의 손을 잡았다. 주변에서 야유의 소리가 흘러나와도 눈도 깜짝 않았다.

"식사는 안 하셔도 되겠어요?"

"그것보다 두 사람, 어떻게 만난 거예요?"

예상대로 화제의 주인공은 단연 우진이었다. 여자 후배들의 눈이 조금 전과는 비교도 되지 않을 만큼 반짝반짝 빛났다.

"소개팅으로 만났습니다."

분명 거짓말은 아니다. 단지 소개팅을 가장한 맞선이었다는 거.

"제가 만나달라고 쫓아다녀서 남자 친구라는 자리도 겨우 얻어냈고요."

이나가 '그랬던가' 하며 어색하게 웃고 말았다. 호기심 가득한 시선들이 마구 반짝이며 두 사람을 향해 모여들었다.

"이나 어디가 그렇게 좋아요?"

"예쁘잖아요."

우진이 당연한 거 아니냐며 부드럽게 웃어 보였다. '어우, 닭살!' 부럽다는 눈빛으로 호들갑을 떠는 말소리가 섞였다.

"더 좋아하는 사람이 지는 거라 했는데."

"져도 좋으니 문 좀 열어주면 좋겠어요. 비집고 들어갈 틈을 잘 안 줘서요."

"이나가 원래 좀 느릿느릿해요. 저희도 친해지는 데 한참 걸렸거든요."

뭐지, 이 화기애애한 분위기는. 그녀가 눈을 새치름하게 흘겼다.

"그런데 무슨 일 하세요?"

조금 전부터 망설이며 눈치를 살피는가 싶더니 호기심을 참지 못한 후배 하나가 기어코 물어왔다. 초면에 그런 거 묻지 말지, 이나가 슬쩍 눈을 치켜떴다.

"호텔에서 일하는 직원이라고 볼 수 있죠."

일하는 건 맞는데, 직원이요? 우진이 의아한 표정을 짓는 그녀를 향해 아주 빠르게 오른쪽 눈을 깜박였다.

"이나랑 결혼도 하실 거예요?"

그만 물어보라며 막아서려던 이나가 멈칫했다.

"네. 할 겁니다. 제대로요."

마지막 말의 뜻은 이해할 수 없었지만 이나는 어색하게 미소를 지어 보일 뿐이었다. 친구들 사이에서 휘파람 소리와 웃음소리가 흘러나왔고, 우진이 만족스럽다는 표정을 지었다.

"송이나, 다 왔어."

우진이 잠깐 사이 잠든 이나를 깨웠다. 철판볶음밥집에서 나와 옆자리에 태워 집으로 오는 사이 그녀는 며칠 시험 기간이라며 연거푸 늦게 자더니, 제법 피곤했는지 깊이 잠이 들어 있었다.

"……벌써요?"

느릿하게 눈을 뜬 이나가 문을 열고 내렸다. 차 안과 달리 서늘한 바깥 온도에 흠칫 놀라며 어깨를 떨었다.

우진도 마찬가지로 차에서 내렸다. 그가 입고 있던 재킷을 벗어 그녀의 어깨에 둘러주었다. 이나가 눈을 가늘게 뜨며 고개를 갸웃 움직였다.

"우진 씨, 예전에도 나한테 이런 적 있었는데 기억해요?"

"당연히. 나랑 결혼 안 하겠다고 도망갔을 때잖아. 내가 되찾으러 간 거고."

"되찾기는요. 무슨 물건도 아니고."

"내 여자, 내가 되찾으러 갔다는 의미야."

우진이 알겠느냐며 이나의 볼을 슬쩍 꼬집었다. 그녀가 다시금 느릿하게 눈을 깜박였다.

"졸리지? 얼른 올라가자."

"괜찮아요. 나 이제 잠 안 오는데. 그러지 말고 우리 잠깐 걸어볼래요?"

우진이 그렇게 하자며 재킷을 걸치고 있던 이나를 제 옆으로 세웠다. 가느다란 팔을 제 팔에 끼워 넣고 근처 공원으로 향한다.

또각또각. 이나의 구두가 우진의 옆으로 나란히 걸었다. 구두 소리가 여러 번 땅을 울리는 와중에도 그녀는 말이 없었다.

'사실대로 말할 걸 그랬나.'

아까 전 생각에 가슴이 또 불편해졌다. 남편에서 남자 친구로 말을 바꾸던 모습이 이상하게 뇌리에 박혀들었다.

자신에게 우진은 지금 어디쯤 와 있는 걸까. 남자 친구와 남편, 그 사이 어디쯤일까.

"무슨 생각 해?"

"김우진 씨 생각 한다 하면 어때요?"

너 진짜. 그러면 내가 또 반하잖아.

우진이 정말이냐며 만족스러운 눈빛을 내보이다 슬쩍 옆으로 고개를 돌리곤 붉게 달아오른 제 귀를 만지작거렸다.

"나에 대해 무슨 생각 하는데?"

남편이라고 말할 걸 그랬나 하는 생각. 하지만 그녀는 그저 배시시 웃어 보였다.

"별거 아니에요. 잠깐만요."

이나가 그에게 잡혀 있던 팔을 풀고 어깨에 메고 있던 클러치백을 열어 사탕 두 개를 꺼냈다. 한 개는 자신의 입에 넣고 나머지 하나는 포장을 찢어 우진의 입술 앞으로 내밀었다.

"가게에서 나오다가 우진 씨 것도 챙겼어요."

동그란 모양의 하얀 사탕을 보고 우진이 입을 벌렸다. 이나가 사탕을 쏙 집어넣었다.

왜인지 남자의 입 안으로 손가락이 들어갔다 나오는 기분이 이상했다. 그래서 얼른 빼내려는데 그가 손가락을 잡아당기더니, 그 끝에 입을 맞췄다.

"이거 무슨 뜻이에요?"

"그냥, 예뻐서."

거짓말. 이나가 눈을 새치름하게 흘기다가 다시 우진과 함께 걸었다.

"있잖아요. 나 궁금한 거 있는데, 아까 왜 남자 친구라 했어요?"

"당신이 그렇게 해달라 했잖아."

"그래도 남편이라고 먼저 말했으면서."

"그건 강렬한 첫인상을 주고 싶어서 그랬던 거고. 어쨌든 이나 너를 곤란하게 만들고 싶지 않았으니까."

마음 같아서는 남편이라 말하고 싶었지만 그로 인하여 이나가 타인의 불편한 시선을 받는 건 원치 않았다.

"고마워요, 김우진 씨. 오늘 보니 많이 좋은 사람이네요."

"좋은 사람이 아니라 하루빨리 좋아하는 사람이 되어야 할 텐데."

"둘 다라 하면 좋아요, 싫어요?"

우진이 걸어가던 걸음을 멈추었다. 혼자 몇 걸음 더 걸어가던 이나가 그를 향해 뒤돌았다. 마주 선 두 사람 사이로 선선한 바람이 불어왔다.

"그럼 표현해봐."

"어떻게요?"

"내가 좋아지고 있으면, 여기로 와."

우진이 천천히 팔을 벌렸다. 너른 품을 앞으로 내밀며 그녀 스스로 다가오길 갈망했다.

"내가 거기로 가면 뭐 할 건데요?"

글쎄, 우리 뭐 할까.

"설마 여기서 키스라도 할 거예요?"

"그건 나중에 하고."

"그럼 지금은 뭐 할 건데요?"

"안아보려고."

"그게 다예요?"

이나가 그런 거였냐며 작게 웃어 보였다. 그에 우진이 아니라며 고개를 가로저었다.

"아니. 더 중요한 게 남았어."

그러니까 잘 들어봐.

"만약 지금 내게 온다면 앞으로 남자 친구라는 말은 없어."

이제부터 자신을 소개할 때 그런 수식어는 쓰지 않을 것이다.

"오직 남편만 있을 거야."

그래도 좋다면 와라. 내게 와라.

우진이 팔을 더욱 넓게 벌리자 이나가 눈을 깜박였다. 다가갈까 말까. 꼼지락대며 망설이던 다리가 조금씩 움직이려던 순간이었다.

바닥에서 떨어지던 걸음이 다시 멈춰버렸다. 두 사람만 존재하는 듯한 고요한 공간에 정적이 흘렀다.

"⋯⋯."

"⋯⋯."

결국 우진이 아직은 안 되겠느냐며 팔을 내리려 했다. 그때였다. 이나의 걸음이 날개라도 돋친 듯 발걸음을 박차 올랐다. 단숨에 바람처럼 달려가 두 팔로 그를 꼭 끌어안았다.

"이제부터 남편 해요."

"⋯⋯!"

"김우진 씨가 내 남편 하라고요. 아니, 좋은 남편이 되어주면 좋겠는데."

"⋯⋯허! 그런 건 빨리빨리 말해주면 좋았잖아."

이런 느릿느릿한 아가씨. 기다리다 남편 숨넘어가.

"이런 이야기는 뜸 들여가며 해야 된다 했어요."

"그런 건 어디서 배웠어?"

"소연이한테 들었어요. 뜸 들이기가 밀당의 시작이라고."

송이나 입술에서 무려 밀당이란다. 우진이 앞으로 같이 못 놀게 해야겠다며 쓴웃음을 지었다.

이나가 우진을 안고 있던 팔을 천천히 움직였다. 그가 자신에게 해주었던 것처럼 자신도 우진의 넓은 등을 위아래로 쓰다듬었다. 남자의 품에서 뭉근하게 느껴지는 스킨향이 좋다.

"김우진 씨 나한테 좋은 사람이고 좋아하는 남자 맞아요."

"다시 말해봐."

"좋아하는 남자 맞으니까, 더 용기를 내봐요."

이어지는 이나의 말에 우진이 그녀의 턱을 잡아 제게로 당겼다.

"송이나. 나 봐봐."

눈빛에 막 생기가 돌기 시작한 남자의 얼굴이 그녀에게로 다가 간다. 여린 별빛만이 겨우 지상으로 흘러내리는 어둑한 밤, 마찬가 지로 잔잔하게 빛나는 까만 눈동자가 우진의 눈 안에 가득히 담겨 들었다. 그가 분홍빛 입술에 자신의 입술을 부드럽게 가져다 포개 었다.

"여기서 하면 누가 볼 것 같은데."

"누가 봐? 아무도 없는데."

"그래도 지나가는 사람도 있고 좀 그렇잖아요."

"안 볼 때 몰래 할게."

"그래도…… 읍."

우진이 종알거리는 입술을 물었다. 입술 사이로 비집고 들어간 혀가 말랑한 존재를 만나자 제게로 휘감아 당겼다. 지난번과 달리 부드럽게 이어지는 입맞춤에 이나의 얼굴이 붉게 달아올랐다. 달콤한 행위를 이어가던 우진이 입술을 떼어내고 잠깐 물러났다.

"참고로 이제는 허락 안 맡아."

이나가 무슨 뜻이냐고 물을 틈은 허락되지 않았다. 우진이 다시금 이나의 허리를 잡아 당기며 입술을 겹쳤다.

길가를 가로지르는 걸음이 성급해졌다. 오늘 이나는 우진의 어머니인 은주와 만나기로 약속했었다. 그런데 하필이면 수업 시간이 길어져 이제야 학교에서 빠져나왔다. 휴대폰 시계와 버스를 번갈아 보던 그녀가 결국 택시를 잡았다.

약속 장소로 향하는 길, 쌩쌩 달리는 도로 위에서 열어놓은 창문을 통해 바람이 들어와 머리를 세차게 날렸다. 이나가 잔뜩 헝클어진 머리를 손으로 빗어 내리고 얼굴에 동그란 거울을 대어 요리조리 살핀 후 택시에서 내렸다. 그리고 자신을 기다리던 여성을 향해 곧바로 두 손 가지런히 모아 허리를 숙였다.

"안녕하세요. 어머님."

"이나야. 왔어?"

은주가 부드럽게 웃어 보이며 이나를 맞이했다. 그녀가 식사를 예약해두었다는 가게 안으로 이끌었다.

"어때. 마음에 들어? 한정식 좋아한다기에 여기로 왔는데."

"완전 좋아요."

한옥을 개조해서 만든 한정식 가게는 입구에서부터 고풍스러운 느낌이 물씬 풍겼다. 안으로 들어서자마자 묵색 바닥 돌과 초록빛 잔디가 이어지고, 처마 끝에 달린 종소리가 은근하게 울려 퍼졌다. 이나와 은주가 들어서는 모습을 보고 다가온 직원이 곧장 예약된 방으로 안내했다.

"여기까지 오느라 힘들었지?"

"아니에요."

이나가 괜찮다며 손사래 쳤다.

"어머님이야말로 서울까지 오시느라 힘드셨죠?"

얼마 전 우진에게서 그녀가 많이 아팠다는 이야기를 들은 후 곧장 뵈러 갈까 했는데 좀처럼 시간이 맞질 않아 가지 못했다.

"제가 미리 찾아뵀어야 했는데."

"학교 다니느라 바쁜 사람 오라 하면 안 되지. 우리 집에 놀러 오는 건 방학하고 천천히 와. 그래도 이렇게 얼굴 보니까 너무 좋다."

은주가 지금처럼 단둘이 만나기를 기다리고 있었다며 반가워했다.

"어머님, 이제 건강은 괜찮으신 거죠?"

"걱정 마. 잘 먹고, 잘 놀고, 잘 지내고 있어."

"그래도 안 좋다고 느껴질 때는 저한테 꼭 전화하세요."

우진이 외동이다 보니 여태껏 그녀가 아프다 하면 달려갈 수 있는 사람은 그가 유일했을 것이다. 이나가 이제는 자신에게도 연락 달라며 조곤조곤 말했다.

"알았어. 그나저나 우진이랑 지내는 건 어때?"

"재밌어요."

"그 애가 잘 대해줘?"

"네."

느릿하게 고개를 끄덕인 이나가 살포시 미소 지었다. 은주는 그런 이나가 마음에 드는지 손을 잡아왔다.

"말 안 들으면 나한테 말 해. 내가 단단히 혼내줄 테니까."

"아니에요. 우진 씨가 신경 많이 써줘요. 예쁘게 봐주셔서 감사해요."

다소곳하게 앉아 있던 이나가 고개를 들며 조금 더 웃어 보였다. 처음으로 단둘이 만난 은주는 우아하고 지적이며 굉장히 부드러운 사람이었다.

"이제야 똑바로 얼굴을 마주 보네. 그 애가 말하던 꼬마 아가씨가 누군지 늘 궁금했었는데."

"네?"

"그 아이가 꼬마 아가씨라는 말 좋아했어. 예전부터 그랬지."

그게 무슨. 분명 지난번에도 들었던 적이 있는 이름이었다. '잘 자. 꼬마 아가씨' 하며 우진에게서 마치 연인을 대하는 듯한 이마 키스를 받았던 적이 있었다.

"그거 네 별명 아니었니?"

"제 별명이요?"

"그래. 아니야?"

이나는 여태껏 그게 자신의 별명인 줄 몰랐다. 하지만 은주에게 더는 물어볼 수가 없어 '아, 그런가요' 하며 작게 웃고 말았다.

그냥 동네 오빠라더니, 예전에 자신을 부르던 별명이 있었던 걸까? 나중에 우진에게 물어봐야겠다며 어색하게 미소 지었다.

"아 참, 검진은 잘 받으셨어요?"

"응. 김 박사님이 잘 봐주셨어."

"다행이에요."

이나가 정말 다행이라며 웃어 보였다. 평소 은주는 조용한 곳에서 지내고 싶다며 강릉에 있는 별장에서 지내왔다. 그러다 가끔 검진을 받을 때면 오늘처럼 서울에 올라오곤 했다.

"내 건강은 이제 괜찮으니까 걱정 말고 얼른 먹자. 이거 먹고 해야 할 일이 많아."

"네?"

이나가 고개를 갸우뚱거렸다. 은주의 양쪽 입가가 길게 가늘어졌다.

"어머님, 조심히 가세요."

"걱정 마. 너도 얼른 들어가."

은주가 이나를 집 앞에 내려주고 떠났다. 이나가 빌라 안으로 들어가며 제 손에 쥐어진 가방을 내려다보았다.

정말 순식간에 벌어진 일이었다. 연이어 나오는 한정식 코스를 겨우 다 먹자마자 은주는 이나를 데리고 백화점으로 향했다.

'내가 딸이 없어서 이런 걸 못해봤거든. 꼭 해보고 싶었어.'

차마 그 뜻을 꺾을 수가 없어 은주가 시키는 대로 따랐다. 그렇게 그녀는 몇 가지 옷을 골라 선물하고 떠났다. 집으로 돌아온 이나가 옷을 꺼내어 침대 위에 일렬로 놓았다.

은주의 완고한 뜻에 어쩔 수 없이 받기는 했는데, 제게 어울리는 스타일은 아닌 것 같다. 시스루 원피스에 홀터넥 원피스까지.

몸에 걸쳐보기만 해도 어쩐지 야릇한 기분이 들었다.

"어우, 이런 걸 어떻게 입지?"

이나가 꺼내놓은 옷들을 어떻게 할까 고민하다 그래도 한 번은 입어보자는 마음에 블랙 홀터넥 원피스를 집었다. 입고 있던 블라우스와 치마를 벗고 원피스를 입어보았다.

예상대로 섹시하다 못해 야했다. 어깨가 모두 드러나는 건 물론이고 타이트한 핏 때문에 볼록한 가슴을 비롯한 전신이 부각되었다. 이건 평소에 입고 다니기는 어렵겠다며 고개를 붕붕 저었다. 그때였다.

"송이나, 안에 있어?"

누군가 급하게 문을 열고 들어왔다. 순간 이나의 눈이 동그래지며 황급히 손으로 가슴팍을 가렸다.

"우, 우진 씨?"

문을 열고 들어오던 걸음이 우뚝 멈추어 섰다. 낯선 옷차림을 훑어본 우진의 눈매가 미묘하게 꿈틀거렸다.

빨갛게 달아오른 뺨, 드러난 새하얀 어깨와 다리에 그는 순간 정신이 나가는 줄 알았다. 등허리에서부터 열기가 올라오더니 입술이 바짝바짝 말랐다.

생각 같아서는 당장이라도 달려가 껴안고는 얄팍한 옷 따위 벗겨내어 미친 듯이 입 맞추고 싶었다. 하지만 옆으로 돌아서는 것으로 겨우 열기를 가라앉혔다.

"그, 그 옷 어디서 났어?"

"어머님이 사주셨어요. 근데 나한테 안 어울리는 것 같죠?"

이런. 우진이 손바닥으로 머리를 짚었다. 조금 전 회사에서 바쁘게 일을 처리하고 있는데, 어머니가 전화를 했었다. 이나를 집에 데려다주고 가는 길이라며 너도 얼른 집으로 가보라고 했다.

도대체 무슨 일이냐고 몇 번을 물어도 선물을 보냈다는 말만 할 뿐 알려주시질 않아 급하게 달려왔는데, 눈앞에 펼쳐진 상황에 말이 나오질 않았다.

서프라이즈 선물은 무슨. 어머니, 아들 힘들어 죽는 것도 모르시고 왜 이런 일을.

그때였다. 우진의 휴대폰에 문자가 도착했음을 알려왔다.

[아들, 노력 좀 하세요. 엄마는 손주가 보고 싶다.]

아. 정말 미치겠다. 우진의 입술에서 메마른 탄식이 흘러나왔다. 그리고 설핏 얼굴이 붉게 달아올랐다. 그가 손바닥을 펼쳐 관자놀이 부근을 부여잡았다.

자꾸만 손끝이 떨려왔다. 이대로 달려가 끌어안고 싶다. 하지만 그러고 나면 자신이 스스로를 멈출 수 있을지 장담할 수 없었다.

"나가 있을게. 옷 갈아입고 나와."

그가 방문을 닫아주며 거실로 나왔다. 얼굴에 열이 오르다 못해 이제는 뒷목까지 얼얼하고 뜨거웠다.

"아, 진짜. 어디서 저런 옷을."

물론 보기에는 좋지만, 예쁘지만, 아주 많이 사랑스럽지만, 어머니가 아들 쓰러지는 건 모르고 일을 만들었다. 우진이 멋쩍은 표정을 지었다.

잠시 후 문이 열리고, 이나가 다시 심플한 블라우스와 치마로 갈아입고 나왔다. 그녀 역시 마찬가지로 뺨에 붉은 기가 언뜻 남아 있었다.

"옷이 좀 그렇죠?"

어색하게 웃는 표정에 그가 침대 위에 올려진 옷들을 다시 살폈다. 손으로 뒤적이며 살펴보던 우진이 단 하나만 남겨놓고 모두 가방에 넣었다. 그가 이나의 손을 잡고 황급히 집을 나섰다.

"우리 너무 많이 산 거 같아요."

"이 정도는 괜찮아."

한 손에 쇼핑백을 가득 든 우진이 다른 물건도 보러 가자며 이나를 이끌었다.

"지금도 충분해요. 벌써 네 개나 샀는데."

"아직 내 성에 안 차. 더 길고 단정한 걸로 찾아볼 거야."

그게 무슨. 수녀복이라도 찾을 생각인가요. 이나의 입술이 뾰족 튀어나왔다.

조금 전, 은주에게서 선물 받은 옷을 살펴보던 우진이 안 되겠다며 그녀를 백화점으로 데려왔다. 단정한 옷으로 교환하자며 데려온 그를 다행히 이나가 말리긴 했지만 그러면 새 옷이라도 사야겠다며 우진이 의류 매장 사이를 비집고 다녔다.

"그러지 말고 얼른 골라봐. 나 보기보다 능력 있는 남자라니까. 네가 원하면 여기 있는 거, 다 가질 수도 있다고."

우진이 걸어가던 걸음을 멈추었다. 그에 질세라 이나도 멈추었다. 그가 살짝 허리를 숙여 또렷한 눈망울로 자신을 올려다보는 그녀와 시선을 맞췄다.

"왜 그렇게 쳐다봐?"

분명한 고집을 담은 가느다란 눈썹이 꿈틀댔다.

"지금 산 것도 많아요."

이나가 제 손에 들고 있는 가방을 어깨 높이로 들어 이것 좀 보라며 우진의 앞으로 내밀었다.

"더 많이 갖고 싶지 않아?"

씰룩씰룩. 이나의 볼 근육이 불만스럽게 움직였다. 그녀가 이제는 충분하다며 우진의 팔을 잡아 어딘가로 당겼다. 그가 못 이기는 척 끌려가보았다.

이나는 주차장으로 가기 위해 엘리베이터로 향했다. 그러다 갑자기 움직임을 멈추고는 다른 방향으로 우진을 끌어당겼다.

"여기만 들렀다 가요."

그녀가 꽉 잡고 있던 우진의 팔을 풀고 고급스러운 슈트가 진열된 매장 안으로 들어섰다. 점원과 이야기를 나누더니 몇 가지 셔츠를 들고 돌아왔다.

"이것도 잘 어울리는 것 같고."

하얀 셔츠와 푸른색 셔츠를 번갈아 우진에게 대어보았다.

"아니면 이게 더 괜찮으려나?"

"……설마 나 주려고?"

끄덕끄덕. 고개를 끄덕이자 우진의 한쪽 입꼬리가 부드럽게 위로 올랐다.

"난 어느 쪽이든 상관없는데."

"그래도 기왕이면 잘 어울리는 걸로 고르고 싶어요."

이나가 지금은 자신이 받을 때가 아니라 예전에 받았던 향수에 대해 보답할 때인 것 같다며 옷을 선물하고 싶다 했다. 덤으로 우진이 제 옷에 신경 쓰는 걸 그만두게 할 좋은 방법이기도 했고.

그녀가 양손에 셔츠를 들고 어떤 게 더 마음에 드냐며 다시 물어보았지만 그는 뭐든 좋다는 대답만 반복하며 웃어 보일 뿐이었다.

"그래도 이게 더 나은 것 같죠?"

우진이 고민하는 이나를 보고는 손가락을 까딱까딱 움직여 가까이 불렀다. 그녀가 왜 그러냐며 귀를 내밀고 다가갔다.

"네가 입혀줄 거라면 뭐든지 좋아."

화들짝 놀란 이나가 눈을 흘겼다. 하지만 이내 작게 미소 짓고는 그럼 자신의 생각대로 고르겠다며 옷을 살펴보는데, 마침 뒤에서 말소리가 들렸다.

"이게 누구야?"

목소리만으로도 우진의 어깨에 묵직한 긴장이 실렸다.

"넌 인사도 안 하니?"

앙칼진 목소리의 주인을 알아챈 우진이 돌아서며 이나를 제 뒤로 숨겼다. 목소리의 주인공과 마주하는 순간부터 그들 사이로 잠깐의 정적이 흘렀다.

"오랜만에 뵙습니다."

"그러게 몇 년 만인지도 모를 정도니. 그런데 넌 여전히 건방지구나."

날카로운 눈꼬리는 서슬 퍼런 독기를 담고 있었고, 웃고 있는 입술에는 빨갛게 칠한 립스틱만큼이나 진한 조소가 걸려 있다.

"어른을 봤으면 빠닥빠닥 인사하고 뒤에 있는 애도 소개시켜줘야지."

하지만 우진은 그럴 생각이 없는지 조용히 노려보기만 할 뿐이었다. 그는 아주 잠깐 얼굴에 당황하는 기색이 감돌았지만 이내 당혹감은 사라지고 다시 냉철하고 침착한 모습으로 돌아왔다. 남자의 깊은 눈매가 천천히 위로 올랐다 내렸다. 깜박이는 동작이 느려졌다.

"실례지만 제가 좀 바빠서요."

"뭐?"

"보여주기조차 아까운 사람이라. 그럼 먼저 가보겠습니다."

고개를 가볍게 끄덕임으로 인사를 대신한 우진이 이나의 손에 들려 있던 옷을 내려놓고 가녀린 몸을 제 옆으로 끌어안아 매장 밖으로 나왔다.

곧바로 엘리베이터를 타고 주차장으로 내려가는 동안에도 계속 말이 없던 그는 차 앞에 멈추어서야 잡고 있던 손을 놓아주며 긴장이 풀린 듯 숨을 들이켰다.

잠깐 사이 진득해진 손바닥에 미안하다며 억지로 웃어 보였다. 그가 재킷 안주머니에 넣어두었던 손수건을 꺼내어 손바닥을 닦았다. 그 모습을 지켜보던 이나가 손을 뻗어 우진의 이마를 쓸어주었다.

반듯한 이마 주변에 땀이 송골송골 맺혀 있었다. 그녀가 방금 전까지 잡고 있던 손바닥만큼이나 젖어 있는 머리를 살짝 흩뜨렸다. 우진은 제 얼굴에 닿는 손길에 흠칫 놀랐지만 이내 안도했는지 뾰족하던 눈매가 부드러워졌다.

"우진 씨, 예전에 나한테 그랬죠? 억지로 웃을 필요 없다고."

그건 몇 달 전 자신이 그녀에게 했던 말.

"우진 씨도 마찬가지예요. 힘들면 억지로 웃지 말아요. 그냥 힘들다는 표정 짓고 있어도 괜찮아요."

"······."

"이제 나한테 좀 기대도 된다고요. 그러기 싫어요?"

평소보다 힘이 들어간 야무진 말투에 우진이 알았다며 고개를 끄덕였다. 그는 어느새 아무렇지 않은 얼굴을 하고 이나의 머리를 쓰다듬어주고는 세워둔 차에 올랐다.

집으로 달려가는 내내 그는 생각에 잠긴 듯 말이 없었다. 원래 말이 많은 사람은 아니었지만 지금은 평소보다 말수가 부쩍 줄었다.

사실 우진은 너무나 오랜만에 마주한 그 여자로 인해 많이 놀란 상태였다. 어른이 되어 만나면 괜찮을 줄 알았는데, 어릴 때 본 그녀는 너무도 섬뜩하고 무서운 존재였기에 여전히 날 선 목소리에 자신도 모르게 긴장했었다.

다행히 금세 마음을 가라앉히고 아무렇지 않게 대했지만 옆에 있던 이나가 신경 쓰여 그 여자가 볼 수 없도록 뒤로 숨겼다. 아까 전 상황을 곱씹을수록 핸들을 잡은 손에 자꾸만 힘이 들어갔다.

때마침 쌩쌩 달리던 차가 신호등이 빨간불로 바뀌며 멈추었다. 다시 초록불이 되기를 기다리는 사이 우진이 슬쩍 고개를 돌려 이나를 바라보자 까만 눈망울이 자신을 보고 있었다. 그는 별일 아니라며 애써 웃어 보였지만 이나의 얼굴은 쉽사리 밝아지지 않았다.

다음 날, 학교를 마친 이나가 소연과 근처 카페로 향했다. 후,

후, 뜨거운 김이 모락모락 올라오는 커피 잔에 열심히 찬바람을 불어넣었다. 그녀가 입을 동그랗게 모아 불고 있자 맞은편에 앉아 있던 소연이 눈을 깜박였다.

"왜 그렇게 봐?"

"송이나 얼굴색이 예전보다 좋아졌다 했더니, 다 이유가 있었던데?"

"무슨 소리야?"

"네 남편 말이야."

소연이 이나의 볼을 콕 찔렀다. 가장 친한 친구라 결혼식에도 참석했었던 소연은 며칠 전 저녁을 먹는 자리에서 우진을 보고 두 사람 사이에 달라진 기류를 느꼈다.

"결혼식 때도 멋있다 싶었지만 며칠 전에 보니 더 멋있어졌더라."

"진짜?"

"네 남편 딱 등장하고 옆에 있던 사람들 시선이 쫙 모이는데, 우와, 내 등이 다 짜릿한 게."

이나가 정말 그랬느냐며 밝게 미소 지어 보였다.

"잘 지내봐."

"응."

"좋은 사람 같더라."

"좋아. 멋지고."

그가 좋은 남자임은 분명했다. 그와 같이 있으면 재밌고 즐거웠다.

언제부터였을까. 그 남자만 생각하면 관련된 모든 것에 관심이 쏠리게 된 것이. 또 예전이라면 몰랐을 평소와 다른 그의 담담한 눈빛, 차분한 목소리, 사소한 손짓까지도 지금은 다 신경 쓰였다.

특히 어제, 우연히 흔들리던 그의 눈빛을 보았을 때는 제 마음이 다 저릿하고, 쓰리고, 무어라 설명할 수 없는 기분이었다.

"근데 있잖아, 나 어제 우진 씨랑 같이 백화점에 갔었거든."

"어. 그런데?"

"거기서 옷을 둘러보다가 어떤 여자랑 마주쳤는데 우진 씨 얼굴이 되게 안 좋더라고."

"젊은 여자야?"

"아니. 나이가 좀 있는 분이었어. 그래서 왜 그러냐고 물어봐도 말을 안 해주는데…… 힘들어 보이는 얼굴을 하고 있으니 맘이 안 좋아. 내가 막 같이 속상해."

"송이나, 진짜 푹 빠진 거 맞네."

"근데 결국 별말 못해줬어. 이런 때 살갑게 위로해주는 방법을 잘 몰라서 어떻게 해야 할지를 모르겠어. 그냥 마음이 안 편해."

"뛰어가."

"응?"

"그냥 지금 달려가서 안아줘. 네가 좋아하는 곰돌이 인형 안아주듯이 꽉 안아줘. 그럼 완전 좋아할걸."

정말 그럴까? 그 남자도 안아주면 좋아할까? 이나가 조금은 의심스러운 눈빛으로 되물었다.

"가서 그 여자 누구냐고 물어보고, 왜 힘든지도 물어보고. 너 혼자 속으로 끙끙 앓고 있다고 답 나오는 거 아니잖아."

"그건 그렇지."

"이나야, 넌 착하고 다 좋은데, 느릿느릿해. 이런저런 생각 하지 말고 그냥 가서 김우진 씨 좋아해요, 해주라고. 그게 너만이 해줄 수 있는 위로잖아."

오직 자신만이 해줄 수 있는 위로라. 이나가 머그잔에 담긴 커피를 보며 소연의 말을 곱씹었다. 그를 위해 자신만이 할 수 있는 위로. 누구나가 아닌 지금 그의 옆에 자리할 수 있도록 인정받은 누군가만이 할 수 있는 위로.

그렇게 생각하기 시작하자 답답했던 머릿속이 불현듯 환해졌다. 앞을 가리고 있던 뿌연 안개가 걷히며 시야가 맑아지고 어디선가 시원한 바람이 불어오는 것 같았다.

아침에 눈을 뜬 이후로 오전 내내 쓰리기만 하던 가슴이 두근두근 뛰어오르고 마음 속 어디선가 벅찬 떨림이 느껴졌다. 어쩐지 그가 보고 싶다. 너른 품으로 달려가고 싶다. 곧장 발끝에서부터 힘이 솟아올랐다.

"미안. 나 먼저 가볼게."

이나가 어깨에 가방을 메고 급하게 가게를 빠져나왔다. 마침 옆을 지나가던 택시를 손 흔들어 세웠다. 차를 타고 달려가는 내내 가슴이 벅차오르고 조급해진다. 얼른 달려가서 꼭 안아주고, 위로해주고, 다독여주고 싶었다.

퇴근 시간이라 혼잡해진 도로를 달려 겨우 호텔 근처까지 온 이나가 안으로 들어서며 달렸다. 카운터에서 직원의 도움을 받아 제일 위층까지 올라간 그녀가 윤 실장에게만 살짝 눈짓을 하고 사장실 문을 열고 들어갔다.

"송이나? 당신이 여기 어쩐 일이야."

벌컥 열리는 문을 본 우진이 고개를 번쩍 들었다.

"나, 고백하러 왔어요."

"뭐?"

"김우진 씨 토닥토닥 해주고 고백하러 왔다고요."

"그게 무슨?"

"그러니까 받아요. 얼른 가까이 와서 내 맘 받으라고요."

참고로 거절은 없는데 어떡하죠? 이나의 눈빛이 물기를 머금은 듯 반짝였다. 그때였다. 툭. 우진의 손에서 볼펜이 떨어져 굴렀다. 데굴데굴 굴러간 볼펜이 책상 끝에서 바닥으로 추락하며 큰 소리를 만들어냈다.

그가 느릿하게 눈을 깜박이다 멈췄다. 분명 오늘 아침 학교에 간 그녀였는데 느닷없이 나타나서는 고백하러 왔단다.

이봐요, 부인. 너 갑자기 이러면 내가 놀란다니까.

우진이 왜 그러냐고 추궁하듯 눈가를 찌푸렸다 뜨며 의자에서 일어났다. 자신을 뚫어져라 보고 있는 까만 눈동자의 주인에게로 걸음을 옮겼다.

"갑자기 고백이라니?"

"……."

"며칠 전에도 나 좋다 했었잖아. 나보고 이제 남편 하라며 달려 왔잖아."

"그건 그냥 좋은 느낌이었다면 지금은 고백이라고요. 김우진 씨 좋아 죽겠다고 말하러 왔는데, 싫어요? 그만할까요?"

"······아니, 계속해봐."

주머니에 손을 푹 찔러 넣고 다가간 우진이 이나와 마주 보고 섰다. 그녀를 내려다보는 남자의 눈동자가 안에 불꽃이라도 품은 것처럼 뜨거워졌다.

"말 그대로 김우진 씨가 좋아요. 그동안 표현 못해줘서 미안해요."

"왜 갑자기 그렇게 느낀 거야?"

"어제 일 때문에요. 우진 씨 그 여자분이랑 마주치고 힘들어 했잖아요. 그거 보고 계속 내 마음이 안 좋았어요. 우진 씨에게 뭐라도 말해주고 싶고, 토닥여주고 싶었어요."

"······."

"그렇지만 그런 때 뭘 어떻게 말해줘야 할지, 어떻게 다가가야 할지를 잘 모르겠더라고요."

어제부터 시작된 고민은 오전 내내 이어진 수업에서도 멈출 줄 몰랐지만 딱히 뾰족한 방법이 떠오르지도 않았다.

"그런데 소연이가 그랬어요. 가장 좋은 위로는 달려가서 안아주는 거다. 그리고 지금 그걸 해줄 수 있는 건 세상에서 나밖에 없다. 그래서 그 말 해주고 싶어서 달려왔어요."

'나 잘했죠?' 하며 이나가 해사한 웃음을 터뜨렸다. 생각지도 못했던 직구와도 같은 고백에 우진은 순간 말문이 막혔다.

······갑자기 이렇게 고백하면 내 심장 다 내려앉는데.

하지만 이나는 그의 표정에 집중하기보다는 문득 뭔가를 떠올리곤 어깨에 메고 있던 가방을 벗어 안에 담아온 상자를 꺼냈다.

"우진 씨 주고 싶어서 가져왔어요. 실은 저녁에 주려고 했는데 지금 줄래요. 그리고 어제 그 사람은 누군지도 묻고 싶어요."

"너한테 별로 소개해주고 싶진 않은데."

사실은 영영 보여주고 싶지도 않았다.

"그래도 나 김우진 씨랑 결혼했는데. 이제 당신에 관한 거라면 다 알고 싶은데, 진짜 말 안 해줄 거예요?"

"……예전에 같이 살았어. 새어머니야."

"새어머니요?"

"나중에 다시 말해줄게. 지금은 이 로맨틱한 분위기를 망치고 싶지는 않아서."

우진이 한쪽 눈을 깜박이며 씩 웃어 보이곤 주머니에서 손을 빼 건네받은 상자의 리본과 포장지를 뜯었다. 조심스레 뚜껑을 열어 보자 안에는 어제 함께 본 셔츠가 담겨 있었다.

"나 주려고 다시 가서 샀어?"

이나가 당연하다며 고개를 끄덕였다. 오늘 아침, 학교로 가는 길에 일부러 시간을 내어 백화점에 들렀다. 그에게 꼭 선물해주고 싶은 셔츠였는데, 어제는 사지도 못하고 그냥 나와야 했다.

"내가 그랬잖아요. 나도 우진 씨한테 뭔가를 주고 싶다고."

받은 만큼 돌려주고 싶어 하는 성격 탓도 있지만 이나는 처음으로 그에게 무언가를 해주고 싶었다. 결코 타인의 의지 때문이 아니라 그녀의 마음 스스로가 움직여 그를 기쁘게 만들어주고 싶었다.

"비싼 건 아니지만 내 손으로 뭔가를 선물해주고 싶었어요. 작은 성의라고 생각해줘요."

우진이 상자 안에 담긴 셔츠를 빤히 바라보았다. 위에서부터 천천히 훑어 내린 그가 셔츠를 꺼내 들었다.

"입혀줘."

뭐라고요? 이나가 눈을 동그랗게 뜨며 어깨를 발딱 세우고 우진을 쳐다보았다.

"네 손으로 입혀달라고."

우진이 셔츠를 그녀에게 건네주었다. 그러곤 곧장 넥타이를 끌어당겨 옆으로 던졌다. 입고 있던 셔츠의 단추를 푸는 손길이 성급해졌다. 하나씩 풀어져가는 단추와 함께 벌어진 셔츠 사이로 남자의 상체가 드러났다. 탄탄해 보이는 상체는 자잘한 근육들이 균형 잡혀 자리 잡고 있었고, 어쩌다 시선을 내렸다 본 치골은 볼록 튀어나와 깜짝 놀랐다.

"여기 회사인데, 누가 들어오면 어떡해요?"

"아무도 안 들어와. 그 정도 눈치는 있어."

"그래도 이건 위험하잖아요!"

하지만 우진은 신경 쓰지 않는 듯 팔을 움직여 옷을 마저 벗어 옆으로 던졌다. 한 걸음 더 가까이 다가오는 건장한 몸을 보고 이나가 꼴깍 침을 삼켰다. 이렇게 가까이서 맨살과 마주하는 건 처음이었다.

시선을 떼지 못하던 이나가 입술을 살짝 깨물더니 느릿하게 손가락을 뻗었다. 근육으로 각이 잡힌 어깨를 지나 아래로 내려가는 방향 그대로 움직여보았다. 가느다란 손톱이 탐색하듯 지나갈 때마다 가슴속 설렘이 자꾸만 몽글몽글하게 부풀어 올랐다.

이나는 급격하게 두근거리기 시작한 마음을 가라앉히려 숨을 들이쉬고 내쉬었다가 좀 더 가까이 다가갔다. 셔츠를 들어 그의 오른팔을 먼저 끼우고, 등을 돌아 반대편 팔까지 입혀주었다. 그녀가 우진과 다시 마주 서고 가장 위 단추를 뺀 두 번째 단추부터 잠그기 시작했다.

머리 위로, 얼굴 위로 자신을 향해 뜨겁게 내려오는 시선에 단추를 잠그는 손길이 자꾸만 바들바들 떨려왔다. 침착하게 손을 움직였지만 의도치 않게 남자의 맨살에 손이 닿았다. 지나치게 매끄러운 촉감에 손끝이 찌릿하게 느껴져 얼굴이 화끈 달아올랐다.

단추와 씨름하던 이나가 겨우 절반을 잠그고 숨을 한 번 몰아쉬고 다시 잠그려는데, 우진이 꼼지락거리던 양 손목을 잡아 그러쥐었다.

"고마워."

"뭐가요?"

"내게 와줘서, 날 좋아해줘서."

이나가 고개를 끄덕이다 그건 자신도 마찬가지라며 말하고 싶어 시선을 위로 올리는 순간, 우진이 그녀를 힘껏 당겼다. 양쪽 손목이 잡힌 채 순식간에 끌려갔다. 그녀가 잡힌 손목을 사이에 두고 우진에게 바짝 안겨버렸다. 탄탄한 맨살에 닿은 손바닥을 통해 자신과 마찬가지로 뛰고 있는 남자의 뜨거운 심장박동이 느껴졌다.

두근두근. 떨려오는 긴장감 속에서 시선이 얽혔다. 우진이 그대로 입술을 부딪쳐왔다. 지난번과 다르게 어딘가 절박하고, 끊임없이 애정을 갈구하는 느낌이었다. 잡아먹을 듯 이어지는 키스가 불안해하는 그의 마음을 고스란히 전해주었다.

우진이 잡고 있던 손목을 풀어주고 허리를 끌어안으며 몸을 붙여왔다. 이나가 용기 내어 팔을 뻗었다. 그리고 그의 등을 천천히 쓸어내리자, 다소 성급해 보였던 키스가 점차 부드러워진다.

"……사랑해."

벌어진 입술 사이로 흘러 들어온 말이 사뭇 달콤했다. 이나가 손을 뻗어 우진의 두 뺨을 감싸 잡았다.

자신이 느끼는 달콤함을 그에게도 전해주고 싶어서, 이번엔 먼저 다가가 입술을 마주했다. 고작 할 줄 아는 게 남자의 입술에 자신의 입술을 붙여 온기를 전해줄 뿐이었지만 우진이 다시 그녀의 입 속을 파고들며 키스가 이어졌다.

점차 가빠지는 숨소리에 이나의 얼굴이 새빨개졌다. 툭툭. 우진이 제 어깨를 때리는 손길에 먼저 입술을 떼었다. 하지만 여전히 맞닿아 있는 몸은 떨어뜨리지 않았다. 이번에는 얼굴로 향하는 대신 품에 끌어당겨 꽉 안았다. 우진의 널찍한 어깨 위로 겨우 눈만 내민 이나가 그의 등에 팔을 두르고 제 손가락끼리 마주 잡았다.

시간이 멈춘 듯 조용해진 공간이 어색하기는커녕 그가 숨을 쉴 때마다 들썩이는 가슴에 가만히 기대어 있으면서 점차 마음이 편안해진다.

"나 지금 되게 기쁜 거 알아?"

"왜요?"

"이렇게 있어도 너 도망 안 가잖아."

이제는 헤어지겠다는 생각도 안 하고, 자신을 밀어내지도 않는다. 무려 좋아한다는 말도 들었다.

"그건 우진 씨에 대한 생각이나 마음이 바뀌었으니까. 내가 감정 표현이 서투르고 느려도, 가고 있다 했잖아요. 김우진 씨 머리 꼭대기까지."

안고 있던 몸을 풀어 조금 거리를 띄운 우진이 새까만 눈을 바라보았다. 어서 말해보라며 재촉하는 남자의 눈빛은 조급함을 담고 있는데 부드럽게 올라가는 입꼬리는 다정하다.

"아무튼 결론은 김우진 씨가 좋아요."

"……"

"좋아한다고 열 번은 말한 것 같은데."

우진이 달콤한 고백을 흘려내는 이나의 뺨을 감싸 잡았다. 부끄러운지 시선을 피하려는 얼굴을 잡아 제 눈과 높이를 같이했다. 종종 웃고 있는 모습도, 고맙다는 열 마디 말보다도 그 한마디가 좋았다. 남자의 눈빛에 기쁨이 서렸다.

"그거면 충분해."

"……"

"하지만 언젠가 그 말은 또 바뀌게 될 거야. 내가 그렇게 만들 거니까."

다시금 찾아온 입술에 이나의 몸이 살짝 뒤로 밀렸다. 우진이 제 힘에 밀려 뒤로 넘어가지 않도록 어깨를 잡아 끌어당겼다.

조금 전 숨이 차올라 어쩔 줄 몰라 하는 모습을 보고 억지로 이성을 되찾아 멈춘 키스였는데. 겨우 가라앉힌 마음이 좋아한다는 한마디에 다시 불씨가 살아났다.

그가 분홍빛 입술로 돌진했다. 애틋하고도 뜨겁게 이어지는 입맞춤은 몇 번의 아쉬움 끝에 이르러서야 끝이 나고, 두 사람은 이곳에서 나가기로 했다. 어차피 여기에 더 있는다고 해서 업무를 이어나갈 수 있는 상황이 아니었다.

우진은 직접 차를 몰아 집까지 달렸고, 그는 이나와 함께 집에 도착하고 얼마 지나지 않아 일찍 잠이 들었다. 마치 긴장이 풀려버린 사람처럼 피곤해했다.

이나가 찬물로 세수를 마치고 우진에게 다가갔다. 자신도 옆에 누우려다 화장대 옆 서랍을 열었다.

바스락 소리 나는 봉투를 꺼내 들었다. 그 안에 들어 있는 것은 바로 혼인신고서. 말없이 쳐다보던 이나가 도장을 꺼내어 자신의 이름 옆에 찍었다. 그리고 다시 봉투와 함께 서랍 안으로 넣었다.

"좋은 꿈꿔요."

잠든 우진의 옆으로 다가가 살며시 속삭였다. 몸을 움직여 조금 더 가까이 붙으며 그의 손을 꼭 잡았다.

마주한 손바닥 사이로 느껴지는 체온에 자신을 맡기며 눈을 감았다. 온화한 공기가 두 사람 주변을 부유했다.

6. 드러나는 과거

아침부터 내리기 시작한 비가 오후 내내 땅을 적셨다. 손에 든 우산을 탈탈 털어 흔들며 현관문을 열고 집으로 들어갔다.

아주머니도 일찍 가시고 조용한 공간에서 시계를 확인하니 9시가 조금 넘었다. 우르릉. 창밖에선 간헐적으로 천둥소리가 들린다. 우진은 서재로 걸어가 가방을 내려놓고 답답한 넥타이부터 풀었다.

이나는 벌써 잠이 들었을까. 분명 깨어 있으면 인기척을 느끼고 달려올 텐데. 말이 없어 자는가 보다 하며 안방으로 향했다.

문을 열고 들어가니 역시나 예상대로 누워 있었다. 그런데 아직 잠옷 차림은 아니었다. 우진이 곧바로 이마에 손을 올렸다. 어디가 아픈 건 아닐까. 하지만 다행히 열이 나는 것 같진 않았다.

동그란 이마를 만지작거리던 손길이 볼을 타고 아래로 내려왔다. 말랑하고 부드러운 감촉을 지나 어깨까지 내려온 손이 당장이라도 그녀를 끌어안고 싶어 손가락 마디마디가 꿈틀거렸다.

너는 왜 자는 모습조차도 이렇게 예쁜 걸까?

잠든 얼굴을 찬찬히 훑어보던 우진이 이나 옆에 아예 자리 잡고 앉았다.

"송이나."

세상모르고 잠든 모습도, 이불을 반쯤 차버리고 옆으로 누워 있는 모습도 그저 사랑스럽다.

"꼬마 아가씨."

이렇게 불러도 아마 너는 모를 것이다. 그래도 괜찮다. 나는 괜찮다.

"내 잠꾸러기 아가씨."

비록 오랜 시간 내가 품어온 감정들을 너는 기억하지 못할지라도. 그것이 혼자만의 추억이 될지라도 내게는 살아가는 근간이자 이유였다.

"정말 안 일어날 거야?"

그래도 이제는 눈을 뜨고 나를 보아주렴.

음소거로 속삭이는 입술이 이나의 얼굴 근처로 내려와 애처로이 맴도는데 반짝, 거짓말처럼 눈이 떠졌다.

"……우진 씨? 언제 왔어요?"

"방금. 이제 막 왔어."

순간 도리어 놀란 우진이 허리를 펴며 고개를 바짝 들었다. 하여간 깜짝 놀라게 만드는 것도 선수급이다.

"나 깨우지 그랬어요."

"자는 사람을 뭐하러. 아직 일이 남아 있어서 좀 있다 올게. 먼저 자."

"그러지 말고 오늘은 나랑 같이 있어주면 안 돼요?"

톡 튀어나온 이마는 무슨 생각을 담고 있는지, 이나가 일어서려는 우진의 팔을 잡았다.

뭐지? 뭘까. 설마 오늘 밤 같이 있자며 유혹하는 거라고 생각해도 되는 건가.

하지만 눈꼬리가 쭉 내려간 아몬드형 눈망울이, 그건 아니라고 말하는 것 같았다.

"아니에요. 바쁠 텐데 가봐요."

이나가 별일 아니라며 잡고 있던 손을 놓았다. 다시 이불을 어깨까지 끌어올려 폭 파묻혔다.

잠시 말없이 앉아 있던 우진이 방을 나가는 대신 그녀가 누워 있는 침대의 반대편으로 걸어갔다. 자신의 움직임을 따라오는 시선을 보고 마찬가지로 이불 속으로 들어갔다.

"송이나, 내가 그랬지? 넌 아직 어리광 피워도 된다고."

우진이 이나와 마주 본 상태로 누웠다. 깜빡깜빡. 할 말이 있는 듯 깜박이는 눈이 어여뻐 자꾸만 시선을 맞추고 싶다.

"이리 와. 오늘 무슨 일 있었어?"

"그냥 김우진 씨 기다렸다고 하면 어때요?"

묵묵부답. 들려오는 대답이 없자 이나는 괜히 머쓱해졌다.

"별 뜻은 아니었어요. 진짜로 이만 가봐요."

옅게 웃는 이나를 보고 그가 가느다란 허리 뒤에 손을 넣어 제게로 바짝 끌어당겼다. 순식간에 촘촘히 맞닿은 몸을 통해 조금씩 달아오르는 체온이 느껴졌다.

"너 같으면 그 말 듣고 그냥 갈 수 있겠어? 그러지 말고 나한테 기대봐. 넌 그래도 돼."

"그런 뜻은 아니었는데……. 뭐, 우진 씨가 괜찮다니 그럼 조금만 더 이러고 있어볼래요."

이나가 아주 잠시만 커다란 품을 빌려야겠다며 안으로 파고들었다.

"실은 천둥소리가 좀 무서웠어요."

"그것 때문에 이불 덮고 누워 있었어?"

"좀 피곤하기도하고, 그래서 이러고 있었죠."

우진이 그런 이유 때문이었느냐며 안고 있던 등을 쓸어내렸다. 얄팍한 옷 위로 둥글게 쓰다듬는 손길에서 무한한 애정이 흘러나왔다.

"더 안 자도 되겠어?"

"싫어요. 우진 씨한테 물어볼 거 많단 말이에요."

"뭐가 그렇게 궁금한데?"

이나가 고개를 위로 바짝 들었다.

"그냥. 김우진 씨는 회사에선 어떤 모습일까. 이렇게 나랑 있을 때와는 얼마나 다를까."

"멋진 사장님."

"치……. 그럼 다른 거. 어릴 때 어땠는지, 크면 뭐가 되고 싶었는지."

"송이나 남편."

"거짓말이죠?"

이나가 눈가를 좁히며 위로 치켜떴다.

"진짜야. 왜 안 믿어?"

우진의 얼굴에 장난스러운 표정이 스쳐 갔다. 겨우 참고 있는 웃음이 튀어나오려는 듯 남자의 볼이 약하게 씰룩였다.

"그럼, 꼬마 아가씨는 누구예요?"

일순 여유롭게 웃고 있던 표정이 굳어졌다. 그의 입꼬리 주변이 미묘하게 흔들렸다.

"정말 나한테 말 안 해줄 거예요?"

"그게 궁금해?"

"당연히 궁금하죠. 내 별명이라는데, 나는 기억이 안 나거든요."

"네 기억에 있으면 있는 거고 없으면 없는 거겠지."

이건 뭐, 시원한 답변도 아니고 아니라는 말도 아니다.

"얼마 전에 어머님이 그러시더라고요. 꼬마 아가씨를 이제야 만났다. 그거, 나 맞죠?"

"……."

"그리고 또 있어요. 예전에 우진 씨가 나를 그렇게 부른 적이 있었어요. 아마 내가 자고 있는 줄 알고 그랬겠지만."

"내가 그랬나?"

분명 자는 줄 알고 그랬던 것 같은데. 이 조그마한 귀의 주인은 언제 들었는지 그게 뭔지 되묻는다.

"글쎄. 스스로 기억해봐. 나만 아는 거 억울하잖아."

그에 이나가 기다리게 하지 말라며 입술을 뾰족 내밀었다.

"알았어. 그럼 내 질문부터 대답해주면 나도 말해줄게. 왜 천둥이 무서워?"

"나…… 어릴 때 납치당할 뻔했던 적이 있어요."

오래전의 기억을 떠올리는 이나의 입술이 파르르 떨려왔다.

'내가 너를 데려가면 말해주겠지?'

"아빠 회사랑 경쟁 관계에 있는 회사의 사장이었는데, 날 억지로 데려가려고 했었거든요."

'도대체 왜 그 가게만 인기가 많은지! 그리고 딸 목숨 귀한 줄 알면 돈도 주겠지. 너 하나면 내 평생 먹고 살 돈 받아낼 수 있을 거야. 그러면 난 더 이상 장사도 안 해도 될 거고. 그렇겠지?'

"그날 나한테 소리치던 고함 소리가 어린 마음엔 천둥소리랑 너무 닮아서, 조용한 가운데 갑자기 쾅 하고 울리는 소리가 꼭 닮아서 어느 날부터 무서웠어요."

'따라와. 빨리 따라오라고!'

"우진 씨는 이해가 돼요? 잘 안 되죠?"

"많이 놀랐겠네."

"다행히 그때 날 구해준 오빠가 있었어요. 그러고 보면 요즘 어떻게 지내는지 모르겠네요."

"……."

"그날 이후로 소식도 끊기고 어릴 때라 기억도 흐릿하지만, 언젠가 꼭 한번 다시 만나고 싶었거든요."

아주 가끔 그날의 기억이 떠오르면 그때의 소년은 지금은 어디서 뭘 하고 지내는지, 잘 지내고 있는지 궁금했다.

"어떻게 지내는지 알고 싶어?"

"당연하죠. 내가 고맙다는 말을 했었는지도 기억이 안 나고. 이상하게 그 오빠는 떠올릴 때마다 마음이 안 편해요. 좀 욱신거려요. 미안해서 그런가."

"근데 왜 자꾸 오빠라 불러? 그 주호라는 남자도 오빠라고 부르고."

"그래서 질투 나요?"

당연한 말을. 우진에게 있어 자신을 제외한 오빠라는 존재는 모두 짜증스러웠다.

"내가 듣기 싫다 하면 안 할 건가?"

이나가 이글거리는 눈빛을 가만히 바라보더니 다시 말을 이어갔다.

"주호 오빠는요, 내가 어릴 때부터 알고 지내던 오빠였어요. 얼마나 오랫동안 알고 지냈으면 우리 부모님까지 알겠어요? 부모님들끼리 친구가 될 정도였으니까."

"……."

"그러다 크면서 학교가 달라지고 몇 년 안 보였다가 대학교에서 다시 만났어요. 제법 친해졌지만 말 그대로 오빠 동생 사이일 뿐, 그렇게 얼굴 찡그릴 필요 없는데."

그런가? 우진이 자신도 모르게 매서워진 눈꼬리의 긴장을 풀며 희미하게 웃어 보였다.

"이제 김우진 씨 차례. 빨리 말해봐요. 나한테 동네 오빠였다면서 꼬마 아가씨라는 별명은 우진 씨가 붙여준 거예요?"

"내가 붙여준 별명, 맞아."

"진짜요?"

"학교 마치고 집에 가다가 골목길에서 너 마주치면 꼬맹이라 불렀었는데, 네가 싫어하더라고. 그래서 꼬마 아가씨로 바꿔준 거였어."

"근데 왜 나는 기억이 안 날까요? 어릴 때 본 적도 있고 알던 사이였던 것 같은데."

우진은 대답 대신 말없이 가만히 웃어 보였다. 그에 대한 답은 간단했다. 마음의 무게 차이. 그녀에게 있어 자신은 어릴 때 잠깐 알던 오빠에 불과했겠지만 자신에게 있어 그녀는 생명줄이나 다름없었으니까.

"그런 거 생각할 필요 없어."

너는 그냥 나를 믿고 지금 내 옆에 있어주기만 하면 된다.

우진이 피곤할 텐데 다시 자라며 이나의 어깨를 부드럽게 어루만졌다. 순간 다시금 창밖으로 천둥소리가 들렸다. 아마도 베란다 문이 덜 닫혔는지 간헐적으로 울리는 소리가 집안으로도 크게 흘러 들어왔다.

흠칫 놀라는 이나를 보고 그가 손을 뻗어 양쪽 귀를 막았다. 커다란 손바닥 안으로 숨어버린 귀에 그녀가 재미있다는 듯 까르르 웃어댔다.

우진이 천천히 다가가 생글거리는 입술에서 흘러나오는 보드라운 숨을 훔쳤다. 이나의 눈이 저절로 감기고, 속눈썹이 파르르 떨려왔다. 두 눈을 감아 세상이 깜깜해진 순간. 들려오는 소리는 없고 오직 입술에 닿는 촉감으로만 우진을 느낀다.

짧은 시간 동안 입술이 닿았다 떨어지고, 마주했다 멀어졌다. 그 간지러운 행위가 소중하고 애틋하게 느껴졌다. 부드럽고 따뜻하고, 무조건적으로 위로받는 느낌이 좋았다.

우진 역시 마찬가지로 그녀의 말이, 기억이 무척 즐거웠다. 전부 지나가버렸다고 생각한 과거의 편린 속에서 자신을 담은 조각이 남아 있음이 기뻤다. 그래서 놓아주기가 싫었다.

어느 순간부터 천둥소리가 멈추었다. 사위가 잔잔해지자 그가 손을 떼어 다시 이나의 등을 쓸어내렸다. 어루만지는 손길에 이나의 눈이 스르륵 감겼다. 눈꺼풀이 의지와 상관없이 자꾸만 내려왔다.

"잘 자요, 동네 오빠."

우진이 천천히 잠에 빠져드는 이나를 지켜보았다. 어깨를 둥글게 말아 웅크리며 제 품으로 들어오는 그녀를 세심한 손길로 끌어안았다.

"으흠."

먼저 다가오는 가녀린 체구도 좋고, 품에 안고 있는 것도 좋은데, 자꾸만 가슴 쪽으로 머리를 비비며 파고드는 건 좀 무리가 있다.

……오늘은 애타게 만들어 죽일 셈이냐.

입가로 피식 웃음이 흘러나왔다. 우진이 잠든 이나의 어깨까지 이불을 덮어주고 그녀가 깨지 않도록 조용히 일어나 침대 밖으로 나왔다. 불을 끄고 거실로 나온 우진은 베란다와 거실의 창문까지 순서대로 모두 닫았다.

남은 일을 얼른 처리하고 자신도 이나의 옆에 누울 생각에 서재로 향하는 걸음이 빨라졌다.

꾹, 꾹. 이나가 침대에 모로 누워 휴대폰을 만지작댔다. 며칠 만에 학교에서 일찍 돌아온 그녀가 가방을 내려놓자마자 침대에 누워 편한 자세로 쉬고 있었다. 포근한 이불에 머리를 대고 있으니 잠이 소록소록 몰려왔다. 이대로는 안 되겠다 싶어 눈을 바로 뜨고 옷을 갈아입기 위해 몸을 일으켰다.

마침 옆에 내려두었던 휴대폰이 요란하게 울렸다. 이름을 확인하니 엄마였다. 자신이 결혼 후 나가고 덩그러니 남은 방을 이제야 정리하려는데, 필요한 물건이 있으면 챙겨가라는 연락이었다. 이나는 곧 가겠다며 차 키를 들고 집을 나섰다.

얼마 지나지 않아 집에 도착한 그녀가 계단을 타고 자신의 방이 있는 2층으로 올라갔다.

오랜만에 살펴본 방은 이미 어느 정도 정리가 되어 있었다. 그녀가 혹시라도 집에 와 자게 될 일을 대비해 침대와 화장대는 그대로 남겨두었지만 예전에 쓰던 책과 몇몇 물건은 한쪽에 정리되어 있었다.

"이렇게 많아?"

이나가 구석에 차곡차곡 쌓여 있던 물건을 하나씩 뒤적였다. 아직도 남아 있던 고등학교 때의 문제집은 모두 버려가며 책을 정리하다 보니 낡은 책 서너 권이 눈에 띄었다. 그건 아주 오래 전 자신이 피아노 학원에 다닐 때 사용했던 책이었다.

"진짜 오랜만이네."

그만둔 지 오래되어 이제는 치는 법조차 가물가물해진 피아노였다. 덩달아 책도 필요가 없어졌다.

그냥 버릴까 고민하다 안이나 한번 살펴볼까 해서 책장을 넘겼다. 그런데 맨 앞장 빛바랜 종이에 무언가 글자가 쓰여 있었다.

<안녕, 꼬마 아가씨.>

어라. 피아노 책에 남겨진 일곱 글자의 인사말. 누가 적었는지도 모르겠고 남겨진 이름도 없었지만 거칠고 삐딱한 것이 남자 글씨로 보였다. 그건 분명 우진이 자신에게 붙여주었다는 별명.

우리 진짜 알던 사이였구나.

이나가 곧바로 피아노책을 가방에 담았다. 얼른 그에게 보여줘야겠다는 생각에 서둘러 집으로 가려고 했다. 아래층에 있는 엄마에게 이만 가봐야겠다며 인사하러 다다닥 발소리를 내며 내려갔다.

그런데 조금 전까지 엄마가 앉아 있던 거실에는 아무도 없었다. 혹시나 싶어 안방 가까이로 다가갔다. 방문 앞까지 걸어가 노크하기 위해 번쩍 손을 드는데, 안에서 아빠의 목소리가 들려왔다.

"정말 괜찮겠어요?"

"괜찮아. 내가 알아서 할 수 있어."

방 안에서는 엄마와 아빠인 송 회장이 대화를 나누고 있었다.

"아니면 김우진 사장한테 부탁해보는 건 어때요?"

"됐어. 이나랑 잘 살아주면 그걸로 된 거지. 내 일까지 사위에게 부탁하고 싶진 않아."

무얼 그 사람에게 부탁한다는 걸까.

"그래도 지금같이 어려운 때 김 사장이라면 도와줄 수 있을 텐데. 그건 내 욕심이겠죠."

"내 사업은 내 스스로 해결해야지. 그런 거 부탁하려고 결혼시킨 거 아니야."

"알아요. 그냥 꺼내본 말이었어요."

"내가 이나를 김 사장이랑 결혼시킨 건 예전에 한 약속도 있지만 제일 중요한 건 좋은 사람이고 믿을 만하니까 보냈지, 이런 일에 도움 청하자고 그런 거 아니야."

약속이라니. 무슨 약속이요?

"그거야 나도 알죠."

"어떻게 키운 내 아이들인데. 나는 내 자식 가지고 장사는 안 해."

"그런 뜻이 아니잖아요. 회사가 어렵다니 걱정돼서 물어봤어요. 당신이 얼마나 애지중지 키워온 회사인데."

"내가 알아서 할 수 있으니 당신은 괜히 이나한테 쓸데없는 이야기 하지 마. 알면 이나, 신경 쓸 거야."

이게 무슨. 방문을 두드리기 위해 위로 올렸던 손을 그제야 내려놓았다. 속삭이듯 들려오는 목소리에 집중하느라 여태껏 허공에서 팔을 들고 있는 줄도 몰랐다.

이나가 곧장 몸을 돌려 집밖으로 나왔다. 땅에서 삐죽 솟은 잔디 사이를 지나 차에 오르고 시동을 걸었다. 골목을 빠져나와 자신의 집으로 향했다.

띠리릭. 도어록을 열고 현관으로 들어가 신발을 아무렇게나 벗어 던졌다. 마음이 먹먹하고 머리가 복잡했다.

아빠 회사가 어려운 줄은 몰랐다. 지금까지 얼마나 열정을 바쳐 키워오신 회사인데. 우후죽순 새롭게 생겨나는 대형 프랜차이즈들 사이에서 경쟁하는 게 쉽진 않은 것 같았다. 자신이 도와줄 수 있는 방법이 있다면 좋을 텐데, 아무것도 할 수 있는 게 없었다.

'우진 씨에게…… 말해볼까?'

아마도 그라면 도와줄 수 있지 않을까. 순간 그런 생각도 들었다. 하지만 그에게 말을 꺼내고 싶지 않았다. 아니 그럴 수가 없었다.

자신은 여태껏 우진에게 해준 것도 없는데, 아빠 회사를 도와줄 수 있느냐고 물으려니 염치가 없었던 것이다.

무엇보다 이나는 그가 자신 때문에 고민거리를 떠맡는 걸 원치 않았다. 이건 아니라며 고개 저었다. 잠시 아빠의 문제는 뒤로한 채, 그가 올 시간이 가까워져 부엌으로 향했다. 오늘은 자신이 저녁 식사를 준비하는 날이었다.

"앗, 뜨거!"
양쪽 손에 비닐장갑을 끼고 푹 익은 고기를 찢었다.
"진짜 뜨거워."
이나는 생각만큼 더디게 진행되는 요리에 한숨이 절로 나왔다. 아까 전부터 시작된 아빠 회사에 대한 고민에 머릿속이 복잡한지 도무지 집중이 되질 않았다.

울퉁불퉁. 절대로 찢지 못하여 마구잡이로 찢어진 고기를 다시 냄비에 넣고 삶은 계란을 삐딱하게 잘라 넣어 간장에 조렸다. 설탕도 톡톡 뿌려 넣고 이 정도면 될까 싶어 맛을 보았지만 싱거웠다. 그래서 간장을 좀 더 넣고 다시 맛을 보니 이번에는 짜다.

"아. 짜다."
차마 접시에 담아 내놓기 어려울 만큼 못났다. 딴생각에 정신이 팔려 요리는 엉망진창이었다. 순식간에 눈가에 눈물이 고여들었다.

그대로 바닥에 무릎을 안고 쪼그려 앉았다. 오랜만에 해주는 저녁인데. 스스로가 실망스러워 앞이 뿌옇도록 눈물이 맺혔다. 마른 입술이 빨개지도록 잘근잘근 깨물었다.

정말이지, 아빠 회사는 어떻게 해야 할까. 자신이 도움이 될 수 있는 방법은 정말 없을까. 또 하필이면 오늘따라 요리는 왜 이렇게 엉망진창으로 만들었는지. 모양새가 그에게 보여주기에도 뭣했다.

이나가 속이 타는 느낌에 물을 마시려 컵을 찾아 들었다. 순간 유리잔이 손끝에서 미끄러지듯 빠져나가며 바닥으로 떨어졌다.

"나 진짜 왜 이러니."

조각조각 파편 나버린 컵을 보고 얼른 치워야겠다며 손을 뻗었다. 우진이 오기 전에 정리를 마쳐야 한다. 하지만 이나는 곧장 살을 찔러오는 소름 끼치는 느낌에 들고 있던 조각을 다시 떨어뜨렸다.

아픈 느낌에 손가락을 살펴보자 주르륵, 검붉은 피가 흘렀다. 다시 한숨을 쉬며 바닥에서 일어나는 순간이었다. 띠리릭, 현관문이 열리며 우진이 들어왔다. 화들짝 놀란 그녀가 손등으로 눈가를 닦고 그를 보았다. 하지만 빨개진 눈을 가리고 싶어 고개를 다 들지도 못하고 '왔어요?' 하며 얼버무리고 말았다.

다행히 우진은 눈치채지 못했는지 조용히 옆을 지나쳤다. '다행이다' 이나가 안심하며 옆으로 고개 돌리는 순간이었다.

"이게 무슨 일이야?"

눈 깜작할 사이 손목이 붙들렸다. 세게 움켜진 그가 아래로 향하던 이나의 턱을 잡아 제게로 당겨 시선을 맞추려 했다.

"너 얼굴이 왜 이래? 손은 왜 다쳤어?"

"별거 아니에요. 컵을 떨어뜨려서 그래요."

피가 흐르고 있는 손가락을 닦아야 하니 놓아달라며 팔을 빼내려 했다. 그녀의 눈동자가 불안한 듯 옆으로 구르다 아래로 툭 떨어졌다.

"눈 돌리지 말고 똑바로 말해."

남자의 목소리는 스산하리만큼 차갑게 가라앉아 있었다. 이나는 말도 꺼내지 못하고 침만 꼴깍 삼켰다. 마지못해 올려다본 우진의 눈동자 안에는 분노가 잔뜩 담겨 있었다.

"놓아줘요."

"똑바로 말해. 무슨 일이야?"

"그냥 컵 깨뜨려서 그런 거라니까."

이나가 다시금 고개를 돌리려 했다. 빨개진 눈이며 따가운 입술이며, 보여주기 싫었다. 그의 손길에 당겨져 이글거리는 눈동자를 보는 순간 등에서 식은땀이 나는 것 같았다.

끝까지 별일 아니라며 둘러댔지만 우진은 좀처럼 굳은 표정을 풀지 않았다. 그가 이나의 무릎 아래 손을 넣어 안아 들고 식탁 의자로 데려가 앉혔다. 남자가 신고 있던 실내화가 깨진 유리 근처를 지날 때마다 우드득 소리가 들렸다.

우진이 컵에 물을 떠와 그녀 앞에 하나, 자신 앞에 하나 놓고 의자에 앉았다. 우선 피가 나는 손가락을 티슈로 감쌌다. 다행히 유리 조각이 들어가지는 않은 것 같았다.

"무슨 일인데. 말 좀 해봐."

"……."

"저것들은 뭐고, 아주머니는 어디 가셨어?"

우진이 뚜껑이 열린 채 한쪽 편에 널브러진 냄비를 가리켰다가 다시 고개를 돌려 이나의 얼굴을 뚫어져라 보았다.

얼마나 세게 깨물었는지, 아니면 누가 손찌검이라도 한 건지 이나의 입술에서는 피가 나고 눈은 빨개져 있었다. 이런 모습은 처음이라 우진의 속이 부글부글 끓었다.

"아주머니는 내가 오늘 일찍 가시라 했어요."

"그럼 저것들은?"

"별거 아니에요. 치우고 다시 준비하면⋯⋯."

흐리는 말끝에 또 눈가에 눈물이 고여왔다.

"송이나, 정말 나한테 말 안 할 거야? 내가 딱 하나만 잊지 말라 했지. 나, 당신 남편이라고."

"알아요. 그냥⋯⋯."

데구르르 구르던 눈동자가 다시 바닥을 향해 툭 떨어졌다.

"혹시 어디 아파? 학교에서 무슨 일 있었어?"

"⋯⋯."

"진짜 말 안 할 거야? 내가 알아내?"

"알았어요. 말하면 되잖아요."

이나가 한숨에 가까운 숨을 입 밖으로 토해내며 마음을 가다듬었다. 이 남자에게 자신을 숨기는 건 무의미했다. 어떻게든 눈치채고 알아낼 게 분명했다. 차라리 제 입으로 솔직해지고 싶었다.

"우진 씨한테 사실대로 말할게요. 실은⋯⋯ 아빠 회사가 많이 어렵대요."

옆에 앉아 물 컵을 입가로 가져가던 우진이 탁 소리 내며 식탁 위로 내려놓았다. 그가 가늘어진 눈으로 이나를 빤히 보았다.

"진짜 미안하지만, 어쩌면 염치없는 말로 들릴 수도 있겠지만…… 우진 씨가 한번만 도와주면 안 될까요?"

이번에는 그가 상체를 앞으로 기울이며 턱을 팔로 괴고 그녀를 쳐다보았다. 미간 사이로 설핏 세로줄이 생겼다 사라졌다.

"나도 이런 거 부탁하고 싶지 않은데, 주변을 다 둘러봐도 부탁할 사람이 없어요. 당장은 내 힘으로 할 수 있는 것도 없고."

"……."

"여태껏 아빠가 얼마나 애지중지 키워온 회사인데, 힘든 거 알면서 그냥 모른 척 있을 수도 없어서 그래요."

이나는 부끄러움에 고개도 못 든 채 제 손가락끼리 마주 잡고 작게 꼼지락거렸다. 분명 남편이라 해도 쉽게 받아들일 수 있는 이야기는 아니었다.

"고작 그거 때문에 울고 있었어?"

……네에?

"무슨 말인지 알겠으니 일단 눈물부터 뚝 그치자. 응?"

너무 쉽게 흘러나온 긍정의 대답에 이나가 할 말을 잃고 우진을 보았다.

"도와주겠다는 뜻이에요?"

"당연하지. 그거 말하는 데 뭐 그렇게 오래 걸려? 나는 너 어디 아프기라도 한 줄 알았잖아."

아니면 누가 그녀를 괴롭히기라도 한 줄 알았다. 눈가는 빨개져 있고, 입술에서는 피가 나는 모습을 보는 순간 돌아버리는 줄 알았다.

"그게 다예요? 우진 씨는 할 말이 알겠어, 이게 전부예요?"

"어. 내가 도와줄게. 너 걱정 안 해도 될 만큼 내가 알아서 다 해줄게. 그러니까 입술 깨물지 마. 피 나잖아."

멈출 것 같던 눈물이 다시 왈칵 쏟아져 나왔다. 어깨가 위아래로 움찔대며 끅끅 소리가 흘러나왔다. 물 컵을 잡고 있던 손이 바들바들 떨려왔다.

"왜 나한테 이렇게까지 해줘요?"

"……."

"난 우진 씨한테 해준 것도 없는데, 왜 이렇게까지 나한테 다 해주려고 하냐고요."

"울지 마."

"예전에 우리 본 적 있다 했죠? 그때 내가 목숨이라도 구해줬어요? 왜 미안해서 고개도 못 들 만큼, 이렇게 잘해줘요."

"내가 좋으니까. 해주고 싶으니까."

우진의 날카로운 시선이 그녀의 눈동자를 따라 집요하게 움직였다.

너 자꾸 울면 눈 빨개진다니까.

"누누이 말했잖아. 넌 내 옆에만 있으면 돼. 나 그 정도 능력 있다니까."

"그걸로 돼요? 정말 나한테 아무것도 바라는 거 없어요? 언제까지 갚으라든가, 나보고 뭐라도 하라든가."

"그런 거 필요 없어. 대신 뭐든 숨기지 말고 나한테 말해주라고. 그게 네가 아내로서 해줄 몫이야."

"우진 씨는 내가 안 미워요?"

"왜 미운데? 우는 모습도 예뻐 죽겠는데."

이 남자는, 대체 뭘까. 이나의 눈동자에서 방울방울 흘러내리는 눈물이 도무지 멈추질 않았다.

"이거 하나만 기억하고 있어. 나는 앞으로 어떤 일이 있더라도 너랑 이혼할 생각 없어. 영원히."

우진이 양손으로 동그란 얼굴을 들어 올려 시선을 맞추고 옆에 있던 티슈를 뽑아와 눈가를 닦아주었다.

"안 놔줄 거야. 1년 뒤에도, 10년 뒤에도. 그러니까 아무것도 걱정 말고 나만 봐."

"……."

"너는 그것만 하면 돼. 나만 보고 나만 사랑해."

눈물의 흔적으로 군데군데 빨개진 얼굴을 우진이 손으로 쓸어내렸다. 눈 밑을 가만히 쓰다듬던 손이 어깨를 끌어당기며 품에 끌어안았다.

이나는 당장이라도 까무룩 정신을 잃을 것 같아 우진의 등을 양손으로 움켜쥐었다. 자신의 일에 너무도 당연하게 나서주며 희미하게 웃어 보이는 모습에 눈가로 눈물이 쏟아져 나왔다.

그 짠물에 셔츠가 젖어가는 걸 알면서도 멈추지 못했다. 그래서 옷자락이 구겨지든 말든 매달리듯 안겨 있었다.

우진은 그런 이나를 보며 말없이 등을 어루만져주었다. 애정 어린 손길이 다독다독, 어느새 어깨의 흐느낌이 줄어든 그녀가 꼬옥 쥐고 있던 셔츠를 놓고 품에서 빠져나왔다. 그러고는 슬그머니 옆으로 고개를 돌렸다.

"이제 괜찮아?"

어깨를 구부린 채 앉아 있는 등을 우진이 토닥였다. 빨개진 눈이 속상해 눈가를 만지작댔다.

"괜찮아요."

이나는 실컷 울다 정신을 차리니 끝없이 부끄러워졌다. 여전히 시선을 무릎으로 내리깔고 새침한 듯 옆으로 고개를 돌려 앉아 있었다.

"내 눈에는 울어도 예쁜데, 밖에 나가면 남들이 오해할 거 아니야."

"왜요?"

"내가 울렸다고 생각할까 봐."

"아무도 그런 말 안 해요."

뾰족해진 입술 사이로 흘러나오는 말에 우진이 피식 웃으며 일어섰다. 커다란 손길이 내려와 동그란 머리 위를 쓰다듬었다.

"고마워요."

"그런 말 하지 말고. 나 그만한 능력 된다니까."

"그래도 고마운 건 고마운 거예요."

"나 송이나 남편이라니까. 이런 때라도 남편 좀 써먹어. 내가 말했잖아. 너한테 점수 따고 싶어도 틈이 없다니까."

이나가 그게 뭐냐며 희미하게 웃어 보였다. 그녀가 조금 머뭇거리다 팔을 들어 우진의 허리를 감싸 안았다.

"약속할게요. 언젠가 내가 꼭 갚아줄게요. 조금만 기다려줘요."

"쓸데없는 생각은. 넌 그냥 일하러 가지 말고 나랑 놀아줘."

마음 같아서는 아침마다 조그맣게 접어 주머니에 넣고 출근하고 싶은데, 자꾸만 어딜 가겠다고. 절대 안 된다며 눈을 흘긴 우진이 볼록한 뒤통수를 부드럽게 쓰다듬었다. 이나가 구름처럼 포근한 손길에 뺨을 기댔다.

"사장님, 최 변호사 왔습니다."

"같이 들어와."

똑똑. 손가락을 구부려 문을 두드린 윤 실장이 민욱과 함께 사장실 안으로 들어왔다.

얼마 전 한 달간의 여행을 마치고 복귀한 민욱은 밀린 일을 처리하느라 꽤 바빠 보였지만 다행히 예상보다 빨리 끝마쳤다.

"내가 지시한 거 법적인 검토는 끝났어?"

"네. 끝났어요. 문제가 될 만한 요소는 없는데 경쟁사들이 워낙 대단해서 한 번에 성공하려면 마케팅을 잘해야 할 것 같아요."

"그렇겠지."

우진이 동의한다는 듯 책상 위를 손가락으로 톡톡 두드렸다.

"사장님, 제 생각에도 이번 경쟁에서 성하그룹이 되면 그들에게 무엇이 도움이 될 것인가를 강조하는 게 승패의 관건이 될 것 같습니다."

윤 실장 역시 그렇게 생각한다며 민욱의 의견에 무게를 실었다.

"음……. 그거 말고 하나 더 알아보라 한 건 어떻게 되었어?"

"그것도 문제없어요. 애초에 입찰이 아니라 수의계약인 데다, 라망커피와 계약서만 쓰고 지점별로 입점시키면 됩니다."

"수고했어."

우진이 두 사람 모두 고생 많았다며 부드럽게 웃어 보였다.

며칠 전 이나에게서 아빠 회사를 도와달라며 부탁받은 그는 전

국에 있는 성하그룹 마트에 송 회장이 하는 라망커피를 입점시킬 생각이었다.

일단 지점 확보가 늘어나면 성장이 고착되어 있는 이 상황을 분명 깰 수 있을 것이라 판단했다. 또한 내년에 오픈할 예정으로 시도하고 있는 면세점 역시 사업권 확보가 되면 라망커피를 함께 넣을 계획이다.

이걸 알면 이나가 기뻐하겠지? 얼마나 좋아해줄까.

우진의 입가로 진한 웃음이 퍼져나갔다.

"그럼 퇴근하자고."

그가 앉아 있던 의자에서 먼저 일어나려고 했다.

"아 참, 사장님, 10분 뒤 송한나 씨께서 오신다고 합니다."

"지금?"

"예. 병원 이벤트 관련해서 인사할 게 있어 오시겠다며 전화 왔습니다."

"아아."

우진이 잠깐 기다려야겠다며 다시 앉았다. 며칠 전 이나의 언니인 한나와 통화할 일이 있었다. 연말에 병원에서 아동을 위한 이벤트를 열어주려는데, 혹시 성하호텔에서 후원해줄 생각이 있느냐는 연락이었다. 그녀는 싫으면 거절해도 된다 했지만 우진은 좋은 기회라며 단번에 좋다며 승낙했다.

아이들에게 장난감을 선물주는 일이었다. 비용이 많이 들지 않으면서 성하그룹 이미지도 올릴 수 있는 일거양득의 기회였다. 물론 사업적인 이익이 전혀 없다 하더라도 상관없었다. 우진은 누구보다 아픈 아이들에게 희망을 주는 일에 앞장서고 싶었다. 그들이 잠시나마 행복할 수 있는 순간을 만들어주길 바랐다.

"많이 기다렸어요?"

한나가 막내비서의 안내를 받으며 서둘러 사무실 안으로 들어왔다.

"미안해요. 환자가 끊이질 않아서."

"아닙니다. 우리도 회의 중이었어요."

우진이 어서 오라며 인사하자 옆에 서 있던 민욱이 꾸벅 고개를 숙였다. 지난번 이후 한나와는 처음 재회했다. 그녀가 시간을 많이 뺏지 않겠다며 가방에서 꺼내온 봉투를 열었다. 병원장 이름으로 보낸 감사의 뜻을 담은 편지였다.

"아무튼 고마워요. 덕분에 아이들한테 좋은 선물을 할 수 있게 되었어요."

"별말씀을요."

우진이 별일 아니라는 듯 미소 지었다.

"오셨으니 차 한잔하고 가실래요?"

"아뇨. 전 이만 가볼게요. 며칠 만에 퇴근이라 엄청 신났을 뿐더러 저는 차보다는 술이 취향이거든요."

한나가 시원하게 웃으며 먼저 가보겠다 인사하고 나갔다. 옆에서 그 모습을 빤히 보고 있던 민욱이 자신도 가보겠다며 말하고 따라 움직였다.

민욱은 서둘러 사장실 문을 닫고 밖으로 나왔다. 분명 곧바로 따라 나왔는데 잠깐 사이 한나가 보이질 않았다. 민욱이 두리번거리다 모퉁이를 돌아 뛰어갔다. 그가 막 닫히려는 엘리베이터 문을 손으로 막아섰다.

"같이 타도 되죠?"

닫히던 문이 덜컹거리며 멈추자 한나의 눈이 동그래졌다.

"어? 그럼요, 타세요."

좋을 대로 하라며 끄덕이는 모습에 민욱이 엘리베이터 안으로 들어갔다. 문이 닫히고 기계가 위이잉 소리 내며 아래로 움직였다.

"우리 또 보네요."

"그러게요. 여기서 다시 뵙네요. 그날 감사했어요."

한나가 다시 만나 반갑다며 눈짓으로 인사를 건넸다.

"그거 말인데요. 말로만 감사하실 거예요?"

"그럼 뭐로 해야 할까요?"

"실은 저도 차보다는 술이 취향인데. 같이 한잔하러 갈래요?"

"……그래요, 제가 살게요."

한나가 그러자며 민욱과 함께 엘리베이터에서 내렸다. 그가 호텔 지하에 있는 칵테일 바가 괜찮다며 가는 길을 안내했다. 민욱을 따라 어둑한 공간으로 들어간 그녀가 테이블 대신 바에 자리 잡았다.

"코스모폴리탄 주세요."

"블랙러시안이요."

바텐더가 끄덕이며 뒤돌아 보드카를 찾았다. 한나가 옆으로 가방을 내려놓으며 좀 더 편히 앉았다.

"지난번에는 정말 고마웠어요. 하마터면 나 주차장에서 계속 그러고 있을 뻔했거든요."

"별말씀을요. 덕분에 이렇게 술도 얻어 마시잖아요?"

"이걸로 갚은 거예요."

한나가 틀림없이 깊은 거라며 웃어 보였다. 옆에 앉은 민욱이 그녀를 향해 고개 돌렸다.

"음……. 한나 씨는 이나 씨랑 자매잖아요."

"그렇죠."

"그런데 이미지가 많이 다르네요."

"딱 봐도 다르죠? 보다시피 저는 좀 왈가닥 스타일이고 이나는 어릴 때부터 차분하고 조곤조곤히 말하는 성격이었어요. 오죽하면 별명이 애어른이었다니까요."

"완전 반대네요."

민욱이 흥미롭다는 듯 고개를 삐뚜름히 하고 쳐다보았다.

"그래서 그런지 더 잘 맞았어요. 자매지간이면 많이 싸우며 큰다는데, 우린 크게 싸우지도 않고 지냈거든요."

"제 귀에는 사이가 무척 좋다고 들리는걸요. 이거 부러운데요?"

"정말 가깝게 지냈는데 내가 의대로 진학하면서 따로 살게 되었고 그러면서 자주 못 보게 되었어요."

그래도 여전히 가까운 사이라며 말하는 한나의 입가로 작은 보조개가 생겼다.

"그럼 의사가 되고 싶어서 의대로 간 거예요?"

"네. 저는 아빠 회사에는 관심 없어요. 어릴 때부터 의사가 되고 싶었고, 지금 이대로가 좋아요."

"그렇구나."

어쩐지 민욱은 한나의 모습에서 진심과 여유가 느껴졌다. 그가 때마침 나온 칵테일을 한 모금 넘기고 다시 계속해서 이야기하는 한나를 향해 몸을 틀었다.

"문제는 이나도 딱히 회사 경영에는 관심이 없다는 거죠. 그래서 아빠가 다른 집은 서로 물려받으려고 싸운다는데, 둘은 어째서 그러냐며 웃기도 했고요."

"맞는 말씀이네요."

"결국 이나가 경영학과로 가긴 했지만 딱히 그쪽으로 생각은 없을 거예요."

"동생을 되게 예뻐하시네요. 요기가 막 파일 만큼 웃으시는데."

민욱이 손가락으로 가리키자 또 볼우물이 쏙 패어들었다.

"우리 이나, 착하고 예뻐요. 단지 너무 일찍 결혼을 하게 돼서 요즘은 좀 걱정되기도 해요. 물론 김 사장이 잘하겠지만, 이나도 잘하고 있는지 종종 궁금하네요."

"그건 걱정 마세요. 이나 씨 일은 우진 형이 알아서 잘할 거예요. 보기보다 훨씬 대단한 형이거든요. 상당히 집요하고."

"좋은 쪽으로 집요한 거 맞죠?"

"그럼요, 세상에 형 같은 사람 또 없을 거예요."

민욱이 당연하다며 끄덕이자 한나는 그렇게 들으니 자신도 안심이 된다며 맑게 웃어 보였다. 또렷한 이목구비가 화사한 웃음을 만들어냈다. 남자의 입가가 옆으로 길게 가늘어졌다.

"어우. 춥다."

한 뼘만큼 열린 창문 사이로 바람이 들어왔다. 다소 쌀쌀하게 느껴지는 기분에 이나가 어깨를 위로 들었다 내리며 창문을 닫았다.

"올 때가 되었는데."

종종걸음으로 거실을 맴돌던 그녀가 벽에 걸린 부엉이 시계를 쳐다보았다. 아직은 조금 더 있어야 올까. 이나가 짧은 보폭으로 빙빙 걷다가 반쯤 문이 열려 있던 서재로 시선을 옮겼다.

끼익. 방문을 열고 어두운 공간으로 들어가 곧바로 전등을 켰다. 며칠 만에 들어와본 공간은 제법 낯설었다. 그녀가 뭔가를 결심한 듯 두 주먹을 꼭 쥐고 우진의 책상 앞에 다가가 섰다.

널찍한 책상 위를 훑어보자 오른쪽 한편에 세워져 있는 액자 두 개가 그녀를 맞이했다. 자신과 우진의 결혼식 사진 하나, 그리고 우진과 은주가 함께 찍은 사진이 나란히 놓여 있었다.

"어머니랑 사이가 좋구나."

아버님은 돌아가셨다더니. 어머니와 함께 지내어 그런가 보다.

작게 미소 지은 이나가 이번에는 책상 서랍을 열었다. 한 칸씩 열어 차근히 살펴보다 특별한 게 없자 두꺼운 책들이 즐비한 책꽂이로 걸음을 옮겼다.

이나는 그가 오기 전까지 남은 시간을 이용해 자신과 그의 어릴 때 인연에 대한 힌트를 찾아볼 생각이었다.

우리가 어떤 사이였는지, 그가 왜 이렇게까지 자신에게 잘해주는지, 이제는 답을 찾고 싶었다.

뒤적뒤적. 책 사이를 움직이는 손길이 바빠졌다. 이번만큼은 꼭 알아내야겠다는 생각에 이곳저곳을 마구잡이로 열어보다 책상 뒤편 자그마한 테이블로 다가가 서랍을 열었다.

"어?"

조그만 네모 상자가 보여 무심코 열었다. 그 안에 들어 있는 물건은 장난감 냄비. 낯이 익어 떠올려보니 우진과 처음 소개팅이라는 이름으로 맞선을 보았던 날 그가 가져왔던 물건이었다. 하지만 본래 장난을 좋아하지 않는 이나였기에 그때는 끝까지 열어보지 않았다.

그녀가 장난감 가까이로 얼굴을 들이댔다. 하늘색 냄비 위에 올려진 노란 뚜껑. 겉면은 군데군데 흠집이 나 있고고 색깔은 빛바랜 것이, 오래된 물건으로 보였다.

손을 집게 모양으로 만들어 양쪽에서 잡아 들었다. 눈높이까지 올려 보아도 그저 평범한 장난감 냄비다. 이번에는 손바닥 위로 내렸다. 조심스레 뚜껑을 열어보자 안에는 반지가 들어 있다.

꽃 모양의 반지를 들어 올리는 순간 냄비 바닥에 뭐라고 쓰여 있던 글자가 시야에 들어왔다.

"송이나?"

제 이름에 놀란 그녀가 다시 한 번 읽어보았으나 자신의 이름이 분명했다.

들고 있던 장난감 냄비를 테이블 위에 내려놓고 안에 있던 반지를 새끼손가락에 끼워보았다. 어른이 끼기에는 너무도 작은 물건이었다. 그런데 왠지 그것 또한 낯이 익었다.

기억을 곰곰이 더듬어보았다. 냄비에 대한 기억은 불분명하지만 반지는 분명 본 적이 있었다.

"……어? 내 건데."

아주 오래전, 10살이 되던 생일날 엄마에게 선물 받은 것이었다. 비싼 물건은 아니었지만 갖고 싶다며 졸라대어 받았던 물건이었다.

이게 왜 우진에게 있는 걸까. 어쩐지 이상한 기분에 다시 장난감 냄비를 들여다보았다. 냄비와 반지를 양 손바닥 위에 올려놓고 그대로 서재 바닥에 주저앉았다.

"누군가에게 줬던 것 같기도 하고 아닌 것 같기도 하고."

그녀가 물건들을 뚫어져라 보며 희미해진 기억을 되살리려 애쓰던 순간이었다. 벨과 도어록 버튼을 누르는 동시에 소리가 들렸다. 이나가 화들짝 놀라 티셔츠 속에 냄비를 넣었다.

곧바로 안방으로 달려가 화장대 서랍을 열어 물건을 넣고 문을 닫았다. 멀리서부터 우진이 그녀를 부르는 소리가 들렸다.

"왔…… 어요?"

이나가 얼른 방문 밖으로 고개를 내밀었다. 그가 현관을 지나 거실 쪽으로 걸어오고 있었다. 한 손에 들려 있는 까만 서류가방과 타이트한 슈트가 여지없이 퇴근하고 돌아온 모습이었다.

우진이 가까이 다가와 까만 눈동자를 빤히 들여다보았다. 이나는 왠지 가슴이 뜨끔해졌다. 오늘따라 눈꺼풀이 빠르게 깜빡였다. 그가 자신의 이마에 쪽, 입 맞췄다.

"오늘 하루 뭐 했어?"

"그냥 학교 갔다 오고, 별일 없었어요."

말이 흘러나오는 입술과 달리 귀는 새빨개지고 가슴은 세차게 뛰었다.

"그래? 일단 옷 갈아입고 나올게."

우진이 알겠다며 서재로 향했다. 바닥에 가방을 내려놓는데, 고개가 갸우뚱 움직였다. 돌아서서 생각해보니 이나의 모습이 평소의 또 달랐던 것이다.

어디가 아픈 것 같지는 않은데 귀가 빨개진 모습이 의아했다.

우선 옷부터 갈아입고 물어봐야겠다며 드레스룸으로 가려는데 오늘따라 이곳 바닥의 카펫이 꽤 흐트러져 있는 듯했다. 그가 미간을 슬쩍 찌푸렸다가 책상 뒤편 테이블로 가 서랍을 열었다. 마땅히 있어야 할 물건이 사라지고 텅 비어 있었다. 우진이 가만히 쳐다보다 서랍을 닫았다.

편한 차림으로 갈아입은 그가 주방으로 향했다. 길쭉한 머그컵을 꺼내어 주전자에 담긴 물을 붓는데 순간 뒤통수로 찌릿한 기운이 느껴졌다. 기척을 느낀 우진이 슬쩍 고개만 돌려 뒤돌아보자 이나가 자신을 빤히 보고 있었다.

"왜 그래?"

"아뇨. 그냥 구경하는 건데."

우진이 그게 뭐냐며 피식 웃었다.

이봐요 부인, 구경은 가까이 와서 해야지 그렇게 멀리서 보면 보이나?

"김우진 씨."

"어?"

"혹시 나한테 할 말 없어요?"

"없는데?"

이번에는 이나가 고개를 갸웃거렸다. 그 모습을 찬찬히 살피던 그가 피곤하지 않느냐며 그녀를 번쩍 안아 들어 침대로 데려갔다.

평소 자던 자리에 내려주자 이나가 애벌레처럼 이불을 돌돌 감아 덮고 또다시 그를 빤히 바라보았다. 그렇게 한참 동안 쳐다보다 졸린다며 우진의 무릎에 머리를 기댔다. 우진은 책을 읽기 시작했고, 이나는 단단한 그의 무릎 위에서 몇 번 뒤척이는가 싶더니 금방 잠이 들었다.

그가 잠든 그녀를 보고 손에 들고 있던 책을 사이드테이블 위로 내렸다. 머리를 들어 베개 위로 눕혀주고 이불까지 똑바로 덮어준 뒤에 침대에서 빠져나왔다.

사부작사부작 걷는 걸음이 조심스러웠다. 혹시라도 발자국 소리가 나지 않도록 뒤꿈치도 들었다. 우진이 화장대로 다가가 서랍을 열었다. 그 안에는 없어졌다고 생각한 물건이 들어 있었다. 그가 옅게 웃음 지었다.

노란 뚜껑을 가진 하늘색 냄비. 아마도 이나가 자신의 방에서 찾아낸 모양이었다. 희미하게 웃음 짓던 우진이 군데군데 흠집이 난 냄비 뚜껑을 열었다. 안에 들어 있는 건 은은하게 빛나는 꽃 모양의 실버반지. 오랜 시간 간직해오며 겉은 빛바랬지만 그에게는 여전히 소중한 물건이었다.

우진이 다시 냄비 뚜껑을 닫고 서랍 안으로 넣었다.

새근새근 잠이 든 이나의 옆으로 다가가 뺨에 붙은 잔머리를 옆으로 넘겨주었다. 평온하게 잠든 얼굴을 바라보는 눈빛이 상념에 젖어들었다.

몇 달 전 맞선을 보던 날, 자신이 이나에게 보여주었던 하늘색 냄비는 12년 전 그녀에게서 받은 물건이었다.

그 당시 우진은 살아오면서 가장 힘든 시간을 보내고 있을 때였다. 그날도 참을 수 없는 고통에 집 밖으로 뛰쳐나와 담벼락에 서서 하염없이 비를 맞고 있었다.

"어? 불량 오빠다. 왜 여기서 비 맞고 있어요?"

어디선가 들려오는 목소리를 향해 고개 돌리자 웬 여자애가 자신을 쳐다보고 있었다. 얼마 전부터 놀이터에서 종종 마주치던 꼬맹이였다.

"오빠 집 나왔거든."

"왜요?"

"오빠는 미움 받는 사람이라서."

도통 이해가 가지 않는다는 가녀린 얼굴이 고개만 갸웃거렸다.

"왜 미움 받아요? 숙제 안 해서? 아니면 오빠도 학원 안 가고 놀아서?"

대답 대신 쓰게 웃는 입가를 보고 여자애는 들고 있던 개구리 우산을 말없이 씌워주었다.

"차라리 숙제 안 해서 혼나는 거면 좋겠다. 꼬맹아."

정말 그런 거라면 얼마나 좋을까. 하지만 그에게는 그것보다 더 무섭고 잔인한, 그에겐 악마나 다름없는 존재가 있었다.

바로 어느 날 친어머니를 쫓아내고 집으로 들어온 새어머니. 그녀는 들어오는 날부터 우진을 못마땅해했다. 늘 아버지 앞에서는 착한 척, 고상한 척 웃는 사람이었지만 없을 때는 종잡을 수 없이 돌변하기 일쑤였다.

'너 말이야, 너! 정말 꼴 보기 싫어.'

은주가 큰 병에 걸리고 남편과 사이가 틀어져 이혼하자마자 기회라며 들어왔던 여자였다. 그런 그녀에게 우진의 존재는 눈엣가시 같은 존재였고, 그들에겐 전쟁 같은 날들이 이어졌다.

무척 큰 싸움이 있었던 그날도 자신의 존재를 마음에 들어하지 않았던 여자가 화병을 던지며 시작되었다.

'너 그거 알아? 네가 못나서 네 엄마가 그런 병에 걸린 거야.'

'함부로 말하지 마세요. 그게 왜 나 때문이에요?'

'모든 건 너 때문이야. 넌 그런 애라고!'

벽에 맞아 날카롭게 깨어진 파편 조각이 팔을 스치고 지났다. 우진은 팔이 다쳐 피가 흐르는 것도 아랑곳하지 않고 집 밖으로 뛰쳐나왔다.

시야가 뿌옇게 흐려져도 발걸음이 닿는 아무 방향으로 달렸다. 그러다 어느 담벼락 아래서 멈췄다. 보는 눈이 있을까 봐 꺽꺽 소리 내어 울지도 못하고 숨죽여 눈물만 흘리는데, 그때 개구리 우산이 어색하게 웃으며 머리 위로 내려와 그를 가려주었다.

"꼬맹아. 오빠가 왜 미움 받느냐면. 나 때문에 누가 아프대. 내가 나쁜 사람인가 봐. 나 때문에 내가 사랑하는 사람이 병에 걸렸대."

"설마요. 오빠는 딱 보면 거짓말인 것도 몰라요?"

"……넌 뭘 보고 확신하는데?"

갸름한 아몬드형의 눈이 어린 우진을 향해 핀잔을 주듯 깜박였다.

"우리 엄마가 그랬어요. 병은 때로는 반갑지 않은 손님처럼 이유 없이 오기도 하는 거라고. 누구의 잘못도 아니고 그냥 아픈 거라고."

아……. 우진의 눈가로 순식간에 눈물이 고여들었다.

"그러니까 그런 말 믿지 마요. 불량 오빠, 아직 어린애구나?"

작게 미소 짓는 얼굴을 본 우진의 눈에서 후드득 물이 떨어져 내렸다. 누군가로부터 듣는 그 한마디에 모든 불편한 마음이 녹아내린다.

여태껏 다 자란 어른인 척하고 있었지만 그래도 우진에게 그 여자만큼은 너무도 무서운 존재였고, 때로는 자신의 존재가 잘못된 것인가 하는 생각도 들게 했다.

그런데 꼬맹이 말 한마디에 방금 전까지 가슴을 꽉 막고 있던 덩어리가 눈물과 함께 빠져나가는 것 같았다.

우진이 소매로 눈가를 닦고 살짝 무릎을 꿇어앉았다. 여전히 개구리 우산을 들고 있는 여자애를 끌어안았다.

"에이. 남자가 울면 큰일난다 했는데. 엄마가 거기 떨어진다 했는데."

"……."

"그래도 내가 달래줄게요. 원한다면 내가 불량 오빠 편이 되어줄게요."

그러니 울지 말라며 내려온 손이 우진의 어깨를 쓰다듬었다. 남자의 손에 비하면 한없이 작고 보드라운 손이었지만 가만가만 쓰다듬는 손끝엔 진심이 들어 있었다.

"근데 오빠가 감기 걸린 거예요?"

"나 말고 내가 사랑하는 사람이라 했잖아. 바보 꼬맹아."

우진이 피식 웃어 보이자 여자애는 한 손에 들고 있던 피아노 가방 속에서 무언가를 부스럭거리며 꺼냈다.

"내가 특별히 오빠한테만 이거 줄게요. 좀 긁히긴 했지만 씻으면 쓸 수 있어요."

우진이 잡고 있던 몸을 놓아주고 거리를 띄워 여자애가 내미는 장난감 냄비를 받았다.

"우리 엄마가 그랬는데, 마법이 걸려 있는 그릇이래요. 여기에 밥 담아서 먹으면 다음 날 감기가 낫고 소원도 이루어진다면서. 물론 나도 오빠도 이제는 그런 거 믿을 나이는 아니지만 속는 셈치고 한번 해봐요."

말도 안 되는 이야기에 우진이 자신도 모르게 큭큭 소리를 내었다.

"어어? 내가 큰맘 먹고 빌려주는 거예요. 유용하게 쓰고 나중에 꼭 돌려줘야 해요."

"그래, 돌려줄게. 언젠가 꼭."

그렇게 받은 장난감 냄비였다. 하지만 12년이 지나 다시 만난 그녀는 자신을 기억하지 못했다.

이나를 한참 동안 바라보던 우진이 자신도 옆으로 누웠다. 잠들어 있는 그녀를 더욱 꼭 끌어안았다.

"그게 너라고. 송이나."

"……."

"이제라도 너한테 돌려주려고 왔어."

"……."

"……나 돌아왔다고."

'알겠어?' 하며 소리 없이 입 모양으로만 물은 우진이 천천히 등을 쓸어내렸다. 그가 숨도 못 쉴 만큼 껴안고 있자 이나가 답답한지 잠결에 몸을 뒤척였다. 하지만 빠져나가진 않았다.

우진이 가장 약한 조도로 빛나고 있던 스탠드 조명을 껐다. 어둠 속에서도 선명하게 보이는 하얀 얼굴이 예전과 닮은 듯 아닌 듯 불분명하게 느껴질 만큼 예뻐져 있었다.

무려 12년이었다. 비록 그녀는 기억하지 못했지만 자신은 12년이라는 시간을 지나 결국 그녀에게 돌아왔다.

그리고 이제는 그녀가 자신을 알아주기를 바랐다. 우진은 혹시라도 이나가 품에서 떨어질까 봐 더욱 가득히 당겨 안았다.

7. 사랑하고 사랑한다

이른 햇살에 간지러운 눈을 비비며 잠에서 깬 이나가 옆자리를 보았다. 우진은 일찍 출근했는지 침대는 벌써 텅 비어 있었다.

팔을 쭉 뻗으며 자리에서 일어난 그녀가 세수를 하고 외출 준비를 시작한다. 쌀쌀한 날씨를 고려하여 외투도 챙기고, 탁자 위에 올려두었던 차 키도 챙겼다. 오늘은 제법 멀리 다녀올 것이다. 그가 집으로 돌아오기 전에 다녀오려면 서둘러야 했다.

큰 숄더백을 열어 어제 보았던 장난감 냄비를 담았다. 집 근처에 세워두었던 차로 달려가 시동을 걸고 곧바로 속도를 높였다. 그렇게 출발한 차는 고속도로를 한참 달려 점심시간이 다 되어서야 목표한 곳에 겨우 도착했다.

끼익. 이나가 커다란 철문을 열고 들어갔다. 집 주인이 어쩐 일이냐며 반갑게 맞았다.

"어머님, 연락도 없이 와서 죄송해요."

"아니야, 여기까지 어쩐 일이야. 혼자 왔어?"

이나가 그렇다며 고개를 끄덕였다. 놀라서 달려 나오는 은주에게 정말 죄송하다며 꾸벅 숙였다.

"일단 들어가자. 응?"

여기까지 왔으니 우선 뭐라도 먹자며 이끄는 은주를 따라 이나가 별장 안으로 들어갔다.

바닷가가 한눈에 내려다보이는 2층 주택은 엄청난 규모를 자랑하는 집은 아니었지만 자그마한 벽난로와 싱그러운 텃밭, 그리고 정원 한가운데 흔들의자까지 놓여 있어 편안하게 쉴 수 있는 공간이었다.

은주가 이나를 거실 안쪽 소파로 데려갔다. '바닷가라 좀 춥지?' 하며 물어오는 음성이 포근했다. 마침 중년의 여자 한 분이 집 안으로 들어왔다. 은주와 함께 지낸다는 간호사였다. 그녀가 이나를 보고는 슬쩍 인사하고 자리를 비켜주었다.

"이나야, 여기로 올래?"

은주가 텃밭에서 키운 거라며 냉장고에서 채소를 꺼내왔다. 입맛이 없다는 이나의 말에 새콤달콤한 샐러드를 만들어 간단히 먹기로 했다.

금방 식사를 끝마친 이나가 은주와 함께 정원에 있는 탁자로 자리를 옮겼다. 바닷바람이 제법 쌀쌀했지만 다행히 낮이라 차 마시기에 춥진 않았다.

"실은 오늘 갑자기 온 이유가, 어머님께 이걸 여쭤보려고 왔어요."

이나가 가방에 담아온 장난감 냄비와 반지를 꺼내어 테이블 위로 올렸다.

"어머님, 혹시 이게 뭔지 아세요?"

"아니. 잘 모르겠는데."

얼굴을 가까이 들이대어 살피던 은주가 고개를 갸우뚱거렸다.

"이거 제가 어릴 때 쓰던 물건인 거 같은데 우진 씨가 처음 맞선 보던 날 가져왔었어요. 제가 그때는 뭔지 못 알아보고 잘 살펴보지 않았었거든요."

조금만 더 일찍 알아보았다면 좋았을 물건이었다.

"근데 어제 우진 씨 서재 구경하다 발견했고 안을 살펴보다가 반지를 보고 제 물건인 걸 알게 되었어요. 하지만 그 사람은 여태껏 저한테 이게 뭔지 말해준 적도 없고……."

"……."

"이걸 가지고 있었던 걸 보면 어릴 때 알고 지낸 사이는 분명 맞는데, 어떻게 알았는지를 모르겠어서 어머님께 여쭤보러 왔어요."

"그랬구나."

은주가 그런 이유로 여기까지 왔느냐며 조금 더 빙그레 웃어 보였다.

"실은 여기 오는 길 내내 고민해봤는데요. 기억이 아주 희미하긴 한데, 제가 이걸 누군가에게 줬던 것 같긴 해요. 그게 우진 씨가 맞는 걸까요?"

"우진이가 가지고 있었다면 그런 게 아닐까?"

"근데 또 그 기억이 이상한 게, 제가 울지 말라면서 줬던 것 같거든요. 물론 제 기억이 틀렸을 가능성이 크지만요."

"내 생각에는 말인데…… 아마도 그때가 우진이가 가장 힘들어한 시기였을 거야."

그게 무슨 말씀이세요? 이나의 눈매가 가늘어지며 미간에 짤막한 세로줄이 생겨났다.

"그 이야기, 해주세요. 어머님."

"우진이가 원하지 않을 것 같은데."

"그래도 해주세요. 어머님, 저 우진 씨랑 결혼했어요. 이제는 저도 알아야 할 자격이 있다고 생각해요."

"음……."

과거를 곱씹는 은주의 표정이 슬픔을 담고 있었다.

"우진 씨에 대해 더 알고 싶어요. 제발 말씀해주세요."

잠깐 동안 조용히 이나를 살피던 은주가 어렵게 고개를 끄덕였다. 천천히 벌어지는 입술에서 조금은 긴장한 목소리가 흘러나왔다.

"어느 날이었어. 우진이 아빠에게 여자가 생겼다더라."

이어지는 은주의 이야기에 따르자면 그녀는 남편에게 다른 여자가 생긴 걸 알게 되었고, 하필이면 자신에겐 그때 몹쓸 병이란 게 찾아왔다고 했다. 이후 수많은 고민과 다툼 끝에 그녀는 우진이를 책임지고 보살펴 성하그룹을 잇게 해주겠다는 남편의 말에 헤어지기로 결심했다는 것이었다.

"그날 이후로 나는 우진이에 대한 소식만 간간히 들었을 뿐 직접 돌봐주지는 못했어."

"그러고 나서 한 번도 안 만나신 거예요?"

"응. 그이가 우진이를 잘 보살펴준다 했으니까. 그래도 제 자식이니까 아껴주겠지 싶어 나왔는데, 나중에 이상한 이야기를 듣게 되었어."

그것은 우진이가 새어머니라고 온 여자에게서 미움을 받고 있다는 것. 그리고 우연히 그 사실을 알게 된 은주는 며칠 밤 내내 잠을 이룰 수가 없었다.

비록 새로운 여자가 생겨 자신은 미워할지라도 우진은 자신의 아이이자 남편의 아이였다. 그런데 아이가 미움을 받을 동안 남편이라는 작자는 뭘 하고 있었는지. 도저히 믿을 수가 없어 온몸이 분노로 끓어오르는 것 같았다. 밤새 헛구역질이 나고 피가 거꾸로 솟구치는 느낌에 얼굴이 타오르듯 열이 올랐다.

"그래서 가만 안 두기로 마음먹었지. 그 이야기를 듣는 순간부터 나는 반쯤 미쳤거든."

"맙소사. 미워했다니요."

"단순히 미워한 정도가 아니었어. 아이를 다치게 만들었어. 그게 결정적으로 날 다시 바깥세상으로 끌어낸 거였고."

네에? 다치게 만들었다는 말을 듣는 순간부터 이나의 가슴이 바들바들 떨려왔다. 손끝에서부터 힘이 풀리는 듯 느껴지더니 그녀가 들고 있던 컵을 아래로 떨어뜨렸다. 와락. 치마 위로 주스가 쏟아져 내렸다.

"그게 무슨 말씀이세요?"

"이나야, 괜찮아? 옷부터 갈아입어야겠다."

"아니에요. 옷 같은 거 상관없으니 얼른 마저 이야기해주세요."

하얀 레이스 치마 위로 노란 주스가 쏟아져도 상관없었다. 이나는 은주의 이야기에 집중하려 했다.

"밥을 줄 때도 맵고 쓰고 먹을 수 없는 음식을 줬다더구나."

순간 이나의 등 뒤로 소름이 돋았다. 매운 음식. 그건 자신이 우진에게 여자가 있는 줄 오해하고 했던 행동이기도 했다.

"그래서 못 견딘 우진이가 집을 나가 빗속에서 몇 시간씩 운 적도 있다더라."

비라 하면 자신도 그에게 휘어진 우산을 준 적이 있었는데. 그것도 여자가 있다고 오해에서 시작된 일이기는 했지만 결코 잘한 일은 아니었다. 이나가 억지로 마음을 주저앉히며 다시 귀를 쫑긋 세웠다.

"그래서 그 후엔 어떻게 하신 거예요?"

"그 여자를 내 손으로 쫓아냈어."

"어떻게요?"

은주가 쓴웃음을 지어 보였다. 평소 늘 단아하고 우아한 그녀의 말투가 흥분을 억누르는 말투로 바뀌었다.

"이나야, 세상에서 사람을 무너뜨리는 제일 빠른 방법이 뭔지 아니?"

"……."

"추문. 다른 말로 스캔들."

그녀 역시 못사는 집의 자식은 아니었다. 비록 재벌과는 거리가 멀었지만 나름 부유한 환경에서 귀하게 자랐다.

우진이 위험에 처했다는 사실을 알게 된 그날, 은주는 당장 남편에게 전화를 걸어 자신에게 매달 일정 금액씩 보내주던 경제적 지원을 일절 받지 않겠다 했다. 5년 전 이혼할 때, 결과가 이렇게 되어 유감이라며 병원비와 생활비로 사용하라고 보내주던 돈이었다.

"어떻게 무너뜨렸는지 궁금하지?"

"네."

"듣고 나면 우리 며느리가 나 싫어할 수도 있는데."

이나가 아니라며 고개를 가로저었다. 두 손을 꼭 잡으며 무어라 다짐하는가 싶더니 다시 입가가 움직였다.

"아니에요, 어머님. 알려주세요."

그 고집스러운 눈빛에 은주가 끄덕였다.

"우선은 사람을 시켜서 그 여자에 대해 좀 알아봤어. 우진이를 괴롭힌 걸로도 모자라 어느 날부터 남편이 늙어가고 지겨워지니까 젊은 남자랑 논다더라고. 그래서 사진을 찍어 익명으로 우진이 아빠한테 보냈지."

"……!"

"나 못됐지? 알아. 욕먹는다 해도 어쩔 수 없어."

"……."

"남편이 미웠던 것도 있지만 난 무엇보다 우진이를 더 이상 아프지 않게 지켜야 했으니까. 그 여자가 우진이한테 어떻게 했는지 어쩌면 눈치챘을 거면서 모른 척한 남편 역시 마찬가지로 보기 싫었으니까. 그래서 둘 다 상처받기를 바랐어."

우진의 아빠 역시 처음에는 몰랐다가 나중에는 조금 눈치챈 것 같았다.

"하지만 본처를 쫓아내고 데려온 여자이니만큼 보는 눈이 많아 명분 없이 내치기도 힘들었겠지."

"세상에."

이나의 손끝이 하얗게 변했다. 전신에서 핏기가 다 빠져나가는 것 같았다. 앉아 있는 허벅지의 윗부분이 지진이라도 난 듯 덜덜 떨렸다.

"오랜만에 보는 날 어색해하긴 했지만 그날 이후로 내가 우진이 옆에 있으면서 우진이도 다행히 조금씩 안정을 찾았어."

"……."

"그리고 우진이한테 들었어. 힘들어했던 자신을 살린 게 바로 너였다고."

"……!"

"그게 이나, 너였어."

"……제가요?"

"네가 세상을 등지려던 우진이를 안아줬다더구나. 기억나? 아픈 나 때문에 힘들어하는 그 아이에게 해준 말."

"잘 모르겠어요."

"병은 때로는 반갑지 않은 손님처럼 이유 없이 오기도 하는 거라고. 누구의 잘못도 아니고 그냥 아픈 거라고."

"맙소사."

이나가 두 손으로 입을 가렸다. 그건 어릴 때 자신이 감기 때문에 힘들어하면 엄마가 해주었던 말이었다. 머릿속이 빙그르르 도는 팽이처럼 어지러워졌다. 벌어진 입이 쉬이 다물리지 않았다.

"그날 이후 한 번 잃은 신뢰의 회복이 쉽지 않아 남편과는 계속 따로 살았어. 그래도 나이 드니 예전보다 누그러져 가끔 만나긴 했지만 이제는 그이도 몇 년 전에 병으로 떠났고."

"그건 들었어요."

"우진이한테는 말하지 말아주렴. 아직 그 아이는 내가 그렇게까지 한 줄은 모르거든."

"그래도 어떻게 그럴 수가 있죠? 자신의 아이가 아니라서 밉다 해도 어떻게 그런."

이나의 목소리가 점차 크게 떨려왔다. 눈가가 찌릿하고 콧등이 시큰해져 억지로 침을 삼키며 목소리를 가다듬으려 했지만 진정이 되지 않았다.

"저 어떡하죠, 어머님. 저는 그것도 모르고 처음에 성격이 안 맞는다며 못되게 굴었어요."

"그랬어?"

"어릴 때 일은 잘 기억이 안 나서 내가 준 물건도 처음에는 기억하지 못했고 우진 씨에 대해 이상한 오해도 하고 그랬는데, 어쩌죠?"

눈물을 밖으로 흘리지 않으려 억지로 움켜잡으려 했지만 눈가가 점차 빨개졌다. 입가 역시 바르르 떨려 더는 말도 제대로 나오지가 않았다.

"심지어 밉다고 엉망으로 만든 음식도 주고 삐뚤어진 우산도 주고."

"……."

"이제야 우진 씨가 어떤 사람인지 알게 되었고, 좋아하는데……. 정말 좋은데, 전 옆에 있을 자격이 없는 것 같아요."

결국 보드라운 뺨 위로 방울방울 떨어지는 눈물을 본 은주가 고개를 가로저었다.

"그런 말 하지 마. 넌 그 아이에게 희망이었어. 아마 우진이도 네가 스스로 기억하고 깨우치길 바라서 말 안 했을 거야."

은주가 괜찮다며 이나의 손을 잡아왔다. '앞으로 잘 지내면 돼' 그 한마디에 다시 코끝이 따가워졌다. 한 방울씩 흘러내리던 눈물이 강줄기처럼 굵어져 볼을 타고 줄줄 쏟아져 내렸다.

잔뜩 빨개진 얼굴에서 눈물이며 콧물이 다 흘러내렸다. 은주가 울지 말라며 어깨를 쓰다듬었다.

"지금 돌아가거든 그저 꼭 안아줘. 이나야, 너는 우진이에게 존재 자체가 희망이었어. 만약 그 아이한테 실수한 게 있다면 지금이라도 말하면 다 이해해줄 거야."

이나만 옆에 있어준다면 괜찮을 것이 분명했다.

"그러니까 앞으로도 그 아이 옆에 있어줘. 넌 내 아들을 움직이고 살게 만든 존재니까. 이 세상에서 내가 인정하는 하나밖에 없는 며느리니까."

울먹이다 겨우 고개 끄덕인 이나가 수도 없이 흘러내리는 눈물을 손등으로 훔쳤지만 쉽게 지워지지 않았다.

그녀가 팔을 뻗어 은주의 품 안에 안겨들었다. 짧은 시간이나마 우진과 엇갈렸던 감정들이 투명한 방울들을 타고 말끔하게 떨어져나갔다. 이나는 우진이 보고 싶어졌다. 지금쯤 자신을 기다리고 있을 그가 너무 보고 싶었다.

창밖으로 비가 내렸다. 커다란 통유리 밖으로 보이는 서울 시내 전경 위로 굵은 물방울들이 쏟아져 내렸다. 우진이 창문에 맺힌 빗방울을 뚫어져라 보았다.

이 시간이면 이나가 학교를 마치고 집으로 돌아갈 시간인데.

그는 세차게 내리는 비와 간간히 들려오는 천둥소리가 신경 쓰이는지 연신 얼굴을 찌푸렸다 풀곤 했다. 그나마 다행인 건 비가 조금 전보다는 덜 내리는 것 같아 안도감이 들었다. 이대로만 잦아든다면 이나가 집에 가는 데는 문제없을 것이다.

　창밖을 바라보던 우진이 다시 의자로 돌아와 켜져 있는 모니터와 복잡하게 얽혀 있는 숫자들을 보았다. 하지만 잠깐 동안 빤히 쳐다보다 꺼버렸다. 왠지 오늘따라 그녀가 보고 싶다.

　우진이 집으로 갈 준비를 서둘렀다. 곧장 윤 실장과 함께 주차장으로 내려가 세워둔 차에 올랐다.

　집으로 가는 시간 동안, 우진은 평소보다 일찍 퇴근하는 만큼 조금이라도 더 일을 하기 위해 차 안에서 생각에 몰두했다. 하지만 얼마 지나지 않아 자신을 부르는 목소리가 들렸다.

　"사장님, 저기 사모님 아니십니까?"

　윤 실장의 말에 태블릿을 보던 시선이 번뜩였다. 고개를 돌려 창밖을 보자 빌라 입구에 이나가 서 있었다.

　"여기서 내릴게. 수고했어."

　"지금 내리시겠습니까?"

　보조석에 있던 긴 우산을 잡으며 윤 실장이 따라 내리려 했다.

　"됐어. 나 혼자 내릴 테니 가봐. 오늘 고생했어."

　"그럼 내일 뵙겠습니다."

　우진이 긴 우산을 펼치며 문을 열고 내렸다. 얼마 전 구멍 난 우산은 버리고 그녀가 새로이 사준 까만 우산이었다.

　타박타박. 그가 우산을 자랑이라도 하려는 듯 손바닥으로 빙글빙글 돌리며 이나를 향해 걸었다. 그녀는 조금 전 자신이 차에서 내릴 때부터 빤히 보고 있으면서도 먼저 다가오지는 않았다.

"송이나, 왜 나와 있어?"

"……."

"나 좋은 소식 가져왔는데. 아버님 문제, 잘 해결될 거 같아."

"……."

"앞으로 성하마트 전 지점에 라망커피가 입점될 거야. 나 잘했지? 그러니까 웃어주라."

우진이 가방을 들고 있던 팔을 옆으로 벌리며 이나에게 오라는 신호를 보냈다. 하지만 그녀는 아무런 표정도 짓지 않았다.

그가 슬쩍 고개를 갸웃거렸다. 이상하게도 오늘따라 그녀와 자신의 거리가 멀게만 느껴졌다. 마주 선 상태서 시선이 엉키고 우진이 왜 그러냐며 다가가려는데, 이나가 손을 들어 곧게 뻗으며 멈추라는 신호를 보냈다.

"왜 나한테 말 안 했어요?"

"무슨 말?"

"어릴 때 내가 우진 씨한테 해준 말. 병은 때로는 반갑지 않은 손님처럼 이유 없이 오기도 하는 거라고. 누구의 잘못도 아니고 그냥 아픈 거라고. 그 말만 해줬어도 나 우진 씨 알아볼 수 있었을지도 몰라요. 완전히는 아니어도 동네 오빠라는 것쯤은 기억할 수 있었을지도 모른다고요."

"그래서 내가 동네 오빠라 했잖아."

어디서 무슨 말을 듣고 온 건지, 그녀의 눈동자가 어쩐지 원망을 담고 있는 듯 보였다.

"어쨌든 나, 알았어요. 이제 우진 씨에 대해 다 알아버렸어."

222

"······그래서 실망했어?"

"아뇨, 거기서 딱 기다려요. 이번에는 내가 다가갈게요."

이나는 까만 눈동자에 우진을 깊이 새기기라도 하려는 듯 뚫어지게 바라보다 양쪽 다리를 힘차게 움직였다. 시야를 흐릿하게 만드는 뿌연 빗속을 지나 우산을 들고 우두커니 서 있는 우진에게로 달려갔다.

세차게 달려간 그녀가 그를 밀어붙이듯 허리를 꽉 껴안으며 매달렸다. 우진이 제게로 달려오는 여린 체구를 끌어안았다. 그런데 안는 순간부터 동그란 어깨에서 왜인지 자꾸만 떨림이 느껴졌다.

"그러지 말고 얼굴 좀 보여줘."

그가 어깨를 감싸며 다독였지만 이나는 말없이 꼭 붙어 있기만 했다.

우진이 손에 들고 있던 우산을 스르륵 놓았다. 부슬부슬 내리는 비 사이로 옷이 젖어가는데도 그녀는 피하지도 않고 안겨 있었다.

"우진 씨, 왜 나한테 화도 안 냈어요?"

"내가 너한테, 왜?"

무엇 때문에 세상에서 가장 사랑하는 여자에게 화를 내나?

"내가 당신한테 했던 짓이 아픈 과거를 떠올리게 할 수도 있다는 거, 왜 말 안 했어요?"

"난 기억 안 나는데?"

"거짓말. 엉망으로 했던 음식도, 일부러 망가진 우산을 줬던 것도 다 알면서 왜 화낸 적이 없어요. 당신은 나한테 왜 밉다고 소리조차 지른 적이 없냐고요."

우진은 대답 대신 입가만 느릿하게 올렸다 내리며 이나를 가까이 끌어안았다.

"미안해서 어떡해요. 내가 미안해서 앞으로 우진 씨를 어떻게 봐요."

가녀린 어깨와 등으로 이어지는 곡선의 진동이 점차 심해졌다.

그 떨림을 감지한 우진이 거리를 좁혀 몸을 맞대고 빗물이 둘 사이를 가로지를 수조차 없게 바짝 껴안았다.

"괜찮아. 기억 안 나."

"차라리 나 미워하지. 악처랍시고 미친 척하던 나, 미워하지 그랬어요."

이나의 목소리가 덜덜 떨려왔다. 우진의 슈트 자락을 감아쥔 손이 애처로우리만큼 힘이 들어가 있었다.

"내가 어떻게? 아무리 봐도 예쁘기만 해서 그럴 수가 없는데."

"……."

"그리고 네가 한 건 고작 흉내만 냈을 뿐이었잖아."

"그게 말이 되는 소리예요?"

이나가 이해할 수 없을 만큼 부드러운 눈빛으로 자신을 바라보는 우진을 올려다보다, 순간 다시 한 번 어깨를 떨었다. 조금 전부터 더욱 세차게 내리며 어깨를 때리는 가을비에 입술이 퍼레지고 턱까지 떨려오기 시작한 것이다.

"왜 이제야 알게 해서 사람 바보 만들어요? 내가 계속 그런 짓 했으면 어쩔 뻔했어요?"

은주에게 처음 이야기를 들었을 때는 정말이지 하늘이 노래지는 것 같았다. 지금도 그때만큼이나 몸이 떨려와 당장이라도 그를 손에서 놓으면 그대로 바닥에 주저앉게 될 것 같았다. 그래서 후들거리는 다리로 우진에게 매달리듯 안겨 있었다.

"이나야, 네가 나한테 한 건 잘못한 게 아니야."

"……어째서?"

"진짜 악처는 네가 상상도 할 수 없는 존재거든. 넌 그냥 갑자기 결혼하자는 나에 대한 작은 반항을 했던 거지, 그건 그냥 애교야. 애교라고."

이나는 눈가가 눈물에 짓물러 바늘로 찌르는 듯 따가워졌다. 꾹 다물린 입술이 부들부들 떨려왔다.

"대체 뭘 믿고 나랑 결혼했어요. 내가 만약 안 좋은 맘먹고 그런 거면 어떡할 뻔했어요?"

우진이 맞닿은 몸을 조금 띄우고 손가락으로 이나의 가슴 위를 가리켰다.

"어릴 때 그렇게나 맘 좋던 아가씨가 어디로 갔을까 봐? 여기 안에 다 들어 있지."

결국 눈물로는 부족했는지 억누르던 슬픔이 소리가 되어 입술 밖으로 터져 나왔다.

이나는 얼굴에 쏟아지는 빗물이 따갑다는 것도 더는 인지하지 못하고 주먹을 둥글게 말아 우진의 가슴팍을 툭툭 내리쳤다. 다시는 그러지 말라며 때리던 손길이 어느 순간 셔츠 옷자락을 꼬옥 쥐었다.

우진이 그녀를 끌어당겨 건물 안으로 이끌었다. 투명한 유리문을 열고 들어가 이나의 얼굴에 맺힌 물기를 닦아냈다.

"이것 봐. 다 젖었잖아. 또 감기 걸리면 어쩌려고."

이나가 자신의 머리와 옷을 털어주는 우진의 행동을 제지했다. 한 걸음 다가가 어깨를 다시금 팍 때렸다.

"진짜 미워. 그러는 우진 씨는 나보다 더 많이 젖었으면서."

우진의 머리칼에 묻은 물기를 조금이라도 털어주기 위해 올라가던 손이 길을 잃고 그의 가슴에 닿았다. 그녀가 가만히 손대어 힘찬 움직임을 느끼고 있자 남자의 손이 그 위를 덮었다.

큼지막한 손이 이나의 손가락 사이로 들어와 마디마디 깍지 끼었다. 사슬처럼 촘촘하게 얽어 꽉 붙잡고는 말없이 자신의 가슴 위로 꾹꾹 누르는 행동이 이상하게 느껴졌다.

"우진 씨, 뭐 해요?"

"심폐소생술. 그때 네가 나 살린 거라고."

우진이 희미하게 웃어 보였다. 하지만 남자의 눈빛은 당장이라도 방울이 뚝 떨어질 것처럼 촉촉하게 젖어 있었다. 이나는 그 얼굴에 또 가슴이 아리고 쓰라렸다.

"그게 무슨 말이에요?"

"12년 전에, 네가 나 살린 거야. 그래서 돌아온 거고."

둥그렇게 뜬 이나의 눈에서 다시금 눈물이 터져 나왔다. 겨우 멈춘 눈물이 다시 눈가를 따라 흘렀다.

"너 보려고 돌아왔다."

"……"

"12년 기다려서 돌아왔어."

"……"

"멋진 남자 돼서 데리러 오겠다는 약속 지키러 이제야 왔어. 그래도 나 잘했다고 해줄 거지?"

"그걸 말이라고. 이 나쁜 놈아!"

뒷말은 이어지지 않았다. 무어라 소리치려던 입술이 뺨을 잡으며 끌어당기는 남자의 손길에 멈춰버렸다.

"도망가지 말고 가만히 있어."

우진이 빗물에 잔뜩 젖은 이나의 머리를 닦아주려 했지만 그러기엔 너무도 푹 젖어 있었다.

현관 앞에서 오도 가도 못하고 마주 선 두 사람이 물을 먹어 진득해진 신발을 벗고 안으로 들어갔다. 걸어가는 걸음 뒤로 회색 발자국이 찍혔다.

"이래선 안 되겠다. 샤워하고 나와."

"우진 씨도 따뜻한 물에 씻고 와요."

닦아서는 끝이 없겠다며 우진이 그녀를 침실과 연결된 욕실로 들여보냈다. 자신도 물 먹은 셔츠의 단추를 풀어헤치며 거실 옆에 있는 욕실로 향했다.

문을 닫고 들어간 이나가 푹 젖어버린 옷을 하나씩 벗어 던졌다. 수직으로 내리꽂히는 뜨거운 물에 몸을 데우니 그나마 떨림이 멎고 한결 기분이 나아졌다.

길지 않은 샤워를 끝내고 급한 대로 샤워 가운을 걸치고 나왔다. 다행히도 우진은 아직 보이지 않았다. 쏜살같이 욕실을 빠져나와 드레스룸으로 달려가 편한 티셔츠와 발목까지 내려오는 긴 치마로 갈아입었다.

"옷 갈아입었어?"

어디선가 들려오는 목소리에 화들짝 놀란 이나가 표정을 가다듬고 밖으로 나갔다. 그는 언제 나왔는지 주방에서 컵을 들고 무언가를 만들고 있었다. 때마침 이나를 발견한 우진이 목에 걸치고 있던 타월을 손에 들고 다가왔다.

"똑바로 닦아야지."

우진은 머리카락 끝에 남아 흐르는 물기를 모두 닦아낼 생각인지 힘주어 꾹꾹 눌렀다.

"너 진짜, 또 감기 걸리면 어쩌려고."

핀잔처럼 내뱉는 말인데도 따뜻하기 짝이 없다. 이나의 머리를 닦아주던 손길이 어느 순간 장난처럼 머리를 파바박 흩트렸다. 순식간에 부스스해진 그녀가 뭐 하냐며 토라진 표정을 짓자 큭큭 웃음이 나왔다.

우진이 다시 주방으로 걸어가 양손에 컵을 들고 돌아왔다. 천천히 내미는 머그잔 안에서 달콤한 코코아 향이 올라왔다. 빤히 쳐다보고 있는 이나의 손을 잡아 거실로 이끌었다. 소파 위로 함께 나란히 앉았지만 누구도 먼저 선뜻 말을 꺼내기가 어려웠다.

"그래서, 이제는 내가 누군지 기억났어?"

"기억났어요. 어릴 때라 전부는 아니지만 조금은 알겠어요."

우진이 오른손에 들고 있던 컵을 왼손으로 옮겨 잡았다. 그가 비어 있는 손을 움직여 옆에 있는 뽀얀 손등을 꽉 감싸 쥐었다. 깊어지는 눈빛 속에서 오랜 시간 가슴속에만 넣어두었던 기억이 출렁였다.

이나를 처음 만난 건 12년 전이었다. 학교를 마치고 갈 곳이 없어 집 근처에 있는 놀이터에서 방황하고 있으면 가방을 앞뒤로 흔들며 지나가는 꼬마 아가씨가 있었다.

처음에는 그냥 길을 지나가는 아이라고만 생각했었다. 무엇보다 우진에게 그 시기는 옆을 지나가는 사람에게까지 신경 쓸 만큼 세상이 즐겁지 않은 때이기도 했다.

살아오면서 가장 아팠던 시간. 땅 위로 노을이 내려와 보랏빛 하늘이 온 세상을 뒤덮으면 소년은 제 몸에 남은 보라색 멍을 바라보며 하루빨리 어른이 되고 싶을 뿐이었다.

그런데 어느 날부터 당찬 꼬마 아가씨가 제게 말을 걸어왔다. 그것도 꼭 비가 내리는 날이면 개구리 우산을 쓰고 말이다.

"그 개구리 우산도 기억나?"

"얼핏 기억나요."

"너 그거 싫어했잖아."

이나는 친구들이 자신의 이름을 송사리라 놀려 그 우산을 싫어했었다. 하지만 아빠가 사주어 마지못해 들고 다녔다.

"피아노 책도 기억나?"

"기억은 안 나는데 오빠가 적어줬던 글은 있어요. 안 그래도 저기 내 방에 그 책 가져다놨어요."

우진이 피아노책에 '꼬마 아가씨'라 이름 적어주었던 날에도 그의 몸에는 상처가 났었다.

그날도 마찬가지로 우진은 학교도 가기 싫고, 그래서 아프다는 핑계로 일찍 집에 왔다가 쫓겨나듯 밖으로 나와야 했다. 미처 교복을 갈아입지도 못하고 근처 놀이터로 향했다. 의자에 덩그러니 앉아 쓰디쓴 침만 삼키고 있었다.

언제쯤 이런 생활이 끝이 날까. 3년 전 부모의 이혼과 동시에 자신은 강제로 미국으로 보내져 2년을 지내다 돌아왔고, 그날 이후 어머니는 어디에서 어떻게 지내는지, 15살 때 이후로 소식을 알 수가 없었다. 그런 와중 새어머니라는 여자는 우진에겐 악마나 다름없었다. 곰곰이 생각에 잠기던 우진이 손목에 생긴 멍을 만져보는데, 어디선가 명랑한 말소리가 들렸다.

"불량 오빠다."

"꼬맹이네. 오늘은 어디 가?"

"피아노학원 가는데, 오빠는 왜 여기 있어요?"

"오빠는 갈 데가 없어서."

이나가 우진의 옆으로 성큼 다가왔다. 손으로 벤치 위를 툭툭 털고 앉았다.

"너는 왜 여기 앉아? 학원 가야지."

"오빠 여기 있을 거 같아서 보러 왔어요."

"얼른 학원이나 가."

"싫어요. 가기 싫어서 나도 여기 좀 있으려고요."

또박또박. 한마디도 지지 않는 당찬 말투에 우진이 피식 웃었다.

"근데 오빠는 왜 갈 데가 없어요? 엄마가 안 찾아요?"

"나는 기다리는 사람이 없어서. 그리고 이제 다 커서 늦게 가도 상관없는데."

"그럼 말고요."

조그만 입술에서 나오는 한마디가 너 마음대로 하라는 뉘앙스라니. 볼수록 재밌는 아이라는 생각에 우진은 피식 웃음이 나왔다.

"너 진짜 학원 안 갈 거야?"

"안 갈래요. 오늘은 그냥 여기서 놀 거예요."

"뭐 하고 놀 건데?"

이나가 가방에서 피아노책 한 권을 주섬주섬 꺼냈다. 앞장을 펼치고 연필

두 자루를 꺼내어 한 개는 우진의 손에 쥐어주었다.

"낙서하고 놀아요."

"꼬맹아. 오빠가 이런 거 할 나이가 아닌데."

"나도 이런 거 할 나이는 아니에요. 근데 우리 할 게 없잖아요."

그건 그런 거 같기도 하고.

"그리고 꼬맹이라 하지 마요. 엄마가 이제 숙녀라 했는데."

"알았어. 그럼 꼬마 아가씨."

"그거나 그거나 똑같잖아요."

부릅뜬 눈이 우진을 향해 불만을 토로했다.

"어쨌거나 아가씨라고 불러주잖아."

우진이 피식 웃으며 책을 자신의 무릎으로 당겨왔다. 그리고 무어라 끼적거렸다.

〈안녕. 꼬마 아가씨.〉

"싫으면 영어로 적어줄까? 꼬마니까 kid."

"싫어요. 그렇게 적으면 지울 거야."

"알았어. 안 적을게."

뾰족해지는 눈초리에 우진이 알았다며 손을 저었다. 비록 잠깐이지만 이나와 함께 있는 이 시간이 즐겁다고 느껴졌다. 하지만 그사이 하늘은 더욱 어둑해졌다.

"오빠, 이제 집에 갈 시간이에요 학원 마치면 지금쯤 되니까."

이나가 손목에 메고 있던 분홍색 시계를 보며 가방을 챙겼다.

"그래, 가자. 집까지 데려다줄게."

"오빠도 집에 가요?"

"글쎄다. 가긴 가야 하는데."

"왜 망설여요?"

그러게 말이다. 왜 자신은 집에 가는 걸 이렇게 망설이며 살아야 하는 걸까.

"아마도…… 우리 집에서는 내 존재가 다들 싫은가 봐. 꼬맹이도 그렇게 생각해?"

"아니. 오빠는 좋은 사람이요."

그 한마디가 위안이 될 줄이야. 짧은 한마디가 우진의 가슴속에서 뜨거운 떨림을 일으켰다.

"……꼬맹아."

"응?"

"나한테 그렇게 말해준 거, 우리 엄마 말고 처음인데. 너 나중에 크면 오빠랑 결혼할래?"

"글쎄요, 오빠 하는 거 보고요. 어떻게 크는지도 중요하고, 엄마가 돈 잘 벌고 좋은 사람 만나야 된다 했어요. 아빠처럼 돈도 잘 벌고 믿을 수 있는 남자 만나야 된다 했거든요."

크크. 우진이 크게 웃으며 이나의 머리를 흩트렸다.

"오빠가 멋진 남자 돼서 와야겠네."

완전히 어둑해진 하늘 아래 벤치에서 두 아이는 동시에 일어났다. 먼저 걸어가는 이나의 뒤로 우진이 재빠르게 쫓아갔다. 골목길을 나란히 걸으며 간간히 작게 웃음 짓던 우진이 이나를 집 앞까지 데려다주었다.

"잘 가."

"오빠도 잘 가요. 아 참, 지난번에 내가 준 냄비는 잘 가지고 있죠?"

"그럼, 누가 준 건데."

"소원 이루고 나면 진짜 꼭 돌려줘요."

"약속할게."

"그리고 이거요."

이나가 또 줄 게 있다며 점퍼 호주머니서 부스럭대며 뭔가를 꺼냈다. 동그랗게 주먹 쥐고 있던 손바닥이 펼쳐지며 모습을 드러낸 건 다름 아닌 꽃반지.

"나중에 커서 만났을 때 오빠가 이거보다 좋은 거 사주면 시집갈게요."

이나가 제 할 말을 마치고는 부끄러운 듯 뒤돌았다. 그러다 문을 열고 들어가기 직전 다시 돌아보며 눈을 마주쳐왔다.

우진이 얼른 들어가라며 크게 손 흔들어 보였다. 그에 얼굴이 또 빨개지는가 싶더니 도도도 뛰어가 안으로 쏙 들어가버렸다. 어린 남자의 입가가 부드럽게 가늘어졌다.

'이상한 꼬맹이.'

언제부터였는지는 모르겠지만 어느 날부터 죽는 게 낫겠다고 생각한 순간이 있었다. 사는 것보다 이곳을 떠나는 게 편할 거라 생각한 시간이 있었다.

그런데 저 아이의 한마디에 우진의 마음이 이곳을 떠나기 싫다고, 아직은 더 살고 싶다고 움직였다.

그게 바로 12년 전 자신에게 일어난 일이었다. 그리고 12년이 지나 다시 자신의 꼬마 아가씨를 찾았다.

먹먹한 눈빛을 하고 이야기를 듣던 이나가 주먹을 말아 우진의 어깨를 툭 내리쳤다. 바보 같은 남자. 그 사소한 기억을 여태껏 마음에 품고 살아왔을 거라고는 생각도 못했다. 둥글게 말린 두 주먹이 왜 그랬냐며 연신 어깨를 때렸다.

하지만 우진은 그 행동마저도 귀엽다는 듯 입꼬리가 위로 쭉 올랐다. 그가 제 어깨 위를 토닥이던 손길을 당겨와 움켜잡았다.

"약속 지켰잖아."

분명 멋진 남자 되어서 돌아오겠다며 했었고.

"지금 이렇게 너 보러 왔는데."

비록 시간은 걸렸지만 너의 품 안으로 온전히 돌아왔다.

"우진 씨, 설마 그날 이후로 계속 나만 생각했던 거예요? 그건 아니죠?"

"맞는데?"

"……말도 안 돼."

"왜 안 믿어? 심지어 송이나가 좋아할 만한 더 좋은 반지도 가져왔는데. 그러니까 울지 말고 감동해줘."

정말이지 바보 같은 남자. 눈을 새치름히 흘긴 이나가 잡힌 손목을 빼내어 우진의 무릎 위를 툭 쳤다.

"근데요. 나 궁금한 게 있는데, 새어머니는 왜 그렇게 우진 씨를 미워한 거예요?"

"내가 어머니를 많이 닮았거든. 자기가 싫어하는 여자와 닮았다는 이유로 날 싫어하더라고."

그럴 수가! 이나가 주먹을 꽉 쥐었다. 어떻게 그런 말도 안 되는 이유로 비열한 행동을 할 수 있는지. 어린 우진이 받았을 상처를 생각하자 이나는 또 가슴이 울먹이는 것 같았다.

"그 여자가 그러더라. 내가 만약 자기 말을 안 들으면 아버지한테 말하겠다고. 그래서 어머니에게 보내는 치료비와 모든 경제적 지원을 끊겠다고. 그래서 내 선택이 어리석은 짓인 걸 알면서도 참을 수밖에 없었어."

또다시 이나의 주먹에 힘이 들어갔다. 뽀얀 손등 위로 실핏줄이 도드라지고 가슴이 울컥 소리 내어 울었다. 새어머니에게서 상처 받았을 어린 그의 모습이 눈에 선해 감정이 복받쳐 올랐다.

"또 운다. 눈 빨개졌잖아."

심지어 코끝도 시큰거렸다. 우진이 빨개진 눈가 옆을 엄지로 곱게 문질렀다.

"이제 괜찮아. 많이 힘들었지만 참았고, 덕분에 널 만났으니까. 그래서 난 다행이라고 생각하는데."

읊조리듯 담담하게 이어지는 고백에 오히려 이나의 마음이 세게 쥐어 짜이는 듯 아프고 쓰라렸다. 그 먹먹함에 또다시 눈물이 나오려 했다.

"근데…… 나 진짜 큰일이긴 한가 봐."

"왜요?"

"이래도 예뻐서. 빨개진 눈으로 쳐다보는 것도 예뻐 보여서."

"거짓말."

"진짠데. 나 앞으로 너 없으면 어떻게 살지?"

이나가 말도 안 되는 소리 말라며 눈을 흘겼다. 하지만 나긋하게 이어지는 남자의 고백에 이내 표정이 유해졌다.

"그럼 우리, 어릴 때 이후로 12년 만에 만난 거예요?"

"……딱 한 번 찾아간 적 있었어."

우연한 기회에 친어머니를 다시 만난 우진은 곧바로 다른 지역으로 이사 가게 되었고, 그날부터 학교 공부도 다시 열심히 하기 시작했다.

그러다 힘든 순간이 오면 가끔 꼬맹이를 한번 떠올려보고 멋진 남자가 되어야지 또 다짐하고. 어느 날은 어떻게 자랐을까 궁금해서 당장 만나러 가고 싶어졌지만 참고 지냈다.

"그게 언제냐면 군대 갔다가 휴가 나왔을 때 잠깐 보러 갔었어. 집 근처에 찾아갔었는데, 친구랑 있기에 그냥 돌아왔지."

"왜 아는 척 안 하고 갔어요?"

"그냥 잘 지내는지 궁금했는데 확인했으니 되었잖아. 그리고 그 땐 아직은 내가 멋진 어른이 아니라고 생각했으니까. 그러다 2년 전에 아버지 돌아가시고 나서는 죽도록 일만 했어. 어느 정도 자리 잡고 널 만나러 곧장 찾아갔지."

그게 올해 봄이었다. 이나를 정식으로 만나게 해달라고 그녀의 부모님께 청하러 갔던 것이다.

그리고 우진이 대문을 열고 들어가려다 마침 집 밖으로 달려 나가던 이나와 짧게 마주쳤고, 몰라볼 만큼 예뻐진 모습에 가슴이 떨려왔다.

"아버님께 만나게 해달라고 찾아간 거였는데, 널 보고 결혼해야 겠다고 결심을 바꿔버렸어."

"고작 어릴 때 약속 가지고 진짜 결혼하자는 사람이 어디 있어 요?"

"여기 있잖아."

우진이 손가락으로 자신을 가리키며 멋쩍게 웃어 보였다.

"그러니까 너는 나한테 마음대로 해도 돼. 송이나 덕분에 내가 오늘까지 살았고 이렇게 이뤄낸 거니까."

가장 힘들었던 순간, 너의 한마디 한마디가 모여 내게는 나를 지켜주는 버팀목이 되었다.

"네가 나를 살게 만들었으니까. 죽고 싶었던 나를 끌어 올려 살게 만든 게 바로 너라고."

"……"

"그러니까 지금까지 내가 너한테 해준 건 아무 것도 아니야. 나한테 더 바라도 좋아. 앞으로도 마음껏 원해도 좋아."

"그런 말 하지 말아요."

이나가 들고 있던 컵을 옆으로 내려놓고 우진을 와락 껴안았다. 그가 별일 아니라는 듯 웃으며 건네는 한마디 한마디가 자꾸만 가슴을 찌르며 깊숙이 파고들었다.

"만약 내가 계속 눈치채지 못했으면 언제까지 말 안 할 생각이었어요?"

"끝까지 숨길 생각은 없었어. 1년 뒤 우리가 결혼을 계속 지속할지 말지 결정하는 날이 오면 그때쯤엔 말하려고 했거든. 그때까지 자연스럽게 친해지고 싶기도 했었고."

이 남자는 정말! 작게 한숨을 뱉은 이나가 천천히 손을 들어 우진의 뺨을 감쌌다. 그녀가 무언가를 확인하려는 듯 손가락으로 뺨을 어루만지다 이내 손길을 거두었다. 그리고 우진의 어깨를 꼭 끌어안았다.

비록 겉모습은 어른이지만 그 커다란 모습 뒤에 감춰져 있는 건 상처받은 남자아이. 자신의 유일한 안식처였던 존재를 찾아 12년 만에 다시 나타난 어린 소년일 뿐이었다.

"바보 김우진 씨."

12년이면 강산이 변하다 못해 부모님의 까만 머리 위로 하얗게 서리가 내리는 시간. 그 오랜 시간을 한결같이 자신만 바라본 남자.

"그래도 내 눈에는 멋있는 우진 씨."

그게 너무 미안하고 고마워서 달리 표현할 말이 떠오르질 않았다.

"……사랑해요."

이나가 잔뜩 떨리는 목소리로 제 마음을 꺼내 보여주었다.

더 늦기 전에 말해주고 싶어서. 조금 전부터 시작된 그의 고백이 깊어질수록 드는 생각은 딱 하나. 이제 서로에게 서로가 없으면 안 되겠다는 생각뿐이었다.

그녀를 안고 있던 우진의 손아귀에 힘이 들어갔다.

"다시 말해봐."

"좋아한다고요."

우진이 으스러지도록 안고 있던 팔을 풀어 이나와 얼굴을 마주했다. 가까이 다가가 눈물로 끈적해진 뺨에도, 가녀린 목덜미에도 연신 입 맞추었다.

"송이나, 앞으로도 내 옆에만 있어."

꽉 다물린 잇새로 고집스런 목소리가 흘러나왔다.

"네가 내 마음 다 가져갔으니까 네 마음도 여기 다 줘야 해."

우진이 손가락으로 자신의 가슴께를 가리켰다. 너는 평생, 오직 이곳에서만 머무르고 살아달라고.

알겠다며 끄덕인 이나가 팔을 뻗어 우진의 뺨을 쓰다듬었다. 반듯한 이마에서부터 오뚝한 콧날과 뾰족한 턱 선을 따라 부드럽게 쓸어내렸다.

그러다 어느 순간 아래로 내려간 손길이 탄탄한 가슴 위에서 흠칫 놀랐다. 손바닥을 통해 느껴지는 남자의 심장박동은 여자인 제

것보다 월등하게 빠른지 움직임이 격했다.

"여기, 나만 좋아하는 우진 씨."

"……."

"그래서 더 좋은 김우진 씨이……."

"또 말해봐."

"나…… 안아줘요."

일순 멈칫한 우진이 이내 이나의 손을 잡아 깍지를 끼며 입을 맞췄다. 보드라운 입술을 찾아 숨을 훔치고 가느다란 등을 끌어안았다.

이나가 자신을 소파 위로 눕히며 무게를 실어오는 우진을 올려다보았다. 선명한 눈동자도, 위압감이 느껴질 만큼 단단한 어깨도, 모두 만져보고 싶을 만큼 좋았다.

그녀가 그의 목에 팔을 둘러 제게로 끌어당겼다. 우진이 기다리고 있었다는 듯 양쪽 어깨를 감싸 안으며 입술을 겹쳤다. 분홍빛 입술을 탐하며 진득하게 등을 쓸어내리는 손길이 마음과 달리 자꾸만 성급해졌다.

붉게 달아오른 뺨 위로 남자의 입술이 스쳐 갔다. 그 장난스러운 움직임이 긴장을 풀어주려는 듯 조그마한 귀도 깨물었다 놓았다.

"이제 허락해줘."

잠깐 떨어진 입술 사이로 무거운 음성이 흘러나왔다.

"나 더는 그냥 안고만 있는 거 못해. 내가 못 멈춰."

잠깐이나마 멈칫거린 이나가 제 얼굴 위로 보이는 우진을 향해 천천히 미소 지었다. 연애 없이 곧바로 시작된 결혼이기에 남녀 관계가 어떤 것인지 정확하게는 모르지만, 그가 의미하는 것이 단순히 몸을 맞대고만 있는 게 아니라는 것쯤은 이미 알고 있었다.

하지만 두려움은 없었다. 이제는 이 남자 곁에 있고 싶다. 그저 이 순간을, 긴 밤을 함께 있고 싶다는 생각만이 머릿속을 배회했다.

우진이 이나를 안아 들고 침대로 데려갔다. 그녀가 사각거리는 이불 위로 눕혀졌다. 그가 다시 입술을 맞추며 다가갔다. 보드라운 입술을 시작으로 목과 어깨로 내려오며 잘게 입맞추던 우진이 뜨거운 숨을 토해내었다.

"근데요. 나 그냥 이렇게 있으면 돼요?"

어떻게 있으면 되는 건지 모르겠다며 눈을 깜박이는 모습에 그가 옅게 웃어 보였다.

"긴장 풀고 나만 보고 있어."

이나가 알겠다며 작게 미소 짓고 끄덕였다. 하지만 몸에 잔뜩 배인 긴장이 쉽사리 빠져나갈 리가 없었다.

"송이나, 내가 비밀 하나 말해줄까?"

우진이 뜨겁게 쓰다듬던 손길을 멈추고 그녀의 귓가로 다가가 속삭였다.

"뭔데요? 중요한 거예요?"

눈을 동그랗게 뜨고 심각하게 물어오는 표정에 남자의 입가가 묘한 분위기를 풍기며 위로 올랐다.

"그게 뭐냐면."

실은 너한테만 알려주는 비밀인데 말이야.

"나도 처음이야."

"……설마."

"진짜야. 왜 안 믿어?"

우진이 얼굴을 가까이 들이댔다. 그가 진실 가득한 이 눈이 보이지 않느냐고 책망하듯 눈을 치켜떴다. 가뜩이나 까만 남자의 눈동자가 더욱 어두워지며 일렁였다.

이나가 믿기지 않는다는 표정을 지으며 양손을 들어 우진의 뺨을 감싸 잡았다. 잔뜩 힘이 들어간 눈동자며, 모든 것이 진심이라는 듯 굳게 다물어진 입매가 너무 귀여워 만지지 않을 수가 없었다.

비록 순간이나마 그랬으면 좋겠다고 생각하긴 했다. 그에게도 자신이 처음이었으면 하고 바란 건 맞지만, 그래도 이런 남자를 여태껏 주변에서 누구도 가져본 적 없다는 게 믿기지 않았다.

이나가 뺨을 만지던 손길을 옆으로 옮겨 잘빠진 목선을 더듬었다. 조금 더 밑으로 내려온 손이 툭 튀어나온 쇄골도 쓰다듬었다.

우진은 그 손길이 간지러운지 어깨를 움찔대더니 이나의 양 손목을 잡아 단숨에 위로 올렸다. 동시에 두 사람의 간격이 틈 없이 좁아지고 말없이 주고받는 시선 속에 따스한 감정들이 엉켜들었다.

이번에는 그가 잡고 있던 손목을 놓아주고 얇은 티셔츠 위를 간질이듯 쓸어내리다 옷 안으로 들어갔다. 대체 송이나는 피부에 뭘 하기라도 한 건지. 평소 닿을 수 없었던 그녀의 안쪽 피부는 실크처럼 부드럽고 매끄러웠다.

가까이 다가갈수록 달콤한 냄새가 몰려오고 만져볼수록 우진의 눈매는 사나워지며 손길은 다급해졌다. 하지만 침착해야만 했다. 성급하게 행동하면 놀랄 게 분명했다.

"이제…… 우진 씨도 벗으면 안 돼요?"

혼자 이러고 있으니 부끄럽다는 말에 그가 고개를 끄덕이고는 양팔을 교차하여 티셔츠를 위로 끌어 올렸다. 어깨며 등이며, 자잘한 근육들이 옷을 벗는 움직임을 따라 꿈틀거렸다. 이나가 그 단단한 가슴팍이 신기해 손바닥으로 쓸어내리자 남자의 몸이 또 움찔거렸다.

옷을 침대 아래로 던진 그가 다시금 이나의 뺨과 목을 지분거렸다. 한 손에 움켜쥘 만큼 가느다란 목도, 동그란 모양의 어깨도 깨물어주고 싶을 만큼 사랑스러웠다.

하얀 목에서부터 이어지는 굴곡을 따라 아래로 내려간 우진이 브래지어 사이로 옅게 만들어진 가슴골에 잘게 입 맞추었다. 순간 이나가 어깨를 떨었다.

"힘들어?"

"아뇨."

이나가 우진의 뺨을 양손으로 잡아 다시 제 가슴으로 당겼다. 조금만 놀라도 덩달아 멈추는 그가 귀여웠다.

"그냥 좀 부끄러워서 그래요."

"다행이네. 실은 나도 못 참겠어서 네가 싫다 소리는 안 하길 바랐거든."

우진이 어느 때보다 솔직한 말을 꺼내며 다시 이나의 어깨에서 팔로 입을 맞췄다. 이나는 그의 입술이 지나가는 곳마다 넘쳐

나는 애정이 제게로 쏟아지는 것 같아 가슴이 콩닥콩닥 뛰어올랐다.

그녀가 처음 느껴보는 또 다른 형태의 간지러움에 슬쩍 몸서리를 쳤다. 우진이 다시 얼굴로 올라와 입술을 포개며 팔을 그녀의 등 밑으로 넣고 깊이 끌어안았다.

"사랑해."

"나도 사랑해요. 우진 씨."

이나는 잔뜩 열기가 오른 품으로 기꺼이 안겨들었고, 우진은 만지고 싶고 갖고 싶어 하는 욕망을 조금도 숨기지 않았다.

한 입 깨어 물면 사라져버릴 듯 부드러운 살결을 쓰다듬고 아주 가끔 장난처럼 볼을 꼬집으며 웃어 보이고. 그러다 어느 순간 등의 굴곡을 따라 내려가던 손길이 엉덩이를 세게 움켜잡으며 바짝 몸을 맞댔다.

남자의 몸짓이 점차 절박해지고 빨라져갔다. 숨이 가빠지고 세차게 오르내리는 어깨가 하늘로 비상하는 존재처럼 크게 움직였다.

아찔한 기분이 퍼져나간다. 침대라는 널찍한 공간에서 방금 전까지만 해도 너와 나로 분류되던 관계가 '우리'라는 이름으로 바뀌어가고 있었다.

이나는 그런 우진이 버거운지 숨을 몰아쉬며 가슴을 들썩였다. 처음 경험해보는 일은 뭐든 힘들기 마련이지만 예상했던 것보다 그의 움직임을 따라가기가 어려웠다. 그걸 본 우진이 힘겨워 이불을 꼭 쥐고 있는 그녀의 손을 잡아 자신의 목에 두르게 했다.

"송이나, 놓지 마."

지금부터 단 한순간도.

"나한테만 집중해."

나 외에는 다른 생각 말라는 몸짓은 자꾸만 격해지며, 우진은 뜨거운 체온 속으로 정신없이 빠져들었다. 만질수록 놓을 수 없고 가질수록 배가 고픈 느낌은 처음이기에 결코 멈출 수가 없었다.

그는 연신 애틋한 목소리로 사랑한다고 속삭였고, 이나는 지금 이 순간 더할 나위 없이 아낌 받고 있다는 느낌에 가슴이 벅차올랐다. 그 누구도 아닌 '우리'가 사랑하는 시간이 눈앞에 펼쳐지고 있었다.

어두컴컴한 방 안에 차차 희미하게 빛이 돌았다. 이나가 새벽녘 찬 공기에 부르르 어깨를 떨며 눈을 떴다.

정신이 들어오는 순간부터 허리며 어깨며 온몸에서 뻐근한 통증이 느껴졌지만 그래도 좋았다. 애정을 가지고 하나가 된다는 게 이런 느낌인지 처음 알았다.

그녀가 조금 힘겹게 몸을 돌려 옆으로 누웠다. 여전히 평온한 얼굴로 잠들어 있는 우진의 팔을 조몰락조몰락 만져댔다. 당장이라도 알통이 튀어나올 것처럼 올록볼록한 모양이 신기했다. 그리고 어젯밤, 자신은 이 팔 안에서 가득히 안겨 있었다.

여태껏 결혼한 그날부터 지금까지, 자신과 우진의 사이에는 항상 보이지 않는 벽이 있다고 생각했는데 오해가 풀리고 따스한 품 안에 안기자 순식간에 그 벽이 무너져 내렸다. 이제는 완전히 무너져버린 제방 사이로 감정의 격류가 끊임없이 몰아쳤다.

단 한 번도 주고받은 적 없었던 감정이 급격하게 터져 나와 이나의 가슴속으로 흘렀다. 늘 조금은 비어 있다고 생각했던 공간들이 우진으로 인하여 꽉 채워지는 기분이었다.

"조금만 더 자요."

널따란 가슴께로 다가간 그녀가 살며시 기대었다. 조금만 더 이 품 안에서 쉬고 싶었다. 이나는 스르륵 감기는 눈꺼풀에 점차 앞이 컴컴해짐을 느꼈다.

그러다 어느 순간 다시 눈을 떴을 때, 자신의 옆에 우진이 없다는 것을 깨달았다. 그녀가 주변을 두리번거리다 급한 대로 바닥에 있던 속옷과 그의 티셔츠를 껴입고 밖으로 나갔다.

방 문을 열자 주방에서 달그락 소리가 들려왔다. 고개를 갸웃거리며 다가가자 우진이 샤워가운을 입은 채 무언가를 만들고 있었다.

"우진 씨, 뭐 해요?"

"일어났어?"

오른손에 나무주걱을 쥔 그가 앉으라며 식탁을 가리켰다.

"뭐 만들어요?"

"아침에 간단히 먹을 수 있는 거."

가까이 다가가 살펴보자 냄비 안에서는 야채죽이 보글보글 끓고 있었다.

"웬 죽이에요?"

"지난번에 보니까 너 잘 먹더라고."

예전에 감기 때문에 호되게 고생했을 때 우진이 끓여주었던 죽이었다. 그는 지난번 이나가 무척 잘 먹어서 오늘도 함께 나누어 먹을 생각에 그녀가 일어나기를 기다리는 동안 만들고 있었다.

"다 됐으니까 잠깐만 기다려."

우진이 마지막으로 간을 보려는데 뒤에서 묵직한 존재감이 느껴지며 허리로 가느다란 팔이 감겨왔다.

"이렇게 기다리면 안 돼요?"

뭐지. 설마 아침부터 사람 피 말려 죽일 생각인가.

"난 김우진 씨 좋은데. 이렇게 하고 있어도 된다 하면 더 좋아질 것 같은데."

너 진짜!

"나 죽 다 될 때까지 매달려 있을래."

……그래. 내가 졌다, 졌어.

우진이 왼팔을 높이 들어 이나의 목 뒤로 넘겨 감고 제게로 끌어당겼다. 그가 귀여워 죽겠다는 듯 볼에 입술을 비비고는 다시 요리에 집중하려 했다.

"먹을 만해?"

"완전 맛있어요."

완성된 죽을 먹은 이나가 엄지를 척 내밀어 보였다. 우진은 남은 게 있으면 더 달라며 웃는 얼굴이 사랑스럽기 짝이 없었지만 한편으로는 어제보다 더 피곤해 보이는 모습에 신경 쓰였다.

그가 자리에서 일어나 냄비에 남아 있던 죽을 박박 긁어 담아 가져다주었다. 배가 고팠는지 그마저도 싹 비운 이나가 씻고 나오겠다며 욕실로 들어갔다.

그사이 우진이 침실로 들어가 어젯밤 자신과 그녀가 남긴 흔적들을 정리하기 시작했다. 침대 바닥에 널브러진 옷들을 치우고 이나가 화장대 위에 올려두었던 하늘색 냄비를 보고 있는데, 마침 그녀가 샤워가운 차림으로 욕실에서 나왔다.

우진이 머리카락 끝에서부터 뚝뚝 떨어져 내리는 물방울을 보고 이나의 손에 들려 있던 수건을 빼앗아 꾹꾹 눌러 닦았다.

"너 이러다 감기 걸린다니까."

가뜩이나 어제도 차가운 비를 맞아 혹시라도 어디가 아픈 건 아닐까 걱정했는데. 물기도 제대로 닦지 않고 나오는 모습이 무척이나 마음에 걸렸다.

"또 감기 걸리면 우진 씨가 돌봐주면 되죠."

"오늘 아침처럼 죽 끓여줘?"

"옆에서 다독다독 재워도 주고요."

지금이라면 그때처럼 얌전하게 잠만 잘 수 있을지 모르겠는데. 우진이 곤란하다는 듯 피식 웃어보였다.

그가 물기를 어느 정도 털어내고는 수건을 옆으로 확 던졌다. 이나가 '다 되었어요?' 하며 돌아보려는 순간, 그녀의 허리를 끌어당겨 뒤에서 끌어안았다.

"송이나."

"왜 그래요?"

"별거 아니야. 그냥……."

우진이 살짝 입술을 깨물며 이나의 어깨에 이마를 기대었다. 금방 샤워한 탓에 은근하게 느껴지는 복숭아 향도, 촉촉한 피부도 모두 좋았다.

무엇보다 제 가슴과 마주한 등에서 느껴지는 떨림이 좋았다. 자신만큼이나 가쁘게 뛰고 있는 심장박동이 지금 그녀가 얼마나 설레어하고 있는지를 고스란히 전해주는 것 같았다.

우진이 이나를 끌어안은 팔에 꽈악 힘주었다. 이제는 내 여자다. 온전히 내 사람이다. 그 사실이 괜히 자신을 가슴 벅차게 만들었다.

"그냥…… 너 사랑한다고."

순식간에 이나의 몸이 반 바퀴 돌려지며 우진과 시선이 마주 닿았다. 그가 가녀린 허리를 잡아 제게로 끌어안았다.

이른 아침, 말없이 눈빛을 주고받는 눈동자에서 달콤함을 머금은 꿀이 뚝뚝 쏟아지고 있었다.

8. My dear, YL

"이 정도면 되려나."

이나가 비닐봉지 안에 든 물건들을 꼼꼼히 훑어 내렸다. 손에 들고 있는 반투명색 봉지 안에는 포장된 채소며 소스가 한가득 담겨 있었다.

끙끙대며 집 안으로 끌고 들어온 그녀가 하얀 프릴 앞치마 차림으로, 머리는 한 가닥으로 묶은 채 소매를 걷어붙였다. 슈퍼에서 사온 파스타면과 소스 및 재료를 일렬로 나열해놓고 미리 수첩에 적어두었던 레시피를 가져와 소리 내어 읽었다.

먼저 동그란 양파와 버섯을 꺼내 도마 위에서 쫑쫑 썰었다. 게맛살도 결대로 찢고 마늘도 얇게 편 썰어 옆에 두었다. 오목한 팬에 올리브유를 둘러 마늘과 양파를 볶고, 썰어둔 버섯과 게맛살도 순서대로 넣었다.

상큼한 로제 소스를 만들 생각에 생크림과 토마토 소스도 함께 넣고 끓이려는데 오늘따라 토마토 스파게티 소스가 담긴 유리병이 열리지가 않았다.

끄응. 가느다란 팔목이 뻐근하다 느껴질 만큼 힘을 주어도 단단한 마개는 입을 다물고 뜻대로 움직여주지 않았다. 그때였다. 띠리릭. 등 너머로 현관문이 열리는 소리가 들렸다.

"우진 씨 왔어요?"

마침 문을 열고 들어오는 우진을 향해 손을 저어 인사한 그녀가 다시 병을 붙잡고 끙끙거렸다.

"뭐 하고 있어?"

"소스 병이 안 열려서요."

"내가 도와줄까?"

아직 옷도 갈아입지 않고 다가오는 우진을 보며 이나가 고개를 옆으로 저었다.

"내가 할 수 있어요."

그녀가 다시 힘주어 뚜껑을 옆으로 돌렸지만 마음만 성급했지 조금도 열릴 기미가 보이지 않았다. 가뜩이나 이미 가스레인지 위에 냄비를 올려둔 상태라, 그사이 재료가 타기라도 할까 봐 이나는 조급해졌다.

"이렇게 가는 손목으론 못 연다니까."

어느새 슈트 재킷을 벗은 우진이 뒤에서 다가와 낭창한 허리를 껴안았다.

"이런 건 남자가 하는 거야."

집에 오자마자 귓가로 속삭이는 목소리가 이른 저녁부터 진득하니 열기가 배어 있었다.

"우진 씨도 쉽지 않을 걸요. 못할 것 같은데."

설마 그럴 리가. 우리 부인은 여기 있는 근육들이 안 보이나 보다. 우진이 정말 그렇게 생각하느냐며 입꼬리를 길게 빼었다.

"그러지 말고, 내가 이거 열어주면 키스라도 해줄 건가?"

이나가 짐짓 모른 척 고개를 돌렸다. 실은 안 보이는 게 아니라 너무 잘 보여서 문제였다. 소매를 걷어붙이고 자신의 허리를 감싸오는 팔은 매일 밤 자신을 안아주는 존재로, 실핏줄이 도드라질 만큼 힘주어 꽉 안아주는 남자 그 자체였다.

며칠 전 서로의 마음을 확인하고 하나가 되었던 날 이후, 두 사람은 거의 매일 살을 맞대고 속삭이고 어루만졌다. 오늘 밤도 다르지 않을 거란 생각에 이나의 얼굴이 빨개지려는데 우진이 그녀의 앞에 올려져 있던 병을 꽉 움켜잡았다.

빠악. 그렇게 열기 힘들었던 병이 단번에 열렸다. 자신은 그가 오기 전까지 바닥에 놓고 다리로 고정시켜 여느라 한바탕 난리였는데.

그래도 열어서 다행이라며 배시시 웃은 이나가 얼른 소스 만들기를 마무리하고 물이 끓는 냄비에 파스타면까지 삶아 요리를 끝마쳤다.

그사이 옷을 갈아입고 나온 우진이 식탁에 앉았다. 그는 와인셀러에서 이나도 편하게 마실 수 있을 만한 도수의 와인도 꺼내어 잔에 담았다.

"어때요?"

"맛있어. 내 입맛에 딱이야."

포크에 돌돌 말아 먹던 이나가 눈웃음을 지으며 옆에 놓여 있던 와인을 입에 대었다. 달고 쓰린 맛이 동시에 느껴졌다.

우진은 입맛을 다신 그녀가 몇 모금 더 삼키는 것을 지켜보았다. 독하지 않은 거라 파스타와 함께 곁들여 먹을 생각에 꺼내었는데. 아차, 가볍게 마실 수 있다고 생각한 건 착각이었나 보다.

어느 순간 이나의 얼굴이 발그레 달아오르기 시작했다. 그걸 본 우진이 식탁에서 먼저 일어나려는데 어디선가 칭얼거리는 목소리가 들려왔다.

"우진 씨, 어디 가요?"

"……"

"설마 나 혼자 두고 갈 거예요?"

"……물 가져올게. 너 얼굴 빨개."

그가 바로 옆 냉장고에서 물을 꺼냈다. 냉장고 문을 탁 소리나게 닫고 차가운 물을 잔에 따르는데 급속도로 얼굴이 달아올랐다.

아직 초저녁인데, 이러면 안 된다. 밥도 덜 먹었는데, 너 그러면 안 된다.

하지만 머릿속과 달리 끓어오르는 마음은 재빨리 그녀를 안고 싶어 미칠 것 같았다. 얼굴의 뜨거움을 겨우 가라앉힌 우진이 그녀에게 컵을 건네주었다.

다행히 찬물을 마신 이나는 한결 나아졌는지 이내 식사를 마저 끝냈고 의자에서 잠깐 쉬다가 식탁 정리를 시작했다.

그사이 우진은 서재에서 일을 해야겠다며 책상 앞에 앉았지만 역시나 머릿속에 글자가 들어오지 않았다.

정말 큰일이다, 김우진. 빠져도 단단히 빠졌다. 고개를 가로저은 그가 들고 있는 종이에 집중하려 했다.

어느새 주방에서 들려오는 물소리가 멈췄다. 그가 읽던 서류만 정리하고 이나에게 갈 생각에 서둘러 끝내고 밖으로 나섰지만 그녀는 거실 소파 위에서 잠들어 있었다.

"피곤했나 보다."

오랜만에 뭘 만들어보겠다며 열심히 준비하더니 잠깐 사이 소리도 없이 잠이 들었다. 우진이 한쪽 입꼬리를 올려 피식 웃더니 식탁 한편에 아직도 널브러져 있는 수첩을 가져와 펼쳤다.

"뭘 이렇게 많이 적어놨어?"

오늘 만든 로제 파스타의 레시피도 읽어볼 겸 순서대로 한 장씩 넘겼다. 레시피, 레포트 계획, 레시피, 그리고 낙서. 여러 내용이 마구잡이로 섞여 있는 수첩을 읽어 내리다 마지막에 다다랐다. 어라. 일순 우진의 표정이 멈췄다.

굳어진 입매가 서서히 풀리더니 숨기지 못하고 웃음소리가 흘러나왔다. 마지막 장까지 넘긴 수첩 끝에는 조그마하게 쓴 이나의 낙서가 담겨 있었다.

<맛있다 해주면 좋겠다.>

쓸데없는 걱정은. 우리가 함께한 요리는 너무도 맛있었다.

<기뻐해주면 좋겠다.>

기쁜 건 말로 표현할 수 없을 만큼이었고.

<우진 씨 하트 뿅뿅.>

마지막 한 줄까지 읽어 내린 남자의 얼굴이 다시금 빨갛게 달아올랐다. 혼자 식탁에 앉아 자신을 생각하며 쓰고 있었을 모습이 머릿속에 그림처럼 그려져 자꾸만 웃음이 나왔다.

소리 나지 않게 수첩을 덮은 우진이 다시 식탁 위에 올려두고 소파 위에서 잠이 든 이나를 안아 침대로 데려가 눕혔다. 자신도 답답한 셔츠를 벗어 옆으로 던져두고, 그녀의 옆으로 다가가 한쪽 팔을 배고 누웠다.

"송이나, 있잖아. 나는 네가 멋있다 해주면 좋겠다."

"……."

"날 기쁘게 해주는 게 아니라 나 때문에 네가 기뻐하는 거면 더 좋겠다."

"……."

"꿈에서 보자. 내 아가씨."

이나의 이마 위로 남자의 오렌지빛 입술이 내려왔다. 굿나잇 키스를 마친 우진의 입꼬리가 부드럽게 위로 올랐다. 그 고요하고 따뜻한 기운이, 살아오며 여태 겪어본 적 없던 행복한 순간임을 알려왔다.

뿌연 시야가 점차 청명해졌다. 이나가 눈을 찔러오는 곧은 햇살에 무거운 눈꺼풀을 들어 올렸다. 분명 어젯밤 소파에 누워 있었는데 어느 틈에 잠이 들었는지 침대로 옮겨져 있었다. 그녀가 몸을 일으켜 주변을 두리번거리자 침대 사이드테이블 위에 수첩 하나가 놓여 있는게 시야에 들어왔다.

"저건 내 수첩인데?"

그 위에 함께 올려져 있는 하얀 종이가 우진이 남긴 메모로 보여 손을 뻗어 집어 들었다.

<굿모닝. 아가씨>

얼마나 급하게 썼는지 반쯤 날아간 글자를 보고 이나가 작게 미소 지었다. 귀여운 남자. 그리고 뜨거운 남자. 몰랐던 그의 모습을 하나씩 알아갈 때마다 설렘도 자꾸만 커져간다.

으차. 그녀가 기지개를 펴며 자리에서 일어났다. 부스스한 머리로 방문을 열고 나가 아주머니와 인사하고 아침을 먹으러 서둘러 움직였다. 오늘은 해야 할 게 많은 날이다.

해가 서쪽으로 뉘엿뉘엿 기울어가는 시간, 이나가 차를 몰고 어딘가로 열심히 달렸다. 잔뜩 기대에 부푼 얼굴을 하고 달려간 곳은 지금쯤 우진이 일하고 있을 성하 호텔.

입구에서 내려 주차를 맡기고 위를 올려다보자 느껴본 적 없는 웅장함을 가진 곧게 뻗은 건물이 보였다.

이곳에 김우진 씨가 있다!

어딘가 간질간질한 마음을 가라앉힌 이나가 호텔 안으로 들어섰다. 지난번 그와 함께 이곳에서 저녁을 먹은 이후로는 처음 오는 터라 어쩐지 낯설었다.

물론 얼마 전에도 우진과 함께 차를 타고 지나가며 본 적은 있었지만 직원들이 자신을 어려워할 것 같아 한 번도 들러보지는 않았다. 아니나 다를까. 이나가 중앙 로비에 들어서자 안내하는 직원이 다가왔다. 정중하게 인사하는 그녀는 이나의 얼굴을 기억하는지 직원 전용 엘리베이터로 안내했다.

"사장님 뵈러 오신 거죠?"

"네."

"이쪽으로 오십시오."

바깥이 보이는 엘리베이터가 위잉 소리 내며 위로 올랐다. 20층을 알리는 소리에 이나가 내렸다. 직원이 살포시 미소 짓더니 안으로 들어가보라는 인사와 함께 다시 내려갔다.

실내 안쪽으로 천천히 걸어가자 사무실이 한눈에 들어왔다. 그 가운데 앉아 있는 건 윤 실장이었다.

"어? 사모님, 오셨습니까. 연락이라도 주셨으면 제가 모시러 갔을 텐데."

"뭐하러요. 제가 오면 되죠. 우진 씨는 안에 있어요?"

"예. 잠시만 기다리시겠습니까?"

윤 실장이 두꺼워 보이는 진청색 문을 열고 들어가더니 이내 나왔다. 그가 이쪽으로 오라며 정중히 손짓했다.

이나가 열려 있던 문틈 사이로 조금씩 고개를 밀어 넣으며 들어가자 우진이 의자에 앉아 있다 오뚝이처럼 벌떡 일어났다.

"연락도 없이 어쩐 일로 왔어?"

"우진 씨 보고 싶어서 잠깐 들렀다 하면, 싫어요?"

"그럴 리가."

그녀가 온다 하면 없는 시간도 만들어낼 자신이었다. 우진이 얼른 들어오라며 이나의 손을 잡아 이끌었다.

그가 머물고 있는 사장실은 한쪽 벽면의 절반이 통유리로 된 방이라 들어서는 순간부터 쏟아지는 햇살을 받아 환하게 반짝였다.

"꼭 한번 데려오고 싶었는데 먼저 와줬네."

"오늘 해야 할 일도 있고, 그냥 우진 씨 어떻게 일하는지도 궁금해서 왔죠."

작게 재잘거리는 목소리에 반가운 기색을 숨기지 못하는 검은 눈동자가 자꾸만 커졌다. 우진이 곧바로 이나의 무릎 아래에 손을 넣어 번쩍 안아 들었다.

"잠깐만. 이게 무슨?"

"방 구경시켜주려고."

"그냥 서서 보면 되는데."

"내 방은 책상에 앉아야 제일 잘 보여. 여기 봐봐."

우진이 이나를 책상 위로 앉히곤 손가락으로 창밖을 가리켰다. 커다란 직사각형 유리창 밖으로 보이는 건 시내 전경과 곧게 뻗은 강줄기. 햇살을 받아 반짝이며 일렁이는 한강의 모습이 한눈에 들어왔다.

"우와."

호텔 가장 꼭대기 층에 위치해 있는 그의 사무실에서는 마치 세상 전부가 보이는 것 같았다. 눈앞에 펼쳐진 그림이 낯설어 이나는 한참이나 들여다보았다.

"여기가 가장 먼저 만들어진 호텔이야. 아버지가 이 자리에 계실 때 처음 이 호텔을 세우고는 한참이나 이름을 고민하셨대. 그러다 저 강줄기를 보고 햇빛을 받아 빛나는 모습에 은하수를 떠올려 성하라 이름 지으셨어."

"멋지네요."

"이 호텔을 시작으로 전국에 몇 개의 호텔이 만들어졌지."

우진이 예전 생각에 잠기는 듯 한층 깊어진 눈빛으로 밖을 바라보았다.

"이후 아버지가 돌아가시고 내가 물려받은 후에는 호텔 근처에 마트를 짓기 시작했어. 이 호텔에 머무르는 관광객들이 구경도 하고 기념품도 살 수 있게 연계사업으로 만들었거든."

"우리 남편 똑똑하네요."

그가 이제 알았느냐며 눈을 흘기면서도 이내 옆으로 고개 돌려 헛기침하는 모습에 이나가 손가락으로 볼을 콕 찔렀다.

이 남자, 칭찬해주면 좋아한다!

"그리고 사회공헌사업으로 고등학교도 운영하고 있고. 성하고등학교라고, 학생들이 걱정 없이 공부만 할 수 있게 만들었거든."

"그럼 똑똑한 우진 씨, 다음번에는 뭐 할 거예요?"

이나가 흥미롭다는 얼굴로 그를 올려다보았다.

"면세점을 해서 그룹 이미지를 좀 더 고급화시킬 생각이야. 호텔 안에도 만들고, 밖에도 만들고. 어때?"

"당신이라면 할 수 있을 거예요."

"나 혼자서는 못하겠지만 다행히 회사중진들이 잘 도와줘. 사명감을 가지고 일하는 사람들이라. 아버지가 사업적인 인물은 잘 골랐어. 집안 관리를 못해서 그렇지."

씁쓸한 기색이 우진의 얼굴에 스쳐 갔다. 이나가 그런 우진의 볼을 다시금 콕 찔렀다. 그런 생각 하지 말라고.

"우진 씨는 좋겠어요. 이렇게 멋진 회사 사장님이고."

"그게 다야?"

"거기다가 잘생겼고 똑똑하기까지. 얄미워. 되게 미운데, 멋있어."

뭐? 우진의 눈이 순간 커졌다 돌아오며 이내 씩 웃어 보였다. 그러곤 이나를 제게로 끌어당겨 얼굴을 마주 보게 했다.

"송이나, 잘 봐. 그리고 잘 들어."

"뭘요?"

"이 도시 한가운데 내 회사가 있고 주인인 내가 있어."

어느새 해질녘이 되어 노을을 머금은 강물이 일렁이는 장관이 감탄을 만들어냈다.

"그리고 세상에서 나를 휘두를 수 있는 유일한 여자가 여기 있지."

"우진 씨."

"그러니까 여긴 내 자리고 네 자리야."

"……."

"그러니 오늘처럼 나 보러 자주 오라고."

이나가 여전히 책상 위에 앉은 채로 우진을 또렷이 바라보았다. 한발 더 성큼 다가선 그가 이나의 양쪽 뺨을 잡았다.

헌칠한 모양새로 서 있는 남자의 뒤편 창문에서 노을이 마구 밀려 들어왔다. 커다란 어깨 뒤로 보이는 세상이 금빛을 뿌려대며 반짝이더니 역광이 생기며 우진의 모습이 평소보다 더욱 커 보였다.

"나는, 그런 거 필요 없어요."

"……."

"그냥 김우진 씨만 있으면 된다고요."

이나가 우진의 가슴께에 뺨을 대어 비볐다. 하얀 셔츠 위로 화장품이 묻어나는 것도 상관하지 않는다는 듯 꼭 안았다.

"사장님이라는 이름이 중요한 게 아니라 김우진 씨 자체가 멋진 거니까."

"⋯⋯."

"그냥 그 자체로도 내겐 헤아릴 수 없을 만큼 가치 있는 사람이 라고요."

하아, 송이나. 정말이지.

우진이 감동했다는 듯 나지막이 감탄을 뱉었다. 그가 이나의 까 만 머리칼 속에 손을 넣어 부드럽게 쓰다듬다 뒷덜미를 잡아 제게 로 당겼다.

정말 예뻐서 미치겠다. 이대로 확 잡아먹고 싶어질 만큼. 네가 이럴 때마다 내 욕심이라는 놈은 멈출 줄을 모르고 뭉게뭉게 커져 만 간다.

우진이 눈앞에 보이는 복숭앗빛 뺨에 입 맞추고 하얀 목덜미로 내려가 얼굴을 묻었다. 그녀에게서 나는 달콤한 향이 코를 타고 들 어와 뇌리에 강력한 자극이 된다.

가느다란 팔을 잡고 있는 그의 손아귀에 더욱 힘이 들어갔다. 보드라운 피부 위로 남자의 입술이 지나갈 때마다 꽃이 피어오르 듯 붉게 물들었다. 하지만 이곳이 아직 회사임을 떠올린 우진이 겨 우 마음을 가라앉히고 그녀를 탐색하듯 살폈다.

"근데 오늘 나 보러 왜 왔어?"

이나가 자신을 보러 왔다는 사실은 뛸 듯이 기쁘지만 특별한 이 유 없이 여기까지 올 그녀가 아닌 걸 알기에 얼른 말해보라며 다 가가 속삭였다.

"정말 아무 이유 없이 왔어?"

뜨거운 숨결이 귓가를 간질이자 어깨를 움찔거린 이나가 옆에 내려두었던 가방을 가져와 무릎에 올렸다.

"정말 눈치도 빨라."

당연한 말을. 나 송이나 남편이라고.

"우진 씨가 봐줬으면 하는 게 있어요."

이나가 가방 안에서 무언가를 꺼냈다. 곧장 부스럭 소리를 내며 형체를 드러낸 건 네모난 서류 봉투. 그녀가 조심스레 우진에게 건 냈다.

잠깐 동안 말없이 쳐다보던 우진이 제 손에 건네진 봉투를 꽉 움켜쥐었다. '이것 때문에 왔어?' 입가로 옅은 웃음이 번졌다.

"이게 뭔지 알아요?"

당연히 알지.

"안 열어봐도 뭐 들어 있는지 알아요?"

"나 몰래 언제 사인했어?"

그윽한 목소리가 이나의 목덜미까지 내려와 속삭였다. '어떻게 알아요?' 입술을 뻐끔거린 그녀가 눈을 동그랗게 떴다.

"실은 오늘 구청 가려고 했어요. 그 전에 우진 씨한테 미리 말은 해야 할 것 같아서. 같이 가주면 더 좋고요."

너무나 당연한 말을, 예쁜 말을 하는 입술에 우진이 슬쩍 다가 가 입 맞추었다.

조금 전보다 표정이 한층 밝아진 그가 얼른 가자며 이나를 책상 아래로 내려주었다. 아직 5시가 채 되지 않은 시각이라 움직이기 엔 충분했다.

위로 반쯤 올라간 치마를 내리고 옷매무새를 다듬은 그녀가 가방을 챙겨 들고 우진을 따랐다.

다행히 구청은 호텔에서 멀지 않았다. 차를 가져온 이나를 따라 주차장으로 내려간 그가 열쇠를 건네받아 운전대를 잡았다.

부아아앙. 8차선 도로를 달리는 차는 퇴근 시간을 코앞에 두고 있다는 사실은 조금도 생각지 않는 듯 신호등의 빨간불을 제외하고는 잠시도 멈추지 않았다. 여태껏 딱 한 번을 제외하고는 이 서류에 대해 말을 꺼낸 적이 없는 우진이었는데. 그 사실이 믿기지 않을 만큼 그는 성급한 얼굴이었다.

도착한 구청 앞에서 두 사람이 함께 손잡고 안으로 들어갔다. 붉은색 도장이 꾹꾹 찍혀 있는 혼인 신고서를 본 우진이 꽤 만족스러운 웃음을 지으며 직원에게 제출을 마쳤다. 그는 일주일쯤 걸린다는 말에도 싱긋 웃고는 이나를 데리고 밖으로 나왔다.

그가 그녀의 머리를 흩뜨렸다가 목에 팔을 둘러 끌어안고 차에 올랐다. 집으로 가는 자동차 실내에서도 남자의 입가는 여전히 위를 향해 있었다.

"그렇게 좋아요?"

"당연하지."

너는 모를 것이다. 이렇게 되기를 기다리는 시간이 얼마나 길고 간절했는지. 이나가 우진을 따라 입술이 길어지도록 미소 지었다.

"너무 감동하지 마요."

"왜?"

"앞으로 내가 김우진 씨 더 감동시켜줄 거니까."

"기대하고 있을게."

시원한 남자의 웃음만큼이나 곧게 질주한 차가 어느새 집 근처까지 도착했다. 우진이 차를 멈춰 세우고 이나와 함께 집으로 올라갔다. 문을 열고 들어서자마자 그녀의 허리를 잡고 끌어당기며 입술을 포갰다.

그 상태로 힘겹게 걸어 소파까지 움직였다. 그런데 우진을 받아들이던 이나가 갑자기 몸을 뒤로 빼며 입술을 떼고 그의 어깨를 밀어 소파 위로 앉혔다.

"이거 무슨 뜻이야?"

그는 자신이 소파 위로 밀쳐진 상황이 잘 이해되지 않는지 고개를 갸웃거렸다.

"글쎄요. 무슨 뜻일까요?"

이나가 조금은 도도한 눈빛을 하고 양쪽 입꼬리를 올리며 우진의 무릎 위로 살포시 앉았다. 좁혀진 간격 사이로 느껴지는 횟횟한 열기에 남자의 몸이 경직되려 했다.

"갑자기 생각이 바뀌어서. 오랜만에 악처 한번 해보려고요. 좀 그런가?"

"이런 거라면 두 손 들고 환영해야지."

우진이 팔을 뻗어 그녀의 등을 감싸 안았다. 한 줌밖에 안 되는 가느다란 체구를 깊이 끌어당긴 그가 이나의 다리를 잡아 자신의 허리를 감싸게 만들었다.

대롱대롱 매달린 이나가 그의 목에 팔을 두르며 안착하자 우진이 그대로 안아 들어 침실로 걸어갔다.

큭큭. 꽉 다물린 입술 사이로 웃음이 비집고 나왔다. 우진이 사장실 의자에 앉아 느긋하게 몸을 기대었다.

"미치겠네."

사장님의 체통, 그런 건 모르겠다. 모니터에 복잡하게 나열된 숫자도 눈에 들어오지 않고, 그녀만 생각하면 입술이 귓불까지 올라가려 하는데 마침 윤 실장이 노크 소리와 함께 안으로 들어왔다.

"저, 사장님…… 손님이 오셨습니다."

문을 열고 들어오는 순간부터 얼굴에 새까만 먹구름이 몰려 있는 표정이 불청객이 왔음을 알려왔다. 역시나, 그 뒤로 따라온 손님은 평생 마주하고 싶지 않은 손님이었다.

"오랜만이지?"

"별일이시네요. 이런 곳을 다 찾아오시고."

우진이 의외라는 표정을 지어 보였다. 생각지도 못했던 존재가 자신을 찾아왔다.

"잠깐 할 말이 있어서 왔어. 그래도 어른이 왔는데 차 한 잔 정도는 대접하는 게 예의 아니니?"

눈매를 날렵하게 세운 우진이 윤 실장에게 눈짓을 했다. 제일 싸구려 커피라도 가져다주라는 듯 짙은 눈썹이 꿈틀거렸다.

"커피로 가져오겠습니다."

윤 실장이 나가고 우진이 소파로 앉았다.

"앉으시죠. 새어…… 아니, 이제 나랑 상관없으니까 조수진 씨."

"말버릇 하고는. 넌 여전히 재수 없어."

"알면 왜 찾아오셨습니까?"

핸드백을 테이블 위로 내려놓는 소리가 유독 컸다. 클러치백 겉에 달린 뾰족한 장식이 유리를 긁는지 듣기 싫은 소리가 났다.

"사업 때문에 할 이야기가 좀 있어서."

마침 막내비서가 가져온 커피가 두 사람 사이로 놓였다.

"이쪽은 할 말이 없는데."

"나는 할 말이 있다 하잖아. 너, 나하고 사업파트너 해볼 생각 없니?"

"그럴 생각은 없습니다만."

"싸가지 없게 끝까지 들어보지도 않고."

우진의 눈 끝이 뾰족 솟았다. 마침 사무실 안으로 다시 들어오던 윤 실장이 가까이 다가오려 했지만 그가 괜찮다며 물러서게 했다.

"나 레스토랑 사업하는 거 알고 있지? 요즘 강남에서 잘나간다고, 들어봤을 거 아냐."

"그런데요?"

애석하게도 무심한 하늘은 이런 여자에게 벌도 내리지 않는지, 아버지와 이혼하며 받은 20억짜리 건물에서 운영하는 레스토랑이 제법 인기가 있다고 했다.

"너 마트 운영하는 거 여러 개잖아. 거기에 내 레스토랑을 입점시키는 거 어떻게 생각해?"

"제가 왜 그런 요구를 받아들일 거라 생각하셨습니까?"

"네 와이프 아빠 회사에 그렇게 해줬다면서. 라망커피가 성하마트 전 지점에 입점한다고 소문이 파다하던데. 나도 좀 들어가보려고."

"제가 싫다고 대답할 거란 생각은 안 해봤나 봅니다."

어디 비교할 곳을 비교해야지. 예전이나 지금이나 개념이라고
는 손톱만큼도 없다.

"넌 남이나 다름없는 와이프한테는 해줬으면서 새어머니였던
나는 안 되니?"

"어머니라는 표현 하지 마시죠."

말이 끝나기도 전에 우진의 반듯한 이마가 구불한 선을 그리며
구겨졌다. 동시에 숨 막힐 듯 조여오는 과거 기억에 땀이 흘러 등
의 셔츠가 찝찝하게 느껴졌다. 감히 새어머니라니. 그녀는 자신의
몸에 보라색 상처를 남겼던 악마였을 뿐이었다.

꽈악 사리문 남자의 입매가 분노를 표출하려 꿈틀거렸다. 하지
만 우진은 이내 마음을 가라앉히고 냉철한 표정을 되찾았다. 오히
려 다리까지 꼬아 앉으며 이 여자 앞에서 여유로움을 보여주려 했
다.

이젠 더 이상 그 꼬마가 아니라는 듯. 나는 더 이상 당신한테 휘
둘리지 않는다고.

"방금 이야기는 못 들은 걸로 하겠습니다. 그리고 두 번 다시 찾
아오지 마시죠. 다음번부터는 사장실 앞에도 경비를 세워야 하려
나 봅니다."

"그러지 말고 사업상으로 파트너만 하자는 거잖아."

"……"

"옛날 앙금은 쿨하게 다 잊어버리고 비지니스 어때, 응?"

"아버지가 돌아가셔서 이제 부탁할 데가 저밖에 없나 봐요."

"죽은 사람 이야기는 왜 꺼내? 난 사업하자고 온 거야. 너한테도
손해되는 거 없잖아."

"윤 실장, 어른 나가신답니다. 배웅해드려."

"예, 사장님."

마뜩잖은 듯 서슬 퍼런 눈길이 우진의 전신을 훑어 내렸다. 소름 끼치는 시선에 우진 역시 눈을 추켜세우자 수진이 확 돌아서 밖으로 나갔다.

"에이. 시간만 버렸네."

시계를 본 우진이 혀를 차며 투덜거렸다.

"약속 시간 늦었잖아. 우리 송이나 데리러 가야 하는데."

그가 옷걸이에 걸쳐져 있던 슈트 재킷을 한쪽 어깨에 두르며 서둘러 엘리베이터로 걸었다.

창밖에서 노을이 밀려 들어왔다. 아직은 미약한 붉은빛이 책상 위에 올려진 하얀 종이 위로 쏟아져 내렸다.

지금쯤이면 수업을 마쳤어야 할 시간인데 깐깐한 남자 교수는 정해진 시간을 10분이나 훌쩍 넘기고도 멈추지 않았다.

이나는 재미없는 수업이라며 입을 뾰족하게 내밀었다. 결국 5분이나 더 수업을 진행하고 나서야 밖으로 나가는 교수의 뒷모습을 보며 그녀가 책을 챙겨 들고 나갈 준비를 서둘렀다.

들어도 모르겠고 안 들어도 모르겠는 이상한 과목. 무슨 수치며 무슨 경제지수는 그렇게나 복잡한지. 고개를 절레절레 흔들던 이나가 집으로 갈 생각에 바삐 움직였다.

가방 속에 책을 대충 구겨 넣고 강의실을 벗어나 복도로 나갔다. 길게 이어진 통로를 지나가려는데, 마침 바지 뒷주머니에 넣어둔 휴대폰이 울렸다.

"여보세요?"

-거기 예쁜 아가씨, 수업은 다 끝났어?

무려 예쁜 아가씨라니. 장난기 다분한 목소리가 전화기 너머로 들려왔다.

"방금 마쳤어요. 우진 씨는 벌써 집에 도착했어요?"

-아니. 근데 수업 듣고 나오는 사람이 눈은 왜 비비고 있어?

졸린 탓에 무심코 한쪽 눈을 비비던 이나가 화들짝 놀라며 행동을 멈추었다.

- 지금, 어디예요?

"너 앞에."

이나가 바닥을 보며 걸어가던 움직임을 멈추고 고개를 위로 들었다.

"우진 씨?"

그녀의 시야에 들어온 건 한 손에 빨간 장미꽃을 들고 창가에 기대어 있는 남자. 여유로운 웃음을 짓고 있는 그는 다시 봐도 우진이었다.

"여긴 갑자기 어쩐 일로? 이 꽃은 뭐예요?"

"너 데리러 왔지. 장미꽃 안겨주는 남자 좋아한다더니, 벌써 잊었나?"

"그럴 리가요."

이나가 그에게서 건네받은 꽃을 품 안에 끌어안았다. 수줍은 듯 달아오르는 볼만큼이나 붉은 꽃잎도, 은근하게 올라오는 꽃 향기도 좋았다.

"수업은 끝났어?"

"응. 다 마쳤어요."

이제 집으로 가면 된다고 말하려던 찰나였다. 마침 강의실을 빠져나와 밖으로 향하던 몇몇 학생들이 꽃을 안아 들고 있는 이나를 발견하고 다가왔다. 그들은 처음 보는 얼굴인 우진이 궁금했는지 머뭇거리며 눈치를 보다 옆으로 섰다.

"이나야, 이분은 누구야?"

조심스레 물어보는 친구들 뒤로 늦게 나온 사람들도 수군거리기 시작했다. '누구야?' 학생들끼리 주고받는 눈짓이 끝에는 우진에게 향했다.

그도 그럴 것이, 학교에서는 무척 보기 드문 얼굴이었다. 반듯한 이마부터 부드러운 곡선을 그리며 내려오는 코와 뺨은 수려했고 깊은 눈매는 마치 영화배우처럼 길고 또렷했다. 이런 얼굴이 학교에 나타났다는 사실만으로도 지나가는 사람들에게는 충분한 호기심을 불러일으켰다.

갑자기 떼를 지어 모여드는 시선에 우진이 볼을 붉적이며 한쪽 입꼬리를 지그시 올렸다. 으흠. 저는 말이죠……. 그가 무어라 입술을 떼려는데, 이나가 더 빨랐다.

"우리 남편입니다."

"뭐?"

순간 믿을 수 없다는 듯 조용해진 공간에서 모두들 입을 꾹 다문 채 고개만 좌우로 두리번거렸다.

"남편…… 이라고?"

"응. 내 남편, 완전 멋있지?"

"너 결혼했어? 언제 했어? 그런 말 없었잖아."

"얼마 안 되었어."

놀란 얼굴들 사이로 인사가 쏟아져 나왔다. 처음 뵐게요, 반갑습니다, 축하합니다, 라는 말이 뒤섞여 어수선했지만 우진은 신경 쓰지 않는 듯 입술을 길게 빼어 웃을 뿐이었다.

지금 그의 귀는 축하한다는 말보다 이나의 입술에서 나온 '우리 남편'이라는 단어에 더욱 자극받고 있었다.

생각 같아서는 모두가 보는 앞에서 달콤한 단어가 흘러나오는 저 입술을 삼키고 싶다. 하지만 그러고 나면 우리 부인은 다시는 학교를 안 가려고 하겠지.

우진이 자신을 쳐다보는 시선에 가볍게 고개를 끄덕임으로 응해주고 이나를 데리고 건물 밖으로 나왔다.

"너 때문에 미치겠다."

너무 사랑스러워서, 어떻게 해야 될지를 모르겠어서.

"남편이라고 너무 당당하게 말해줘서 감동했잖아."

아마도 네가 만약 종이인형이었다면 나는 곱게 접어 매일매일을 주머니에 넣고 다녔을지도 모르겠다.

"우진 씨가 그랬잖아요. 더 이상 소개할 때 남자 친구는 없다, 그랬는데 까먹었어요?"

"그럴 리가."

"난 약속한 대로 한 거뿐이에요. ……그래도 잘했죠?"

우진이 이나를 차에 태우고 뽀얀 찹쌀떡 같은 볼을 한번 꼬집어주고 안전벨트를 끌어와 매주었다.

"잘했어. 나머지 칭찬은 집에 가서 하자."

다시 한 번 잘했다며 크게 웃은 그가 운전대를 잡고 속도를 높이기 시작했다.

"근데 우진 씨, 오늘 회사에서 무슨 일 있었어요?"

"아니."

"갑자기 학교에 데리러 온 것도 그렇고, 얼굴은 웃고 있는데 요기 이마 끝은 찡그리고 있는 거 같아서."

젠장. 아까 전 회사에서 만난 그 여자 때문에 경직된 얼굴이 아직 덜 풀렸나 보다.

"별일 아니야. 그냥 일할 게 많아서 좀 피곤했나 봐."

그가 다시 운전대를 움켜잡고 집중하려 했다. 그 단정한 옆모습에 이나가 손을 뻗어 옆머리를 부드럽게 쓸어주며 작게 웃었다.

"그러니까 나한테 숨기지 말고 다 말해요."

"어?"

"일이 힘들면 힘들다고, 바쁘면 바쁘다고 나한테 이야기해달라고요."

"……."

"나 이제 김우진 씨 표정만 봐도 다 아는데. 이 정도면 남편에 대한 관심이 대단하지 않아요? 이런 건 칭찬받아야 되는데."

우진이 자신을 빤히 바라보는 눈망울에 피식 웃고는 고개를 가볍게 끄덕임으로 수긍의 뜻을 보였다. 정말이지 송이나는 잠시도 예쁘지 않은 순간이 없다.

이윽고 신호가 바뀌고 다시 차가 달리기 시작했다. 어둑어둑해질 때쯤 집 앞에 도착한 두 사람이 함께 차에서 내려 곧바로 엘리베이터로 향했다.

"아까 그거 말인데. 지금 약속할게. 앞으로 무슨 일 있으면 너한 테 이야기한다고."

"진짜 약속하는 거죠?"

"응, 약속해."

"그럼 앞으로 나랑 약속 지키겠다는 의미로 그것부터 말해줘요. 이제 우진 씨도 나한테 말해줘."

"뭐를?"

우진이 뭐가 궁금하냐며 되물었다. 이나에게 말을 안 한 게 있었던가?

"……'마이디어 YL'의 의미."

"아아."

그가 생각지도 못했다는 듯 허탈하게 웃었다.

"나랑 결혼했으면서 여태껏 말도 안 해줘. 우리 혼인신고 한 거 기억하죠?"

물론이다. 일부러 이야기를 안 하려고 한 건 아니었는데, 까먹고 있었다.

그사이 7층에 도착한 엘리베이터의 문이 활짝 열렸다. 우진이 먼저 내리는가 싶더니 동시에 이나의 손이 붙들려 밖으로 당겨졌 다.

"송이나, 아까 못다 한 칭찬은 지금부터 해보려는데."

그가 이나의 트렌치코트 속으로 손을 넣어 허리를 끌어안았다. 입술을 맞대며 집 안으로 들어가는 순간까지 두 사람은 잠시도 떨 어지지 않았다.

겨우겨우 문을 열고 들어간 우진이 애틋한 표정을 지으며 그녀의 이마에 입 맞추었다. 동그란 무릎 아래에 손을 넣어 안아 들고 침대로 데려가 눕히며 그 위로 체중을 실었다. 목덜미에 닿는 열기 어린 숨결이 이나가 그에게만 내어줄 수 있는 모든 감각을 깨우기 시작한다.

"잘 들어. 예전에도 그렇고 지금도 그렇듯, 내 모든 건 네 거야."

붉어진 뺨으로 내려온 입술이 부드러웠다.

"네 모든 건 내 거고."

뾰족한 턱 끝으로 내려온 입술은 진득했다.

"꿈속에서라도 잊지 마."

"치, 그래서 의미가 뭐라고요?"

이나가 눈을 커다랗게 뜨며 답을 재촉했다. 우진의 입가로 부드러운 웃음이 번져나갔다.

그게 뭐냐면 말이지…….

"사랑해. My dear, young lady."

친애하는, 나의 꼬마 아가씨.

9. 바로잡는 과거

　창밖으로 희붐한 빛이 돌았다. 반투명색의 창문을 타고 안으로 들어오는 미약한 햇살에 우진이 이마를 찡그렸다 주변을 살폈다. 아직 창가 주변을 제외하고는 사위가 어두운 것이, 이른 아침으로 느껴졌다.

　그가 품 안에 안겨 있는 이나를 바라보았다. 추운지 어깨를 둥글게 말아 자신의 가슴께에 달라붙어 있는 모습에 남자의 양쪽 입매가 소리 없이 길어졌다.

　"피곤했나 보다."

　손을 뻗어 뺨과 어깨 위로 흐트러진 머리칼을 한데 모아 등 뒤로 넘겨주었다. 이나가 잠결에 그 손길을 느꼈는지 잠깐 꼼지락댔지만 이내 움직임이 잦아들었다.

　"넌 자고 있어도 예쁘고."

이번에는 검은 머리카락 끝을 조심스레 매만졌다.

"깨어 있을 때는 더 예쁜 거 같고."

실은 언제 보아도 예쁘다. 짧게 읊조린 우진이 한참 동안 이나를 바라보았다. 그러다 자신도 조금만 더 자볼까 하는 생각에 원래대로 몸을 뉘였다. 하지만 어쩐지 다시 잠드는 건 어려울 것 같았다.

고요한 새벽녘, 작은 움직임에 이불이 사각거렸다. 솜이 가득 담겨 무게감 있는 이불이 낮게 펄럭이며 공기의 흐름을 바꾸자 그 움직임을 느낀 이나가 서서히 눈을 떴다.

"벌써 일어났어요?"

"좀 더 자. 아직 새벽이야."

"그러는 우진 씨는 어디 가요? 아직 해도 안 뜬 거 같은데 벌써 운동하러 가는 거예요?"

"아니. 씻으러 갈까 했지."

나중에 그녀가 눈을 떴을 때 자신에게서 향기로운 향이 났으면 했다. 그래서 씻으러 가려고 했던 것뿐이었다. 분명 어젯밤으로 인해 흘린 땀이 몸 구석구석 배어 있을 게 틀림없었으니까.

"그러지 말고 조금만 더 있다 가요."

이나가 침대 위에서 우두커니 앉아 있는 우진의 등 뒤 빈자리를 툭툭 두드렸다.

아무렴, 우리 부인 명령인데 들어야지.

그가 알았다며 다시 침대 위에 눕고는 옆을 향해 살짝 몸을 틀었다. 곧바로 자신의 가슴께를 파고드는 손길이 무척 간지러웠다.

우진이 제 품에 안겨 있는 이나의 뽀얀 어깨를 쓰다듬었다. 그러다 팔을 크게 뻗어 옆에 있는 테이블 등을 켰다. 가장 낮은 조도로 맞추자 방 안이 어슴푸레 밝아졌다.

"저거, 아직 저기 있었네."

여전히 화장대 위에 올려져 있는 하늘색 장난감 냄비를 가리켰다. 그녀가 눈을 끔벅이며 뒤돌아 확인하곤 작게 끄덕였다.

"어디에 넣어둘지 몰라서. 조금 더 이따가 넣어두려고요."

그가 좋을 대로 하라며 부드럽게 웃어 보였다.

"우진 씨는 언제까지 보관했으면 좋겠어요?"

"평생. 거기에 예쁜 요정이 살고 있으니까."

"그건 또 무슨 소리예요?"

"네가 그랬잖아. 저기에 밥을 담아 먹으면 다음 날 감기가 낫고, 힘들 때 말 걸면 좋은 일이 생기게 해주는 요정이 살고 있다고."

이나가 주먹을 말아 눈을 비비며 그와 좀 더 또렷하게 시선을 맞추었다.

"설마 진짜 요정이 살고 있을 거라 믿어요? 우진 씨 의외로 되게 순수하네."

"아니. 그래도 조금은 믿어보려고. 너한테 선물 받고 나서 며칠 만에 정말 소원이 이루어졌거든."

"무슨 소원이요?"

이나가 우진을 향해 조금 더 고개를 내밀며 귀를 쫑긋 세웠다.

"정말로 요정이 듣기라도 했는지, 새어머니라는 여자가 내 앞에서 사라졌으니까. 이유는 잘 모르겠는데 아버지가 쫓아내더라고."

가만히 듣고 있던 이나가 이불을 당겨와 가슴까지 끌어올리고 몸을 살짝 일으켜 우진을 바라보았다.

"다른 존재일 수도 있잖아요. 꼭 요정이라고는."

"알아. 그렇지만 아버지랑 헤어지고 떠났던 어머니가 돌아온 것도 그렇고, 여러 가지로 신기했으니까."

"……."

"사실 어렸을 때 그런 생각 한 적도 있었거든. 어머니가 나만 두고 가버리지 않았으면 더 좋았을 거라고. 신기하게 너한테 저걸 받고 나서 곧바로 어머니와 같이 살게 되었다는 것 자체가 나한테는 너무 기적 같은 일이었고."

그건 어머님이 떠나고 싶어 떠난 게 아니었는데. 어쩔 수 없이 그런 거였다고 했는데. 어머님과 돌아가신 아버님 사이에서 무슨 이야기가 오갔는지 잘 모르는 그는 작은 오해를 하고 있는 것 같았다.

"아무튼 되게 신기하지?"

당신을 구해준 것도 어머님이었는데. 그런 오해는 안 했으면 좋겠다. 잠깐 동안 입술을 잘근잘근 깨물던 이나가 어렵게 입술을 뗐었다.

"우진 씨, 있잖아요. 만약 그 요정이 동화책에 나오는 존재가 아니라 사람이라면 어떨 거 같아요?"

"무슨 뜻이야?"

"만약 당신을 도와준 사람이 있다면, 아버님이 새어머니를 내쫓도록 마음을 돌리게 한 요정이 있다면 어때요?"

"너 그거 무슨 뜻으로 하는 말이야?"

우진이 앉아 있는 이나를 따라 자신도 몸을 일으켜 앉았다.

"송이나, 내가 알아듣도록 말해봐. 아버지가 그 여자를 내보내도록 마음을 돌렸다니. 너 어디서 무슨 이야기라도 들은 거야?"

우진의 이마가 슬쩍 찌푸려졌다. 한껏 진지해지는 표정에 이나가 마른 입술을 다시 깨물었다.

"실은 어떤 요정이 우진 씨가 힘들어하는 걸 알게 되었나 봐요. 그리고 그 요정은 우진 씨가 자신이 지켜야 할 존재라 생각해서 용기 내어 나섰대요. 그래서 우진 씨 아버님 마음이 바뀐 거라면……."

"그게 누구야?"

"……."

"그게 누구냐고!"

"어머님이요."

"뭐?"

이게 무슨. 우진의 눈동자가 갈 곳을 잃은 듯 흔들리기 시작했다. 미세하게 시작된 움직임이 마치 휘몰아치는 폭풍 속에 갇히기라도 한 듯 격하게 흔들리기 시작했다.

"실은 우진 씨에게 말하지 말라고 하셨는데 그래도 제대로 알아야 할 거 같아서요. 어머님이 우진 씨 지키려고 노력했었다는 거."

"그럼 네 말은 어머니가 뭔가를 해서 아버지 마음이 바뀌었다는 거야?"

"네. 그런 거 같아요."

"넌 그거 어떻게 알았어?"

자신도 모르는 이야기를 어디서 듣고 왔을까. 우진이 바짝 말라가는 목 뒤로 겨우 침을 삼켰다.

"실은 지난번 우리 비 맞았던 날 낮에 어머님한테 갔었거든요. 우진 씨 어릴 때 이야기도 듣고 내 이야기도 하고."

"……."

"그때 들었어요. 어머니가 우진 씨 힘든 일 겪었던 거 알고 계시더라고요. 우연히 알게 되셨대요."

12년 전 어느 날, 아버지가 불같이 화를 내고 새어머니가 며칠 만에 쫓겨나가듯 나가면서 곧바로 어머니가 찾아왔었다.

"나는 그게 어머니가 그 여자에 대해 알고 찾아온 줄은 몰랐어. 그냥 우연이라고 생각했는데, 그게 아니면 아버지가 늦게나마 잘못을 뉘우치고 어머니를 나한테 보낸 거라고 생각했는데."

이나가 미세하게 떨리고 있는 우진의 손끝을 잡았다. 살며시 쥔 그의 손가락을 제 입술로 가져가 꾹꾹 눌렀다. 새하얗게 변하며 자꾸만 차가워지는 손끝을 조금이나마 데워주고 싶었다.

"우진 씨, 어머님한테 어떻게 된 건지 물어보고 싶어요?"

"응."

"그래도 괜찮겠어요?"

"당장 가봐야겠어."

그가 이마 앞으로 흘러내린 머리를 한 손으로 쓸어 넘기며 입술을 깨물었다. 왜 여태껏 자신에게는 말도 해주지 않았던 걸까.

"……같이 가줄 거야?"

"당연히 같이 가야죠. 설마 나 두고 혼자 가려고 했어요?"

"……."

"앞으로 김우진 씨 옆에는 내가 딱 붙어 있을 거니까 몰래 갈 생각은 말아요."

"고마워."

예전 기억을 끊임없이 곱씹으며 느릿하게 말을 이어가는 우진을 보고 이나가 조심스레 볼을 쓰다듬었다. 그리고 몸을 일으켜 꼭 안아주었다.

"나랑 같이 가요. 어머님 만나러."

작게 끄덕인 우진이 팔을 둘러 이나를 제 몸에 꼭 붙였다. 여전히 잘게 떨려오는 손끝의 움직임을 보이고 싶지 않아 주먹을 꽉 쥐고 그녀의 어깨에 뺨을 기댔다.

잠시 후 외출할 준비를 마친 두 사람이 차를 주차해놓은 곳으로 향했다. 우진은 여전히 말이 없었고 그 모습을 본 이나가 운전대를 잡았다. 지금의 그라면 운전에 제대로 집중할 수 없을 것이다.

차분하게 핸들을 돌리며 운전을 이어가던 손이 신호등에 잠깐 멈춘 사이에 우진의 손을 꼭 잡았다. 창밖을 보고 있던 고개가 이나를 향해 돌았다.

"많이 긴장돼요?"

"그냥 전혀 생각도 못하고 있던 일이라서."

"나, 괜히 말한 거 아니죠? 이제라도 우진 씨가 정확하게 알았으면 해서…… . 어머님이 우진 씨 많이 사랑하고 있다는 거. 결코 떠나고 싶어 떠나셨던 게 아니라는 거 알아줬으면 좋겠어요."

"……."

"떨어져 살 때도 늘 그리워하셨나 봐요."

우진이 애써 희미하게 웃어 보였다. 15년 전 어머니와 헤어지고 몇 년 만에 다시 만났을 때, 그건 분명 아버지가 다시 불러온 거라 생각했었다. 어떻게 왔냐고 물었을 때 어머니는 '너에게 내가 필요할 것 같아서 돌아왔다' 그 한마디가 전부였으니까.

그런데 그게 아니었다. 이나의 설명에 의하면 어머니가 자신을 위해 그 여자를 물리치고 온 거였다.

다시 침착하게 이나의 운전이 이어졌다. 몇 시간을 쉬지 않고 달려 강릉에 있는 은주의 집에 도착했다.

이미 해가 높이 떠올라 정오를 조금 못 미친 시각, 집 앞에 차를 세운 그녀가 표정이 굳어버린 우진과 함께 내렸다.

그가 대문 앞에서 말없이 선 채로 연거푸 마른세수를 하더니 손바닥으로 머리카락을 위로 쓸어 올렸다. 동그란 모양의 초인종 버튼을 한참이나 바라보던 우진이 겨우 손가락을 뻗었다.

"어머, 갑자기 둘이서 어쩐 일이야?"

초인종 소리를 들은 은주가 슬리퍼도 다 신지 못한 채 밖으로 나왔다.

"어머님, 연락도 없이 와서 죄송해요. 실은 제가 이야기했어요. 우진 씨도 이제는 제대로 알아야 할 거 같아서."

"뭘 말이니?"

은주는 이른 아침부터 벌어진 이 상황이 이해되지 않는지 살짝 고개를 갸우뚱거렸다.

"몇 년 전 우진 씨를 도와준 게 어머님이라는 거요. 장난감 냄비 속에 살고 있던 요정도 아니고 다른 누구도 아닌 어머님이라는 사실이요. 마음대로 이야기해서 죄송합니다."

은주가 일시적으로 움직임을 멈추었다. 이내 옆으로 고개 돌려 우두커니 서 있는 아들의 얼굴을 올려다보았다.

어디서부터 설명을 해야 할까 생각하는 사이 우진이 먼저 다가가 은주의 어깨를 안았다. 그녀는 다소 놀란 표정이었지만 이내 때가 되었구나 하며 인자한 미소를 머금고 끄덕였다. 자신을 안아주느라 굽어진 우진의 등을 곱게 쓸어내렸다.

"잘 왔어. 우선은 들어가자."

은주가 두 사람을 데리고 집 안으로 들어갔다.

이나와 우진이 진갈색 가죽 소파 위로 나란히 앉았다. 따뜻한 불을 쬐이기 좋은 벽난로 근처에 앉은 은주가 그들과 마주 앉은 상태로 조용히 찻잔만 들었다 놓았다.

"어머니, 혹시 어머니가 12년 전에 그 여자 내쫓으신 거에요?"

"그래. 내가 그랬어."

첫 마디는 우진이 먼저 떼었다. 예전을 떠올리는 은주의 눈동자가 복잡함으로 엉켜들었다. 하지만 이제는 알아도 상관없다는 듯 이내 담담한 미소를 지었다. 그러곤 이나에게 해주었던 것처럼 자신이 알고 있던 사실을 알려주었다. 그녀는 이야기가 이어지는 중간중간 크게 숨을 들이쉬긴 했지만 끝까지 차분함을 유지하려 애썼다.

"나는 내가 해야 할 일을 했을 뿐이야."

"……."

"내가 좀 더 일찍 알았어야 했는데. 하루라도 더 빨리 알아챘어야 했는데. 한동안 치료받고 내 자신 하나 살피기에도 벅찬 시기라 미처 몰랐어. 미안해."

"아니. 그런 뜻이 아니잖아요. 나 아팠던 거 어떻게 알았어요?"

"민욱이 엄마한테 들었어."

"네?"

민욱이라면 우진이 회사의 변호사였다. 옆에서 함께 듣고 있던 이나가 눈을 동그랗게 떴다.

"이나는 처음 듣는 이야기지? 민욱이 엄마가 예전에 우리 집에서 일하던 사람이었어. 그때부터 우진이랑 민욱이가 친하게 지냈고."

우진이 맞다는 듯 작게 고개를 끄덕였다.

"이혼하고 나서 너 미국으로 갔다가 돌아왔다는 소식은 들었어. 그리고 나서 한동안 조용하기에 잘 지내나 보다 했는데 어느 날 내 연락처를 기억하고 있다가 전화를 했더라. 그리고 모든 이야기를 알게 되었고."

"……!"

"그리고 너 만나러 갈 준비를 시작했어. 그런데 며칠 사이 더 큰일이 있었지."

그건 우진의 아빠가 새엄마에게 나가라고 소리친 바로 다음 날 출장을 떠났고 그 여자는 우진이 남편에게 뭔가를 말했다고 생각하고는 반쯤 미쳐 날뛰었다.

그래서 골프채를 들고 온 집을 휘젓고 다니며 가만두지 않겠다고 악을 썼고, 그걸 본 민욱의 엄마가 다시 한 번 은주에게 연락했었다.

"기억나요. 나 죽이겠다고 난리였으니까."

"말도 안 돼. 어떻게 그럴 수가 있죠?"

묵묵히 이야기를 듣고 있던 이나는 온몸의 세포가 놀라 날뛰고 소름이 돋아나는 기분이었다. 우진이 악마라 부른 이유를 알 것 같았다.

"가만두지 않겠다고, 취해서 골프채 들고 집안 물건 다 부수고 그랬었지. 기억나."

그때 큰일이 생길지도 모른다고 직감한 민욱의 엄마 김씨가 서둘러 우진을 숨겼다. 조수진이 와인 창고를 돌아다니며 난동을 부릴 사이 김씨는 우진과 민욱을 데리고 근처 여관에 데려가 숨기고 이후 곧바로 은주에게 연락했었다.

소식을 들은 은주는 당장 사람들을 데리고 서울로 올라가 우진을 찾아갔다. 그리고 그날부터 자신이 아이와 함께 있었고, 며칠 뒤 남편이 돌아오면서 모든 상황은 정리되었다.

은주는 자신이 찾아오기까지의 모든 것을 비밀리에 부쳤고 우진은 아무것도 모른 채 어머니와 지내면서 대학교를 가고 군대를 다녀오고 그 이후부터 회사 일을 배우기 위해 다시 아버지 집에서 지냈다.

"어떻게 그랬어요?"

"뭐가?"

"아버지랑 그 여자를 상대로 어떻게 그럴 마음을 먹었어? 몸도 안 좋았으면서. 무서운 사람들인데."

은주가 희미하게 웃음 지으며 우진의 두 손을 꼭 잡았다.

"나는 네 엄마니까."

"……."

"다시 그런 상황이 온다고 해도 지금도 할 수 있어. 나는 엄마니까."

우진의 눈가에서 후드득 방울이 떨어져 내렸다. 조금씩 어깨가 떨려오는 모습을 보고 은주가 자리에서 일어나 꼭 껴안아주었다.

"왜 미리 말 안 해줬어요? 나는 여태껏 어머니가 우연히 찾아온 줄 알았는데. 아니면 아버지가 뒤늦게라도 정신 차린 거라고 생각했는데, 그게 아니었잖아."

"우진아, 나도 당연히 너랑 같이 살고 싶었지만 그럴 수가 없었어. 내 자신이 너무 아파 널 제대로 돌봐주기가 어려웠고 나보다 더 좋은 거 해줄 수 있는 곳에서 지냈으면 했거든."

"……."

"그리고 무엇보다 아직 어린 네가 그런 것까지 알게 하고 싶진 않았어. 또 상처받을까 봐."

그래서 이야기할 수 없었다는 말에 우진이 애써 희미하게 웃어 보였다. 하지만 바닥으로 떨어지는 눈물이 자꾸만 눈가를 따갑게 만들어 눈을 비비려 하자 은주가 뺨을 쓰다듬어주었다.

"미안해요. 고마워요."

은주는 대답 대신 가만가만 쓰다듬기만 했다. 한참을 다독거리다 손을 뻗어 우진의 등을 툭툭 털어내듯 쳤다.

"알았으니 이제 눈물 뚝 그쳐."

"……."

"너 자꾸 울면 이나가 슬퍼하잖아."

우진이 알았다며 마지못해 끄덕였다. 송이나 앞에서 이런 모습은 보여주고 싶지 않았지만 늦게나마 진실을 아는 순간, 벅차오르는 감정을 어찌할 수가 없었다.

말없이 두 사람을 지켜보던 이나가 자리에서 일어나 은주와 우진에게로 다가갔다. 자신도 팔을 뻗어 그들을 꼭 안았다. 정말이지 좋은 사람들. 몇 달 전 그와 정략결혼에 가까운 결혼을 할 때만 해도 이렇게 좋은 사람들을 만날 거라고는 생각도 못했었는데.

알면 알수록 따뜻하고, 서로에게 애정을 가지고 결속되어 있는 사람들이라는 걸 깨닫자 자신도 이들이 자꾸만 좋아진다. 그리고 이제야 모든 걸 알고 털어낸 우진도, 은주도 너무 고맙고 좋았다.

복받쳐오는 감정을 가라앉힌 우진이 은주가 저녁을 준비하는 사이 근처 바닷가로 나갔다. 11월의 바닷바람은 꽤 차가웠지만 많이 춥지는 않았다.

노을이 지는 모습을 구경하던 그의 옆으로 어느새 이나가 다가와 살포시 손을 잡으며 기댔다. 우진이 그 무게를 지탱하며 돌아보자 이나의 눈가에는 여전히 눈물방울이 촉촉하게 맺혀 있었다.

"넌 왜 아직 그런 표정이야?"

"그냥…… 내가 모르는 우진 씨의 아픈 일이 아직도 남아 있을까 봐."

단지 잠깐 상상하는 것만으로도 맘이 저릿해져 이나는 목소리가 나오질 않았다. 우진의 눈빛이 흐려졌다. 그날은 지금 다시 떠올려도 아찔했다. 낡고 좁디좁은 여관방에 몸을 웅크려 숨었을 때,

그저 시간이 지나가기만 바랐다.

그리고 그날부터 자신에게 민욱은 형제나 다름없었고 도와준 김씨 아주머니는 은인이나 다름없었다.

우진이 살짝 떨고 있는 이나의 어깨에 손을 두르며 조용히 이마에 입술을 내렸다. 동그란 이마를 따라 내려가 물기가 맺혀 있는 눈가에도 입을 맞추었다. 잘게 이어지는 입맞춤이 그녀를 위로하듯, 더욱 갈구하듯 닿았다.

"이제 괜찮아."

"……."

"그리고 고마워. 덕분에 모르고 있던 사실을 알게 해줘서."

"……."

"또 내가 얼마나 사랑받는 사람인지 깨닫게 해줘서."

그래서 마음이 편안해진다는 우진을 보며 이나가 잡고 있던 손을 놓고 허리를 껴안으며 품에 안착했다.

그런 이나를 깊이 안은 우진이 볼록한 뒤통수를 부드럽게 쓰다듬었다. 손끝마다 가득 배어 있는 애정이 그녀의 머리카락을 타고 피부 속으로 스며들었다.

마침 멀리서 은주가 손을 흔들며 밝은 표정으로 그들을 부르고 있었다. 기왕 여기까지 왔으니 맛있는 저녁이라도 먹고 가라며 소매를 걷어붙이더니, 모두가 함께 먹을 따뜻한 밥이 벌써 완성된 모양이었다. 이나가 우진과 함께 그녀에게로 달려갔다.

초겨울로 접어드는 날씨는 상당히 추웠다. 며칠 사이 부쩍 차가워진 날씨에 이나가 카키색 머플러를 목에 매고 학교 안을 걸었다.

옆에서 나란히 걷는 소연과 주호가 무어라 주고받으며 재잘거리는 목소리에 덩달아 웃고 있는데, 마침 누군가 차에서 내리며 그녀에게 다가왔다.

"안녕하세요? 송이나 씨."

"누구세요?"

슬쩍 고개짓을 하며 알은체를 하는 모습에 이나가 고개를 갸웃거렸다.

'언제 본 적 있는 사람인가?'

마치 알고 지내던 사람처럼 자연스럽게 말을 걸어오는 모습에 살짝 미간을 찌푸리며 기억을 떠올리려 애썼다. 그러자 그 여자가 한쪽 입꼬리를 올리며 싱긋 웃었다.

"나 기억 못해요? 우리 구면이죠."

아! 예전에 우진과 함께 백화점을 갔을 때 잠깐 스쳐간 얼굴이었다.

"나 우진이 새엄마예요. 반가워요."

눈매를 둥글게 휘어 웃고 있는 걸 표정과 달리 안에 담긴 눈빛만큼은 감정 한 톨 없이 서늘하게 가라앉은 느낌에 이나가 흠칫 놀랐다.

"우리 잠깐 이야기 좀 할까요?"

입술에서 흘러나오는 말은 생각을 묻고 있는 말이었지만 한겨울처럼 새파란 표정은 오만하고 타인을 지배하기를 원하는 성격이 그대로 드러나 있었다.

단순히 의견을 묻는 것이 아닌 강제의 의미. 그걸 느낀 이나가 천천히 눈꺼풀을 위로 올리며 여자와 똑바로 마주 보았다.

'당신이 그 사람이야?'

이나가 두 주먹을 꼭 쥐고 고개를 빳빳하게 세우며 자신의 앞에 있는 여자를 바라보았다.

두 사람 사이에서 한 치의 양보도 없는 팽팽한 눈빛이 오갔다.

달그락. 동그란 접시 위로 꽃무늬 찻잔이 내려왔다. 부드러운 커피 향을 즐기며 커피를 홀짝이는 여자와 달리 이나는 말을 아끼며 앞에 앉아 있는 상대를 응시했다. 얼핏 보기에도 수진은 적지 않은 나이임에도 불구하고 눈매가 선명하며 콧날이 날카로운 게, 상당한 미인으로 느껴졌다. 그녀가 자신을 빤히 쳐다보는 시선을 느꼈는지 먼저 말을 치고 들어왔다.

"이렇게 직접 만나보니 귀여운 아가씨네요. 우진이가 마음에 들어할 만하네."

"칭찬 감사합니다. 그런데 제가 다음 수업이 있어 남은 시간이 많지 않아서요. 용건만 간단히 말씀해주시면 좋겠습니다."

이나가 찻잔을 들어 커피를 삼키며 조곤조곤 말을 이어갔다. 이렇게 마주 보고 앉아 있는 상대가 누구인지 알게 된 순간부터 몹시 불편했다.

조금 전, 이나는 갑자기 학교로 찾아온 조수진을 보고 우선 자리를 옮겼다. 자신을 찾아온 것이 좋은 이유 때문은 아닐 것이고, 괜히 학교 안에서 소란을 일으키는 게 싫어 근처 조용한 커피가게로 데려왔다.

"얼굴은 아직 어린 티를 못 벗은 거 같은데 보기보다 당차네. 성격 급하다는 말 안 들어요?"

"방금 말씀드렸듯이 제가 다음 수업이 있어서요. 무슨 일로 절 찾아오셨나요?"

한껏 올라간 눈매가 이나의 머리부터 앉아 있는 무릎까지 내려오며 훑었다. 빨간 매니큐어가 발린 검지 손가락이 테이블을 톡톡 두드리다 멈추었다.

"그래요. 바쁘다 하니 길게 이야기하진 않을게요. 본론만 말하자면 내가 요즘 사업을 하고 있거든요. 근데 얼마 전에 우진이가 라망커피를 성하마트 전 지점에 입점시킨다는 이야기를 들었어요."

"……"

"나도 우진이랑 같이 일해보고 싶은데, 얘가 나랑은 얼굴도 안 보려고 해서. 근데 마침 송이나 씨가 떠올라 이렇게 찾아왔죠. 그 아이가 이나 씨를 예뻐한다고 이 바닥에 소문이 파다하던데 어떤 사람인지 궁금하기도 하고, 부탁할 것도 있고 해서요."

"그 부탁이란 게 설마 사업을 같이 할 수 있게 다리를 놓아달라는 거면 저는 불가능합니다."

"그러지 말고 한 번만 나서줄 생각 없어요? 내가 사례는 톡톡히 할게요. 그쪽이 설득해준다면 우진이도 쉽게 넘어올 거 같은데."

"이상하네요. 제가 왜 우진 씨를 설득하는 데 도움을 드릴 거라 생각하셨는지 모르겠습니다."

이나가 눈가를 좁혔다 뜨며 고개를 갸웃거렸다.

"이유는 간단하죠. 소문에 의하면 그 아이가 와이프에 대한 사랑이 지극해서 그쪽이 하는 말은 다 들어준다고 들었고, 또 내가 하고 있는 레스토랑이 제법 크고 잘나가요. 계약하면 서로 윈윈 할 수 있는데 걔가 괜히 고집 부려서 좋은 걸 못 얻고 있는 게 내가 다 안타까워서 그래요."

그게 무슨. 이나가 비웃음에 가까운 허탈한 웃음을 지었다. 우진이 고집을 부려 좋은 걸 놓치는 게 안타깝다니. 말 같지도 않은 변명과 주장에 어깨가 몸서리치듯 떨리려 했다. 억지도 정도가 있지, 이건 말도 안 된다.

"죄송하지만 방금 하신 이야기는 못 들은 걸로 하겠습니다. 저는 우진 씨 사업에 조금도 관여할 생각이 없고 그 사람이 옳다고 생각하면 그게 옳은 길이라 생각하고 믿어주고 싶습니다. 또한 제 아버지 일을 부탁한 건 저와 우진 씨 사이의 문제이지, 그걸 빌미로 어른께서 저한테 이런 이야기를 꺼내시는 것도 옳지 않고요."

다소 긴장한 얼굴이었지만 두 손을 무릎 위로 가지런히 올려 또박또박 말하는 모습에 수진의 눈매가 묘한 표정을 만들어냈다. 불쾌한 감정이 눈동자에 얼핏 담겼지만 이내 억지로 미소 지어 보였다.

"보기보다 정말 귀여운 아가씨네."

"그리고 한 가지만 더 말씀드릴게요. 다시는 학교에 찾아오지 말아주셨으면 좋겠습니다. 이번 일은 모른 척 넘어가겠지만 다음 번에 또 이러시면 저도 이야기를 안 할 수가 없어요."

"이게 어려운 부탁은 아닌 거 같은데. 안 그래요?"

"어른께서 그런 말씀을 하실 만큼 우진 씨와 가까운 사이는 아니었던 걸로 들었습니다만."

이나가 마음속 깊은 곳에서부터 끓어오르는 짜증을 누르며 조용히 찻잔을 내리고 가방에서 지갑을 꺼냈다. 만 원짜리 지폐를 꺼내어 테이블 중앙에 올리고 가방을 들었다.

"커피값은 제가 낸 걸로 하겠습니다. 그럼 살펴 가세요."

더 이상 이야기를 들을 이유가 없다고 판단한 이나가 먼저 자리에서 일어나려 했다. 순간 소름 끼치는 시선이 전신을 훑어 내리면서 온몸에 뾰족한 송곳이 박혀드는 듯 섬뜩했다.

여태껏 학교생활을 하고 여러 사람을 만나보면서, 사람마다 개개인마다 풍기는 인상과 느낌이 조금씩 다르다는 것은 알고 있었지만 이렇게 기분 나쁜 느낌은 처음이었다.

이나가 살짝 고개 숙여 인사하고 가게 밖으로 나갔다. 문을 열고 거리로 나가는 순간까지 차가운 시선이 느껴졌지만 그녀는 일부러 허리를 꼿꼿하게 세우고 걸었다. 그렇게 한 걸음, 두 걸음. 어느 정도 가게를 벗어나자 무릎에 힘이 풀렸다. 철푸덕 주저앉을 것 같은 기분에 근처 벤치로 다가가 앉았다.

정말 냉기가 넘치다 못해 눈에는 독기가 모여 있고, 빨간 립스틱이 발린 입술은 당장이라도 신랄한 말을 쏟아낼 것만 같았다.

그래도 앞에서는 끝까지 침착한 모습을 보여주어 다행이라 생각한 이나는 손목에 메인 시계를 내려다보았다. 수업은 벌써 끝날 시간이 다 되어가고 있었다. 결국 이대로 집에 가야겠다는 생각에 학교 밖으로 향했다.

집으로 돌아오자마자 가방을 바닥에 내려두고 책상에 앉았다. 우진이 오기 전까지 남은 시간이 있어 그사이 레포트라도 마무리할 생각에 프린트한 종이를 들고 필통에서 연필을 꺼내었다.

뾰족하게 깎은 연필을 손에 잡고 종이 위에서 동그라미를 그려 가며 수정해야 할 부분을 찾고 있는데, 그 여자에 대한 생각 때문에 도통 집중이 되질 않았다.

"……나중에 해야겠다."

머릿속에 복잡하게 나열된 생각부터 정리해야겠다며 책상 위에 흐트러진 종이를 한데 모아 책상 구석에 두려 했다.

"아야."

하얀 종이를 반듯하게 정리하는데 손끝에서부터 날카로운 통증이 느껴졌다. 모서리의 뾰족한 부분에 손을 베었는지 피부에 얇은 선이 그어져 있었다.

큰 상처는 아니었지만 이대로 물에 닿으면 따가울 게 분명했다. 이나가 밴드를 찾느라 화장대 서랍을 뒤적거리고 있는데 마침 문을 두드리는 소리가 들렸다.

"네. 들어오세요."

"여기 있었어?"

분명 아주머니가 노크를 한 줄 알았는데 우진이 방문 사이로 고개를 내밀었다.

"우진 씨, 언제 왔어요?"

"그것보다 무슨 일 있어?"

혼자 꼼지락대는 모습을 본 그가 옆으로 다가갔다. 입고 있던 감청색 슈트 재킷을 벗어 침대 위에 내려두고 가까이 다가오다가 손끝에 맺힌 핏방울을 발견했다.

"여기 왜 이래? 너 피 나잖아."

"종이에 살짝 베였어요. 별거 아니에요."

얇은 실선처럼 난 상처를 살펴보던 우진이 그녀의 손에 들려 있던 밴드를 뺏다시피 가져왔다.

상처를 너무 압박하지 않는 게 좋겠다며 조금 느슨하게 붙여주자 이나가 '이제 됐어요' 하며 살색 밴드가 둥글게 말린 손가락을 위아래로 까닥였다. 그 행동이 꽤 앙증맞아 보였다.

"송이나, 주인이 귀여우면 밴드도 귀여워지나 봐."

"어우. 방금 약간 느끼했어요."

큭큭 웃은 우진이 밴드에 싸인 손가락을 제 손바닥 위에 올려놓고 바라보다 입술 가까이로 가져가 살짝 깨물었다.

"또 장난. 밴드 붙여주면서도 장난치고."

"이거 장난 아닌데? 너한테 다짐받는 중이야."

"무슨 다짐이요?"

느닷없이 다짐을 받고 있다는 말에 이나의 입가로 호기심 가득한 미소가 번졌다.

"나랑 약속해. 나 없을 때 함부로 다치지 않겠다고."

손가락 끝에서 시작된 짧은 버드키스가 팔을 지나 어깨까지 올라왔다.

"여기도, 그리고 여기도. 다 내 꺼니까. 허락 없이 다치는 거 싫어."

어느새 목덜미까지 올라온 남자의 숨결이 귓불 근처에서 느릿하게 속삭였다.

"잠깐, 간지러워요."

이나가 어깨를 움찔대며 웃으려 했지만 우진은 여전히 진지한 표정으로 목과 뺨을 부드럽게 어루만졌다.

그런 우진을 살피던 이나가 수줍게 웃었다. 이 남자, 욕심도 많다. 게다가 귀엽기는 왜 이렇게 귀여운지. 고작 손가락 다친 걸로 이렇게 눈꼬리를 내리고 강아지 눈을 하고 있다.

정말이지 이런 남자를 어떻게 좋아하지 않을 수 있을까. 눈동자 가득 반짝임을 머금은 이나가 우진의 목에 팔을 둘러 제게로 끌어당겼다.

"왜 그렇게 웃어?"

그런 이나가 의아했는지 우진이 고개를 갸웃거렸다.

"우진 씨, 혹시 내가 그런 말 한 적 있나요?"

"무슨 말?"

"예전에는 이렇게 좋아하게 될 줄 몰랐는데 이제는 김우진 씨를 안 좋아하는 게 더 어려울 거 같다고."

"……너 정말!"

그런 말 할 때마다 내 심장 떨리잖아.

우진의 짙은 눈썹이 춤을 추듯 위아래로 꿈틀거렸다.

"진짜 큰일이네. 볼 때마다 더 좋아져서 어떡하죠?"

송이나, 정말이지. 요즘 들어 자꾸만 여우가 되어가는 모습이 귀여워 미칠 것 같다. 우진이 가녀린 허리를 감싸 제게 딱 붙였다.

"그럼 나는 너한테 그런 말 한 적 있던가? 이렇게 말하는 송이나는 귀엽고."

하얀 목덜미를 어루만지는 손길이 간지럽다.

"심지어 뾰족한 입술은 미치도록 예쁘고."

이번에는 남자의 커다란 손이 분홍빛 입술을 만지작댔다.

"이렇게 하면 소리 내는 송이나는 사랑스럽지."

"앗!"

우진의 손가락이 등에서부터 허리까지 이어지는 잘록한 곡선을 쓰다듬자 이나가 흠칫 떨었다.

"지금처럼 보고 있어도 보고 싶다고. 알아?"

"나도 그래요."

제법 만족스러운 대답을 들은 남자의 입술이 부드럽게 호를 그리며 이나에게로 다가갔다.

도톰한 분홍 입술 위로 다가가 말랑하고 부드러운 감촉을 남기며 수줍게 포개었다. 어린아이의 입맞춤처럼 가볍게 시작된 키스가 점차 농밀해지며 뜨거워졌다. 두 사람 사이에서 오가는 숨이 다디달고 보드라웠다.

우진은 깊이를 가늠할 수 없을 만큼 아찔하게 빠져드는 기분에 제 욕심을 숨기지 않고 꺼내 보였다.

부연 햇살이 눈가를 어지럽혔다. 창문을 통과해 실내로 들어오는 밝은 기운에 잠에서 깬 이나가 주변을 두리번거렸다.

우진은 이미 출근했는지 옆에 없었다. 아마도 오늘 그녀가 수업이 없어 학교에 가지 않는다는 걸 외우고 있어 일부러 깨우지 않고 그대로 나간 것 같았다.

눈을 슬쩍 비비며 침대에서 일어나 밖으로 나갔다. 오늘 하루는 여유롭게 보내볼 생각에 기지개를 펴고 방문을 열고 나가자 아주머니가 거실 탁자 위를 보라며 가리켰다.

방금 전 선물상자 하나가 경비실로 도착했다기에 자신이 가져와두었다고 했다. 이게 뭐지? 근래에 이나가 따로 물건을 시킨 것은 없었다. 의아함에 가까이 다가가 살펴보자 받는 사람에 적혀 있는 건 자신의 이름이 맞는데 보낸 사람의 이름은 없었다.

그녀가 조심히 상자 뚜껑을 열어보았다. 그 안에는 굉장히 고급스러워 보이는 가방과 함께 명함 한 장이 들어 있었다.

<A 레스토랑 사장 조수진.>

"뭐야?"

어제 분명하게 거절의 뜻을 밝혔는데 그 여자는 받아들이지 못했는지 아침부터 선물을 보냈다.

고작 이런 걸로 사람의 마음이 움직일 거라 생각했다니 황당하고 불쾌했다. 어지간하게 두꺼운 낯짝으로는 이렇게 할 생각조차 못 할 텐데. 이대로는 안 되겠다고 생각한 이나가 옷을 갈아입고 외출할 준비를 서둘렀다.

이나가 차에 설치된 내비게이션 화면을 보며 핸들을 돌렸다. 명함에 적혀있는 주소대로 찾아가자 건물 전체가 레스토랑으로 된 3층짜리 빌딩이 보였다. 그녀가 안으로 들어가 사장님을 뵈러 왔다 하자 직원이 안내해주었다.

"어머, 생각보다 빨리 찾아왔네. 선물은 마음에 들었어요?"

어제보다 더 짙은 립스틱 색깔이 거슬렸다. 이나가 종이 가방에 담아온 선물상자를 수진의 책상 위에 올려두고 그 옆에 명함을 내려놓았다. 가느다란 손가락 사이에 머물던 명함이 따닥 소리를 내며 책상 한가운데로 놓였다.

"가게 오픈 시간이라 바쁘신 것 같으니 금방 나가겠습니다. 선물 보내신 거 돌려드리려고 왔어요."

"왜? 마음에 안 들어요? 다른 걸로 바꿔줄까?"

"죄송하지만 이런 식의 호의는 반갑지 않습니다. 만약 사업상으로 우진 씨가 꼭 필요하다면 저한테 이러실 게 아니라 우진 씨한테 다시 찾아가세요. 가서 사과를 하시든 설득을 하시든 직접 가시는 게 맞는 것 같습니다. 제가 해드릴 수 있는 건 아무것도 없어요."

"그러지 말고 이야기 좀 해줘요. 한마디만 해주면 된다니까. 그거 되게 귀한 가방인데 가치를 모르나 봐. 이거 사려면 예약만 3개월은 해야 된다는 물건이고, 그만큼 내 성의를 보인 거예요."

누가 이런 걸 받고 싶다고 한 적도 없는데 얼굴이 벌겋게 달아올라 생색은 혼자 내고 있었다.

"저는 이런 거 필요 없습니다. 가방은 돌려드릴게요."

양손을 꼬옥 주먹 쥔 이나의 목소리가 조금의 흔들림도 없이 단단해졌다.

"마지막으로 한 가지만 분명히 말씀드릴게요. 저를 통해서 그 남자에게 가는 길은 없습니다."

"뭐?"

"지름길이라 여기고 그러신 거라면 잘못 생각하신 거예요. 절대 지나갈 수 없는 길이 될 겁니다."

"……너, 보기보다 보통 아니네."

조수진이 다리를 꼬아 앉으며 놀랍다는 듯 피식 웃었지만 눈동자에는 잔뜩 불편한 기색이 보였다. 자신이 준 선물을 돌려줬다는 불편함. 감히 너까짓 어린 게 자신에게 싫은 소리를 했다는 불쾌함이 눈동자 가득 서려 있었다.

"이런 식으로 나와서 좋을 거 없는데."

"협박으로 들어야 할까요?"

"칭찬은 아니겠지?"

"앞으로도 저는 우진 씨의 일에는 조금도 관여할 생각이 없고, 분명 어른께서는 예전에 우진 씨와 사이가 좋지 못했다고 알고 있는데 이런 식으로 다시 연결점을 찾고 있는 거 잘못된 거라 생각합니다."

"어쩜 부부는 닮는다더니, 너도 개랑 똑같은 말만 하네. 도대체 옛날이야기는 왜 꺼내니? 이미 지나간 건 잊고 사업할 때만큼은 실리를 따져야지."

언제까지 과거에 매어 있을 거냐며 하이톤으로 올라가는 목소리는 적반하장이 틀림없었다.

"제 생각에는 실리를 따지는 것도 중요하지만 그 전에 상도덕이 먼저 아닐까요?"

"뭐?"

"그럼 이만 가보겠습니다."

이나가 확 돌아서 나왔다. 그래, 잘한 거야. 분명하게 말하기를 잘했다며 스스로를 다독인 그녀가 집으로 돌아가기 위해 다시 운전대를 잡았다.

살아오며 누군가와 이렇게 맞서본 적이 없어 여전히 가슴은 쿵쿵 떨려왔지만 우진을 생각한다면 못할 것도 없었다. 이나는 자신이 이 정도로 정리하면 될 거라 생각하고 부지런히 차를 몰았다.

며칠 뒤, 특별할 것 없는 조용한 일상에 그 여자와의 일은 그렇게 마무리되는가 싶었다.

그날 이후 아무런 소식이 없어 이나는 포기했나 보다 생각하고 지금 하고 있는 레포트에 집중하려 했다. 마지막 학기를 마무리하려다 보니 레포트에 졸업논문에, 해야 할 일이 많았다.

그때였다.

딩동. 책상 위에 올려둔 휴대폰에서 메시지가 왔음을 알려왔다.

[집 앞인데 잠깐 만나요.]

모르는 번호로 온 연락에 이나가 무시하고 휴대폰을 뒤집어 책상 위에 놓았다. 띠리링. 1분이 채 지나지 않아 다시금 휴대폰이 울렸다.

[사과하러 온 거니까 5분만 우리 좀 만나요.]

그제야 누군지 알아챘다. 이나가 자리에서 일어나 창밖을 내다보니 까만 차 한 대가 서 있는 모습이 보였다.

나갈까, 피할까. 고민하다 결국 점퍼를 걸치고 밖으로 나가자 그걸 본 조수진이 차에서 내렸다. 운전기사와 함께 온 그녀가 문을 열고 밖으로 나와 이나와 마주 보고 섰다.

조수진의 손에는 빨간 장미꽃이 들려 있었고 기사로 보이는 젊은 남자는 이나의 앞으로 다가오더니 네모난 상자 뚜껑을 열어 보였다. 그 안에는 눈이 부실 만큼 반짝이는 목걸이가 들어 있었다.

"사과하러 오셨다면서요."

"맞아요. 사과하러 온 건 맞는데, 혹시 이거 뭔지 알아요?"

"……."

"얼마 전에 한정판으로 출시된 목걸이에요. 여기 촘촘하게 박힌 건 전부 다이아몬드고. 얼핏 봐도 그 가치가 어마어마하다는 거 알겠죠? 원래는 내가 하려고 주문한 건데 특별히 이나 씨한테 주려고 해요."

"왜 저한테 주시려는 거죠?"

"딱 한 번. 딱 한 번만 우진이한테 가서 말해줘요. 그쪽 말이라면 들어줄 테니까. 나한테는 이번 계약이 꼭 성사되어야 하는 중요한 일이거든요."

"몇 번이나 말씀드렸는데. 그럴 생각 없습니다."

"그러지 말고 송이나 씨가 딱 한 번만 힘써줘요. 나 우진이 아빠한테 쫓겨나듯 나와서 여기까지 어렵게 왔는데."

무슨 말도 안 되는 소리를. 애초에 들어가서는 안 될 집에 들어가서 그런 일을 만들어놓고. 우진이를 괴롭힌 걸로도 모자라 이제 와서 피해자인 척하는 위선 가득한 모습에 이나는 구역질이 나올 것만 같았다.

"제가 분명히 말씀드렸어요. 저를 통해 우진 씨에게 가는 길은 없습니다. 그럼 이만 가보겠습니다."

이나가 더는 대화할 이유가 없다며 뒤돌아 빌라 현관 안으로 들어가려고 했다.

"야."

이나가 자신을 부르는 소리에 무의식적으로 뒤를 향해 도는 순간, 조수진의 손에 들려 있던 꽃다발이 그녀를 향해 날아왔다. 퍽. 이나가 본능적으로 손으로 얼굴을 가리며 막았다.

"내가 웬만해서 이런 짓 안 하고 곱게 가려고 했는데. 참 나, 어린 게 어른한테 눈 똑바로 뜨고!"

또 한 번 퍽. 꽃다발을 움켜쥔 채로 거침없이 내리치는 행동에 빨간 꽃잎이 바닥으로 후드득 떨어져 내렸다.

강한 충격에 꽃잎이 으스러지듯 부서지며 핏방울처럼 마구 흩날렸다. 당황한 이나가 겨우 고개를 들고 조수진을 보았다. 그녀의 눈빛이 방금 전과 달리 서늘하고 차갑게 바뀌어 있었다.

"정말이지 웬만하면 넘어오지, 너도 참 독하다. 애새끼들이 하나같이 말을 안 들어. 가서 남편 좀 설득해보라고."

다시 꽃다발을 높이 쳐드는 모습에 눈앞이 아찔해졌다. 방금 전에도 어떻게든 얼굴에 생채기가 나는 건 막으려다 손등이 긁혔는지 따끔했다.

하지만 이나는 피하는 것 대신 이번에는 제게로 날아오려는 꽃다발을 잡아 빼앗으려 했다. 자신이 이렇게 맞아야 할 이유는 없었으니까. 그러다 순간적으로 조수진의 어깨를 세차게 밀었고, 몸이 흔들리다 뒤로 넘어짐을 겨우 면한 그녀가 꽃다발을 바닥에 던지며 부들부들 떨기 시작했다.

마침 지나가는 행인 두어 명이 그 모습을 힐끗 쳐다보자 그녀가 이내 몸가짐을 바로 하고 옆에 서 있던 기사에게 말했다.

"정 기사, 조용한 데 가서 대화 좀 해야겠어. 쟤 태워."

작게 고개를 끄덕인 남자가 이나의 손목을 우악스럽게 잡고 끌어당기기 시작했다.

"이거 놔요!"

이나가 발버둥 쳤지만 덩치가 거대하고 보통 힘이 아닌 남자의 손에서 빠져나오기란 쉽지 않았다.

"이거 놓으라고! 누구 마음대로."

억지로 끌려가는 손길에 갑자기 눈앞이 깜깜해지려 했다. 순간,

과거 납치당할 뻔했던 기억이 떠오르며 그때의 공포감에 온 몸에 힘이 하나도 들어가지 않고 속절없이 자꾸만 끌려갔다.

"하지 마."

잡혀 있는 손등의 상처가 따가운 것도 모르고 이나가 온몸을 틀어 저항했다.

무서웠다. 이대로 끌려가면 다시 어두운 트렁크에 들어가게 될 것만 같았다. 예전처럼 다시 어둠 속에 갇힐 거 같아서. 그땐 누가 구해줬는데. 어떤 오빠가 구해줬는데. 지금은 주변에 아무도 없다.

"⋯⋯우진 씨!"

자신도 모르게 입술에서 우진의 이름이 튀어나왔다.

"미안. 네 남편은 지금 여기 없어."

냉소 짓는 조수진의 얼굴이 보이는 듯하다 두려움에 시야가 흐릿해지며 손과 발이 덜덜 떨려왔다.

"우진 씨!"

'오빠!'

"우진 씨, 도와줘!"

"아. 정말 시끄러워."

"우진 씨!"

'불량 오빠!'

"⋯⋯!"

'도와줘요. 불량 오빠!'

'어⋯⋯ 불량 오빠?' 자신도 모르게 입 안에서 맴돌다 튀어나온 말. 순간 머릿속이 전기로 감전된 듯 찡 울렸다. 낯선 이름 하나가 잠들어 있다가 기억의 터널을 관통하며 눈앞에 떠올랐다.

12년 전 정신을 잃을 것 같던 순간, 자신을 트렁크에서 끌어내주던 사람을 향해 외쳤던 말. 어둠 속이 환해지며 희미하게 보이던 그 얼굴에 매달리며 부르던 이름이었다.

그때였다. 끼이익. 바닥을 긁는 자동차 바퀴 소리가 났다. 어디선가 날아온 네모난 물체가 이나를 잡고 있는 남자의 손목을 세차게 때리며 바닥으로 툭 떨어졌다.

"당장 그 손 놔. 죽여버리기 전에."

평소 수려한 생김새를 자랑하던 이마에는 시퍼런 핏발이 서고 섬섬옥수라 불렸던 고운 손은 터질듯 주먹을 쥐어 힘줄이 도드라져 있었다.

눈앞에 있는 불쾌한 것들을 당장이라도 없애버릴 듯이 노려보고 있는 남자, 바로 우진이었다.

10. 사랑받고 있는 남편이니까

　힘줄이 시퍼렇게 도드라진 손등이 당장이라도 앞에 있는 사람들을 모조리 쓰러뜨릴 듯 주먹 쥐고 있었다.

　단순히 불편한 감정을 넘어서 분노로 가득 찬 우진의 눈동자가 상대의 목을 죄어 죽일 듯 뜨겁게 타올랐다.

　"뭐야, 갑자기 나타나서 놀랐잖니."

　"이제 그만하시죠."

　"그렇게 노려보기는. 이만 놔줘요."

　조수진의 손짓에 운전기사가 머뭇거리다 뒤로 비켜섰다. 우진이 무릎에 힘이 풀려 그대로 바닥에 주저앉으려는 이나에게 다가가 어깨를 감싸 일으켜 세웠다.

　"어떻게 이런 일을 벌일 생각을 할 수 있습니까?"

　꽉 사리문 잇새로 흘러나오는 말투는 냉담하다 못해 얼음으로 만든 송곳이 한가득 박혀 있는 것 같았다. 만약 냉기로도 사람을 찌를 수 있다면 그는 당장이라도 상대를 끝장내버릴 만큼 위압적이었다.

"제가 지금 송이나 앞이라 최대한 매너 있게 행동해보겠다고 참고 있거든요. 그러니 이대로 사라져주시든가, 아니면 오늘 여기서 끝장을 볼까요?"

감히 다른 사람도 아닌 이나를 건드리다니.

"나는 조용한 데 가서 이야기 좀 하자고 그런 거야. 뭘 그렇게 노려……."

일순 우진의 어깨 뒤로 느껴지는 분노와 위압감에 수진은 하던 말을 끝내지 못하고 멈추었다.

"지금부터 내가 하는 말 잘 들으세요. 생각, 아니 판단을 잘못하셨어요. 날 건드릴 순 있어도 내 여자한테는 그러지 말았어야죠."

"말이 안 통해서 그랬다고. 몇 번을 찾아갔는데 도무지 말이 안 통하잖아!"

"오늘이 처음이 아닌 겁니까?"

"……."

"이만 가봐야겠다."

위협에 가까운 눈길에 슬그머니 돌아서는 뒤통수로 날카로운 시선이 박혀들었다.

"내 말 아직 덜 끝났으니 거기 서요."

차를 향해 걸어가던 수진이 뒤를 돌아보지는 않고 걸음만 멈추었다.

"경고입니다. 내가 무슨 일 벌이는 거 보고 싶지 않으면 두 번 다시 찾아오지 마세요. 그리고 오늘 일은 조만간 후회하게 되실 겁니다."

"너 많이 변했구나. 하룻강아지 같던 게 많이 자랐어."

"세상이 어떻게 변했는지 아직도 모르시나 봐요. 12년이라는 세월 동안 내가 어떻게 자랐는지, 어떻게 달라졌는지 하나씩 보여드릴 테니 천천히 기다리시면 될 겁니다. 느긋하게 기다려보시죠. 우선은 내 여자부터 안아줘야 해서요."

순간이나마 몸을 움찔거린 수진이 뒤로 돌아서며 삐뚜름한 입가를 위로 올려 억지로 웃어 보였다.

"자신감이 아주 넘쳐."

"사랑받고 있는 남편이니까."

세상에서 송이나 빼고는 무서운 게 없는 자신이니까. 그런데 그걸 건드렸으니 얼마나 멍청한 짓을 했는지 저 여자만 모르는 것이다.

남자의 말 한마디 한마디에서 살기를 느낀 조수진이 이내 돌아서 차에 올랐다. 곧장 떠나는 차를 확인한 우진이 바닥에 떨어져 액정이 깨져버린 휴대폰을 줍고 이나에게로 몸을 돌렸다.

당장이라도 풀썩 주저앉을 것 같은 모습에 무릎 아래 손을 넣어 공주님 안기로 안아 들었다.

"……혼자 갈 수 있어요."

"시끄러. 지금은 이대로 있어."

이나가 대답 대신 가만히 안겨 우진의 재킷을 꼭 잡았다. 그러다 손등에 난 상처를 보고 긴 소매를 끌어당겨 얼른 숨겼다. 장미

가시에 흉한 모양새로 긁힌 상처를 보여주고 싶지 않았다. 그가 속 상해할 게 분명했다.

엘리베이터를 타고 올라가 현관문을 열고 들어간 우진이 이나를 침대 위에 내려주었다. 그가 아직 바들바들 떨고 있는 그녀를 진정시키기 위해 따뜻한 물이라도 가져다주려고 할 때였다.

"잠깐만요. 그냥 나랑 같이 있어줘요."

자신에게서 홱 돌아서 멀어지는 등을 본 이나가 본능적으로 팔을 뻗었다. 동시에 소매에 가려져 있던 상처가 드러나며 그것을 발견한 우진의 눈매가 성난 황소처럼 꿈틀거렸다.

"아!"

이나가 황급히 소매를 끌어당겨 숨기려 했다. 한걸음에 침대까지 성큼 다가간 우진이 손을 잡아당겨 소매를 단번에 팔꿈치까지 끌어올렸다.

"젠장."

하얗고 고운 손등 위에는 붉은 피가 맺힌 실선이 여러 방향으로 쭉쭉 그어져 있었다.

"이거 뭐야."

"꽃다발에 긁힌 거 같아요."

"꽃다발? 내가 오기 전에 그랬어? 대체 언제부터 그 여자랑 만난 거야?"

마지못해 고개를 끄덕이는 모습에 남자의 손등 위로 푸른 핏줄이 울퉁불퉁하게 도드라졌다. 절대 용서하지 않으리라.

그래도 우선은 병원에 데려가는 게 급선무라 판단하고 그녀를 다시 안아 들고 밖으로 나가려 했다. 그 의도를 알아챈 이나가 우진이 기분 나빠하지 않도록 차분하게 손길을 제지하고 스스로 일어섰다.

여전히 가슴은 진정되지 않고 떨려와 숨이 차올랐지만 자신이 스스로 그 여자와 맞서길 선택한 거였다.

그런 모습을 본 우진이 그녀의 뜻대로 해줄 요량인지 조용히 어깨를 감싸왔다. 두 사람이 함께 주차장으로 내려갔다.

어둠이 내려온 길을 거침없이 달린 차는 성하호텔 근처에 있는 한나가 있는 병원으로 향했다.

외과 병동에서 당번을 서던 그녀가 우진의 연락을 받고 급하게 1층으로 내려왔다. 응급실 담당의사와 함께 상처를 살피던 한나가 괜찮은지 물어오며 이나의 머리를 쓰다듬었다.

"다행히 깊은 상처는 아니고 표면에만 긁힌 거래. 그래도 놀랐을 텐데 하루 입원해서 항생제랑 링거 맞고 가."

"응. 조금 따갑기는 한데 크게 아프진 않아. 고마워, 언니."

"그래도 다 나을 때까지 한동안은 따가울 거야. 너 진짜, 속상하게시리."

"이런 일로 연락드려 죄송합니다."

"그건 나중에 이야기해요."

한나가 자신은 다시 병동에 가봐야 한다며 마음 같아서는 조금 더 이곳에 있고 싶었지만 때마침 교수님이 병실에 회진을 돌 시간이라 오랫동안 자리를 비울 수가 없다 했다.

한나는 나중에 이나가 입원하는 병실로 가겠다며 그곳을 빠져나왔다. 그리고 오늘따라 유독 느리게 느껴지는 엘리베이터를 기다리는데, 마침 누군가 다소 격앙된 목소리로 그녀를 불렀다.

"한나 씨."

우진에게서 소식을 들은 민욱과 윤 실장이 황급히 달려오고 있었다. 윤 실장은 인사를 하고는 먼저 가보겠다며 응급실 안으로 들어갔고, 민욱은 굳어 있는 표정의 그녀를 보고 천천히 다가갔다.

"형한테 이야기 들었어요. 이나 씨는 만났어요?"

"네. 만났어요. 근데……."

"……."

"어떻게 이럴 수가 있죠. 대체 뭐 하는 인간이기에 내 동생을 이렇게 다치게 한 건지."

입술을 꼭 깨무는 모습에 민욱이 한나의 손을 가져와 자신의 손을 잡도록 했다. 의아한 눈빛으로 바라보는 눈동자와 시선을 맞춘 민욱이 자신의 손가락으로 꽉 다물린 입술을 톡톡 두드렸다.

"화나는 거 이해해요. 속상한 것도 알고. 그렇지만 한나 씨 입술까지 다치게 하지는 말았으면 좋겠는데. 차라리 화나는 만큼 내 손 꼭 잡아요. 아주 부러뜨릴 만큼 잡아도 되니까."

한나가 이건 또 무슨 뜻이냐며 눈꺼풀을 위로 추켜올리고 쳐다보았지만 민욱은 그저 말없이 손만 잡고 있을 뿐이었다.

"많이 놀랐죠?"

"열 받아 죽는 줄 알았어요. 누구냐고 소리치고 싶은데 이나 얼굴이 아직까지 굳어 있는 거 같아서 제대로 물어보지도 못하고 그냥 괜찮은지 한마디만 묻고는 나왔어요."

"나중에 이나 씨나 형이 다 설명해줄 테니까, 지금은 입술 깨물지 말고."

자신도 모르게 다시 입술을 깨물려는 한나를 본 민욱이 그러지 말라며 손가락으로 입술을 쓰다듬었다. 그 손길에 한나가 행동을 멈추고 민욱을 가만히 쳐다보았다. 이 남자는 왜 이렇게 자신에게 다정한 걸까.

잠깐이나마 민욱의 손에 붙들려 서 있던 한나는 자신을 찾는 호출에 나중에 보자며 꾸벅 인사하고 급히 엘리베이터를 타고 올라갔다.

그녀가 올라가는 모습을 지켜본 민욱이 늦게나마 응급실로 달려가자 치료는 거의 다 끝나 있었다. 이나가 양 손등에 하얀 붕대를 감고 민욱을 향해 어색하게 손을 흔들어 보였다.

"최 변호사님까지 오셨네요. 저 이제 괜찮은데."

이나가 어렵게 웃어 보이며 이 상황을 넘기려 했지만 옆에 서 있는 우진의 얼굴을 보는 순간 민욱은 가슴이 턱 막히는 것 같았다.

딱 12년 만에 보는 얼굴. 입술을 꾹 다물고 있는 저 분노에 일그러진 표정. 둘이 함께 여관에 숨어 새벽을 맞이했던 그날 이후로 처음 보는 얼굴이었다.

"마무리는 나랑 윤 실장이 할 테니 형은 이만 가봐요."

응급실에서 잔뜩 굳은 얼굴로 이나만 빤히 쳐다보고 있는 우진을 보고 민욱이 조심스럽게 말을 꺼냈다.

"그래. 난 병실로 올라갈 테니 둘이서 정리 좀 해줘. 그리고 부탁 하나만 하자. 내일 아침에 나 출근 못 할 거야. 회사 일은 알아서 처리해줘.”

“그럴게요. 아무 걱정 말고 올라가봐요.”

알았다며 끄덕인 우진이 옆에서 조용히 앉아 있던 이나를 데리고 병실로 올라갔다. 엘리베이터를 타고 병원에서 미리 준비해둔 1인실로 올라간 그녀가 우진의 손길에 밀려 곧장 침대 위로 올라갔다.

이나가 천장을 보고 반듯하게 눕자 그가 의자를 가지고 다가왔다. 그 모습을 찬찬히 살피던 그녀가 몸을 꼼지락대며 옆으로 움직였다.

“어디로 가?”

슬금슬금 구석으로 가는 모습이 의아했다.

“같이 누울 자리 만드는 중이에요.”

우진이 필요 없다며 자신은 옆에 앉아 있겠다 고집 부렸지만 이나는 공간이 생긴 옆자리를 툭툭 두드리며 연신 올라오라 재촉했다.

“그냥 여기 와서 나랑 같이 있지. 이럴 때 포근하게 안아주면 좋잖아요.”

잠시 망설이던 우진이 천천히 침대 위로 올라갔다. 환자용 침대는 편히 누울 만큼 넉넉하지는 않았지만 꼭 껴안고 있으면 두 사람이 겨우 누울 공간은 되었다.

이나가 말없이 팔을 뻗어 우진의 허리를 껴안았다. 그런 이나를 내려다보는 우진의 눈빛은 아직도 차갑게 굳어 있었다.

“우진 씨.”

“왜?”

"내가 말 안 해서 화났어요?"

그래, 화났다. 우진이 여전히 말을 아끼며 날카로운 눈빛으로 이나를 쳐다보았다. 평소의 애정 어린 시선은 어디로 가고 냉기가 잔뜩 담긴 눈동자에 이나는 가슴이 뜨끔했다.

"왜 말 안 했어? 그 여자가 찾아온 적 있다고 왜 나한테 이야기 안 했어?"

"이런 일 생기게 해서 미안해요. 그런데 일부러 말하지 않은 건 아니고, 그냥…… 우진 씨 걱정할까 봐."

"……."

"지금처럼 이렇게 잘생긴 이마 다 구기고 무서운 얼굴 할까 봐."

"……."

"나는 몇 번 이야기하면 이해할 거라 생각했는데 그분은 아니었나 봐요."

그래도 사회적인 활동을 하는 어른이라 어느 정도 대화는 통할 거라 생각했는데 결과적으로는 불가능했다.

"다른 사람도 아니고 나한테는 말했어야지. 송이나에게 내 신뢰도가 그 정도밖에 안 됐어?"

"그런 거 아니잖아요. 이렇게 걱정하는 얼굴 보기 싫어서, 이런 표정 보고 있으면 내가 더 아프니까. 그래서 말 못 했어요."

그러니 이제는 그만 굳은 얼굴을 풀어달라며 이나가 허리를 안고 있던 팔을 움직였다. 그를 더욱 깊이 끌어안으며 넓은 가슴팍에 뺨을 기대었다.

묵묵부답. 한참을 빤히 쳐다만 보던 우진이 이내 긴 팔을 뻗어 이나의 등 뒤를 껴안으며 끌어당겼다.

"미안. 나 때문에 이런 일 겪게 만들어서."

"괜찮아요. 나 이만한 일로 안 넘어져요."

"……."

"그냥 내가 다 막아주고 싶었으니까. 그 여자가 당신한테 가는 길 내가 막아서고 싶었으니까."

"그래서 너 다쳤잖아."

근데 이게 내가 김우진 씨 생각하는 마음이라고요. 그 여자가 당신한테 못 다가가게 하고 싶어서 필사적으로 막아섰던 내 마음.

이나가 얇은 붕대를 감은 손으로 우진의 등을 쓸어내렸다. 그 손길을 느낀 우진이 이나의 턱을 잡고 위로 당겨 그녀의 뺨에 자신의 뺨을 맞대었다. 소중한 존재를 다치게 한 것에 대해 미안하다는 뜻을 품은 애틋한 행동에 이나는 가슴이 쓰라렸다.

"근데 우진 씨, 아까 전 말인데요."

"응?"

"막 붙잡혀 끌려가는 순간 이상하게도 예전 기억이 얼핏 떠올랐어요."

"뭐?"

"내가 예전에 납치당할 뻔한 적 있다 했잖아요. 그때 어두운 트렁크 안에 끌려 들어가면서 거의 정신을 잃어서 그 부분은 늘 기억이 희미했는데 갑자기 한 가지가 또렷하게 떠올라서."

"그게 뭔데?"

"이름. 내가 눈도 못 뜨고 불렀던 이름."

"……."

"그러니까 당신 이름 말이에요. 불량 오빠."

"……!"

"맞죠? 그날 '이제 괜찮아' 하며 나 꺼내줬던 거, 우진 씨 맞죠? 그 목소리에 안심이 되는 순간 그대로 정신을 잃어버려서 불분명했는데."

"……."

"왜 말이 없어요. 빨리 대답해봐요."

이나가 손으로 아프지 않게 우진의 어깨를 툭툭 두드렸다.

"……맞아."

"근데 왜 여태껏 나한테 말 안 했어요? 그러니까 김우진 씨가 맘 아프게 한 오빠였네."

"미안. 또 맘 아프게 해서."

우진이 뺨을 부드럽게 쓰다듬던 손길을 멈추고 이마에 살짝 입맞추었다. 그 아픈 기억을 떠올리게 하고 싶지 않아서 그것만큼은 마지막까지 이야기할 수가 없었다.

"아닌데. 그래도 이번에는 좋은 점도 있는데. 덕분에 확실하게 기억나서 궁금했던 오빠 소식 알 수 있어서. 그런데 참 이상하게도 왜 그 무렵은 기억들이 온전하지 못하고 작은 부분들만 기억날까요. 확실하게 기억했으면 그것도 더 일찍 알았을 텐데."

이나가 이상하다며 고개를 기웃거리고 작게 한숨을 쉬었다. 어릴 때 기억은 크면서 잊어버리는 게 당연하다지만 유독 그 시점의 기억은 드문드문 떠오를 것 같다가도 마치 안개 낀 숲에 들어가 있는 것처럼 흐릿해졌다.

엄마한테 듣기로는 그날 이후 놀라서 며칠 동안 학교도 못 가고 방 안에서 약을 먹고 잠만 갔다고 했다. 나중에 어느 정도 마음이 진정되었을 때에는 누가 구해줬는지 정확히 기억이 안 난다며 묻자 엄마는 지나가던 이웃이 구해줬다며 얼버무리고 말았다. 그리고 그 이웃은 고맙다는 인사를 할 기회조차 주지 않고 이사를 가버렸다 하여 이나는 그렇게 조금씩 잊어갔다. 그렇게 어느 날부터 불분명해진 기억은 놀이터에서 만났던 우진과 자신을 구해준 이웃을 별개의 인물로 만들었다.

"그런 건 안 중요해. 지금 와서 내가 구해준 걸 기억한다고 달라지는 것도 없고. 중요한 건 네가 나 때문에 다칠 뻔했어. 더한 일도 겪을 뻔했잖아."

"크게 안 다쳤잖아요. 그냥 좀 긁힌 것뿐. 시간 지나면 금방 나을 거예요."

우진이 당장은 복잡한 생각은 하지 말라며 하얀 천에 싸인 손을 감싸 쥐고 곱게 쓰다듬었다.

"그래도 고마워요. 두 번이나 구해줘서."

"……"

"나 이제 괜찮아. 우진 씨가 옆에 있으니 안심되는 거 같아. 그리고 우진 씨가 날 지켜주는 것처럼, 앞으로 나도 우진 씨 지켜줄 거야."

며칠 전처럼 다시 그 여자와 마주하는 상황이 오더라도 똑같이 말했을 거라며 몇 번이나 조곤거리던 이나가 어느 순간부터 약 기운에 졸음이 오는지 말소리가 잦아들었다. 우진이 새근새근 잠든 모습을 안타깝고 애틋하게 쳐다보다 꼭 껴안았다.

"다시는 이런 일 없을 거야."

그 어떤 경우라도 두 번 다시 자신 때문에 다치는 일은 없을 것이다.

"내가 지켜줄 거니까."

이제 그 여자와의 악연을 끝낼 때가 되었다. 아니, 어쩌면 조금 더 일찍 시작했어야 했는데.

"아예 일어서지도 못하게 확실히 제거해야겠어."

워낙 교묘하고 잔머리가 뛰어난 여자이니 정면으로 때리는 것보다 눈치채지 못하게 둘러서 밟아버릴 생각이었다.

이제는 더 이상 두렵지도 않았다. 이미 한참 시간이 지난 일이라 예전 일은 덮어두고 지나가려고, 자신을 다치게 만든 것조차도 혼자 마음속에 묻어두고 지나가려 했지만 이나를 건드린 것은 차원이 다른 일이었다.

무언가를 떠올리며 생각을 곱씹던 우진의 눈빛이 그 어느 때보다 뜨겁게 타올랐다.

이제는 끝을 볼 시간이었다.

다음 날 아침, 우진은 민욱과 윤 실장에게 예고한 대로 회사에 출근하지 않았다. 대신 여전히 제 품에서 잠들어 있는 이나를 요리조리 기웃거리며 하염없이 보고 있을 뿐이었다.

마침 병실 문이 조용히 열리며 김 박사가 들어왔다. 낯선 인기척에 몸을 슬쩍 뒤로 돌려 누군지 확인하는 우진의 움직임에 이나가 덩달아 눈을 떴다.

"내가 조금 일찍 왔나? 아직 자고 있었나 봐요."

"아니에요. 저 깼어요."

생각지도 못한 손님에 이나가 황급히 일어나 머리를 정리하고 옷차림을 반듯하게 하려는데 우진이 그 손을 잡으며 느릿하게 고개를 저었다. 그렇게 긴장할 필요 없다며, 자신과 은주를 봐주는 주치의라 의논할 게 있어 잠시 오신 것뿐이라 했다.

몸을 일으켜 침대 밖으로 나온 우진이 응접실 한편에 놓여 있던 소파에 김 박사와 마주 보고 앉았다. 이나 역시 다가가 우진의 옆에 자리 잡고 앉았다.

차분한 목소리로 이어지는 우진의 설명을 들은 김 박사가 이나를 보며 점잖게 미소 지었다.

"이나 씨처럼 어릴 때 충격적인 일을 겪은 사람들 중에는 간혹 어른이 되었을 때 그 시점과 주변이 희미하거나 일부가 기억나지 않는 경우도 있어요. 우리는 그걸 의학적으로 해리성 기억상실이라 해서 기억 중에서도 일부분만 선택적으로 떠올리지 못하는 건데. 지금 이나 씨는 그 정도로 증상이 심각한 건 아니지만 스트레스로 인해 일정 기간 동안의 기억은 희미하다고 느껴질 수도 있어요."

그래서 여태껏 자신은 우진과의 기억이 흐릿했던 걸까.

"내가 보기에 지금은 상태도 안정되었고 기억이 일부 떠오르긴 했지만 그렇다고 해서 앞으로 예전 일이 다 기억나지는 않을 겁니다. 원래 어릴 적 일이라 자연적으로 잊어버리기도 하고, 또 그게 당연한 거니까. 충격을 받았던 시점은 다른 기억보다 조금 더 불분명할 거예요."

"……네."

"그렇다고 억지로 기억을 떠올릴 필요는 없어요. 기억을 해야만

한다는 사실이 스트레스로 작용할 수 있기에 그냥 자연스럽게 떠오르는 것만 받아들이도록 해요. 예전보다는 앞으로 만들어갈 기억이 더 중요한 거 아니겠어요?"

자신은 그렇게 생각한다는 김 박사의 말에 이나는 어쩐지 마음이 한결 편해지는 것 같았다.

"좋은 말씀해주셔서 감사합니다. 그리고 저 때문에 아침 일찍부터 오시게 만든 것 같아 죄송해요."

"별말씀을요. 나는 이 집안의 주치의입니다. 우진이와 결혼했으니 이나 씨도 이제 집안사람이고. 언제든 필요하면 내 병원에 와서 또 이야기하고 해요."

상담을 통해 조금 전보다 한층 더 얼굴이 밝아진 이나와 달리 우진은 여전히 걱정을 풀지 못하는 얼굴이었다. 그걸 본 김 박사가 핀잔을 주듯 웃어버렸다.

"내가 널 봐온 지가 벌써 몇 년째인데 이렇게 주인 잃은 강아지처럼 애타는 얼굴은 처음 본다."

"그거야…… 다른 것도 아니고 송이나 일이니까요."

"괜찮을 거야. 그래도 걱정되는 일 있으면 언제든 연락해."

"네."

"아 참, 사모님 정기검진 받으실 때 되었는데 그것도 꼭 전해주고."

"아, 그럴게요."

은주의 이야기라는 걸 직감한 이나가 알겠다며 끄덕였다. 김 박사가 그런 이나를 향해 빙그레 웃고는 손에 들고 온 까만 서류 가방을 챙기며 자리에서 일어났다.

우진이 병실 문 앞까지 따라 나오자 김 박사는 그저 좋은 기억을 더 많이 만들어주라는 말을 끝으로 떠났다. 긴 복도 사이로 걸어가는 그를 보고 우진이 말없이 끄덕였다.

그날 오후, 이나는 별다른 문제없이 상처 소독 후 곧바로 퇴원을 했고 우진과 함께 집으로 돌아갔다.

현관문을 열고 들어가자마자 그만하길 천만다행이라며 놀란 아주머니의 울음 섞인 소리에 오히려 자신이 당황해 달래주어야 했다.

마침 그들보다 먼저 와 있던 이나의 엄마와 아빠인 송 회장을 보고 우진이 허리 숙여 인사했다. 그가 면목 없다는 말만 반복하자 송 회장은 꾸짖는 것 대신 어깨를 툭툭 두드려주었다.

'자네도 힘들었겠네' 그 짧은 한마디에 우진은 눈물이 날 것 같았다. 어째서 이 집안 사람들은 이렇게 따뜻한 걸까.

"하지만 두 번은 용납 안 되네."

"절대로 그런 일은 없을 것입니다."

다짐하는 목소리가 견고하고도 무거웠다.

그때였다. 우진의 휴대폰 벨소리가 크게 울렸다. 윤 실장에게서 연락을 받은 그가 중요한 일이 있어 잠깐 회사에 다녀오겠다며 말하고 그들이 편히 이야기를 나눌 수 있도록 자리를 비켜주었다.

이나는 처음으로 자신과 우진의 집에 온 엄마와 아빠에게 잠깐이나마 집 구경을 시켜주고 거실 테이블로 안내했다. 그래도 생각보다 밝은 그녀의 표정에 부모님은 다소 안도한 듯 보였다.

쪼르륵. 꽃무늬가 그려진 주전자에서 뜨거운 물이 흘러나왔다. 어린 녹차 잎을 우린 연둣빛 물이 하얀 사기잔에 담기고, 이나가 이제 괜찮다며 부모님을 안심시키다 문득 어제 떠오른 기억에 대한 이야기를 꺼냈다. 그걸 들은 송 회장이 그 사실을 이제 알았느냐며 호탕하게 웃었다.

"난 벌써 둘이 이야기했을 줄 알았는데."

"그게 무슨 말씀이에요?"

"김 사장이 아직도 말을 안 했었나 보구나. 네가 예전에 나한테 물었지? 왜 한나가 아니고 너랑 결혼시키려고 하냐고."

"맞아요."

이나가 이제는 답을 들을 수 있는 거냐며 눈을 크게 떴다.

"예전에 너 납치될 뻔했을 때, 김 사장이 구해주고는 이틀 뒤 나를 찾아왔었다. 어머니와 급하게 먼 곳으로 떠나게 되었다며 마지막으로 널 보려고 왔다는데, 이나 너는 그때 약 먹고 잠들어 있느라 인사를 할 수가 없었지."

"정말요? 나 보러 왔었어요?"

"응. 그래서 내가 거실에 앉혀놓고 이야기를 나누는데 마침 입고 있던 교복에 널 납치하려던 놈이랑 싸우다가 맞아서 묻은 핏자국이 눈에 보이더라고. 그거 보고는 내가 너무 고맙다고, 뭐든지 부탁을 들어주겠다니까 나중에 다시 찾아왔을 때 널 자신에게 달라 하더라. 그때부터 우리 김 서방은 대담했지."

한참 전의 기억을 더듬어보던 송 회장이 껄껄 소리 내었다.

"그래서 내가 제대로 커서 오면 생각해보겠다고 했는데 진짜 다시 찾아올 줄이야."

"그래서 나랑 결혼시킨 거였어요? 그 약속 때문에?"

"그 이유가 제일 크긴 했었지. 하지만 누구보다 놓치기 아까운 신랑감이기도 했고, 무엇보다 널 좋아한다는데 다른 이유가 필요할까."

설마 자신이 널 아무 남자랑 결혼시킬 거라 생각했느냐며 되묻는 모습에 이나는 오히려 대답을 할 수가 없었다. 그 오랜 시간 자신만 보고 지내왔다는 것이, 그래서 잊지 못하고 다시 찾아왔다는 사실이 그녀의 심장을 바짝 조이듯 아프게 만들었다.

얼마 뒤 기운을 찾은 이나의 모습에 안도한 부모님은 집으로 갔고, 얼마 지나지 않아 우진이 집에 돌아왔다. 그런 우진을 이나는 거실에서 말없이 보고 있었다. 손에는 하얀 붕대를 덮은 채 팔짱을 끼고 쳐다보는 모습에 그가 눈썹을 씰룩였다. 왜 그러냐며 물어보려는데 이나가 먼저 성큼성큼 다가갔다.

"김우진 씨, 새로 봤어요."

"갑자기 왜?"

어쩐지 아까 전과 다른 느낌에 우진은 자신이 없는 사이 무슨 이야기를 했는가 싶었다. 그녀는 송 회장에게서 들은 이야기를 그대로 해주었다.

"그런 이유로 딱 하나만 더 이야기하고 싶어요. 김우진 씨, 다시 만나서 다행이라고."

"……."

"나 다시 찾아와줘서 고마워요. 당신이 아니었으면 지금쯤 난 누구랑 어떻게 살고 있을지 상상도 안 돼요."

"……."

"결론은, 그래서 더 좋아졌다고요."

이나가 느릿하게 걸어가 발뒤꿈치를 들고 우진의 입술에 살짝 입 맞추었다. 다른 누구도 아닌 자신의 남자, 김우진. 이런 거 한 번 더 해줄까 말까. 슬쩍 입술을 깨물며 망설이는데, 일순 허리를 감싸오는 단단한 팔뚝에 이나가 무어라 말을 꺼낼 틈도 없이 끌려갔다.

"송이나, 잘 들어. 만에 하나 누가 시간을 되돌려 몇 달 전, 몇 년 전으로 돌아간다고 해도 난 똑같이 행동할 거야."

"……."

"난 결국 널 찾아갔을 거고, 우린 결혼했을 거야. 그러니까 다른 놈이랑 어떻게 살고 있을지는 상상도 하지 마. 기분 나쁘니까."

우진이 가녀린 등을 끌어안은 팔에 더욱 힘을 주었다. 목을 삐죽 내밀어 그녀의 귓가에 다가가 속삭였다.

"잊지 마. 세상에서 송이나 옆에 설 수 있는 남자는 나밖에 없다는 거."

이나가 목덜미로 닿는 간지러움에 겨우 고개를 끄덕였다. 그에 우진이 만족스럽다는 듯 입가를 위로 올리며 웃었다.

이 넓은 세상에서 그녀의 입술을 탐할 수 있는 존재로 자신이 유일무이함에 즐거워한 우진은 이나가 미처 대답할 틈도 주지 않고 입술을 포개었다.

이렇게 닿는 너의 보드라운 입술도, 다디단 숨도 모두 내 것이다.

진득한 욕심을 내보이는 남자의 눈빛이 형형하게 빛났다.

"아. 퇴근하고 싶다."

우진이 벽시계를 힐끗 올려다보고는 머리를 의자 뒤로 젖혔다.

몇 년 동안 누구보다 열심히 일했고 누구보다 많은 생각을 했었다고 자부하지만 결혼 이후 퇴근 시간이 기다려지는 건 어쩔 수 없었다.

고개를 좌우로 돌려보다 순간 목이 뻐근함을 느낀 우진이 의자에서 일어나 창가로 걸어갔다.

며칠 사이 부쩍 추웠던 날씨 끝에 세상에는 첫눈이 내려 도시가 하얗게 변했다.

"사장님."

때마침 윤 실장이 사장실 안으로 들어왔다. 그를 본 우진이 다시 책상 앞에 앉았다. 최근 들어 면세점 추진 사업에 박차를 가하느라 보고받아야 할 일도, 결정해야 할 일도 산더미처럼 쌓여 좀처럼 그에게 쉴 시간을 주지 않았다.

"면세점 마케팅은 예정대로 진행 중이고 알아보라 하신 A레스토랑에 대해 말씀드릴까 합니다."

피곤하다는 듯 느릿하게 깜박이던 눈꺼풀이 단숨에 힘이 들어가 또렷해졌다.

"좀 알아봤어? 내가 아주 탈탈 털어오라 시켰는데."

"우선 몇 가지 알아봤습니다만 표면상으로는 딱히 흠잡을 데가 없는 것 같습니다. 그런데 내부적으로 들여다보면 실상은 꽤 문제가 있는 것 같은데, 그게 직원들이나 알 법한 내용이라 알아보는 데 시간이 좀 걸릴 것 같습니다."

"알았으니 최대한 깊게 알아봐. 신문에 때릴 만한 큰 건수도 있는지."

"예, 알겠습니다."

"교묘한 여자라 겉으로 드러난 건 없을 거야. 우린 내부에서 문제를 찾아보는 게 더 빨리 찾을 것 같은데."

"혹시 생각해두신 방법이라도 있으십니까?"

어쩐지 그의 눈빛이 번뜩이는 느낌에 윤 실장이 되물었다.

"내가 인터넷을 검색해보니까 거기 알바생이 자주 바뀐다던데. 혹시 사람 하나 필요하지 않을까?"

"예?"

"똑똑하고 눈치 빠른 알바생으로 하나 보내보면 어때. 직원들 간의 소문이나 숨겨진 이야기는 겉으로 드러나는 게 아니라 친해져야 술술 나오는 거니까. 술도 좀 사주면서 이야기도 들어보고."

"무슨 말씀이신지 알겠습니다."

"허영심이 많고 칭찬에 환장하는 여자니까 연기 지망생 하나 찾아서 알바로 넣고 가까이 붙어보라고 해. 그리고 은행 쪽도 알아봐. 사업을 하면 채무관계가 분명히 얽혀 있을 테니까."

"시키신 대로 진행하겠습니다."

윤 실장이 싱긋 웃으며 인사하고 돌아섰다. 그가 사장실 문을 열고 나가려는데 마침 맞은편에서 민욱이 들어왔다.

"형, 일이 중요한 건 맞는데, 오늘은 일찍 퇴근 안 해요?"

"당연히 퇴근해야지."

"이게 급한 일인 건 알겠지만 오늘은 윤 실장도 좀 쉬어야죠."

"알아. 윤 실장, 그거 오늘 하라고 한 거 아니야. 그래, 퇴근하자. 내가 요즘 정신이 없어서."

생각해보니 오늘은 크리스마스를 이틀 남겨둔 날. 우진이 미안하다며 얼른 퇴근하자고 자신부터 자리에서 일어났다.

그런데 오늘따라 앞에 서 있는 민욱의 옷차림이 낯설게 느껴져 그가 가방을 챙기다 말고 다시 고개 들어 살펴보았다. 역시나 평소와 달랐다.

"너 웬일로 그거 입었어?"

"네?"

"회사에 출근할 때도 청바지 입고 오는 놈이 무슨 일로 정장을 다 입었느냐고. 너 재판 있을 때 빼고는 안 입잖아."

"아아. 오늘 한나 씨가 병원 행사하는데 오라고 했거든요. 보고 밥이라도 같이 먹으려고요."

"그렇구나. 나 대신 가서 잘 살펴보고 와."

오랜만의 정장 차림에 우진이 잘 어울린다며 한마디 보태주고 비서실 직원들에게도 퇴근을 명한 뒤 단숨에 주차장으로 내려가 차에 올랐다.

가는 길에 송이나가 좋아하는 디저트나 사가야겠다.

그가 익숙한 손길로 운전대 방향을 틀었다.

초인종을 연이어 누르는 소리에 이나의 귀가 쫑긋 움직였다. 우진임을 직감한 그녀가 달려 나가 모니터를 확인하자 아니나 다를까, 그가 현관문 앞에서 무언가를 손에 든 채 흔들고 있었다. 곧바로 문을 열어주자 우진이 안으로 들어오며 그녀의 품에 네모난 상자를 안겨주었다.

"어쩐 일로 마카롱을 사왔어요?"

"지난주에도 사왔었는데?"

"아 참, 그랬지."

이나가 한동안 집에만 있어 시간 가는 줄 몰랐다며 까르르 웃었다. 그 모습을 바라보던 우진은 신발을 벗고 들어가자마자 뺨에 입 맞추었다.

곧바로 탐스럽게 달아오르는 뺨이 사랑스럽다. 긴 머리를 한 가닥으로 묶어 하얀 머리띠를 끼고 자신을 올려다보는 모습이 오늘따라 미치게 귀여웠다.

"혹시 처형한테 연락 받았어? 병원에 장난감 기부한다는 행사, 오늘 진행할 거야."

"그래요? 언니 병원에서 한다는 그거요?"

"응. 민욱이가 대표로 갔으니까 잘하고 오겠지."

이나가 자신도 그렇게 생각한다며 끄덕였다. 여전히 두꺼운 밴드가 붙여져 있는 손을 꼼지락거리다 품에 안고 있던 마카롱 상자를 식탁 위로 내려두었다.

"그거 말인데요. 생각할수록 되게 멋진 일인 거 같아요. 아픈 아이들한테 조금이라도 희망이 되어준다는 거 말이에요."

"그래서 나한테 또 반했어?"

"그런 게 아니라, 그냥 우진 씨는 언젠가…… 언젠가는 좋은 아빠가 될 거 같아서."

넥타이를 느릿하게 끌어내리던 손길이 멈칫했다. 그가 마저 풀어 옆으로 확 던져버리고 성큼 다가갔다.

"혹시 관심 있어? 좋은 엄마가 되는 일에."

"나, 나 아직 어려요."

"알아. 근데 나는 좀 관심이 있어서."

"……."

"오늘 밤에 우리도 아이 만들어볼까?"

자꾸만 진지해지는 표정에 이나가 실수라도 했다는 듯 빨갛게 달아올랐다. 그걸 본 우진이 큭큭 웃고는 이나의 손을 가져와 자신의 손바닥 위로 올렸다.

그 일이 있고 나서 열흘이 조금 넘는 시간 동안, 손등의 상처는 제법 아물어 딱지가 앉았지만 아직도 검붉은색 줄이 남아 있는 모습에 우진은 또 마음이 저릿해졌다.

상처를 찬찬히 살펴보던 그가 갑자기 얼굴을 씻겨주겠다며 손을 잡아당겼다. 이나가 됐다며 고개를 절레절레 흔들었지만 그럼 머리라도 감겨주고 싶다는 그의 말에서 미안함과 자책감이 느껴져 더는 거절하지 못했다.

결국 반강제로 욕실에 들어간 이나는 욕조 앞에 낮은 의자를 가져와 앉았다. 우진이 셔츠 소매를 걷어 올리고 이나의 고개를 뒤로 당겨 욕조 난간에 걸치게 했다.

커다란 남자의 손이 샴푸를 짜고 조물조물 움직여 거품을 일으키는 모습에 그녀의 가슴까지 보글보글 거품이 나는 것같이 간지러웠다.

"나 이런 거 엄마 빼고는 처음이라 신기해요."

그사이 샴푸를 끝내고 깨끗하게 헹구고 꾹꾹 짜서는 머리타월까지 말아주는 손길에 이나가 너무 능수능란하다며 어떻게 이런 것도 잘하느냐고 웃었다.

"그냥 송이나 앞에서는 모든 걸 본능적으로 알게 되는 거지. 잘하게 되는 거고."

여전히 욕실 바닥에 있는 납작한 의자에 앉아 있던 이나가 머리에 하얀 타월을 말고 눈을 가늘게 뜨며 눈웃음을 짓자 우진이 무릎을 구부려 바닥에 쪼그려 앉았다.

자신을 쳐다보는 그녀와 눈높이를 맞추고 여전히 물기가 남아 있는 손등과 팔을 털어내더니 갑자기 분홍빛 입술로 돌진했다.

"이건 또 무슨 서프라이즈예요?"

"그냥. 예뻐서. 이렇게 화장도 안 한 얼굴에 수건으로 머리까지 감아놓으면 못생겨질 줄 알았는데, 더 예뻐서."

"거짓말이 많이 섞인 것 같은데."

"내 입에서는 그런 거 안 나와. 거짓말할 이유가 없거든."

우진이 다시금 다가가 '피피'거리며 바람이 흘러나오는 입술을 물었다.

그가 둘 사이의 거리를 조금이라도 더 좁히기 위해 이나의 등허리에 손을 집어넣어 제게로 바짝 당겼다. 다시금 보드라운 입술을 훔치며 그녀를 온몸으로 감싸 안았다.

자신의 SUV에서 내려 초조한 걸음으로 걸어간 민욱이 병원 문을 열고 들어갔다.

하얀 셔츠에 진남색 넥타이, 그리고 까만 정장까지 나름 완벽하게 준비했다 생각한 그가 머리를 위로 쓸어 올리며 행사가 열리는 곳으로 걸어갔다.

조용히 문을 열고 들어가자 행사는 이미 시작되고 있었고 너무 크지도, 너무 좁지도 않은 공간에는 아이들이 좋아할 법한 풍선과

솜사탕 기계, 달콤한 간식과 선물이 잔뜩 준비되어 있었다.

마침 오늘 일을 끝내고 편한 옷으로 갈아입은 채 구석에서 조용히 구경하고 있던 한나를 발견했다. 민욱이 아무 말 없이 옆에 다가가자 그제야 그가 온 것을 발견한 한나가 눈짓으로 반겼다. 전문 사회자에 의해 진행되는 이벤트를 지켜보던 그녀가 민욱의 손짓에 밖으로 나갔다.

"왜 그래요?"

"저 이벤트도 중요하긴 한데 한나 씨랑 할 이야기가 있어서요."

"무슨 이야기요? 그러고 보니 오늘 민욱 씨 정장 입고 왔네요. 이런 모습은 처음인데. 혹시 데이트하러 가요?"

"네. 한나 씨랑 데이트하러 가려고요."

"네?"

"지난번에는 도와주고 술 얻어마신 거였지만 이번에는 제가 밥도 사고 데이트 신청도 하려고요."

한나가 그게 뭐냐고 핀잔을 주듯 웃었다. 시원한 눈매가 겨울과는 어울리지 않는 화사한 웃음을 만들어냈다.

"혹시 민욱 씨 선수예요?"

"아뇨. 순정남인데요."

"그럼 지금 나한테 작업 거는 거 맞아요?"

"들켰네. 몰랐어요? 술 먹자고 할 때부터 작업 걸었던 거였는데."

"……!"

"지난번에 마주쳤을 때 입술 두드린 것도 관심 있는 여자 입술에 피 맺히는 거 싫어서 그런 거였는데. 그래서 내가 메시지도 몇 번 보냈잖아요."

"……그건 나도 답장은 했잖아요."

"그러니까 오늘은 이런 기계들 사이에서 벗어나서 나랑 얼굴 보고 놀자고요. 여기는 다른 직원들한테 맡기고."

어쩐지 설득력 있는 말에 한나는 잠깐이나마 고민하는 표정을 지었지만 이내 알았다며 끄덕였다. 자신의 가방과 소지품을 챙겨 오겠다며 휴게실에 다녀오겠다고 했다.

그녀가 얼른 사물함으로 달려가 가방을 꺼냈다. 필요한 소지품을 챙겨 밖으로 나와 빠르게 복도를 걷는데, 마침 당번이었던 동료 여의사와 눈이 마주쳤다.

"한나 씨, 어디 가나 봐요? 혹시 데이트?"

"아뇨, 지금 퇴근해요."

"에이. 방금 보니까 어떤 잘생긴 남자랑 이야기하고 있던데 누구예요? 남자 친구?"

순간 뭐라고 대답해야 할지 몰랐다. 데이트를 하러 가는 건 맞는데 평소 입이 가벼운 여자 동료에게 섣불리 그가 누군지 일일이 설명하고 싶지 않았다.

"그냥 아는 사람이에요."

"정말요?"

"아무 사이 아니에요. 성하그룹 직원이라고, 오늘 병원에서 이벤트 한다고 해서 대표로 온 거 같아요."

한나가 그렇게 대충 얼버무리고 이만 가봐야겠다며 뒤돌았다. 하지만 그 순간 얼굴에 남아 있던 핏기가 싸악 가시며 심장이 주저앉는 기분에 걸음을 멈추어야 했다. 자신의 바로 뒤에 민욱이 서 있었던 것이다.

"민욱 씨, 이게 그러니까."

"으흠. 나는 데이트 신청하러 온 거였는데. 우리 그냥 사무적인 관계였나요?"

민욱이 고개를 삐뚜름히 움직이며 한나를 뚫어져라 보았다.

"미안해요. 순간 뭐라 해야 할지 모르겠어서."

"한나 씨, 나 오늘 여기 올 필요 없었던 회사 소속 변호사인 거 몰라요? 진짜 한나 씨 보러 온 거 몰라서 그래요?"

"그런 게 아니라. 내 맘대로 남자 친구라 소개할 수는 없었어요. 게다가 저 여자 직원은……!"

"그럼 여기 온다고 옷까지 신경 써서 입고 온 나는 미친놈인 가?"

하아. 허탈하다는 듯 내뱉는 말이 꼭 한숨처럼 들려서 다가가려 던 한나가 멈칫했다.

"미안하지만 오늘은 같이 못 놀겠네요. 나중에 만나요."

민욱이 확 돌아서 가버렸다. 한나가 곧바로 그의 뒤를 따랐다.

하지만 이 남자, 걷는 속도가 얼마나 빠른지 그녀는 도무지 따 라잡을 수가 없어 복도 한가운데서 우뚝 멈춰버렸다.

실수를 했다. 자책한 그녀가 입술을 깨물었다.

만지작만지작. 하얀 피부결을 따라 유려하게 움직이는 손길은 거침이 없었다.

"김우진 씨, 간지러워요."

"미안. 간지러워도 참아."

대체 송이나는 피부에 뭘 한 건지 만질 때마다 멈출 수가 없게 만든다.

욕실에서 나와 이나의 머리를 말려주던 우진이 하얀 목덜미에서 시선을 떼지 못했다. 한참을 지분거리던 그가 한 손에 들고 있던 드라이기를 옆으로 치우며 그녀 옆에 앉았다.

간지러운 손길에 킥킥 웃던 이나가 바람에 흐트러진 머리카락을 정리하다 얼굴을 삐죽 들이대며 우진의 눈을 들여다보았다.

종종 느끼지만, 그는 장난기 어린 소년과 욕망을 가진 어른의 모습이 딱 절반씩 섞여 있는 것 같았다. 시선을 이어가던 그녀가 퍼뜩 생각을 정리하곤 조심스럽게 말을 꺼냈다.

"우진 씨, 나 며칠 동안 집에 있으면서 생각한 거 있는데."

"응?"

"지난번에 아빠 왔을 때 잠깐 이야기하기도 했었고. 이제 학교도 다 끝나가고 2월에 졸업할 일만 남았잖아요."

"그렇지."

"그래서 아빠가 지금부터 카페에 나와서 조금씩 일을 배워볼 생각이 없냐고 하시더라고요."

으흠. 송이나가 일하는 카페라.

"하루에 몇 시간만이라도 와서 일을 배워보는 게 어떻겠냐고. 어차피 졸업하면 아빠 회사에서 일을 시작하게 되지 않을까 했는데 이제는 정해야 할 때가 된 것 같아서. 우진 씨 생각은 어때요?"

이나의 머리를 옆으로 넘겨주던 우진이 슬쩍 머리를 끄덕였다.

"송이나 뜻대로."

"에이. 얼굴은 그게 아닌 거 같은데?"

"나야, 우리 회사에 데려가고 싶지만 그러면 싫다 할 게 분명하고. 그렇게 해. 대신 나보다 늦게 오기 없기."

"그건 맞춰볼게요."

"안 돼. 약속하고 가. 집에 와서 너 없으면 쓸쓸할 거 같단 말이야."

우진이 이내 눈꼬리를 추욱 내리며 외롭다는 표정을 지어 보였다. 그에 이나가 그러지 말라며 엄지손가락으로 눈 끝을 잡고 위로 당겨 올렸다.

"차라리 이렇게 뾰족한 게 훨씬 낫겠다."

"왜? 강아지 눈 되면 좋겠다면서."

"막상 그러니까 뭔가 맘이 안 편해. 차라리 이렇게 눈 세우고 송이나! 이러는 게 나을 거 같아요."

뭐라? 그는 자신이 언제 그렇게 불렀느냐며 억울해하면서도 결국 너는 못 이기겠다며 피식 웃었다.

정말이지 귀여운 부인. 너를 어떡하면 좋을까? 우진이 가까이 다가가 동그란 이마에 자신의 이마를 맞대었다.

"알았어. 그럼 한 가지만 약속해. 그래도 너한테 최우선 순위는 나야. 그 자리는 절대 양보 못 해. 누가 와도 못 내줘."

1등, 2등을 따지려는 아이 같은 모습에 이나는 웃고 말았지만 그것만큼은 분명하게 지켜주겠다며 끄덕였다.

하나의 그룹을 지배하는 존재가 이렇게 장난스러운 얼굴을 가진 남자라니. 아마 회사 사람들은 상상도 못할 게 분명하다. 때로는 차갑다 싶을 만큼 냉철한 눈으로 일하다가도 자신의 앞에만 서면 눈빛부터 바뀐다. 달콤함과 친절함을 넘어 어떤 것이라도 내어주겠다는 것처럼. 이런 모습을 자신 말고 또 누가 알 수 있을까.

"알았어요. 약속."

이나가 새끼손가락을 걸고 눈을 깜박이고, 우진이 만족스럽다는 듯 고개를 끄덕였다. 얇은 슬립 위로 드러나는 어깨뼈에 입 맞추고 가느다란 허리를 부드럽게 쓰다듬으며 다시 품 안에 끌어안았다.

다음 날, 우진이 평소처럼 호텔 사장실로 출근했다. 그가 들어서는 모습을 본 윤 실장이 허겁지겁 따라 들어왔다.

"아침부터 무슨 일이야?"

"지난번 지시하신 A 레스토랑에 대해 알아보았습니다. 말씀대로 직원을 내부로 들여보냈고요."

느긋한 표정으로 의자에 앉으려던 우진이 이내 몸을 당겨 바로 앉았다.

"역시나 표면은 잠잠한데 속은 곪은 게 많았습니다. 식자재 원산지 표시에도 문제점이 있었고 몇몇 직원은 임금이 밀린 것 같았습니다."

"그래?"

삐뚜름히 웃는 남자의 표정이 한없이 날카로워졌다.

"확실해?"

"네. 아르바이트생으로 들여보낸 남자애가 워낙 일을 잘해서 여

마이 디어 335

러 직원들한테서 그런 이야기를 들었다고 합니다. 식자재 허위 표기 건은 증거가 될 만한 사진도 몇 장 찍었고요."

"그것부터 터뜨려."

마치 먹이를 발견한 독수리가 날갯짓하듯 크게 꿈틀거린 눈썹이 주저 없이 명령을 내렸다.

"곧장 말입니까?"

"지체할 이유가 없어. 당장 터뜨려. 우선은 식자재 허위 기재만 터뜨려도 타격이 클 거야. 사진만큼 명백한 증거가 없거든."

"알겠습니다."

"그리고 그 직원은 계속 거기 넣어둬."

"예."

윤 실장이 알겠다며 나가자마자 우진은 이제부터 시작이라는 듯 한쪽 입꼬리를 올렸다.

이렇게 하나씩 하나씩 무너뜨려줄 것이다. 다른 건 몰라도 제 여자에게 손을 댄 건 참을 수 없다. 우진은 앞으로가 흥미롭다는 얼굴을 하고 책상 위에 올려진 모니터를 켰다.

그날 오후, 인터넷에는 기사 하나가 터졌다. 갑작스럽게 등장한 뉴스 기사에는 수많은 댓글이 달리고 사람들의 눈길을 끄는 가십거리가 되었다. 그리고 소식을 들은 조수진이 곧장 그를 찾아왔다.

"빨리도 오셨네요. 기사 터진 지 두 시간도 안 된 거 같은데. 저도 그거 방금 막 봤거든요."

"네가 지금 날 공격하겠다는 거야?"

"제가 말씀 드리지 않았던가요. 지금부터 시작이라고. 그날 행동에 대해 책임질 준비를 하셔야 될 겁니다."

이나의 고운 손등 위에 그인 상처가 아직 온전히 낫지 않았음을 떠올리자 다시 우진의 얼굴에 열이 올랐다.

"넌 또 뭐야?"

마침 씩씩거리며 사장실 안까지 들어가려던 조수진을 누군가 나타나 완강하게 제지했다. 윤 실장이 팔을 뻗어 앞을 막아선 것이다.

"여기서 한 걸음만 더 들어오시면 곤란합니다."

"뭐야?"

"참고로 비서실장입니다. 그리고 저는 사내 경비 같은 거 안 부릅니다. 곧장 경찰 부를 건데 괜찮으시겠어요? 아 참, 이 모습도 사진으로 찍어서 올려야 할까요?"

얼굴이 터질 듯 달아오른 조수진이 획 고개를 돌렸다. 바들바들 떨리는 손가락이 그녀가 지금 얼마나 독이 올라 있는지 명백하게 보여주고 있었다.

"이만한 일로 내가 흔들릴 거라고 봤다면, 너 오산이야."

"압니다. 이제부터 시작일 거예요. 흔들리는지 아닌지는 천천히 지켜보면 되겠죠."

그 냉철한 표정에 조수진은 분하다는 듯 바닥을 쿵 내려치고는 밖으로 나가버렸고 우진의 매서운 눈빛은 여전히 그녀가 떠난 자리를 뚫어버릴 듯 강렬하게 응시하고 있었다.

어떡하지. 망설이던 걸음이 빌라 앞을 서성거렸다. 한나는 며칠 전 그 일이 있은 후부터 잠을 제대로 이룰 수가 없었다.

결국 낮에 우진에게 전화를 걸어 민욱의 집 주소를 건네받았다. 앞뒤 상황을 장황하게 설명할 여유는 없었지만 그는 눈치껏 알아챘는지 생각보다 쉽게 주소를 알려주었다. 그래서 찾아온 건물 앞인데, 어쩐지 발걸음이 쉽게 떼어지지가 않는다.

"뭐 하는 거야. 송한나."

자신이 언제부터 이렇게 망설이며 살아왔다고. 여태껏 명랑의 대명사라 불리우던 그녀가 유독 민욱 앞에서는 움츠리고 망설이게 되는 순간들이 있었다.

하지만 이럴 거면 여기까지 왜 왔나. 입술을 잘근잘근 깨물던 그녀가 이내 오피스텔 건물 안으로 들어갔다.

우진이 알려준 대로 10층으로 올라가 종이에 적힌 숫자를 보고 문 앞에 섰다. 만약 지금 그가 없으면 어떡하지.

하지만 여기까지 온 이상 그냥 돌아갈 수도 없다. 한나가 초인종 버튼을 꾹 눌렀다.

"……."

안에서 들려오는 대답은 없었다. 몇 번을 더 눌러보던 그녀가 안 되겠다며 돌아서려는 찰나, 달칵 문이 열렸다.

"누구세요?"

급하게 현관으로 달려온 남자의 머리에서 물이 뚝뚝 떨어져 내리고 있었다. 그가 샤워가운만 겨우 갖춰 입고 문을 열었다.

"한나 씨?"

그 모습을 본 한나는 얼굴이 달아오르는 느낌에 손에 들고 있던 가방을 꼭 쥐고는 나중에 다시 오겠다며 돌아서려 했다.

그때였다. 민욱이 가녀린 손목을 잡아 제게로 끌어당겼다. 휘청거리던 몸이 집 안으로 끌려들어가며 문이 닫혔다.

한나가 현관문을 지나 실내로 빨려가듯 들어가 곧바로 벽에 밀쳐졌다.

"여기까지 어떻게 왔어요. 아니 왜 왔어요?"

양손으로 벽을 짚어 그녀가 다른 곳으로 움직일 틈을 막아버린 민욱이 고개를 삐뚜름히 기울이며 다가왔다. 방금 샤워를 했는지 시원한 바디워시 향과 남자의 체향이 섞여 주변을 맴돌자 한나가 흠칫 놀랐다.

"그, 그 전에 옷부터 갈아입고 이야기하는 게 낫지 않을까요?"

"난 이대로 듣고 싶은데. 왜 찾아왔어요?"

어쩐지 다 알면서도 물어오는 것 같은 느낌에 한나는 얼굴이 달아올랐지만 더듬더듬 외워온 것들을 입술 밖으로 내뱉기 시작했다.

"흠흠. 가해자 송한나는 피해자 최민욱에게 사과하러 왔어요. 의도하지 않은 발언이었지만 최민욱 씨 마음 상하게 해서, 아프게 해서 미안해요. 사과…… 받아주세요."

"내가 왜 그래야 해요?"

그걸 자기 입으로 어떻게 말을 해야 할까. 한나가 되물어오는 민욱의 모습에 당황해서 큼직한 눈만 깜박였다.

"그날 나도 민욱 씨랑 밥 먹으러 갈 생각이었어요. 밥도 먹고 데이트도 하고 같이 시간 보내고 싶었는데, 하필 휴게실에서 나오다가 여자 동료랑 마주쳤고요. 문제는 그 여의사가 우리 병원에서 입이 제일 가벼운 사람이라서."

"……."

"그래서 민욱 씨 곤란하게 만들까 봐 말 안 하고 피한 거였어요. 뒤에서 듣고 있을 거라고는 생각도 못했고. 어쨌든 내 실수예요. 미안해요."

"……."

"정말로 내 사과 안 받아줄 거예요?"

가만히 듣고 있던 민욱이 한나의 귓바퀴 근처로 내려와 속삭였다.

"근데요. 방금 그거, 가해자와 피해자 관계가 약간 허술해 보였는데."

누가 그걸 모르나! 그래도 민욱의 직업을 생각해서 나름 머리 굴려 생각해온 문장이 그거였는데.

"……그래도 좋네요."

"이제 화 풀 거죠?"

"화만 풀리는 게 아니라 더 좋아질 것 같은데."

입가를 올려 싱긋 웃은 민욱이 고개를 이리저리 움직이며 자꾸만 가까이 다가갔다.

"그럼 오늘부터 나랑 연애해요. 신나고 재밌는 일도 많이 하고."

"……지금부터요?"

화해한 지 5분도 안 지났는데, 이런 이야기를 해도 되는가 싶어 눈을 깜박였다.

"망설일 거 있나요?"

"좋아요. 그럼 민욱 씨는 뭐가 제일 신나요?"

"음. 이런 거?"

귓가에서 무어라 속삭이던 민욱이 한나의 턱을 잡아당겼다. 순식간에 다가온 남자의 입술에 분홍빛 입술이 속절없이 벌어지며 그를 받아들였다.

"⋯⋯민욱 씨는 이런 거 하면 신나요?"

"싫어요?"

"아뇨. 나도 같이 신나보려고요."

한나가 한쪽 눈을 찡긋 감았다 뜨며 민욱의 목에 팔을 둘렀다.

다시 이어지는, 길어지는 입맞춤이 남자의 젖은 머리가 다 마를 때까지도 멈추지 않았다.

"사장님, 2차 보도자료 준비되었습니다."

윤 실장이 며칠 내내 A 레스토랑의 임금체불에 대해 알아보더니 우진이 점심을 먹고 돌아오자마자 두꺼운 종이 자료를 내밀었다.

아직도 그곳에 넣어둔 직원이 열일을 해주는 통에 수월하게 내부 정보를 더 캐내올 수 있었다.

"뿌려. 이번에도 지체 없이 뿌려."

"그렇게 하겠습니다."

우진의 판단은 늘 그렇듯 날카롭고 빨랐다. 그의 결정에 윤 실장은 곧바로 신문사에 제보를 넣었고, 몇 시간 뒤 A 레스토랑의 직원 임금이 밀렸다는 사실이 만천하에 공개되었다.

그리고 결과는 역시나 예상한 그대로였다. 예전에 일했던 직원들이 사실이라며 댓글을 남기고 현재 직원들이 동요하기 시작함으로써 조수진의 상황은 무척 곤란해졌을 것이다.

그녀는 기자들이 가게까지 찾아와 들이대는 통에 급하게 직원들의 통장에 돈을 넣어주고는 며칠 밀린 것뿐이라며 억지로 웃어 보였다. 그러면서 최근 자신의 레스토랑이 이유 없이 공격받고 있다며 불쾌하다는 둥, 오히려 직원들에겐 보너스를 줄 거라는 둥 그럴싸한 핑계를 대며 분위기를 바꾸려고 했지만 싸늘하게 변해버린 여론과 비난은 며칠 사이 사업에 큰 손실을 만들어냈다.

"젠장. 정말 이렇게 나오겠다는 말이지?"

책상 위에 올려져 있던 장식품을 바닥으로 마구 던진 조수진이 씩씩거리며 긴 머리를 위로 쓸어 올렸다. 이렇게 순식간에 내부사정을 알아내어 자신을 공격할 줄은 몰랐다. 어릴 때만 해도 혼내면 입도 뻥긋하지 못하고 당하기만 하던 아이가 이렇게 커서 자신을 위협하는 존재가 될 줄이야.

조수진이 책상 위에서 머리를 양손으로 쥐어 잡고 흔들었다. 이렇게 되면 가게가 망하는 건 시간문제다. 어떻게든 해결책을 찾아야 한다. 그녀가 자리에서 일어나 밖으로 나갔다.

미친 듯이 차를 몰아 달려간 곳은 얼마 전 사람을 시켜 알아놓은 이나가 일하는 커피 가게. 그녀가 선글라스를 벗어젖히며 유리문을 열고 들어가자 이나는 일을 배우고 있는 중인지 연신 왔다 갔다 움직이며 고개를 끄덕이고 있었다.

조수진이 성큼성큼 걸어 카운터로 걸어갔다. 마침 들어오는 모습을 본 이나가 다가갔다.

"……손님, 주문하시겠습니까?"

"나 여기 주문하러 온 거 아닌 거 잘 알 텐데."

"그럼 왜 오셨어요?"

"나랑 잠깐 이야기 좀 하자고. 지금 네 남편이 무슨 짓을 하고 있는 줄 알아? 감히 나한테 싸움을 걸다니."

"싸움을 거는 게 아니라 바로잡는 중인 거죠."

이나가 평소와 달리 잔뜩 날 선 기세로 노려보았다.

"뭐?"

"우진 씨가 이제야 바로잡는 거라고요. 그리고 그것에 관한 일이라면 저는 할 말이 없습니다만."

"됐으니까 나가서 이야기 좀 해. 그 날 일은 어쩌다 보니 좀 심하게 된 거야. 일부러 그런 게 아니었다고. 그러니까 우리 사이 좋게 이야기라도……."

"아뇨. 저는 할 말 없습니다. 그리고 뒤에 계신 손님이 주문을 못하고 있으시니 좀 비켜주시겠어요?"

"이게 정말!"

그때였다. 이나의 옆에서 진녹색 유니폼을 입고 서 있던 여자 직원 두 명이 조수진에게로 바짝 다가왔다.

"여기서 계속 이러시면 영업 방해로 내쫓을 수도 있습니다."

"너네는 뭐야? 일개 직원 주제에."

"저희는 그냥 직원이 아니라 김우진 사장님 명령에 따라 사모님을 보호해야 할 의무가 있어서요."

만약을 대비해 우진이 보낸 여자 경호원들이 유니폼을 입고 마치 직원들처럼 서성이던 탓에 미처 몰랐다. 조수진이 분을 이기지 못하고 옆에 있던 컵을 집어 들며 팔을 높이 쳐들었지만 이내 경호원에게 저지당하고 쫓겨나듯 가게 밖으로 몰렸다.

"이런 말도 안 되는."

뜻하는 대로 이루지 못하고 밖으로 나온 조수진이 이를 갈았다. 자신이 생각한 대로 일이 흘러가지 않는다.

여태껏 살면서 한 번도 느껴본 적 없던 위기감이 몰려와 어쩌면 정말로 망할지도 모른다는 생각이 들었다. 이 모든 게 현실이라 생각하자 눈앞이 캄캄해지려 해 급히 차에 올랐다.

잠시 후, 소식을 들은 우진이 카페로 달려왔다. 허겁지겁 달려온 모습에 이나는 놀라는 것 대신 오히려 작게 미소 지으며 입고 있는 진녹색 유니폼이 잘 어울리지 않느냐며 자리에서 한 바퀴 빙그르르 돌아 보였다.

"설마 했는데 여기까지 찾아오다니."

"괜찮아요. 이미 예상했던 거였고 안 무서워요."

"이나야……."

"우진 씨, 난 조금도 안 무서워요."

이나가 정말로 괜찮다며 옅게 웃어보았지만 우진은 그래도 찡그린 이마를 펴지 못했다.

그녀는 자신을 쳐다보는 우진의 시선이 자꾸만 진지해지자 그를 데리고 안쪽에 있는 직원 휴게실로 향했다. 문을 열고 들어가자마자 우진이 이나를 들어 올려 둥근 테이블 위에 앉히고 요리조리 살폈다.

"이게 무슨! 사장님이 체통도 없이 이렇게 놀라서 달려와요?"

"너 아직 덜 나았잖아. 이제 딱지는 다 떨어졌어도 이렇게 선은 남아 있는데."

우진이 그게 속상해서 또 그런 일이 생길지도 모른다는 생각에 달려왔다고 하자 이나가 그러지 말라며 작게 웃었다.

윤 실장 말에 의하면 회사에서는 의젓하고 카리스마가 넘친다는데, 자신의 앞에 선 우진의 모습은 쩔쩔매는 커다란 곰 인형을 보는 느낌이다.

불과 몇 달 전 그와 처음 결혼했을 때는 이 남자가 어렵다고만 느꼈었는데. 요즘은 같이 지낼수록 몰랐던 모습을 알게 돼서 신기하고 좋았다.

"그래서 왔어요? 이렇게 달려와서는 조용한 곳으로 오자마자 막 이러고."

이나가 자신의 허리 주변에서 꼼지락대는 손을 잡으며 눈을 흘겼다.

"그냥 괜찮은지 확인도 할 겸 그 핑계 대고 송이나 보러 왔는데."

"직원들이 뭐라 하겠어요."

"아무도 신경 안 써. 너 여기 있어도 다들 눈치껏 일하느라 데리러 오지도 않을걸?"

이나가 어쩌면 정말로 그럴지도 모르겠다며 킥킥 웃었다. 하지만 이내 앉아 있던 테이블에서 내려와 우진의 슈트 재킷을 잡으며 남자의 가슴께로 기댔다.

쿵쿵. 위로 솟아오르듯 큰 움직임을 가지고 있는 이 품이 좋다. 그녀가 잡고 있던 옷을 놓고 팔을 위로 뻗어 우진의 목을 끌어안았다.

"우진 씨, 있잖아요. 나는 이제 정말 안 무서워요. 두려움이라는 거 없으니까 망설이지 말고 그대로 직진해요. 김우진 씨 편 여기 있잖아요."

"……."

"당신이라면 잘할 수 있을 테니까, 그러니까 나 때문에 흔들리지 말아요."

우진이 제 목을 두르고 있던 팔을 잡아 아래로 내렸다. 그가 이나의 양손을 꽉 잡고는 손 등을 만지작댔다.

"내가 결혼은 진짜 잘한 거 같아."

느닷없는 칭찬에 이나가 그게 뭐냐며 웃음이 터졌다.

"앞으로는 내가 김우진 씨 지켜줄 테니까 앞만 보고 가요. 옳다고 생각하는 그 방향 그대로. 당신 송이나 남편이잖아."

"그래서 뭐든지 할 수 있는 거지. 일도 잘해낼 수 있고."

"또 뭐 잘해요? 장점은 많을수록 좋은 건데."

"이런 것도 잘해."

우진이 이나의 허리를 당겨 안으며 입술을 맞댔다.

커다란 손을 뻗어 등허리의 잘록한 선을 따라 쓰다듬으며 자신이 아니면 누구도 침범할 수 없는 보드라운 살결을 탐했다. 조용하고 아늑한 공간에서 누구도 모르는 둘만의 시간이 이어졌다.

1년 중 성하그룹의 직원들이 가장 바빠지는 시간이 있다면 그건 바로 연말이었다. 각종 행사를 진행하고 통계와 보고서를 작성하다 보면 한 해의 마지막 날은 정신없이 훌쩍 지나가곤 했었다.

그렇게 바쁜 시기가 올해는 해가 바뀌고 겨울이 끝나가는 와중에도 끝이 날 줄을 몰랐다. 이번에야말로 조수진과의 관계를 제대로 정리하겠다는 우진의 강한 집념하에 연이은 공격이 진행되었다.

평소 사치스러웠던 습관과 가게 경영의 어려움에 현금이 부족해진 조수진은 더욱 궁지로 몰렸고 적자가 이어지자 결국 재산 압류가 들어가기 시작했다.

채무관계로 얽혀 있던 은행들은 기다려준다던 말 대신 고소를 시작했고, 어느 날부터 아끼는 물건들에 빨간 딱지가 붙기 시작하자 조수진은 어떻게 해야 할 줄을 몰랐다. 갖은 잘못된 방법으로 편하게 살아오던 그녀가 처음 겪어보는 일에 말도 안 된다며 절규했다. 얼굴빛은 허옇다 못해 창백해졌고 돈을 탐내던 그녀가 돈에 끝을 보게 될 상황이었다.

"기다리라고! 내가 기다리라 했잖아!"

손님이 확 줄어버린 레스토랑은 일시적으로 문을 닫게 되었고 전날까지 일한 직원들에게 급여를 줘야 하는데 그것조차 줄 형편이 되지 않았다. 몇몇 직원들은 정신이 반쯤 나가 횡설수설하는 그녀에게서 돈을 받지 못하고 떠났고 일부 직원들은 강하게 반발하며 덤벼들었다.

일이 생각대로 흘러가지 않음에 당황한 조수진이 순간 겁을 먹고는 집으로 도망쳐 미친 듯이 덜덜 떨기 시작했다. 모든 게 자신에게서 돌아서고 있었다. 영원할 거라 생각했던 모든 것들이 떠나가고 있었다.

초조함에 손톱에서 피가 날 만큼 물어뜯어도 컴컴한 앞은 해결

될 기미가 보이지 않았다. 이대로는 망한다는 생각에 하늘이 노래지려 했다.

그녀가 곧장 다시 밖으로 나가 자신의 차로 향했다. 신호가 바뀔 때마다 속도를 내어 성하호텔까지 달려간 조수진이 차에서 내려 엘리베이터로 향했다.

가장 높은 층까지 올라가자마자 자신을 제지하려던 이들을 온몸으로 밀어내고 문을 열었다.

마침 회사에 남아 밀린 서류를 정리하고 있던 우진이 기척도 없이 문을 쾅 열고 들어오는 소리에 고개를 들었다. 얼른 일을 끝내고 송이나를 보러 갈 생각에 종이뭉치를 넘기는 손길이 빨라지고 있던 차에 손님이 등장했다.

윤 실장이 들어와 다시 막아섰지만 이미 눈이 뒤집힌 조수진의 눈에는 아무것도 보이질 않았다. 당황한 비서진에 괜찮다며 손짓한 우진이 의자에서 일어나 양 주머니에 손을 꽂고 그녀를 쳐다보았다.

"그만해! 너, 그만하라고!"

"……."

"지난번, 그 애가 다친 건 나도 미안하게 생각해. 일부러 그런 건 아니었어."

"그게 지금 와서 핑계가 된다고 생각하시나요?"

"그러니까 사과하러 왔잖아. 이제 그만해."

하지만 우진은 눈꺼풀만 느릿하게 깜박일 뿐 말이 없었다. 그는 완강했고 조용히 고개를 이쪽저쪽으로 돌리며 싫다는 뜻을 보였다.

"그럼 내가 어떻게 해주길 바라는데? 너한테 무릎이라도 꿇고 빌어?"

표독스러운 눈빛은 여전했지만 입술은 창백해져 떨리고 있었다. 우진이 천천히 책상 밖으로 걸어 나와 앞에 섰다.

"그런 거 필요 없어요. 나한테 무릎 꿇는다고 달라질 건 없는데."

"그럼 뭘 바라는데. 너도 원하는 게 있을 거 아니야?"

"좋습니다. 제가 방법을 알려드릴 테니 잘 들어보시고 선택하세요."

조수진이 '방법'이라는 단어에 귀를 세우며 경청했다. 어쩌면 살아남을 길이 있을지도 모른다는 생각에 눈동자가 커졌다.

"첫째, 건물 팔고 정리해서 해외로 간다. 다시는 이 땅에 얼씬대지 마세요."

"뭐?"

"두 번째는 여기서 계속 살아요. 그러면 조만간 그 건물까지 사라지는 꼴 볼 수 있을 테니까."

이미 레스토랑이 문을 닫은 터라 들어오는 돈은 없고 나가는 돈만 있었다. 거기에 평소 심각하던 사치라는 습관은 그녀를 더욱 막다른 길로 몰아넣었다.

"너 정말, 내가 장난 좀 쳤다고 심하다. 이래서 애들은 정말!"

"장난? 얼마나 위험했는데. 그 고운 사람을 당신이 어떻게 만들었는데!"

"그건……."

"그리고 감히 거기가 어디라고 찾아가! 나한테 했던 걸로도 모자라 이나한테 그런 짓을 하고도 무사할 줄 알았어요?"

우진의 눈빛이 걷잡을 수 없이 사납게 변했다. 그걸 본 조수진이 흠칫 놀랐다. 마치 폭발하기 직전의 분노와 살기가 한데 엉켜 있는 느낌에 저절로 어깨가 쭈뼛해졌다.

"혹시 아직도 상황 파악이 안 됩니까? 여전히 모르겠다면 앞으로 더한 현실도 보여줄 수 있습니다만."

"그러지 말고 한 번만 봐줘. 난 바닥에서 다시 시작 못할지도 몰라."

"그러니까 떠나라고요. 여기서 포기 안 하면 난 어디까지 갈지 모르니까. 내 여자 지키기 위해서라면 무슨 짓이든 할 수 있으니까. 누구도 아닌 송이나를 위해서라면 나는 끝이 어디든 주저 없이 달려가볼 테니까!"

여태껏 본 적 없는 포효에 가까운 목소리에 조수진의 무릎이 덜덜 떨려왔다.

분명 이런 아이가 아니었는데 언제 이만큼 변해버린 건지. 저도 모르게 무릎이 반으로 뚝 구부려질 것 같은 기분에 억지로 힘을 주고 버텼다. 하지만 이미 균형을 잃어버린 무릎은 얼마 가지 못했다. 결국 그녀가 바닥에 털썩 주저앉았다.

여태껏 내 자신만 잘 살면 된다고 여겨왔는데, 그렇게만 믿고 살아왔는데 하루아침에 그 신념과 생각이 틀렸다고 모두에게 비난받고 있었다. 오랜 시간 잘못인 줄 모르고 지속해온 오만과 냉정함이 결국은 비참한 결말을 가져오고야 말았다. 그녀가 몸을 부르르 떨었다. 여태껏 쌓아온 모든 게 무너져 내린다.

우진의 아버지를 유혹해서 그 집에 들어가고. 다시 쫓겨나듯 나와 오늘까지 살아도 잘못했다고 생각한 적은 없었는데. 모두가 자신을 틀렸다고 말하기 시작하자 미쳐버릴 것 같았다.

"알았어. 일주일만 줘. 정리할게."

우진이 알았다며 끄덕이는 모습에 그제야 그녀가 떨리는 무릎을 겨우 일으켜 밖으로 걸어 나갔다.

며칠 뒤, 조수진은 레스토랑 건물을 싼값에 넘겼다. 받은 돈으로 빚을 갚고 주변 정리를 한 뒤 몇 푼 남지 않은 돈을 들고 멀리 떠나기 위해 공항으로 향했다.

그녀가 비행기 티켓을 한 손에 움켜쥐고 캐리어를 끌어 의자에 앉았다. 모든 게 끝났다는 생각과 이렇게 또다시 쫓겨나듯 떠난다는 사실이 아직도 믿기지 않았지만 하루빨리 이곳을 벗어나야만 했다.

하지만 비록 몸은 쫓겨나듯 떠날지라도 이렇게 맥없이 늘어진 표정으로 가는 건 자존심이 용납하지 않았다. 그녀가 허리에 힘을 주어 고개를 빳빳하게 들고 선글라스를 낀 채 얼마 남지 않은 비행기 시간을 기다렸다.

그때였다. 마침 흰색 의자 옆에 세워둔 캐리어 옆으로 인기척이 느껴졌다. 조수진이 비스듬히 고개를 들어 올려다보자 그녀를 찾아온 손님들이 있었다.

"의외네. 여기는 왜 왔어요? 그쪽은 평생 나 안 보고 싶어 할 거라 생각했는데. 그리고 너는 나 이런 꼴 보고 비웃으려고 왔니?"

그녀를 찾아온 건 다름 아닌 이나와 은주.

"아니면 네 남편이 나 확실하게 떠나는지 아닌지 보고 오라 하던?"

얼굴은 헬쑥했지만 눈빛만큼은 여전히 날카롭게 남아 카랑카랑한 목소리로 비아냥거렸다.

"아뇨. 우진 씨는 제가 여기 온 거 몰라요. 그냥 마지막 인사하고 싶어서 왔어요."

"그래. 마지막 인사라니 들어나 보자."

"가서 잘 사세요. 아무리 힘들고 어려워도 죽지 말고 살아가세요. 그리고 외로운 게 뭔지도 느껴보시고요."

"내가 잘못되면 너한테는 좋은 거 아냐?"

그런 게 아니냐며 조수진이 입술을 삐죽거렸다.

"아뇨. 살아서 지켜보세요. 거기서라도 우연히 제 소식 들을 수 있으시면 좋겠어요. 저는 앞으로 우진 씨한테 가족을 만들어줄 거고 매일매일 행복을 말해줄 거예요. 어떤 식으로라도 그 소식을 접하게 되면 꼭 반성하셨으면 좋겠어요."

"내가 뭘 말이야?"

"만약 12년 전 내가 그 아이에게 먼저 손 내밀었다면 이렇게 되진 않았을 텐데. 내 새끼로 품어 키우진 못해도 가만히 두기만 했어도 이런 일까진 없었을 텐데, 하면서요."

"……"

"지금처럼 타인이 고통 받아도 나만 옳다는 이기적이고 추악한 생각으로 살아가시면 아는 사람 없는 그곳에서 남은 인생 외로이 보내시게 될 테니까 잘 생각하시길 바라요. 거기서라도 제대로 살아가시기를 진심으로 바랍니다."

이나가 눈을 느릿하게 감았다 뜨며 차분하고도 침착하게 조곤거렸다. 그걸 옆에서 듣고 있던 은주가 조용히 끄덕였다. 그녀는 자신이 먼저 나서는 대신 한 걸음 뒤에서 가만히 지켜보고 있었다.

15년 전, 자신을 밀어내고 집안으로 들어왔던 여자. 아들을 괴롭혔던 여자. 여전히 잊을 수 없는 분노가 남아 있지만 모든 것은 잠시 가라앉혀놓고 지금은 이나가 그 역할을 대신해주기를 바랐다.

"……할 말은 그게 다야?"

"제 할 말은 이게 전부입니다."

"그쪽은 나한테 할 말 없어요? 채은주 씨."

"내가 하고 싶은 말을 우리 며느리가 다 해줘서, 난 오늘은 참도록 할게."

"……."

"부디 거기 가서 방금 들은 말 생각하고 또 가슴에 새겨서 남은 시간 살아가길 바라."

마지막 인사와도 같은 말에 조수진은 이나와 은주를 한참 동안 번갈아 쳐다보았지만 끝까지 대답하진 않았다.

그저 담담하지만 어두운 표정으로 자리에서 일어나 비행기를 타러 안으로 들어갔다.

그녀가 떠나는 모습을 보느라 여전히 자리에 남아 있던 은주가 이나의 손을 잡아왔다. 이나가 그런 은주에게 다가가 안겼다.

"잘했어, 이나야. 정말 잘했어."

은주가 제게로 안겨오는 여린 품을 껴안았다.

근래 들어 이나는 늘 괜찮다고 말했지만 그녀 역시 한동안은 힘들었을 거라는 생각에 은주가 이제는 다 끝났다며 안심시키려 했다. 무엇보다 은주는 끝까지 우진을 믿고 침착하게 기다려준 이나가 너무도 고맙고 예뻤다.

그에 이나가 아니라며 작게 미소 지었다. '조금이라도 미안하다고 생각할까요?' 하며 속삭이자 은주가 '그렇겠지' 하며 등을 쓰다듬었다.

이나는 포근한 은주의 품에 안겨 있다가 집으로 가자는 손길에 따랐다.

11. 마이 디어(My dear)

한 달 뒤, 세상은 언제 그랬냐는 듯 조용해졌다. 우진은 그 사이
남은 일들을 정리하고 있었다.

먼저 조수진의 레스토랑에서 일하던 사람들 중 능력이 있다고
판단되고 본인이 희망한다면 새로 짓고 있는 성하호텔에서 일할
기회를 주기로 했다. 그 여자를 공격하려던 건 맞지만 자신으로 인
해 타인들이 상처받기는 원하지 않았다.

소식을 들은 직원들은 오히려 더 나은 곳에서 일할 기회를 얻었
다며 좋아했고 모든 것은 하나씩 제자리를 찾아갔다. 그리고 중국
으로 간 조수진의 소식 역시 우진의 귀에 들어왔다.

"아직까지 조용히 지내고 있다 합니다. 먼 친척이 운영하는 회
사에서 일하며 평범하게 지내고 있는 것 같습니다."

"그 성격에 아직까지 안 미친 게 다행이네. 참고 살려면 힘들긴

하겠지만, 그래도 또 살아가겠지."

"인간은 환경에 적응하며 살아갈 테니까요."

그건 그렇지, 하며 고개를 끄덕인 우진이 책상 위의 시계를 힐 끗 보고 자리에서 일어났다.

"이만 퇴근하자. 피곤하다."

알겠다며 끄덕인 윤 실장이 퇴근할 준비를 도왔다. 곧 주차장으로 내려온 우진은 윤 실장이 운전하는 차 뒷좌석에 앉아 눈을 감았다.

오늘따라 목이 뻐근하고 눈도 따가웠다. 이럴 때 자신에게 비타민이 되어줄 이나를 보고, 끌어안고, 만지고 싶었다.

잠시 후, 도착한 빌라 앞에서 우진이 차에서 내렸다. 그가 엘리베이터를 타고 올라가 문을 열어주는 이나를 보고 곧장 끌어안았다.

"왜 그래요? 무슨 일 있어요?"

현관문을 열자마자 끌어안는 우진의 모습이 의아해 물었다. 그가 별일 아니라며 고개 저었다. 품에 안긴 그녀는 종일 카페에서 일하다 왔는지 목덜미에서 향긋한 원두 향이 느껴졌다.

"그 여자, 중국으로 갔잖아. 그럭저럭 지내고 있나 봐."

무슨 이야긴지 눈치챈 이나가 대답 대신 가만히 서 있었다.

"멀리 쫓아버렸는데 생각보다 기쁘지는 않네. 그래도 후회는 없는데 말이야."

"우진 씨, 좀 쉬어요."

이나가 커다란 등을 쓰다듬으며 토닥였다. 조수진의 일이 끝나고 조금은 여유로워지는가 싶었는데 면세점 사업권을 얻기 위한 경쟁이 본격적으로 시작되며 우진은 또 바빠졌다.

다행히 성공에 가까운 결과가 예상되어 한시름 놓긴 했지만 그래도 준비할 일이 많아 며칠씩 거기에만 몰두해 있는 날도 많았다.

"이제 마음 편하게 해요. 앞으로도 다 잘될 거니까. 김우진 씨, 그만한 능력 있는 남자니까."

귓가에 대고 주문을 걸 듯 속삭이는 말에 우진이 가볍게 고개를 끄덕이며 다시 목덜미에 기댔다. 이나는 현관에서 서로를 부둥켜안고 있는 모습이 어쩌면 이상해 보일지도 모른다고 생각했지만 그냥 그대로 있었다. 자신의 품에서나마 그가 편안해지길 바랐다.

우진이 기대어 있는 보드라운 피부에 뺨을 비볐다. 조용히 입맞추며 오늘도 그녀로 인해 위로받고 있음에 안도했다.

이후 모든 일은 깔끔하게 마무리되었고 성하그룹이 면세점 사업권을 성공적으로 획득하며 두 사람에게도 안정이 찾아왔다. 이나는 요즘처럼 평화로운 일상은 처음 겪는 것 같아 하루하루가 신기하고 즐거웠다.

이제는 카페 일도 적응했고 자신과 비슷한 시간에 퇴근하고 들어오는 우진과는 매일매일이 달콤하고, 견딜 수 없을 만큼 즐거웠다. 얼마 전에는 학교도 졸업하고 이제 어엿한 사회인이 되었다.

그런 그녀가 오늘도 평소와 마찬가지로 일을 마치고 집에 돌아왔는데 어쩐 일인지 우진이 먼저 집에 와 캐리어에 짐을 챙기고 있었다.

"우진 씨, 뭐 해요? 집에는 언제 왔어요?"

"어. 왔어? 여행 가려고."

"혼자서요? 왜 갑자기?"

"아니, 당연히 송이나랑 같이 가야지. 우리 신혼여행 가려는데, 너도 얼른 짐 챙겨."

네에? 이건 또 무슨 말인지.

"갑자기 신혼여행이라니, 난 처음 듣는 이야긴데. 아무것도 준비해놓은 게 없어요."

"내가 다 해놨어. 넌 그냥 가기만 하면 돼. 나랑 같이 가기만 하면 된다고."

갑작스럽게 여행을 떠나자는 말에 이나는 어안이 벙벙해졌다.

"그렇지만 가게에도 이야기해야 하고."

"아버님께 말씀드려놨어. 내일 아침 비행기니까 지금부터 준비하면 충분해."

대체 이 남자는 언제부터 무얼 준비했는지 떠날 준비를 하자며 재촉하는 모습에 이나는 얼떨결에 소지품과 옷을 챙겨 가방에 담았다.

얼마 전 어디로 가고 싶으냐는 말에 오랫동안 가게를 비워두기가 힘들고 우진 역시 일이 많아 지친 것 같으니 어딘가 가게 된다면 가까운 제주도가 좋겠다고 하긴 했었는데. 스치듯 흘려 말한 그걸 듣고는 여행 준비를 했던 모양이었다.

이나는 여행을 가기 위해 서둘러 물건을 챙기기 시작했다. 급한 대로 이것저것 챙기다 보니 예상보다 시간이 늦어졌지만 다행히 몇 시간이라도 잘 수 있겠다며 이나가 침대에 엎드렸다. 우진이 옆에 다가와 나란히 눕고 그녀를 끌어안았다.

"근데 이거 너무 서프라이즈한 거 아니에요?"

"가끔은 이런 것도 좋잖아."

고작 이만한 일로 놀라다니. 어쩌면 우리 부인은 제주도에 도착하면 기절할지도 모르겠다.

"그건 그렇지만, 그래도 너무 갑작스러우니까."

"그냥 나만 믿어."

원래 계획대로라면 새해가 되자마자 가려고 했었는데 조수진의 문제와 바쁜 회사 일 등의 이유로 계획했던 여행을 오늘까지 미루어왔다.

그런데 내일 당장 가자는 우진의 말에 이나는 아직도 믿기지 않는다는 듯 커다란 눈을 연신 깜박였다. 그런 그녀를 지그시 바라보던 우진이 몇 시간이라도 눈 붙이라며 머리칼을 쓰다듬었다.

그가 윤기 흐르는 까만 머리카락 사이로 손가락을 넣어 부드럽게 어루만졌다. 이나는 조금씩 잠이 몰려오는지 눈꺼풀의 움직임이 서서히 느려졌다. 기분 좋은 우진의 손길에 그녀가 꿈속으로 스르륵 빠져들었다.

"우와."

3월 말의 제주도는 가히 꽃들의 천국이었다.

땅에서부터 어린 초록 잎이 올라오고 봉오리 모양에서 막 피어나는 색색깔의 꽃들은 보는 사람까지 가슴 설레게 만들었다. 이나가 아름다운 자연의 경관에 입을 다물지 못하고 눈을 반짝거렸다.

"그렇게 좋아? 송이나는 나보다 꽃을 더 좋아하는 거 같은데."

"그런 건 아니지만…… 너무 예쁘잖아요."

"실컷 구경해. 그렇지만 내 눈에는 네가 훨씬 더 예쁘네."

"바, 밖에 나와서 그런 말 하지 말아요."

슬쩍 붉어진 뺨을 하고 눈을 흘기는 모습에 우진이 넌 그것조차 귀엽다며 웃었다. 이나가 종종 걸음으로 달려가 아직 어린 꽃 한 송이에 코를 대어 향기를 맡았다.

그걸 본 우진은 어쩐지 꽃한테 밀린 기분에 팔짱을 끼며 살짝 이마를 찌푸렸지만 이내 피식 웃으며 곁으로 다가갔다. 자신도 옆에서 무릎을 구부리고 앉았다.

꽃보다 예쁜 거 맞는데…….

기분 좋게 웃음을 흘린 우진이 이나의 동그란 뒤통수를 부드럽게 쓰다듬었다. 남자의 애정 어린 눈빛이 한 사람에게만 고정되어 움직일 줄을 몰랐다.

이나는 한참이나 더 꽃구경을 했고, 해가 졌으니 이만 가자는 우진의 말에 호텔로 돌아가기로 했다.

두 사람은 자동차 창문을 열고 시원한 바람을 쐬며 호텔까지 달렸고 이나는 도착하자마자 침대 위로 푹 쓰러졌다. 오랜만에 너무 많이 걸었더니 종아리가 당겨왔다.

마침 스위트룸 문을 닫고 들어온 우진이 느릿하게 냉장고로 걸어가 샴페인 병을 꺼내왔다. 그가 소파에 앉으며 침대에 누워 있던 이나를 보고 자신의 옆자리를 툭툭 두드렸다.

얼른 여기로 오라고요, 부인. 지금 나랑 단둘이 있는데 잠이 오나?

무슨 뜻인지 알아챈 이나가 배시시 웃고는 몸을 일으켜 흐트러진 머리를 정리하고 우진에게로 다가갔다. 그녀가 빈 옆자리에 앉으려는데, 갑자기 그가 팔을 잡아 끌어당겼다.

순식간에 남자의 무릎 위로 앉게 된 이나가 당황해 바동거렸다. 너무 가까이 맞닿은 모습이 어쩐지 야릇했다.

하지만 우진은 그녀의 허리를 잡아당겨 제게서 조금도 떨어지지 못하게 했다. 그리고 손에 들고 있던 샴페인 병을 살짝 흔들어 보였다.

"오늘은 우리의 뜻깊은 날이고."

"그러게요."

"내일은 더 즐거운 날이 될 테니까 마시자."

"우리 내일은 뭐 할 거예요?"

"즐거운 일, 그리고 신나는 일."

우진이 뻥 소리를 내며 병마개를 열자 반투명한 샴페인 액이 밖으로 나오며 손끝에서 흘러내렸다.

그가 입술에 대어 병째로 마시자 그걸 본 이나가 병을 잡고 있는 우진의 손등을 살며시 잡았다. 그가 샴페인 병을 이나의 입술 가까이 대었다.

"당신도 마셔볼래?"

이나가 맛을 보고 싶다며 병 끝에 입술을 대고 한 모금씩 삼켰다. 달콤하고도 톡 쏘는 과일 향과 알코올 향이 그녀를 점차 나른하게 만들었다.

"송이나, 우리 지금 신혼여행 온 거야."

"나도 알고 있어요."

"있잖아, 다음번에는 더 좋은 곳으로 가자. 너 가보고 싶어 했던 유럽도 가고, 더 멀리 가자."

"그래요. 근데 나는 여기도 좋아요."

"……."

"우진 씨랑 같이 와서, 그냥 어디든 다 좋아요."

진한 과일 향만큼이나 진득하게 올라오는 취기에 이나가 생긋 웃으며 우진의 어깨에 기대었다. 그 무게를 받아들이던 그가 이내 술을 한 모금 더 마셨고, 그걸 본 이나가 또 따라서 한 모금 더 홀짝였다.

"우리 결혼한 지 1년 조금 안 되었는데 그사이 많은 일이 있었어."

"그래도 나 우진 씨랑 결혼한 거 후회 안 해요. 지금부터 또 1년 지나고도 안 놔줄 거야."

"나도 안 놔줄 건데. 영원히."

"……."

"나는 앞으로도 네가 더 좋아질 것 같아서. 그러니까 어디 갈 생각 말고 딱 붙어 있어. 말했잖아. 여기가 네 자리라고."

조금씩 올라오는 취기에 우진의 입가는 생긋 미소 짓고 있었지만 눈빛만큼은 조금의 흔들림도 없이 단호했다.

그가 이나와 시선을 마주하다 입술 위로 다가가 제 입술을 포개었다. 손을 뻗어 동그란 어깨와 허리를 감싸며 부드럽게 매만졌다. 한 손에 들고 있던 병을 바닥으로 내려두고 이나를 안아 들어 침대로 데려갔다. 그녀를 침대 위에 내려주고 우진이 셔츠를 벗는 사이, 이나는 더운지 달아오른 뺨을 차가운 시트에 비비적거렸다.

우진이 그 위로 무게를 실으며 노란 원피스의 지퍼를 내리자 일순 움찔하더니 천천히 고개를 돌려 그를 올려다보았다. 반쯤 감긴 그윽한 눈망울이 순진하면서도 어쩐지 야릇한 느낌에 남자의 온몸에서 열기가 올라왔다.

지이익. 까만 지퍼 내려가는 소리가 조용한 공간에 울려 퍼졌다. 그가 숨어 있다 드러나는 뽀얀 피부를 따라 잘게 입 맞추었다. 오돌토돌한 뼈를 따라 내려가다 살짝 깨물자 놀란 소리가 튀어나왔다. 우진이 이나의 몸을 뒤집어 정면으로 마주 보았다. 웨이브 진 긴 머리가 하얀 시트 위에 흐트러져 그를 유혹한다.

이나가 손을 뻗어 자신을 내려다보는 우진의 뺨을 만져보았다. 늘 한결같은 눈빛으로 자신을 바라보는 진갈색 눈동자도, 부드럽게 이어지는 섹시한 목선이며 단단한 가슴까지도, 모두 사랑스러웠다.

우진이 자신을 어루만지는 손을 잡아 깍지 끼고 손가락 끝에 입 맞추었다. 뺨에 붙어 있는 머리카락을 옆으로 넘겨준 그가 분홍빛 입술과 목덜미를 지나 어깨로 내려왔다.

어깨 위에 절반 정도 걸쳐져 있던 원피스를 끌어내리고 드러나는 피부마다 도장을 찍으며 자신의 소유임을 드러내려 했다.

"송이나."

"응?"

뽀얀 어깨를 따라 아래로 내려가는 입맞춤에 이나의 목소리가 떨려왔다. 온몸이 이 남자의 여자라고 새겨지는 기분이 아찔했다.

"사랑해. 사랑한다."

"우진 씨."

"평생 나랑 이렇게 살자. 예전에 그랬잖아. 네가 내 마음 다 가져 갔으니까 너도 네 마음 다 나한테 달라고. 머리부터 발끝까지 다 나한테만 줘."

끊임없이 이어지는 사랑의 고백에 이나는 자꾸만 가슴이 뜨거 워졌다. 그녀가 고개를 끄덕였다.

자신의 모든 것을 내어주고 이 남자의 모든 것을 가지고 싶다. 자꾸만 늘어가는 욕심을 가진 건 우진뿐만이 아니라 이나 자신에 게도 해당되었다.

점차 우진의 손길이 더 짙어진다. 그가 느릿하게 지나가는 곳곳 마다 새로이 빠알간 열꽃이 피어올랐다. 이어지는 자극에 견디기 힘든 이나가 목에 팔을 두르며 매달리자 우진이 허벅지를 쓰다듬 으며 다시 입술로 다가왔다.

포개어지는 입술이 달콤했다. 촘촘히 맞닿은 두 사람의 움직임 은 커져가고 아득하게 피어오르는 열기는 뜨거웠으며 두 사람은 격정적으로 서로를 열망하며 하나가 되었다.

머릿속은 아무것도 생각나지 않았고 그저 내일이 없는 사람들 처럼 서로를 탐하며 시간 속으로 녹아들었다.

다음 날 아침, 이나가 잠에 푹 빠져 있다 어깨를 간질이는 손길 에 눈을 떴다. 조금 전 먼저 일어나 그녀를 살피던 우진이 가야 할 곳이 있다며 이른 시간부터 그녀를 깨웠다.

"조금만 더 있으면 안 돼요?"

늦게까지 그에게 잡혀 있었던 탓에 여전히 졸리다며 눈을 비볐 지만 우진이 꼭 가봐야 한다며 재촉했다.

이나가 마지못해 일어나 씻고 거실로 나가 옷을 갈아입었다. 우진이 시키는 대로 따라가 가볍게 아침을 먹고 다시 어젯밤 묵었던 스위트룸으로 들어가려는데, 그는 거기가 아니라며 다른 객실로 이끌었다.

어떨결에 문을 열고 들어가자 이미 그곳에는 호텔 직원으로 보이는 사람들이 먼저 와 있었다. 성하그룹 호텔이니 직원인 건 알겠는데, 그녀들이 우진과 이나를 보고는 기다렸다는 듯 쪼르르 달려왔다.

"준비 다 되었습니다."

"그럼 부탁해요."

우진이 눈을 찡긋거리더니 이어진 옆방으로 가버렸고 혼자 남은 이나가 눈이 동그래져 무슨 상황인지 파악하려는데, 직원 두 명이 예쁘게 미소 지으며 다가왔다.

정중하게 인사를 하는 직원들 중 한 명은 옷장으로 달려가 커다란 상자를 꺼내왔고 다른 한 명은 화장품이 가득 담겨 있는 상자를 꺼내었다.

이나를 의자에 앉게 한 직원이 상자 안에 담겨 있던 화장품을 꺼내어 그녀의 얼굴에 바르기 시작했다.

톡톡. 하얀 퍼프가 보송한 피부결을 따라 움직였다.

투명하고 말끔하게 정리된 피부 위로 눈썹이 단정하게 그려지고 하늘을 향해 힘차게 솟아오른 속눈썹은 시원한 눈매를 만들어 냈다.

콧대를 따라 내려간 붓질이 반짝임을 더하고 도구를 바꾸어 이번에는 뺨을 어루만지자 연한 핑크색이 덮여지며 청초하지만 연약해 보이지 않고 우아하지만 반듯한 화장이 얼굴에 담겨들었다.

때마침 옷장 안에 들어 있던 상자를 가져온 직원이 이나에게 포장을 풀어도 되겠느냐며 동의를 구했다. 이나가 고개를 끄덕이자 직원은 조심스러운 손길로 포장을 풀었고 상자 안에서 옷 한 벌을 꺼내어 그녀에게 내밀었다.

"어…… 이게 무슨 일이에요?"

"자세한 설명은 사장님께 들으셔야 할 것 같아요."

금색 리본이 묶여진 상자 안에 들어 있던 건 새하얀 원피스. 상자 안에서 조심스레 옷을 꺼낸 여자 직원이 애써 웃으며 난감한 표정을 지었다.

자신들은 아무것도 이야기해줄 수 없다는 말에 이나는 다소 의아했지만 우선은 하자는 대로 따라야겠다 싶었다.

그녀가 무척 고급스러워 보이는 옷을 건네받아 그 자리에서 갈아입었다. 입고 있던 옷을 모아 한곳에 정리해두고 커다란 거울 앞으로 다가갔다.

"아!"

그제야 자신이 뭘 입고 있는지 보였다. 그녀가 입고 있는 옷은 바로 순백의 웨딩드레스였다. 결혼식 날 입었던 것처럼 풍성하고 화려한 드레스는 아니었지만 심플하면서도 우아함이 돋보이는 미니 드레스였다.

이나가 거울 앞에서 좌우로 몸을 돌리며 살펴보자 무릎 위로 살짝 올라오는 드레스가 낮게 펄럭였다. 그녀가 여전히 놀란 얼굴로 입술만 벌린 채 머뭇거리고 있는데, 마침 문 소리가 들리더니 우진이 나타났다.

그 역시 옆방에서 검정 턱시도로 갈아입고 돌아왔는데, 그 모습에 이나의 눈이 더욱 커다래졌다. 두 사람을 본 직원들이 눈치껏 자리를 비켜주었다.

"우진 씨, 우리 오늘 뭐……."

"결혼식."

"네?"

그가 손에 들고 온 종이 가방 안에서 빨간 꽃다발을 꺼내 들었다.

"꽃이라도 건네주는 남자 좋아하는 송이나 씨, 나랑 결혼합시다."

이나가 예전 일을 떠올리며 분홍빛 입술이 더욱 크게 벌어지려는데 이번에는 우진이 가방 안에서 하늘색 장난감 냄비를 꺼냈다.

그가 바닥에 한쪽 무릎을 꿇고 앉으며 장난감 냄비를 왼쪽 손바닥 위에 올리고 이나에게 건넸다. 그녀가 제 앞에 있는 물건을 빤히 보았다.

우리 첫 만남때도 이랬었는데. 그때와 다른 점이 있다면 이제는 저 장난감 안에 들어 있는 물건이 무척 궁금해진다는 거였다.

이나가 한 발 다가가 조심스레 뚜껑을 열어보자 안에는 반짝이는 반지 한 쌍이 들어 있었다.

놀란 기색을 숨기지 못한 그녀가 반지를 양손으로 하나씩 집어 들고 살폈다. 작은 다이아가 일렬로 촘촘하게 박힌 반지는 공들여 만든 흔적이 고스란히 배어 있었고 특히나 안쪽에는 우진이 보내는 사랑의 메시지가 새겨져 있었다.

\<My dear.\>

"있잖아, 실은 우리 오늘 다시 결혼할까 해."

"왜인지 물어봐도 돼요?"

이미 결혼식도 올렸고, 혼인신고도 끝났고, 함께 살았는지가 언제부터인데. 이 남자는 오늘 또 결혼을 하겠다고 한다.

"예전부터 계속 생각해왔던 거야. 나는 당신이 정말 좋아서 하는 결혼식을 하고 싶었거든. 근데 우리 너무 성급하게 하느라 가까워질 시간도 없었고, 또 그때는 제대로 된 프러포즈도 못해서 미안했어."

그래서 장난감 냄비 안에 반지를 담아 내미는 거냐며 묻는 이나의 눈동자 주위로 투명한 액체가 고여들었다. 우진이 자리에서 일어나 부드럽게 웃어 보였다.

"어쩌면 결혼식이라 하기에는 너무도 소박하게 느껴지겠지만 그냥 늦게나마 하는 피로연 정도라도 생각해줘. 이렇게라도 꼭 하고 싶었으니까."

"그래도 나는 결혼식이라는 이름이 더 좋은데. 결혼식이라 해도 좋아요. 근데 우리 둘이 하는 거예요?"

"아니."

우진이 이리 와보라며 이나의 손을 잡아 창가로 데려갔다. 그가 커튼을 확 열어젖히자 밖으로 보이는 호텔 정원에 사람들이 모여 있었다.

"어? 엄마랑 아빠도 왔어요? 어머님도 계시네."

그곳에는 이미 이나의 부모님과 은주가 만나 이야기를 나누고 있었고 소연이와 주호, 그 옆으로는 민욱과 한나, 그리고 윤 실장까지, 가까운 사람들은 모두 모여 있었다.

"송이나, 아니 신부 송이나 씨."

"네?"

"그러니까 오늘이 진짜 우리 결혼식이라 생각해. 형식적인 거 말고, 모르는 사람들 빼고 우리가 즐기면서 할 수 있는 결혼식. 그러니까 기뻐해주면 좋겠다."

이나가 여전히 눈가에는 눈물을 글썽이며 고개를 끄덕였다. 울면 안 되는데. 정성 들여 한 화장 다 지워지는데. 그런데도 자꾸만 눈가가 시큰거렸다.

"우진 씨, 사랑해요. 정말 좋아해요."

그녀가 볼을 타고 흘러내리는 눈물을 손등으로 닦고 우진을 껴안으며 목에 팔을 둘렀다.

"내가 말했잖아. 난 진짜 송이나밖에 모른다니까. 우리 이렇게 평생 같이 살자."

등허리의 레이스 사이로 언뜻 드러나는 피부를 쓸어내린 우진이 한쪽 팔을 척 세우고 그녀에게 내밀었다.

"가시죠, 내 아가씨."

이나가 눈가를 휘어 예쁘게 미소 지으며 팔짱을 꼈다. 그와 함께 손을 잡고 우리를 기다리는 사람들이 있는 곳으로 걸어간다.

두 사람이 직원의 안내를 받아 1층으로 내려갔다. 여러 빛깔의 정교한 보석으로 장식된 앤티크 스타일의 문을 열고 정원으로 들어서자 사람들의 시선이 단번에 한곳으로 모였다.

그 모습이 이나의 눈동자에 천천히 새겨졌다. 한나와 민욱이 다정하게 손을 잡고 있는 모습도, 주호와 소연이 나란히 서서 웃고 있는 모습도 모두 행복해 보였다.

　마침 박수 소리가 터져 나왔다. 이나와 우진이 그 사이로 천천히 걸음을 옮겼다. 행복한 연인들의 진정한 결혼식이 시작되는 순간이었다.

　오늘, 우리는 다시 한 번 영원의 사랑을 맹세하려고 합니다.

　서로의 진심을 담아 오직 당신에게로 가는 이 길을 걸으며,

　청명한 하늘 아래 아름다운 꽃과 사랑하는 사람들이 가득한 곳에서 우리, 결혼합니다.

에필로그 1

"오래 기다렸어요?"

조금은 멍한 얼굴을 하고 자신을 기다리고 있던 민욱을 향해 한나가 달려가 안겼다. 등 뒤에서부터 느껴지는 익숙한 향에 민욱이 눈을 깜박이며 천천히 뒤돌았다.

"아뇨. 나도 방금 왔어요."

"근데 무슨 생각을 그렇게 골똘히 하고 있었어요?"

여전히 뭔가를 생각하는 얼굴을 하고 있던 민욱이 별일 아니라는 듯 '얼른 가요. 식당 예약해뒀어요' 하는 말과 함께 한나를 이끌었다.

두 사람은 평소 자주 가던 레스토랑으로 향했다. 다른 날과 다를 바 없는 메뉴로 주문해서 먹고 있는데, 한나는 어쩐지 그의 표정이 신경 쓰였다.

오늘따라 민욱은 차분하다 못해 말없이 밥을 먹다가 유난히 시계를 힐끔거렸다. 그게 꼭 뭔가에 쫓기고 있는 것처럼 보였다.

"민욱 씨, 영화 시간 늦을까 봐 그래요?"

"네?"

"방금 시계 본 거 같아서요."

"아닌데…… 그런 거 아니라면요?"

민욱이 신경 쓰지 말라며 다시 평소처럼 장난스러운 얼굴로 돌아왔다. 그는 '한나 씨는 누굴 닮아서 그렇게 예쁘나. 오늘은 신나는 일 뭐 하고 싶어요?' 하며 물어왔지만 한나는 어쩐지 그 표정이 겨우 웃고 있는 듯 보였다.

식사를 마치고, 두 사람은 요즘 가장 인기가 많다는 영화를 보러 영화관으로 향했다. 영화 보는 내내 손을 꼭 붙잡고 있었지만 어쩐지 한나는 느낌이 이상했다. 서로 바쁜 스케줄로 오랜만에 봐서 그런가. 거의 두 주 만이었다. 그런 이유 때문인지 아주 조금은 그와 멀어진 것 같은 기분이었다.

영화가 끝나고 바람을 쐬러 가자며 차에 태우는 민욱을 따라 움직였다. 한 시간쯤 달려 차를 멈춘 그는 한나에게 내리라며 눈짓을 했다.

한나가 차 문을 열고 내렸다. 동시에 입술이 놀라움을 감추지 못하고 벌어졌다. 문을 열고 마주한 세상은 방금 전까지 그들이 있던 복잡한 세상이 아니었다. 화이트 계통의 커다랗고 웅장한 분수대가 모습을 드러내고 주변은 장미꽃으로 장식된 공원이었다.

"여기 되게 유명하대요."

한나의 손을 잡고 어둑해진 길을 걷던 민욱이 또 시계를 힐끔거렸다. 한나의 눈썹이 위아래로 씰룩였다. 그는 안절부절못한 표정을 짓다가 또 시계를 본다.

"민욱 씨. 혹시 어디 불편해요? 아니면 어디 아파요?"

"아뇨, 괜찮은데. 그건 왜 물어요?"

"근데 왜 그렇게 어디 가야 하는 사람처럼 불편한 얼굴을 하고 있어요. 혹시 오랜만에 만난 내가 어색한 거예요? 아니면 내가 실수한 거라도 있는지……."

"그게 아니라."

"……."

"아……. 정말 더는 못하겠네요."

뭘 말이에요? 목 끝까지 올라온 말을 한나가 겨우 삼켰다. 뭘 더는 못하겠다는 걸까. 설마, 자신을 이제는 더 이상 좋아하지 않는다든가…….

"한나 씨, 나랑 결혼할래요?"

"네?"

"……."

"무슨 뜻이에요?"

"나랑 결혼해줘요. 실은 여기, 10시 되면 불 켜지고 종이 울린다 해서 왔는데, 그때 고백하면 결혼해서 잘 산다기에 맞춰서 프러포즈하려고 했거든요. 근데 기다리다가 내가 죽을 거 같아서요."

그래서 그냥 지금 고백해야겠요, 하곤 평소처럼 눈가를 찡긋하며 웃는 얼굴로 돌아온 민욱이 바닥에 천천히 한쪽 무릎을 세워 앉았다.

"나 최민욱은 맹세합니다. 법정에서의 선서보다 더 진실함과 경건함을 담아, 송한나 씨에게 평생 잡혀 살 것을 맹세합니다. 그러니까…… 받아줄래요?"

말도 안 돼. 한나의 벌어진 입술은 부끄러운 줄도 모르고 그대로 멈췄다. 정신을 차린 그녀가 손으로 겨우 입가를 가렸다.

"얼른 대답해줘요. 재판보다 더 떨려서 죽겠는데."

"이게 더 떨려요?"

"당연하죠. 재판은 지면 다시 하면 되지만 한나 씨가 거절하면 영영 못 일어날 거 같아서."

"……내가 그럴 리가 없잖아요."

한나가 바닥에 반쯤 기대어 앉아 있는 민욱에게 다가가 와락 목을 껴안았다. 조금이라도 멀어졌으면 어떡하나 했는데 그녀를 기다리고 있던 건 달콤한 청혼이었다.

민욱이 무릎을 펴고 일어나 목에 둘러져 있는 팔을 잡아 제 허리를 잡게 했다. 두 손으로 뺨을 잡고 조그마한 입술 위로 다가가 입술로 물었다.

"그래서 계속 시계 봤던 거예요?"

"말고 이유가 있겠어요?"

다시금 다가오는 남자의 입술에 핑크빛 말랑한 입술은 어서 오라 환영하고 있었고, 남자는 깊은 곳을 탐색하며 좀 더 안쪽의 여린 곳까지 파고들었다.

때마침 종소리가 들리며 근처에 있던 분수에서 물줄기가 터져 나왔다. 분수대 아래에서 은은하게 번지는 조명과 화려하게 하늘로 솟구치는 몸짓의 물줄기가 바닥으로 시원하게 쏟아져 내렸다.

"민욱 씨, 저것 봐요."

한나가 너무 예쁘다며 분수를 보고 있자 민욱이 턱을 잡아 다시 제 얼굴을 보게 만들었다.

"어딜 봐요. 허락했으면 여기만 봐요."

속삭이는 음성만큼이나 부드럽고 달콤한 키스가 끝없이 이어졌다.

에필로그 2

"어디로 갔지?"

이나가 냉장고 문을 열고 안쪽에 넣어두었던 마카롱을 찾으려고 팔을 뻗었다. 분명 이 어디쯤에 넣어두었는데.

"아. 여기 있다."

구석에서 숨어 있다가 그녀의 손에 잡힌 건 삼각형 모양의 마카롱 박스. 며칠 전 우진이 사준 거였는데, 오늘이 되기까지 바빠서 먹지도 못하고 넣어두었다.

이나가 상자 뚜껑을 열고 평소처럼 분홍색을 꺼내어 제일 먼저 입에 넣었다. 그런데 이상하게도 첫 맛은 달았지만 갈수록 떨떠름하기만 했다. 평소와 다른 맛에 살짝 미간을 찌푸렸다.

"벌써 상했나?"

그녀가 한 입 베어 먹은 마카롱을 보며 고개를 갸웃거렸다. 그래서 옆에 내려두고 이번에는 초코 색깔의 마카롱을 꺼내어 다시 맛보았지만 역시 평소보다 단맛이 덜 느껴지는 건 똑같았다.

"왜 이러지?"

이나가 이상하다며 투덜거리고는 남은 것들은 다시 냉장고에 넣어두었다. 어쩐지 자신의 입맛이 변해버린 것 같은 느낌에 아주머니께 맛이 어떤지 물어봐야겠다고 생각하고는 문을 닫았다.

하지만 아쉬움에 계속 냉장고를 떠나지 못하고 근처를 맴돌던 그녀는 볼을 긁적이며 이유를 찾으려 했다. 그렇게 맛있던 마카롱이 달지 않을 리가 없는데.

며칠 전부터 어쩐지 입맛도 없고 피곤하더니, 그래서 그런 걸까 잠도 부쩍 늘어난 데다 오늘은 마카롱까지 이상했다. 고개를 갸우뚱거리던 이나가 노트북을 꺼내어 검색창에 자신의 증상을 적고 검색해보았다.

설마! 순간 하던 행동을 모두 멈추며 눈이 커다래졌다.

일주일 뒤 토요일 아침, 먼저 깨어난 이나가 평화로운 얼굴로 여전히 잠을 자고 있는 우진의 머리칼을 쓰다듬었다. 그가 부드러운 손길을 느끼고는 느릿하게 눈을 뜨며 이나를 보았다.

"벌써 일어났어?"

"응. 배고파서요."

"배고파? 맛있는 거 해줄까?"

"뭐 해줄 거예요?"

"송이나가 좋아하는 걸로. 뭐 먹고 싶어?"

우진이 천장을 보고 있던 몸을 옆으로 틀어 이나와 마주 보았다. 씩 웃으며 얽혀드는 눈빛이 장난기가 다분하면서도 무한한 애정을 품고 있는 듯 반짝였다. 그가 부스스한 머리칼을 이마 뒤로 넘기며 그녀의 허리를 잡고 당겨 안았다.

"뭐 해줄까? 얼른 말해봐."

"음…… 글쎄요. 좀 어려운 걸로 부탁해도 괜찮겠어요?"

"얼마든지."

우리 송이나는 아침부터 뭘 그렇게 고민이 많은지. 말만 하면 내가 다 해줄 텐데.

"그럼 만약 내가 달콤한 버터칩 먹고 싶다 하면 우진 씨가 구해줄 거예요?"

고작 달콤한 버터칩을 말하면서 이렇게 눈을 반짝이다니.

"과자성을 쌓아주도록 하지."

아무리 구하기 어렵다 해봤자 자신은 문제없다며 그가 피식 웃었다.

"그럼 골라 먹는 아이스크림도 엄청 많이 사줄 거예요?"

"내가 얼음성도 만들어줄게."

널 위해서라면 무엇이든 못할까. 우진이 그게 전부냐며 좀 더 큰 바람은 없느냐며 부드럽게 미소 지었다.

"그럼 매일 아침 모닝키스도 해줘요."

"또 원하는 거 없어?"

"앞으로도 내 남편이 되어주고 내 가족이 되어주면 좋겠고."

"……"

"이제는 이 아이의 좋은 아빠가 되어주세요."

이나가 우진의 손을 잡아 살짝 배 위로 올렸다. 고요한 아침을 즐기며 이나의 목소리를 듣고 있던 우진의 눈동자가 미세하게 흔들리더니 그가 벌떡 일어나 앉았다.

"송이나, 너 설마!"

이나가 자신도 따라 앉으며 고개를 끄덕였다. 곧장 다가와 그녀를 끌어안는 품이 흥분을 숨기지 못하고 떨리고 있었다. 그가 이나를 힘껏 끌어안고 어깨에 뺨을 비볐다.

"우진 씨한테도 기쁜 일, 맞죠?"

"너 때문에 좋아서 미칠 거 같다."

우진이 안고 있는 가녀린 등을 천천히 쓰다듬었다. 어떻게 기쁘지 않을 수 있을까. 처음 느끼는 또 다른 형태의 설렘에 우진이 더욱 바짝 끌어당겨 안았다.

"사랑한다, 송이나."

내가 가진 모든 걸 준다 하여도 아깝지 않을 내 아가씨.

"네가 내 옆에 있기만 해도 행복하다 생각했는데."

이제는 자신이 아끼고 사랑하게 될 존재가 더 생겼음이, 그 존재가 자신과 이나를 꼭 닮은 아이가 될 거라는 생각에 우진은 너무도 기뻤다.

이나가 그런 우진을 보며 해사하게 미소 지었다. 두 사람에게 그 어떤 날보다 행복하고 설레는 아침이 시작되고 있었다.

그로부터 2년 후.

"아부부부."

침대 밖으로 뻗어 나온 긴 다리를 보고 재빠르게 기어간 아이가 손을 뻗어 툭툭 건드리기 시작했다.

하지만 팔을 쭉 뻗어도 원하는 만큼 닿지 않는지, 이번에는 침대 바깥쪽을 붙잡고 일어서서는 다시 한 번 제 앞에 놓인 신기한 존재를 콕 찔러보았다.

뭐지? 발을 간질이는 듯한 자극에 눈을 뜬 우진이 부스스한 머리를 이마 너머로 쓸어 넘기며 자신의 잠을 깨운 존재를 찾았다.

"이 녀석!"

언제 일어났는지 바닥에 펴놓은 이불에서 빠져나와 침대까지 다가온 아이를 보고 그가 번쩍 들어 올렸다.

"까르르."

어른의 두 손에 번쩍 들려 높은 곳을 비행하다 침대로 내려온 아이가 자신을 바라보는 애정 어린 눈동자와 마주했다.

"우리 은호, 벌써 일어났어?"

우진이 여전히 잠에 빠져 있는 이나와 자신의 사이에 아이를 앉혀주자 아이는 맑은 눈을 하고 아침부터 반갑다는 듯 찡긋찡긋 웃었다.

"엄마는 아직 더 자야 할 것 같은데."

이나는 요즘 낮에만 일을 하고 오후에는 일찍 돌아와 은호를 돌보고 있었다. 하지만 일과 육아를 병행하는 건 예상보다도 훨씬 힘들었기에 제법 지쳐하곤 했다.

우진은 저녁에 집에 돌아와서야 잠깐씩 도와주는 것밖에 할 수 없는 게 미안했다. 오늘따라 무척 피곤했는지 깊이 잠들어 있는 이나를 보고 그녀가 좀 더 편히 잘 수 있도록 해야겠다는 생각에 이불을 어깨까지 덮어주고 아이를 안아 들고 거실로 나갔다.

"아들, 아빠랑 뭐 할까? 배고파?"

우진이 주방으로 가 냉장고 문을 열고 이나가 모유를 짜 넣어둔 것을 찾았다. 그녀는 자신이 일하러 갔을 때를 대비해 아이가 먹을 수 있도록 미리 준비해 냉장고에 넣어두곤 했었다.

우진이 그걸 젖병에 넣고 따뜻하게 데우고 있자 은호가 그런 우진을 보고 싱긋 미소 지으며 다가갔다. 아직 돌을 지난 지 얼마 되지 않은 시기라 걸음마 수준에 불과한 움직임을 보며 우진이 아이를 다시 번쩍 안아 들었다.

"넌 누굴 닮아서 이렇게 예쁘니?"

하긴 송이나를 닮았으니 이렇게 예쁜 게 틀림없지. 이나의 아몬드형 눈매와 동그란 이마를 그대로 빼닮은 모습에 가만 있어도 저절로 눈길이 간다. 이렇게 예쁜 아이를 어떡하면 좋을지.

바라보는 것만으로 행복해서, 때로는 자신이 이렇게 많은 행복을 누려도 될까 싶을 만큼 우진은 아이에게 푹 빠져 있었다.

아이를 품에 안고 잠깐 거실을 걷던 우진이 따뜻하게 데워진 젖병을 가져와 입에 물려주었다. 양손으로 젖병을 꼭 잡고 힘차게 먹던 은호는 점차 눈을 끔벅이더니 한 통을 다 비우고는 잠이 들었다.

그런 아이를 안아 든 우진이 다시 방 안으로 들어갔다. 여전히 자고 있는 이나를 확인한 뒤 아이를 바닥에 깔아둔 이불에 눕히고 자신도 그 옆에 누웠다.

아이는 어느덧 꿈을 꾸는지 꼬물거리며 움직이는 작은 손가락을 조심스럽게 잡았다. 따뜻하고 말랑한 손가락을, 어른과는 비교되지도 않을 만큼 작은 손톱들을 아이가 깨지 않도록 만져보다 땀을 흘려 뭉친 머리를 옆으로 쓸어 넘겨주었다.

아무런 걱정 없이 아이를 하염없이 바라보고 있는 이 순간이 너무나 평온해서, 우진은 자신도 잠이 다시 몰려오는 것 같았다. 그때 머리 위에서 말소리가 들렸다.

"우진 씨. 잘 잤어요?"

침대에 있던 이나가 싱긋 웃으며 바닥으로 내려와 옆에 누웠다. 우진의 허리를 잡고 아직 잠이 덜 깬 듯 등에 뺨을 비볐다.

"송이나, 굿모닝"

매일 하는 아침 인사라도 매번 느낌이 달라 이제는 당연한 습관처럼 하게 되었다.

"은호는 언제 일어났어요?"

"조금 전에 일어나서 모유 한 통 다 먹고 이제 막 다시 잠들었어."

"그럼 나도 좀 더 자볼까."

우진이 더 자라며 제 허리를 감고 있는 그녀의 손을 꼭 잡았다. 이나는 등 뒤에 꼭 붙어 있다 잠깐 몸을 일으켜 자고 있는 아이의 위로 올라간 옷을 바로잡아주고 다시 등에 기대었다.

"김우진 씨."

"응?"

"여기, 나만 좋아한다는 김우진 씨이."

자신을 부르는 목소리에 우진이 몸을 뒤로 돌려 이나와 마주 보았다. 남자의 까만 눈동자에 미소 가득한 얼굴이 담겨들었다.

"그냥, 좋아서. 셋이 이렇게 있는 게 너무 좋아서요."

그가 제 품 안으로 파고드는 이나를 껴안고 낮은 목소리로 속삭였다.

"어디 나만큼 좋아할까."

세상 무엇과도 바꿀 수 없는 내 사람, 내 꼬마 아가씨. 그리고 내 아이 은호까지.

우진이 두 손으로 이나의 뺨을 감싸 잡으며 동그란 이마에 입 맞추었다. 이나가 너른 품에 안기며 그의 허리를 끌어안았다.

꼭 껴안은 두 사람과 잠든 아이의 주변으로 따스하고도 행복한 기운이 맴돌았다.

-마침-

작가 후기

안녕하세요. 박혜윤입니다.

따뜻하지만 덥지 않고 시원하지만 춥지 않아 좋은 이 가을에 애정을 담뿍 담아 만든 책이 나오게 되었습니다.

어느 때보다 풍요로운 계절을 의미하는 가을인 만큼 책을 읽는 분들의 마음도 설렘과 따스함으로 가득 차면 좋겠습니다.

글을 쓰는 동안 힘이 되어주신 독자님들과 지인 작가님들,『마이 디어』가 세상에 나올 수 있도록 애써주신 편집자님까지 모든 분들께 감사드립니다.

늘 행복하세요.

2016년 10월 박혜윤 드림.